pulp

master

Les Edgerton hat einen etwas unkonventionellen Hintergrund für einen Literaten. Bevor er seinen Abschluss an der Indiana University in South Bend machte, sich mit creative writing beschäftigte und fünfzehn Bücher veröffentlichte, hatte der in Odessa, Texas, geborene Edgerton über vier Jahre in der Navy zugebracht und wegen Einbruchs, bewaffneten Raubüberfalls und versuchter Hehlerei zwei Jahre im berüchtigten Pendleton Reformatory abgesessen. Der Vater zweier Töchter aus früherer Ehe lebte mit Frau und Sohn in Ft. Wayne, wo er im August 2023 verstarb.

Les Edgerton

DAS GRENZ-GENIALE PSEUDO-KIDNAPPING

Aus dem amerikanischen Englisch
von Stefan Rohmig

pulp master

pulp master
Band 52

Erschienen bei PULP MASTER, 10247 Berlin
Samariterstr. 6, 10247 Berlin

Deutsche Erstausgabe
Erste Auflage 2025

Titel der amerikanischen Originalausgabe:
The Genuine, Imitation, Plastic Kidnapping

Herausgegeben von Frank Nowatzki
Übersetzt aus dem amerikanischen Englisch
von Stefan Rohmig
Lektorat: Dr. Peter Hammans
Redaktion:
Ute Nowatzki, Robert Schekulin, Prof. Dr. Tonio Klein

Cover: 4000
Umschlaggestaltung und Layout: MM-Grafomat
Druck und Verarbeitung: NØRHAVEN, DK-Viborg

Veröffentlicht als
PULP MASTER Paperback 978-3-946582-05-2

Leicht gekürzte Ausgabe

Sprache und Sprachgebrauch wandeln sich im Lauf der Zeit.
Was in einer bestimmten Epoche angemessen erscheint, kann in der nächsten schon unangemessen sein. Den Wünschen des Autors bzw. der Rechteinhaberin entsprechend, wurde die Sprache des Originalmanuskripts unzensiert wiedergegeben.

www.pulpmaster.de
Email: HQ@pulpmaster.de

2003
ENDSTATION *OHNE* SEHNSUCHT

Der erste Haken an der Sache zeigte sich sofort. Bei der Feinabstimmung des Entführungsplans, als Tommy verkündete, wir sollten dreiteilige Anzüge tragen wie Versicherungsvertreter. Falls schon einer der Nachbarn auf den Beinen wäre, denen es seltsam vorkommen könnte, dass zwei Männer, die aussehen wie Krabbenfischer, so früh am Morgen beim Haus dieses Typen herumlungerten. Ich hatte keinen dreiteiligen Anzug, nicht mal einen zweiteiligen. Und wenn ich genau darüber nachdachte, hatte ich noch nicht mal ein Jackett. Und auf Nachfrage bei Tommy stellte sich heraus, dass er ebenfalls nichts davon besaß. Ich war dafür, einfach so angezogen, wie wir waren, ans Werk zu gehen, aber das ließ Tommy nicht gelten. »Herrgott noch mal, Pete. Das können wir nicht machen. Dieser Typ lebt in einer Gegend, wo alle eine Riesenkohle haben. Die haben Swimmingpools hinterm Haus, falls du verstehst, was ich meine. Wenn wir da so ankommen, wie wir sonst immer aussehen, wird sofort irgendein Schwachkopf von gegenüber die Cops anrufen, wegen der zwei Typen, die wie Einbrecher aussehen.« Es stellte sich heraus, dass er bereits einen Plan hatte, wie wir an ein paar Kröten für die Anzüge kommen könnten. Die Idee war absurd genug, sodass ich glaubte, sie könnte sogar funktionieren. Schätze, man musste dabei gewesen sein. Damals hat sich das gar nicht so verkehrt angehört. Ich meine, der Typ war schließlich Indianer ...

***

Eine Stunde später saßen Tommy und ich in der Straßenbahn, im St. Charles Streetcar, an der Haltestelle beim Zoo, wo der Club 4141 ist, und beobachteten die Leute, die vorne einstiegen. Als Letztes kam ein Touristenpärchen im Partnerlook mit gelben Bermudashorts.

»Cool«, meinte Tommy, »Touristen. Die haben wenigstens Geld bei sich.« Er zog an seiner Zigarette. Er saß direkt unter einem Schild, auf dem *Rauchen verboten* stand, und hielt die Kippe aus dem Fenster.

Ich widersprach ihm nicht. Im Wagen befanden sich vielleicht fünfzehn Leute, dazu noch wir und der Fahrer. Gar keine so schlechten Aussichten. Da könnten schon ein paar Tausender für uns rausspringen. Und Anzüge, die nicht vom Grabbeltisch im Kaufhaus stammten.

»Siehst du das?« Ich folgte seinem Blick, der sich an der vollbusigen Touristin festgesetzt hatte – ein echter Hingucker.

»Ja. Na und?«

»Na, das.« Er hob seinen Unterarm und tat so, als ob er sich darin verbeißen würde.

»Davon kannst du doch nur träumen«, sagte ich grinsend.

»Ja, ja. Ich hab was, was ihr Freund da nicht hat.«

Ich lachte laut los: »Klar, Tommy. Du bist hässlich. Aber ich schätze, sie ist vielleicht eine von diesen spinnerten Weibern, die eher auf Intelligenz und gutes Aussehen stehen, oder zumindest auf eins von beiden.«

Tommy drehte sich um und sah mich an. »Ich rede hier von Technik«, sagte er. »Ich habe nämlich die Technik drauf.«

»Technik?«

»Ja, Technik.«

»Was denn für eine? Wie es drauf geht und dann wieder runter, oder was?«

»Nee, Mann«, sagte er und schüttelte dabei den Kopf, als könne er nicht glauben, wie dämlich ich bin. »Das ist wie mit einem großen Schwanz. Den hat ja jeder.«

Ich kicherte: »Ich kann mich gar nicht erinnern, dass du in dieser Hinsicht so gut weggekommen wärst.«

»Na ja, da war es ja auch kalt. Wir sind gerade aus dem See gestiegen, was erwartest du denn? Schau mal, Pete, um ein Champion beim Sex zu sein, muss man es genauso machen wie beim Basketball. Du musst ihn jederzeit versenken können.«

Hinter uns saß eine junge Frau, der ich ansah, dass sie sich Mühe gab, das, was Tommy sagte, so gut wie möglich zu überhören. Sie rutschte auf ihrem Sitz hin und her und starrte aus dem Fenster, auf die prächtigen Villen, an denen wir vorbeikamen.

Ich konnte es nicht abwarten, etwas über Tommys »Technik« zu erfahren und fragte nach.

»Ich pisse in sie rein.«

Das Mädel hinter uns schnappte sich die Handtasche, schnaubte hörbar und setzte sich drei Reihen weiter nach hinten.

»Leck mich, Lady«, murmelte Tommy. »Wenn dir unsere Unterhaltung nicht gefällt, dann setz dich halt woanders hin.«

Ich musste lachen. »Hat sie ja gemacht. Also, was hat es jetzt mit der Pisserei auf sich?«

Ich sah das Straßenschild aufblitzen. Wir kamen in die Gegend, wo wir unser Ding durchziehen wollten. Die Ecke, wo die St. Charles auf die Carrollton Avenue abbog, beim Camelia Grill. Drei Blocks von der Stelle entfernt, wo wir Tommys Chevy Nova als Fluchtwagen abgestellt hatten.

»Vergiss es«, sagte ich. »Wir sind da. Bist du bereit?«

»So bin ich doch schon zur Welt gekommen«, meinte Tommy. Er stand auf und griff in seinen Hosenbund.

Das Mädel, das sich umgesetzt hatte, brüllte: »Der Mann hat eine Pistole!«

Scheiße.

Die Leute in der Straßenbahn drehten durch. Die Hölle brach los – Fahrgäste schrien auf, die Bremsen quietschten, als der Fahrer in die Eisen ging. Die Touristenfrau vor uns heulte auf wie am Spieß – *Ayyyiiiiieaaahhhh!* Ein einziger langer Schrei, der nur unterbrochen wurde, wenn sie Luft holen musste.

Iiiiiiiiaaaaaayaaaaah! Ayaayaaya! Aaaaaaayaiiiie!

»Halt's Maul!«, schrie Tommy zurück. »Halt verdammt noch mal die Fresse!«

Er sah runter zu mir. Ich saß immer noch da, wie vom Blitz getroffen.

»Machst du gerade ein Päuschen, oder was ist los, Pete?«

Ich glotzte ihn nur an. So hatte ich mir das nicht vorgestellt. Er sah von mir hoch, und ich folgte seinem Blick zu dem Mädel in der letzten Reihe, das uns verraten hatte. Sie hatte eine Pistole gezogen und hielt sie, mit beiden Händen umfasst, auf ihn gerichtet, ganz wie man es aus dem Fernsehen kennt. Ich war wie gelähmt. Es war nicht so, dass mein ganzes Leben vor meinen Augen vorbeizog, aber ungefähr 26 Jahre und drei Monate davon.

»Mir kommt gerade die Kotze hoch, das ist los«, antwortete ich ihm. Worauf hatte ich mich da nur eingelassen?

»Dann solltest du dir die Zähne putzen, bevor du wieder eine Braut küsst.«

Tommy hob seine Pistole und zielte auf die Frau in der letzten Reihe, auch er hielt die Waffe mit beiden Händen. Unentschieden. Mexican Standoff.

Er neigte den Kopf leicht zu mir, hielt seinen Blick aber immer noch auf die Frau gerichtet. »Erschieß sie!«, befahl er. Jetzt war alles am Arsch.

»Du hast doch die Knarre, du Superhirn«, entfuhr es mir schließlich, »erschieß *du* sie doch.«

Statt mir zu antworten oder zu schießen, bewegte er sich rückwärts auf die Einstiegstür zu, die Waffe immer noch auf die Frau gerichtet. Ich stand auf, um ihm zu folgen. Es kam noch schlimmer. Hinten zogen vier Leute ihre Waffen und richteten sie auf uns.

»Scheiße, scheiße, scheiße!« Mehr fiel Tommy nicht ein. Besser hätte ich es auch nicht sagen können.

Aber eines musste ich ihm lassen: Er verlor nicht den Kopf.

»Hört zu, Leute«, sagte er, »wir werden jetzt ganz einfach aussteigen und euch alle in Frieden lassen. Nur die Ruhe.«

Einer der bewaffneten Fahrgäste am hinteren Ende stand auf. »Nix da! Jetzt bist du dran, Cowboy!«

Mir war, als würde ich gleich ohnmächtig.

Der Fahrer öffnete per Knopfdruck die hintere Tür und stand auf. »Lasst sie laufen«, sagte er, »ich will kein Blutvergießen in meiner Karre!«

Dem Typen mit der Pistole gefiel das nicht besonders. »O Mann«, lamentierte er mit nörgeliger Stimme, »man darf diese Kriminellen doch nicht einfach laufen lassen. Wir müssen uns wehren. Wir sind hier in New Orleans, nicht im schwuchteligen New York. In dieser Stadt werden keine Gefangenen gemacht.«

»Hör mal zu, Dirty Harry«, sagte der Fahrer. »Das hier ist *meine* Straßenbahn. Und *ich* mache hier die Regeln. Hinsetzen, Maul halten und die Leute durchlassen!«

Tommy rannte zur Tür, ich folgte ihm schneller als sein Schatten, sprang eine Nanosekunde hinter ihm aus der Bahn. Und dann hetzten wir über die Straße.

Das Großmaul und die Frau aus der letzten Reihe feuerten los, ich drehte mich nicht um, rannte nur, so schnell ich konnte, aber ich hörte Glas splittern, Leute schreien und das Pop-pop-pop von Handfeuerwaffen. Etwas zischte knapp an meinem Ohr vorbei. Ich war mir ziemlich sicher, dass es kein Moskito war, denn die gab es nicht in diesem Kaliber. Dann erwischte mich ein Auto. Ich prallte auf die Motorhaube, stürzte, stand auf, rannte weiter. Meine Rippen brannten wie Feuer. Jede Sekunde rechnete ich damit, dass sich ein glühend heißes Stück Stahl in meinen Schädel oder andere Weichteile bohrte. Aber noch schneller traf mich die Reue. Wie immer in solchen Stressmomenten fragte ich mich, wann sich eigentlich zum ersten Mal abgezeichnet hatte, dass der liebe Gott meinen Fall ad acta gelegt und sich lieber zu einem Nickerchen hingelegt hatte.

Aber eigentlich wusste ich, wann das gewesen war. Wie jedes Mal, wenn ich vom rechten Weg abgekommen war, hatte alles mit meiner Spielsucht begonnen.

1993

Zehn Jahre bevor wir aus dem Straßenbahnwagen springen mussten, befand ich mich in Scottsdale, Arizona, im Stadion der Giants, saß im Bullpen und genoss des letzte Spiel des Frühlingstrainings, bevor wir uns auf den Weg nach Norden machen würden. Auf den Weg zur ganz großen Show. Und noch besser: Ich war gerade dabei, einen Riesenhaufen Kohle für die Partie zu gewinnen, die wir gegen die scheiß Dodgers spielten. Na ja, zumindest genug Geld, um mein Konto bei meinem Buchmacher auszugleichen, denn *dafür* brauchte es schon eine ganze Wagenladung. Und dann war da noch die heiße Braut auf der Tribüne, die mir immer wieder zeigte, dass sie an diesem Tag vergessen hatte, ihre Unterwäsche anzuziehen. Sie zeigte mir ihr Lächeln zweimal: horizontal und vertikal.

Zwei Outs weniger, noch ein Inning nach diesem, und dann hätten wir den Sieg über diese Arschlöcher in der Tasche. Ich war mir meiner Sache schon sicher. Nur ein Spieler, der Catcher Mike Piazza, hatte die Base mit einem Walk erreicht. Piazza hatte die zweite und danach sogar die dritte Base gestohlen. Das machte uns stinksauer. So etwas gehörte sich nicht für einen Catcher.

Im Bullpen klingelte das Telefon, Dusty war dran. Ich konnte ihn sehen, wie er auf den Stufen des Dugout stand und sich den rechten Arm rieb. Dick Pole, unser Bullpen-Coach, nahm den Hörer ab.

»Halliday!«, rief er. »Pete, mach dich warm.«

Scheiße. Seit dem zweiten Inning hatte ich immer mal wieder an einer Halbliterflasche Southern Comfort genippt, ich wusste ja, dass ich nicht spielen würde.

Warum zur Hölle musste denn Piazza auch die dritte Base stehlen?

Ich wusste, warum Baker mich einwechseln wollte.

Es war nämlich so, dass ich ein einmaliges Talent hatte. Als Einwechsel-Pitcher war ich so, naja, ganz in Ordnung. Ich meine, ich war gut genug, um für einen Major-League-Club zu spielen. Ich hatte genug Kraft im Arm, um ein Inning oder zwei durchzustehen, wenn die Zeit runtergespielt werden musste, aber spezialisiert war ich darauf, den Gegner aus dem Spiel zu nehmen.

Ich rede hier von meinem Pick-off-Move. Es gab eine Zeit, da hatte ich wahrscheinlich den besten Pick-off-Move der ganzen Baseballwelt. Zumindest in der National League. Na ja, um es präziser zu sagen: in unserer Division. Gut, vielleicht einen der besten. In unserem Club jedenfalls. Vielleicht.

Ich wusste, was Dusty von mir erwartete: Ich sollte mir Piazza vornehmen, damit wir das Inning hinter uns bringen. Er wollte noch nicht mal, dass ich zu Jody Reed, dem zweiten Baseman der Dodgers, warf. Schnapp dir Piazza, hieß es. Man muss bedenken, dass Piazza damals noch völlig unbekannt war. Es war in seinem Rookie-Jahr 1993, und keiner konnte ahnen, dass er mal so gut werden und im selben Jahr noch die Auszeichnung »Rookie of the Year« abstauben würde. Damals war er nur ein bescheuerter Catcher, und Dusty war angepisst, weil er eine Base gestohlen hatte, nein, sogar zwei.

Das war also der Plan. Statt des Pitching Coach war es Dusty, der rauskam und mir den Ball überreichte.

»Hast du getrunken, Halliday?«, fragte er und schnüffelte an mir herum, als er mir den Ball gab.

Bevor ich noch lügen konnte, sagte er: »Egal. Nimm

dir Piazza vor. Du hast einen Pitch. Ich will nicht, dass du zu Reed wirfst. Wenn du auch nur einen Pitch zu Reed wirfst, wirst du viel Zeit haben, dir in Valdosta die Holzsplitter aus dem Arsch zu puhlen.«

»Alles klar, Käpt'n«, antwortete ich und zeigte ihm mein strahlendstes Lächeln und meine unverhohlene Freude. »Ich weiß Ihr Vertrauen in meine Fähigkeiten zu schätzen.«

Kirk Manwaring, unser Catcher, der die ganze Zeit nichts gesagt hatte, schüttelte angewidert den Kopf, rotzte einen dicken Klumpen auf den Mound, wo ich mich immer postierte, und ging zurück zur Plate.

Reed kam aufs Feld und wackelte mit seinem Schläger, als ob er dachte, er sei Henry Aaron. Manwaring gab mir das Zeichen. Er zeigte mir den Mittelfinger, was nicht zu unserem üblichen Handzeichenrepertoire gehörte. Ich nickte und entschied mich für die Stretch-Wurfposition, obwohl das nicht nötig gewesen wäre, weil niemand auf der ersten Base stand, aber diese Position schien mir geeigneter für das, was ich vorhatte, als ein Windup. Ich warf und erwischte Piazza, der nur gut zwei Meter gelaufen war. Niemand im Park hätte erwartet, dass er versuchen würde, eine Base zu stehlen. Das passte gut in meinen Plan. Betont langsam machte er kehrt, um wieder zur Base zurückzugehen … und klappte im Sand zusammen.

Ich hatte ihn in die Nüsse getroffen, Sekunden bevor er sich umgedreht hatte.

Schon beim Wurf hatte ich geschrien: »Bäm! Erwischt!«

Plan A.

Ich hatte nie vorgehabt zu unserem Mann an der dritten Base zu werfen. Ich traf mein Ziel genau, wie ich es mir ausgemalt und wie Dusty es von mir erwartet hatte. Ein ganz normales kleines Ungeschick in der Baseballwelt.

Piazza ging zu Boden, zuckte wie jemand, in den plötzlich der Heilige Geist gefahren war und kreischte so, als ob er in vielen Zungen spräche, wie man es eben aus manchen Kirchen kennt. Unser Mann an der dritten Base, Matt Williams, griff sich den Ball und taggte Piazza.

»Out!«, schrie der Schiedsrichter, und zu mir gewandt: »Halten Sie Ihr Mundwerk im Zaum, Pitcher.« Dann machten wir uns alle auf den Weg zum Dugout und scharten uns um Tommy Lasorda, der rausgekommen war, um die Schiedsrichterentscheidung anzufechten. Mit dem üblichen Ergebnis, dass Tommy gehen durfte und so früher an den Hotel-Pool zurück konnte, wo er an seinem Teint arbeiten und sich dem Lasagne-Büffet widmen würde.

Als der Mann in Blau den Arm hob, brach auf den Rängen die Hölle los. Neben unserem Dugout kippte ein alter Knacker mit einem Herzanfall um. Wir waren schließlich in Scottsdale, einer als Gottes Wartezimmer bekannten Gegend, und wenn der Typ nicht jetzt schon den Löffel abgegeben hätte, dann wäre es wahrscheinlich am nächsten Tag auf der Hunderennbahn passiert, wenn er von einem Zwei-Dollar-Gewinn erfahren hätte.

Die Zuschauer hatten noch nicht genug, alle waren aufgestanden und brüllten. Auf meinem Weg zum Dugout hatte ich noch mal nach der heißen Braut geschaut, und sie hatte mir mit einer geübten Cheerleader-Bewegung zugewinkt. Auf der Tribüne waren alle auf den Beinen, bis auf einen Mann im blauen Anzug, der zwei Reihen hinter dem Dugout saß. Der einzige Mann auf der Tribüne, der keine Freizeitklamotten trug. Seltsam. Der Organist stimmte die Ouvertüre aus »Wilhelm Tell« an.

Das Inning war vorbei. Eins noch.

Alle sprinteten sie zum Dugout, während ich mit der Haltung eines Königs dorthin schlenderte. Könige rennen nicht. Ich achtete darauf, nicht auf die Foul Line zu treten, ich wollte kein Pech heraufbeschwören.

Die Zuschauer standen immer noch und schrien sich die Seele aus dem Leib. Alle bis auf den Kerl im blauen Anzug, das bemerkte ich, als ich mich noch einmal dem Publikum zeigte.

Kurz bevor ich die Stufen des Dugout erreichte, tippte ich mir noch mal an das Schild meiner Kappe, um dem Publikum erneut einen Beifallssturm zu entlocken. Es ließ sich nicht lange bitten.

Als Erster kam mir Dusty Baker auf den Stufen entgegen und legte den Arm um mich: »Mann, Pete! Das hat denen ganz schön die Partie vermiest! Ein perfekter Wurf!«

Wir gingen zusammen die Treppe herunter. Dusty grinste und sagte: »Ich wünschte nur, du hättest so viel Ballkontrolle bei deinen Würfen zum Mitspieler.«

Ich grinste zurück: »Capt'n, ich weißt doch, warum du mich liebst. Ich sorge dafür, dass die Tribünen nicht leer bleiben.«

Baker schüttelte den Kopf und stieg die Treppe wieder hoch, weil Will Clark an der Reihe war, um mit dem letzten Inning zu beginnen.

Ich ging an den anderen Spielern vorbei zum Dugout-Telefon und wählte eine Nummer.

Dusty schaute zu mir herab. »Wen rufst du an, Halliday? Du hast an dem Telefon nichts zu suchen.«

Ich wollte erst auflegen, besann mich dann eines Besseren: »Äh, meine Vermieterin, Cap. Ich glaube, ich habe die Fenster offen gelassen, und es sieht nach Regen aus.« Ich drehte mich weg und sprach leise in die Muschel: »Yo, Fat. Ich bin's, Pete. Gib mir einen Riesen auf Oakland. Und das Gleiche noch mal auf die Red Sox. Clements ist morgen dran, richtig?« Er sagte etwas. Ich wartete. »Hey Mann, ich steh für die Kohle gerade. Dieses Mal räume ich richtig ab. Du weißt, ich–«

Ich deckte die Sprechmuschel ab, als ich bemerkte, dass Dusty mich beobachtete, und fuhr dann mit lauter Stimme fort: »Ja, genau. Das Fenster im Schlafzimmer.« Ich legte auf und grinste Dusty ins Gesicht.

Er starrte mich nur an und sah seltsamerweise hoch zu dem Mann im blauen Anzug zwei Sitzreihen hinter dem Dugout. Der Mann schien sich mit einem Gerät in seinem Ohr zu beschäftigen, von dem ein Kabel bis in eine Anzugtasche führte.

In dem Moment haute Will Clark, unser erster Batter, einen Ball raus, von dem jeder im Stadion wusste, dass er nicht mehr zu holen war. Als ich mit meinen Mannschaftskameraden zum Rand des Dugout stürmte, um Will anzufeuern, sah ich aus dem Augenwinkel, wie Dusty, während er Wills Spaziergang von einem Homerun begutachtete, sich zu dem Mann auf der Tribüne umdrehte. Der Mann nickte, zog das Gerät aus dem Ohr und stopfte es in die Tasche. Dusty schmiss angewidert seine Line-up-Karten hin.

Was war denn da los?

***

Mit der Braut von der Tribüne traf ich mich direkt nach dem Spiel. Es stellte sich heraus, dass sie Wendi hieß. Was für eine Überraschung. »Mit einem i«, betonte sie.

»Bei meiner Geburt war es ein y, aber ich habe es ändern lassen.« Sie quietschte vor Freude, als ich sie fragte, ob sie vielleicht statt eines Punkts ein kleines Herzchen auf das i malte, wenn sie ihren Namen schrieb. Ich glaube, das hat sie davon überzeugt, dass ich übersinnliche Kräfte hatte. »Wie wär's wenn wir uns im Cowboy and Goat Roper's Saloon treffen?«, fragte ich, »vielleicht so gegen neun heute Abend?«

»Klar«, antwortete sie so schnell, dass ihr der Kaugummi aus dem Mund hüpfte und an meiner Brust runterkullerte. Ihr war das nicht mal peinlich – was ich als gutes Zeichen wertete.

Seit dem Spiel war eine Stunde vergangen. Mein Trikot hatte ich ausgezogen, aber meine restlichen Sportklamotten hatte ich noch an, als ich mit Salomon Torres am Billardtisch ein paar Kugeln versenkte. Die Stimmung im Clubhaus war nicht gerade gut. Die Dodgers waren im letzten Inning zurückgekommen und hatten acht vorgelegt. Und mit einem Mal war es aus mit dem Frühlingstraining. Das galt natürlich auch für mein Vorhaben, die Schulden bei meinem Buchmacher auszugleichen, aber scheiß drauf, morgen früh ging es nach San Francisco. Ich hing nur noch im Clubhaus ab, für den Fall, dass er vorbeikam und eine Anzahlung wollte – oder Schlimmeres.

Torres machte den Anstoß und versenkte eine weitere Kugel, danach gehörte der Tisch mir. »Yes!«, rief ich und zeigte ihm meine »Ka-ching«-Triumphgeste. Torres verzog das Gesicht und überreichte mir einen Zwanzig-Dollar-Schein, wobei sich seine Miene noch weiter verfinsterte. Dusty steckte den Kopf aus der Bürotür.

»Halliday! Reinkommen.«

Ich sah mich unter den wenigen Mannschaftskameraden um, die noch da waren. »Wetten, ich krieg ’nen Bonus vom Trainer. Oder vielleicht einen besseren Vertrag.«

In der Ecke reckte sich Barry Bonds auf seinem Liegestuhl, wo er damit beschäftigt war seine eigenen Hochglanz-Pressefotos zu bewundern und grinste: »Ja, du bist die Nummer eins, Pete.« Die anderen Spieler lachten.

Ich eilte in Dustys Büro, glücklich wie ein auf die Transferliste gesetzter New York Yankee, küsste den Schein, den ich Torres gerade abgenommen hatte, und steckte ihn in die Tasche.

»Hinsetzen«, sagte Dusty. Er zeigte auf den Stuhl vor dem Schreibtisch des Managers.

Es war noch jemand anders im Büro. Ich hatte ihn nicht ins Büro gehen sehen, er musste durch den Hintereingang gekommen sein. Es war der Typ im blauen Anzug.

»Unterschreiben«, sagte Dusty.

»Was ist das?« Ich beugte mich vor, um den Wisch zu betrachten, den Dusty mir zuschob.

»Ihre fristlose Kündigung.«

Ich war platt. »Was soll der Scheiß? Ich hab kein einziges Handsignal übersehen, Cap. Das war doch letzte Woche. Sogar Clark übersieht mal was. Bonds schaut gar nicht erst hin.«

Dusty seufzte, nahm seine Brille ab und rieb sich die Nase. »Sie sind aber nicht Clark, mein Junge, und erst recht nicht Bonds. Aber damit hat es auch nichts zu tun, sondern mit der Zockerei.«

»Zockerei? Was für ein Arschloch behauptet, ich würde zocken?« Ich drehte mich zu dem Mann im blauen Anzug um und warf ihm einen bösen Blick zu. Irgendwie musste er hinter all dem stecken.

»Ich«, meldete sich der Mann. »*Ich* sage, dass Sie gezockt haben.«

»Und wer zum Teufel sind Sie?«

»Vernon Strassler vom Liga-Ausschuss. Wollen Sie die Aufzeichnung hören?«

Unwillkürlich stöhnte ich und sank in meinem Stuhl zusammen. Strassler stellte ein kleines Bandgerät auf den Tisch und drückte einen Knopf.

Eine tiefe Stimme ertönte: »Fatman am Apparat.« Ich hörte meine Antwort: »Yo, Fat. Ich bin's, Pete. Gib mir einen Riesen auf Oakland. Und das Gleiche noch mal auf die Red Sox. Clements ist morgen dran, richtig?«

Die tiefe Stimme sagte: »Bezahl deine Schulden, Halliday, dann lass ich mit mir reden. Bis Freitag. Und damit meine ich *alle* Schulden, du Spezialist.«

Ich musste erneut stöhnen, diesmal sogar noch lauter, als ich meine Stimme sagen hörte: »Hey Mann, ich steh für die Kohle gerade. Dieses Mal räume ich richtig ab. Du weißt, ich–« Dann hörte man ein Klicken, gefolgt von Stille, dann: »Ja, genau. Das Fenster im Schlafzimmer.«

Strassler stellte das Gerät ab.

Dusty schüttelte traurig den Kopf. »Tut mir leid, Junge. Unterschreiben Sie hier wegen Ihrer Abfindung.«

Ich richtete mich auf. »Dusty, ich wette fünf zu eins, wenn Sie mir noch mal eine Chance geben, werden Sie mich nie wieder beim Zocken erwischen. Ich–«

»Der Scheck ist auf zehntausend Dollar ausgestellt, Pete. Das haben Sie mir zu verdanken, der Verein wollte Ihnen nur fünftausend geben. Wir werden die Sache aus den Zeitungen raushalten, und von Ihnen erwarten wir das Gleiche.«

Ich hatte hier nichts mehr verloren. Ich griff nach dem

Scheck und sah ihn mir an. Erst wollte ich noch was sagen, aber dann habe ich nur noch den Kopf geschüttelt, mir den Stift gegriffen und die Vertragsaufhebung unterschrieben.

Dusty stand auf, ich folgte seinem Beispiel und ergriff die Hand, die er mir entgegenstreckte: ein letzter Handschlag. »Wissen Sie was, Junge?« Dusty setzte zu seiner Schlussbemerkung an: »Mich geht es ja nichts an, aber vielleicht sollten Sie mal genauer betrachten, was Sie aus Ihrem Leben gemacht haben. Das Glücksspiel hat Sie Ihre Frau und nun auch den Baseballsport gekostet.«

****

Am nächsten Morgen stand ich in aller Frühe am Bankschalter. Die Kassiererin zählte mir die Scheine vor und steckte sie in einen Umschlag, den sie mir übergab. Ich dankte ihr, schob den Umschlag in meine Tasche und verließ die Bank.

Ich ging gerade die Stufen aus dem Gebäude hinab, als sich zwei Männer näherten, einer davon ein gewaltiger Fleischberg, der andere ein schmächtigerer südländischer Typ. Sie nahmen mich in die Mitte, schnappten mich bei den Ellenbogen und schoben mich die Treppe hinunter in eine Seitenstraße neben der Bank, auf zwei Müllcontainer zu.

Der Riese wirbelte mich herum und nahm mich in den Schwitzkasten. Der Kleinere zerrte den Umschlag aus meiner Tasche, riss ihn auf und zählte das Geld. »Verdammt, wo sind die anderen fünf Riesen?«

Ich legte die Stirn in Falten. »Die sind noch in der Post? Nehmt ihr mir das ab?«

Der Kleinere steckte sich das Bündel Scheine in die Jackentasche und nickte seinem Kollegen zu, der daraufhin seinen Griff um meinen Hals verstärkte. »Bist ein Klugscheißer, was?«, meinte der Kleine.

»Na ja, meinen Schulnoten hat man's jedenfalls nicht angemerkt. Weißt du was? Du kommst mir irgendwie bekannt vor. Ah, jetzt weiß ich's: deine Mutter.«

»Meine Mutter?«, fragte der kleine Schläger.

»Genau«, antwortete ich, »deine Mutter. Wir sind zusammen ausgegangen. Wenn ich mal 'nen Zwanziger übrig hatte. Ich liebe es, wenn sie ihr Gebiss rausnimmt. Weißt du ...«, fuhr ich fort, »vielleicht könnte ich sogar dein Stiefvater werden. Meinst du, Sie würde sich mir zuliebe einen Oberlippenbart wachsen lassen?«

Der Kleine stürzte los und verpasste mir einen Schlag in die Magengrube. Ich sank zusammen. Nach Luft schnappend und mit einiger Mühe versuchte ich, mich wieder aufzurichten.

»Ja«, keuchte ich mit rasselndem Atem, »du schlägst auch so ähnlich zu wie deine Mutter. Da merke ich doch gleich, dass ihr verwandt seid. Ich nehme an, als Nächstes wirst du mir einen blasen wollen?«

»Du Drecksau!«, schrie der Kleine und schlug erneut zu. Während ich zusammenklappte wie ein japanischer Weltkriegssoldat, der unvermutet dem Kaiser begegnete, schnappte sich der Kleine meine Hand und klemmte sie zwischen seinem Arm und seiner Brust ein. Er bog vier meiner Finger nach hinten um, bis sie brachen. Hörbar. Fast so laut wie der Schrei, den ich von mir gab. Ich kam mir vor wie das letzte Weichei, aber ich konnte nichts dagegen tun.

****

Als ich wieder erwachte, lag ich in einem Krankenhausbett. Meine Hand war geschient und eingegipst, und ich fühlte mich ungefähr so, wie sich die Pennymünzen gefühlt hätten, die wir als Kinder auf die Eisenbahnschienen gelegt haben, die als Nervenstränge durch das Gesicht von Lincoln verliefen. Nur schlimmer.

Wenigstens war es nicht meine Wurfhand. Obwohl das auch keinen Unterschied mehr gemacht hätte.

Zwei Männer saßen neben meinem Bett, ein Weißer und ein Schwarzer.

Es waren meine Mannschaftskameraden Rod »Shooter« Beck und Willie McGee.

Willie sagte: »Dusty wollte eigentlich auch kommen, Pete, aber da haben die von der Vereinsführung einen Anfall gekriegt.«

»Geht nichts über gute Freunde, was? Na ja, wenigstens seid ihr gekommen.« Die beiden sahen sich an.

»Schöne Scheiße, Pete. Da hättest du es fast geschafft, und dann so was. Was hast du jetzt vor?«, wollte Rod wissen.

Bis zu der Sekunde hatte ich noch gar nicht darüber nachgedacht. Die Entscheidung fällte ich auf der Stelle: »Ich werde nach New Orleans zurückgehen.« Ich zwang mich zu einem Grinsen. »Dieser kleine Rückschlag ist doch nur eine geringfügige Verkehrsbehinderung auf meiner Straße zum Reichtum.«

»Du willst also weiter zocken, Pete?«, fragte Rod. »Das solltest du dir vielleicht noch mal überlegen.« Willie stimmte ihm zu und nickte.

»Nee, damit bin ich durch. Es ist an der Zeit, dass ich mal meine geistige Beweglichkeit gewinnbringend einsetze.«

»Hast du denn nicht vor, etwas gegen deine Spielsucht zu tun?«, fragte Willie.

»Aber sicher. Glücksspiel ist was für Verlierer. Das habe ich auf die harte Tour erfahren müssen. Nein, ich wette mit jedem von euch um ’nen Hunderter, dass ich in ’ner Woche wieder auf den Beinen bin. In ’nem Monat, maximal. Ich werde euch bei der World Series aus meiner eigenen VIP-Loge zusehen und mir dabei die kubanischen Zigarren mit Hundertern anzünden.«

»Ich gebe euch ’ne Quote von zwei zu eins«, rief ich ihnen hinterher, als sie das Zimmer verließen. »Ach was, *drei* zu eins. Hey, wartet doch mal!«

Anscheinend hatten sie mich nicht gehört.

2003
WEIL IN SUPERMÄRKTEN EBEN DAS GELD LIEGT ... (Um mal ein berühmtes Zitat von Willie Sutton abzuwandeln)

All diese Ereignisse führten also unweigerlich zu der unschönen Situation in New Orleans, als ich mit Tommy LeClerc nur um Haaresbreite davongekommen bin, und mich dann zu Tommys schwachsinnigem Plan habe überreden lassen, den alten Deneuvé zu kidnappen, und auf eine völlig neue, nie dagewesene Art derart ausgeklügelt Lösegeld zu erpressen. Aber es war ja auch nicht das erste Mal, dass meine Hirnströme von einem Kurzschluss lahmgelegt wurden. Vielleicht sollte ich deswegen fairerweise auch einen *Teil* der Schuld an dem, was schiefging, auf mich nehmen.

Andererseits ... habe ich überhaupt keine Lust, fair zu sein.

Schließlich wäre ich von allein niemals auf so eine schwachsinnige Idee gekommen. Nein, der einzige Mensch in der Stadt, der in der Lage war, eine Idiotie dieser Größenordnung auszuhecken, war Tommy.

Und der einzige Mensch in der Stadt, der dumm genug war mitzumachen, war ... niemand anderer als ich.

Der alte Deneuvé, im Volksmund allgemein bekannt als »der König der Cajun-Mafia«. Was für jeden, der auch nur annähernd so viel Gehirnschmalz wie eine Banane besitzt, ja schon Anlass genug sein müsste, ein paar Kilometer Abstand zu dem Mann zu wahren. Von dem Versuch, ihn zu erpressen, ganz zu schweigen.

Aber das galt natürlich nicht für uns Genies, nicht für Tommy LeClerc und Pete Halliday.

Vielleicht wäre das alles nicht passiert, wenn ich beim Baseball geblieben wäre. Ich will ja nicht sagen, dass ich in der »Hall of Fame« gelandet wäre, neben Walter Johnson und Bob Feller und den ganzen anderen Baseball-Legenden. Auf der anderen Seite: Wer weiß, warum denn nicht? Ohne Quatsch, ich hatte schon Talent, und wenn ich statt fürchterlichem Pech auch mal etwas Glück gehabt hätte, dann würden Sie bei Ihrem Besuch in Cooperstown meinen Handschuh bestaunen, neben dem von Warren Spahn. Na ja, vielleicht meine *Mütze*. Oder meinen Sackschutz?

Die Sache war die: Statt in der World Series zu spielen, wie ich es mir ausgemalt hatte, fand ich mich in New Orleans wieder, in der Fat City genannten Gegend von Metry, wo das echte, nicht touristische Nachtleben zu Hause ist, ein Spielplatz für gestandene Party-Profis, und wo Sachen, auf die ich keinen Einfluss habe, einfach so passieren. Ich steckte bereits wie die anderen Säue bis zu den Knien mittendrin, bis mir klar wurde, dass wir zur Schlachtbank geführt werden sollten. Wenn das mal keine ziemlich passende Beschreibung des Lebens überhaupt ist!

Und dabei habe ich auch Cat kennengelernt. Das werde ich Tommy einerseits nie verzeihen, andererseits, schätze ich, kann ich mich gar nicht genug bei ihm bedanken. Ich liebe sie sehr und werfe ihr nur ganz selten mal vor, dass ich meines unbeschwerten Junggesellendaseins verlustig gegangen bin. Hätte auch nicht viel Sinn, das vorzubringen. Mit Sicherheit würde ihr darauf die passende neunmalkluge Erwiderung einfallen, die etwa in die Richtung ginge, ich sei ja ganz schön keck für jemand, dessen Leben sie gerettet habe. Das ist ja wohl dermaßen typisch Frau, so etwas immer wieder aufs Tapet zu bringen und einen andauernd selbst an den kleinsten Gefallen zu erinnern, den sie einem mal getan hat, den gaaanzen lieben langen Tag lang. Aber ich liebe sie, auf jeden Fall, und es gibt Sachen in meinem Leben, die ich mehr bereue, als mit ihr Bungalow und Bett zu teilen.

****

Vielleicht fing alles damit an, dass ich meinen Namen änderte ...

****

Pete ist nämlich gar nicht mein richtiger Name. Na ja, eigentlich schon, aber nur mein Zweitname, nicht der, bei dem man mich als Kind rief oder als 1,84 Meter großes und 143 Pfund schweres Baseball-Phänomen, nicht der des 19-Jährigen, der in Marietta in der Single A den Leuten die Bälle um die Ohren donnerte und dabei die ganz große Liga im Auge hatte. In Wirklichkeit heiße ich Evan. Als ich beim Baseball rausgeflogen bin und mir so langsam das Offensichtliche klar wurde, nämlich, dass ich niemals die ganz großen Sponsorengelder würde einstreichen können, entschied ich mich für Big Easy, um dort mein Glück zu versuchen. Schätze, ich hätte mich auch in San Fran niederlassen und mir einen anständigen Job suchen können, schön mit Frühstücksdose und so, aber das entsprach halt nicht meiner Natur in dieser Phase meines Lebens. Mir waren gerade der ganze Ruhm und das Geld durch die Lappen gegangen, die einem Major-League-Spieler praktisch zufliegen – ich war *so nah* dran –, jetzt konnte ich mich nicht einfach so in die Welt der schweigenden Mehrheit eingliedern. Ich brauchte Aufregung, Trubel, ich suchte meine Chance – in erster Linie die Chance, einen Haufen Geld zu machen und jede Menge Spaß zu haben. Bei einem Job in einer Fabrik oder einem Büro schienen die Chancen in dieser Hinsicht eher rar gesät. Hier und da ein krummes Geschäft und eine kriminelle Karriere schienen mir da verlockender.

Noch dazu hatte ich einen Plan. Ein Ziel. Etwas, das ich wie verrückt haben wollte. Was noch nie jemand in meiner Familie gehabt hat:

Unabhängigkeit. *Wahre* Unabhängigkeit. Wie man sie niemals bekommt, wenn man für jemand anderen arbeitet. Mein großer Luftschloss-Traum war es, Unternehmer zu werden, ein Geschäftsmann. Genauer gesagt: Ich träumte davon, mein eigenes Po-Boy-Restaurant zu haben. Nichts Großes oder Nobles, einfach Po-Boy-Sandwiches, Shrimps, Po-Boys mit Austern, und dazu Bier aus der Flasche. Vielleicht würde ich auch noch Boudin selbst machen oder Andouille für die Cajun-Kundschaft. »Wenn du für andere arbeitest, wirst du höchstens einen Gehaltsscheck kriegen. Arbeitest du für dich, dann kannst du reich werden«, hat mein Alter immer gesagt. Und recht hat er gehabt: Er hat immer für andere gearbeitet und ist weiß Gott nie reich geworden. Und selbst beim Gehaltsscheck haben sie ihn oft genug beschissen. Zumindest war es das, was er meiner Mutter erzählt hat. Ich glaube ja eher, dass er ihn auf dem Nachhauseweg verlegt hat, möglicherweise irgendwo in der Nähe der Rennbahn.

»Tut mir leid, Liebes, Mr. Brown sagt, er sei diese Woche etwas knapp bei Kasse, deswegen könne er vor nächsten Dienstag meinen Lohn nicht auszahlen. Es war ein hartes Jahr für Farmer.«

Vielleicht hat auch irgendein Buchmacher den Scheck gefunden und ihn behalten. Mir war klar geworden: Wenn ich irgendeinen normalen Job annehmen würde, würde mir das Geld genauso schnell unter den Fingern zerrinnen wie meinem Dad. Nein, der einzige Weg, wie ich meine Träume würde wahr machen können, hatte bestimmt nichts mit legalen Mitteln zu tun. Die Menge Geld, die ich dafür brauchte, hatte nur ein Verbrecher zur Verfügung, und das war einer der Hauptgründe, warum ich mich eher abseits des Gesetzes umgesehen habe. Außerdem hat es Spaß gemacht. Diese ganzen krummen Geschäfte waren mir das reinste Vergnügen.

Nur habe ich gleich bemerkt, dass ich mich von meinem Namen Evan verabschieden musste, wenn ich mir Respekt verschaffen wollte. Obwohl ich zugeben muss, dass er mir eigentlich ganz gut gefallen hat, der hatte schon irgendwie Pep. Jeden Tag saß ich dicht an dicht an der Bar neben Knalltüten, die auf »Billy« oder »Bobby Joe« oder so was Ähnliches hörten, und dachte, man sollte eigentlich meinen, ein erwachsener Mann, der sich zweimal am Tag rasiert, würde sich mal von diesem Ypsilon am Ende verabschieden und aufhören, auf einen Kindernamen wie aus der Hamburgerwerbung zu reagieren. Und wegen solcher Clowns machte ich mir Gedanken, ob die über *meinen* Vornamen lachen? Allerdings behielt ich diese Einschätzung für mich, da ich mir ziemlich sicher war, dass die Anwesenden sie nicht nachvollziehen konnten.

»Was? Wie heißt du? Evan? Ha, ha, was ist denn das für ein schwuchteliger Name?«

Als ich noch gespielt habe, war es noch nicht ganz so schlimm. Es gab ein paar College-Typen bei den Teams, im Verglich zu denen war ich mit Evan noch gut weggekommen. Aber unter den abgerissenen Gestalten, mit denen ich es nach meinem kleinen Missgeschick bei den Giants im Big Easy zu tun bekam, war garantiert niemand mit einem Stipendium. Abgesehen vielleicht von Monk dem Buchhalter, einem Kredithai, der aber auch nicht durch den Besuch einer höheren Schule zu seinem Namen gekommen war, sondern weil er so zielsicher Quoten und Verzugszinsen ausrechnen konnte und dabei immer auch sofort das richtige Wechselgeld zur Hand hatte.

Ich habe gleich gewusst, dass der Vorname Evan hier im Land der Magnolien und von Popeye's Spicy Fried Chicken ein stetiger Quell des Verdrusses werden würde. Zu meinen Erfolgszeiten hatte ich es ja auch schon mitbekommen, wenn die Leute auf den billigen Plätzen in Scottsdale losblökten: »Hey, Eh-vannn, Schätzchen! Was soll das eigentlich für ein Name sein, mein Süßer? Kein Wunder, dass dein Earned Run Average dreimal so hoch ist wie das Gewicht deiner Schwester. Bei deinem tuntigen Fastball bleibst du immer in deinen Röcken hängen!« Bemerkungen dieses Kalibers waren es, die dafür sorgten, dass niemals große Lücken in meinem Terminkalender entstanden, musste ich mich doch mit den örtlichen Bierkutschern unter den Tribünen herumschlagen.

Als ich oben im Norden spielte, war es nicht ganz so schlimm, aber dort war ich nicht sehr oft, einmal in Columbus und ein paar Monate in Rochester, meistens aber eher in abgelegenen Käffern wie Waycross, Valdosta oder Tarpon Springs, die noch nicht mal groß genug waren, um zwei Huren mit einem letzten Rest von Selbstrespekt Arbeit zu bieten.

Das einzige Mal, dass mein Name nicht für Gelächter und Amüsement bei den Fans sorgte, war, als ich auf eine Kaffeetassenlänge – na ja, vielleicht auf einen kleinen koffeinfreien Latte – bei den S.F. Giants unterkam, am Ende meiner letzten vollen Saison, in dem Jahr, als Dusty mich im Frühjahrstraining rausschmiss. Die Penner auf der Stehtribüne kamen gar nicht dazu, Kommentare zu meinem Vornamen abzugeben, waren sie doch viel zu beschäftigt damit, mich für ein paar spielerische Fehlgriffe zu beschimpfen, die ich ihrer Meinung begangen hatte. Ich sage ja nicht, dass sie unrecht hatten, vielleicht waren ein oder zwei dieser Bälle tatsächlich so kraftlos, dass selbst meine Mutter sie gefangen hätte, in ihrem Schaukelstuhl auf der Veranda, während sie mit der einen Hand grüne Bohnen zupfte und sich dabei auf eine Soap Opera im Radio konzentrierte. Dort oben in San Francisco, wo der rosa Flamingo als Wappenvogel angesehen wird, kam Evan sogar ganz gut an. Na ja, so ist das halt in S.F., wo die Leute Namen tragen wie Darryl oder Spencer oder so.

Außerdem: Hey, ich war ein Pitcher und kein Shortstop. Von Greg Maddux in Atlanta mal abgesehen, wen interessiert das, ob ein Pitcher mal bei einem scharfen Ground Ball versagt, oder auch bei zweien.

Jedenfalls war ich jetzt in New Orleans, schlug mich so durch, hier ein bisschen Poolbillard, dort ein paar älteren Touristenladys die Hotspots im French Quarter näherbringen, so ein Zeug halt. Warten auf die große Chance. Als ich vor zehn Jahren hierher kam, landete ich gleich bei den richtigen Jungs, und die nahmen mich unter ihre Fittiche, ich war ja schließlich so eine Art Promi, hatte den Nationalsport Nummer eins ausgeübt und war vom gleichen Club ausgewählt worden wie Will Clark, und Will Clark zählte hier mehr als der liebe Gott oder sogar der Sheriff von Jefferson Parish, Harry Lee, höchstselbst. Will Clark und ich hingen nicht viel miteinander rum, wir hatten verschiedene Karrierepfade eingeschlagen und verschiedene Agenten, zumindest hatte er einen, und im Major-League-Team waren wir nie länger als ein paar Wochen zur gleichen Zeit. In der Minor League auch nicht. Jetzt, wo ich darüber nachdenke, hat er eigentlich auch nie Minor League gespielt. Aber ich habe ihn spielen sehen. Mann, der hat die Pille geradezu zerdrückt! Und den Blick, den er dabei draufhatte, Mann! Bei seinem Mörderblick hat selbst der Ball die Flucht auf die billigen Plätze angetreten.

Man könnte also sagen, die Einheimischen haben

mich adoptiert, weil ich ein Star war, und ich habe von ihnen allerhand Nützliches gelernt. Wie man ein Würfelspiel verschiebt, wie man beim Poker auf der Siegerstraße bleibt, wie man ein Schneeballsystem aufbaut, allzu vertrauensselige Narren um ihr Geld bringt – man könnte sagen, ich war wieder dabei, mich in die oberen Ligen zu spielen und ein paar neue Tricks zu lernen.

Es lief ziemlich gut. Ich hatte regelmäßig was zu essen, und mit der Miete war ich meistens auch nur ein oder zwei Monate hintendran, und New Orleans war die großartigste Stadt zum Leben, ganz besonders für jemanden wie mich, der zwar nicht auf den Kopf gefallen ist, aber nichts Anständiges gelernt hatte. Ich war ordentlich rumgekommen, seit ich ein kleiner Knirps war, im Norden, Süden, Osten und Westen. Mein Papa war Pilot und bekam meistens Jobs als fliegender Schädlingsbekämpfer. Das hieß, wir mussten überall dahin, wo die Ernte war, je nach Saison. Weizen in Kansas, Zitrusfrüchte in Florida und Sellerie in Kalifornien. Es gab keine Gegend im Land, in der ich nicht mindestens sechsmal gewesen bin, aber in dem Moment, als wir nach New Orleans kamen, ich war im Highschool-Alter, wusste ich, dass ich meine Heimat gefunden hatte und niemals wieder woanders leben wollte. Dort stimmte einfach alles. Das Wetter war herrlich heiß, schwül, feucht und sexy. Eine Menge Leute, selbst die, die in New Orleans geboren waren, hassten das Wetter dort, aber ich nicht. Ich liebte es, gab mich ihm hin, befummelte es, ließ es über mich hereinbrechen, mich aufweichen, mich durchnässen. Es war für mich wie die Rückkehr in den Mutterleib. *Innerlich* fühlte ich mich einfach gut in der Hitze von New Orleans. Bei dem Wetter hatte ich keine Gliederschmerzen und meine Knochen knackten nicht. Wenn du mitternachts draußen spazieren gehst in New Orleans, dann schrumpfen deine Eier nicht zusammen wie in Chicago oder Des Moines, weil sie Angst vor dem Frost haben. In Chicago verschrumpeln deine Eier selbst im August nachts zu *Rosinen*. Aber nicht in New Orleans! Wenn du in New Orleans nachts draußen rumläufst, dann wachsen deine Cojones, als ob sie auf Steroiden wären. Sie werden zu Kokosnüssen. Sie werden doppelt so groß wie überall sonst auf dem Planeten, weil sie nicht nur das feuchte, warme Klima zum Wachsen haben, sondern auch noch die ganze Zeit heißes und scharfes Essen bekommen. Sie fühlen sich so gut an, dass du dir einfach alle fünf Minuten dorthin greifen und sie massieren musst, aus Dankbarkeit und um sie wissen zu lassen, wie fantastisch sich dein restlicher Körper in der Hitze anfühlt, all die Körperteile und Organe, Gelenke und Flüssigkeiten, die losjubeln, sich bedanken, ein Hosianna hören lassen, weil es ihnen so gut geht. Das ist schon ein Wetter dort, Bruder!

Und das Essen erst! Red Beans and Rice, die es traditionell am Montag gibt, wenn in Louisiana Waschtag ist, sind so würzig und scharf, dass du kaum abwarten kannst, bis der Sonntag endlich vorbei ist! Gibt es überhaupt noch eine Mahlzeit auf der Welt, die sich mit Red Beans and Rice vergleichen lässt? So höllisch scharf, dass du nur einen, zwei, höchstens vier Bissen runterkriegst, bevor du nach einem eiskalten Bier greifen musst und es in einem einzigen Schluck runterstürzt, damit du deinen Gaumen kühlen kannst. Und könnte es etwas Besseres geben, als dabei über den Tellerrand auf eine schwarzhaarige Cajun-Hexenmeisterin mit grünen Augen zu starren, deren bebende weiße Brüste ihr fast aus dem roten Kleid purzeln, wenn sie sich zu dir herunterbeugt und dir mit ihrem verheißungsvollen blütenweißen Lächeln den Korb mit dem echten französischen Weißbrot reicht? Diese wunderschöne sündige Göttin hat das exquisite Festmahl zubereitet und mit so vielen Gewürzen gespickt, dass du spürst, wie sie dir direkt in den Unterleib fahren – können Sie sich das vorstellen? Und nachdem Sie so etwas gesehen haben, könnten Sie diesen Ort jemals wieder verlassen, um dann in Boston, Fort Wayne, Kalamazoo oder Salt Lake City zu leben?

Glaube ich kaum.

Ich könnte es nicht.

New Orleans ist wie ein Voodoo-Zauber.

New Orleans ist eine wunderschöne, verzaubernde, heimtückische, furchtbare Geliebte.

Die Stadt zieht dich in ihren Bann, verhext dich und macht dich zu ihrem Sklaven.

Sie ist wundervoll.

****

Wie ich bereits erwähnte, hat alles mit Tommy und seinem Entführungsplan angefangen. Das war, bevor ich herausfand, dass Tommy, was seine kriminellen Fähigkeiten anging, ungefähr so hell war wie eine 15-Watt-Birne mit Fliegenschiss drauf. Zu diesem Zeitpunkt unserer Zusammenarbeit genoss er allerdings den Ruf eines Meisterkriminellen, der geniale Coups ersann. Alle redeten sie davon, was für ein erfolgreicher Schwindler Tommy war, und von den brillanten Plänen, die er auskochte, um andere Leute zu erleichtern. Ich hätte es eigentlich besser wissen müssen, weil ich ein Jahr zuvor schon mal was mit ihm durchgezogen hatte, eine Sache mit Parkuhren. Und die hatte nicht gerade gut geklappt – ich hatte Geschlechtskrankheiten gehabt, die erfolgreicher verlaufen waren –, aber wahrscheinlich dachte ich, wir hätten bei der Sache einfach nur etwas zu viel Pech gehabt. Ich konnte ja nicht wissen, dass das Pech an Tommy klebte wie der nächtliche Körpergeruch an einer Hure, die Überstunden macht. Ganz hinten in meinem Kopf schrillten die Alarmglocken, aber ich überhörte sie und schenkte ihm mein Vertrauen. Ich muss wohl gemeint haben, er trage seinen Ruf zu Recht, und dass unser kleines Desaster nur ein Ausrutscher war, wie er ab und zu mal passieren konnte.

Tommy behauptete, er sei ein kriminelles Genie, weil Indianerblut in seinen Adern fließe. Und deswegen könne er Leute besser durchschauen als die Bleichgesichter, zumindest war das seine Meinung. Ob's stimmte? Wie die Indianer, die man aus den Filmen kennt, hat er sich jedenfalls nicht verhalten.

Eines Abends spielte ich Pool im Swamp Room in Metry, trank ein Barq's Root Beer und nahm gerade einen Typen von einer Bohrinsel aus, der bereits besoffen genug war, mich zu seinem Alleinerben zu bestimmen, als Tommy hereinkam und mir ein Zeichen gab. Ich wollte die Partie nicht unterbrechen, weil der Trottel sein Geld gar nicht schnell genug verlieren konnte und noch dazu die Drinks spendierte, aber da ich immer noch fälschlicherweise der Meinung war, Tommy sei ein ausgekochter Verbrecher, war ich mir sicher, dass er niemals eine Geschäftstransaktion wie jene, die sich ganz offensichtlich vor seinen Augen abspielte, unterbrechen würde, wenn er keine triftigen Gründe dazu hatte. Ich ging rüber zu ihm und flüsterte ihm ins Ohr, was ich gerade am Laufen hatte, falls er es nicht mitbekommen haben sollte. Hatte er jedoch. Er sagte: »Vergiss den Dorfdeppen, Pete. Ich habe was richtig Großes vor und brauche dabei einen Partner.«

Wie ich bereits erwähnte, wusste jeder, dass Tommy ein gestandener Typ war, der sich niemals mit Kleingeld aufhielt, deswegen war ich schon mal ganz Ohr, auch wenn weit hinten in meinem Kopf der gesunde Menschenverstand die Warnglocken läutete. Ich stimmte also zu, als er vorschlug, wir sollten uns in einem kleinen Schuppen in Fat City zusammensetzen, wo wir uns in Ruhe unterhalten könnten. Bevor ich ging, musste ich allerdings noch mal sehen, was ich aus Festus rausholen konnte. Ich ging also wieder zu dem Typen von der Bohrinsel und meinte: »Wie wär's noch mal mit 'nem letzten Spielchen für 'nen Hunderter? Ich würde ja gern noch bleiben, aber das da drüben ist mein Bruder, und er hat mir erzählt, dass es unserer Mutter nicht gut geht. Sie liegt im Charity Hospital und wird vielleicht diese Nacht nicht überstehen, deshalb muss ich gleich hier weg.«

Er legte die Kohle schneller auf den Tisch als ein Seemann bei seinem ersten Date. Auf einmal war ich mir gar nicht mehr so sicher, wer hier wen ausnehmen wollte, aber letztendlich hatte ich den Bauerntrampel doch richtig eingeschätzt: Er war wie eine gemeinnützige Organisation, die gar nicht schnell genug in die roten Zahlen kommen konnte.

Jetzt ging es ums richtige Geld. Wir spielten um den Anstoß, wer die Kugel am nächsten an die Bande platzieren konnte. Die Ehre fiel mir zu, wobei mir bereits schon vorher klar gewesen war, dass es so kommen würde. Er machte den Anfängerfehler, die Kugeln im Dreieck zu eng beieinander aufzusetzen, was ich ausnutzte und schließlich die schwarze Acht in der linken Ecke versenkte, so wie es mir gut sieben von zehn Mal gelingt, wenn der Aufbau so vorteilhaft für mich ist. Also musste er in die Tasche greifen und einen weiteren Hunderter zücken, denn so besagen es die Regeln des 9. Marquess von Queensbury auf der ganzen Welt: Wenn jemand vom Anstoß weg alles abräumt und die schwarze Acht versenkt, dann wird der doppelte Einsatz fällig. Und in so mancher Bar mit fachkundigem Publikum, so wie das hier eine war, konnte man dafür auch die Finger gebrochen bekommen, aber ich hatte es zu eilig, um die Fassade aufrechtzuhalten und setzte der Sache ein schnelles Ende. Vielen Dank, junger Mann, waren wohl einige Glückstreffer dabei, sagte ich, und zog mich zurück, in der Hoffnung, dass ihm erst ein Licht aufging, wenn ich mich schon woanders auf der Welt befand.

Tommy und ich verließen den Laden beschleunigten Schrittes, denn ich hatte das Gefühl, dass Festus gleich das Grinsen vergehen und er eins und eins zusammenzählen würde, und dann wäre es nicht gerade vorteilhaft für mich, wenn ich noch vor Ort wäre. Vom Swamp Room würde ich mich wohl eine Zeit lang erst mal fernhalten müssen, und noch länger sollte ich mir einprägen, wie der Ölbohrer ausgesehen hatte, schließlich stand er mit seinen gut zwei Metern ohne den Ansatz eines Bierbauchs ziemlich gut da.

Wir kamen unbeschadet vom Parkplatz weg, hinter uns stoben Kiesbelag und zerquetschte Austernschalen in die Luft, wir hatten es ja eilig, und machten uns auf nach Fat City. Kurz hielten wir noch an einem Stand von Pascalé's Tamales an der Straße, an denen ich nicht vorbeifahren kann, ohne mir was zu holen. Tommy erklärte mir alles im Hinterzimmer des Speakeasy, während ich mir die fettigste und köstlichste mexikanische Mahlzeit reinschob, die je erfunden wurde. Mann, Pascalé weiß genau, wie man die Tamales so fies und lecker macht, dass sie dir den Magen in Stücke reißen, bis du heiße Luft furzt, aber trotzdem noch zehn Stück davon verschlingen willst.

Tommy hatte den Plan bereits zu Papier gebracht: Formeln, Zahlen, war alles da. Und es klang alles plausibel, so wie bei einer Lebensversicherung, wenn der Typ mit dem Polyestergrinsen dir gegenüber am Küchentisch sitzt. Ein ähnliches Gefühl wie bei diesen Gelegenheiten beschlich mich auch jetzt, was mir Warnung genug hätte sein sollen. Und klar, bereits zehn Minuten, nachdem ich ihn verlassen hatte, konnte ich mich schon gar nicht mehr an irgendwelche Einzelheiten des Plans erinnern, außer dass ich meine Nächte zukünftig in einem zwei auf dreieinhalb Meter großen designergrau gehaltenen Raum mit Gittern an der Nordseite verbringen würde, wenn etwas schieflaufen sollte.

****

»Wenn Leute mit einem Überfall schnell zu Geld kommen wollen, wo holen sie es sich dann?«

Ich wusste nicht, was er von mir wollte, und auf die Spur brachte er mich auch nicht, stattdessen wiederholte er immer wieder die gleiche Frage. Ich hasse es, wenn jemand eine Frage stellt, deren Antwort er bereits kennt, aber dich immer weiter damit belästigt, damit er dir zeigen kann, was du im Vergleich zu ihm für ein Hasenhirn bist.

»Was weiß ich«, sagte ich schließlich, »sie überfallen ’ne Tankstelle? Oder ’nen Schnapsladen?«

Klar wusste ich, dass das die falsche Antwort war. Offensichtlich. Aber es war die Antwort, die Tommy hören wollte, damit er zeigen konnte, wie clever er war, und dass ich nichts in der Birne hatte. Ich spielte mit, damit er sich mir überlegen fühlen konnte. Da kam immer einer von Tommys Wesenszügen zum Vorschein, auf den ich gut hätte verzichten können.

»Junge, Pete«, seufzte er tief. »Du bist genau wie alle anderen. Kein Wunder, dass du Pool um Kleingeld spielen musst.«

»Eine Bank? Einen Juwelier?« Ich wurde langsam sauer: »Warum sagst du mir nicht einfach, was du hören willst, Tommy? Wir können uns so ’ne Menge Zeit sparen.«

»Eine *Bank!* Ich *dachte mir*, dass du sagen würdest: eine Bank. Das hab ich genau gewusst. Wenn du’s nicht gesagt hättest, hätte mich der Schlag getroffen und ich wäre auf der Stelle abgenippelt!«

Er war völlig begeistert, mit welchem bemerkenswerten Scharfsinn er meine Berechenbarkeit durchschaut hatte.

»Tommy, warum machst du nicht endlich das Maul auf und sagst mir, was du willst?«

»Okay, Pete. Reg dich ab, Kumpel. Ich wollte nur mal einen Punkt verdeutlichen. Genau daran denken die meisten Leute, wenn sie ein Ding planen, an Tankstellen, Schnapsläden, *Banken.* Weißt du, wo der Fehler bei dieser Denke liegt?«

Ich stellte mich dumm. Zu diesem Spiel gehörten zwei,

und ich hatte nicht vor, hier Tommys Stichwortgeber zu spielen. Er starrte mich eine zähe Minute lang an, und ich starrte zurück. Ich gewann: Er stieß einen lang gezogenen Seufzer aus, der mir sagen sollte, ich sei zum Überleben zu dämlich, und er voller Mitleid, dass er sich im Dunstkreis eines solchen Ignoranten befand. Manchmal wünschte ich, Tommy wäre unter Pantomimen aufgewachsen. Unsere Unterhaltungen wären besser, wenn er dabei nicht reden würde.

»In Schnapsläden gibt es kein Geld zu holen, Pete. Und auch nicht bei Tankstellen und Juwelieren. Nicht mal bei den Banken gibt es Geld. Jedenfalls kein *richtiges* Geld. Das liegt im Tresor mit einem Zeitschloss, und der geht erst nachts auf, wenn die Bank geschlossen ist und 47 Wachmänner dabeistehen, so was in der Art. Bei 'ner Bank kannst du höchsten fünf- oder zehntausend holen, vielleicht zwanzig, wenn du Glück hast, Peanuts halt!«

Mir hätte die Hälfte eines 20.000-Dollar-Beutezugs gereicht, aber ich kapierte, was er mir sagen wollte, und er hatte recht damit. Nicht nur gab es bei Tankstellen und Schnapsläden nichts zu holen, auch bei Banken nicht, und noch dazu schlugen dort bei einem Überfall die ganze Zeit Abertausende von versteckten Alarmsystemen an, deshalb kam auch niemand damit durch. Eine Bank war das reinste elektronische Wunderland.

»Weißt du, wo es noch ernsthaft Kohle zu holen gibt?« Endlich kam er mal zur Sache. Er ließ mir aber Zeit, das Ganze zu verdauen.

»Bei 'nem Geldtransporter?«

»Pete, du denkst genau wie die ganzen anderen Verlierer auch. Mit Geldtransportern ist es doch exakt das Gleiche wie mit Banken. Die sind gesichert wie ... Geldtransporter. Ich sag's dir jetzt einfach, ich merk schon, dass du von allein nie auf die richtige Antwort kommst: in Supermärkten.«

»*Supermärkte?*«

»Gibt es ein Echo hier drin? Ja, Pete, in Supermärkten. Die haben alles Geld der Welt. Die nehmen hunderttausend in der Stunde ein, an 'nem schlechten Tag. Und wenn's voll ist? Das kannst du dir nicht mal vorstellen! Und mindestens die Hälfte davon ist Bargeld, das ist das Beste daran.«

»Du willst also einen Supermarkt überfallen?«

»So ungefähr.«

»Was zum Teufel soll denn jetzt ›so ungefähr‹ heißen? Entweder du überfällst einen Supermarkt, oder du lässt es. Oder hattest du an einen Einbruch gedacht? Die haben doch diese Riesensafes, oder nicht? Hast du schon mal 'nen Safe aufgemacht? Ich jedenfalls nicht, und ich wette, du auch nicht. Wie sollen wir das denn machen? Einfach das Schätzchen hochheben und auf dem Rücken raustragen? Da wird sich aber der eine oder andere einen Bruch gehoben haben, bevor wir das Ding überhaupt hochkriegen. Ist schon ein Weilchen her, dass ich in der Muckibude war und 600 Kilo gestemmt habe. Das gilt auch für dich, könnte ich wetten. Tommy, wir sind Betrüger, wir machen keine Überfälle und keine Einbrüche. Wir gebrauchen unseren Verstand, nicht unsere Muskeln, zumindest einer von uns, und von dir hatte ich es eigentlich auch gedacht.«

Ich erhob mich. »Tommy, ich will dir mal einen freundschaftlichen Rat geben: Geh doch bitte ins Charity Hospital und lass ein CT machen. Vielleicht hast du ja eine Nerven- und gar keine Geisteskrankheit. Vielleicht liegt es ja gar nicht daran, dass dein Alter deine Mutter jeden Samstag vermöbelt hat, dass du so geworden bist. Oder daran, dass dir jemand das Dreirad geklaut hat, als du zwei warst. Vielleicht, nur ganz vielleicht, hat dein Zustand ja was damit zu tun, dass du irgendwann mal vom Baum runter schwer auf den Kopf gefallen bist, als du gerade wieder Superman gespielt hast. Vielleicht gibt es sogar einen operativen Eingriff, mit dem dir geholfen werden kann. Heutzutage können sie die reinsten Wunder vollbringen. Wir seh'n uns irgendwann mal wieder, ich wünsche dir alles Gute, ich mein's ehrlich.«

Ich wollte gehen, aber er hielt mich am Arm fest.

»Setz dich, du Honk. Lass mich noch mal alles erklären.«

Ich hätte weitergehen sollen, aber ich tat es nicht. Ein Riesenfehler.

»Wir werden nicht in einen Supermarkt einbrechen und auch keinen überfallen, jedenfalls nicht im herkömmlichen Sinn.«

Meine Neugier war geweckt. Zeit für einen Spruch.

»Ich weiß. Sag nichts, Tommy. Wir werden in dem Laden anrufen und ihnen sagen, dass wir gern etwas Geld hätten, weil wir eigentlich zwei nette Jungs sind, die nur zurzeit nicht gerade vom Glück verwöhnt werden, und ob sie denn nicht mal ein paar Hunderttausend in 'ne Tasche packen könnten, wir würden die dann in 'ner Stunde abholen, vielen Dank. Oh, und bitte benachrichtigen sie nicht die Polizei, das würde uns beträchtliche Unannehmlichkeiten bereiten und könnte erhebliche Einschränkungen unseres täglichen Aktionsradius' und unserer Freiheit im Allgemeinen zur Folge haben. Ist das der Plan, Tommy? Ich hatte ja schon gehört, dass du ein bewundernswerter Meisterverbrecher bist, der die genialsten und tollkühnsten Pläne ausheckt, aber ich muss gestehen, dass ich ernsthafte Zweifel an der Berechtigung deines diesbezüglichen Rufs hege. Und dabei spreche ich noch gar nicht mal von der Sache mit den Parkuhren, in die du mich letztes Jahr mit reingezogen hast. Ehrlich. Ist vielleicht auch nur scheiße gelaufen, das will ich dir durchaus zugestehen. Aber das hier ist 'ne echt geisteskranke Idee, vielleicht Spätfolge einer schweren Jugend mit zu vielen Abstechern in irgendwelche Holzschuppen. War das nicht dein Vater, den sie dazu verknackt haben, dass er zweihundert Meter Abstand zu Grundschulen halten muss? Und bei Meckes laden sie ihn auch nicht mehr zu den Kindergeburtstagen ein? Vielleicht ist alles auf deine Kindheit zurückzuführen.«

»Halt doch einfach die Fresse, Pete. Je weiter du das Maul aufreißt, desto mehr bekomme ich Lust, mir einen anderen Partner zu suchen, vielleicht einen, der mehr als nur Stroh zwischen den Ohren hat. Mein Plan geht ganz anders, als du dir das vorstellst. Wir werden uns jeden Quarter, Nickel, Dime und Penny in dem Laden, den ich im Sinn habe, unter den Nagel reißen, oder zumindest die ganzen Scheine, und das wird uns mit einem Coup gelingen, bei dem wir zu Mitteln greifen, auf die du in einer Million Jahren nicht gekommen wärst. Wir werden jemanden entführen!«

»Und zwar den Marktleiter«, fügte er hinzu.

»Wir werden die Frau des Typen, der den SaveMore in Kenner leitet, entführen, und weil er seine Ehefrau so sehr liebt, wird er zum Supermarkt gehen, den Safe öffnen, das Geld rausnehmen und es uns bringen, um damit zu verhindern, dass seiner Frau Gewalt angetan wird.«

Während er noch erzählte, ging mir auf, dass der Plan durchaus etwas hatte. Aber ich erkannte auch einige gravierende Mängel. Wenn man uns schnappte, dann würden zum Beispiel die ganzen Wahrsagerinnen Recht behalten, die gesagt hatten, die Lebenslinie meiner linken Hand sei zu kurz und die rechts nicht viel länger.

»Wie kommt es eigentlich, dass du das nicht alleine durchziehen kannst?«, fragte ich ihn. Seine Antwort lief darauf hinaus, dass es zur Umsetzung zwei Leute brauchte: einen, der bei der Frau blieb, und einen, der den Marktleiter begleitete und die Kohle an sich nahm.

»Das wäre ja noch besser. Aber jetzt schalt mal dein Hirn ein, Pete! Einer von uns muss die Frau bewachen, und einer muss mit ihm gehen, damit er keine Dummheiten anstellt, etwa die Bullen ruft und uns in eine Falle lockt. Die könnten ja um die Ecke auf uns lauern. Jemand muss bei ihm sein, damit ihm solche Gedanken erst gar nicht kommen.«

Das war nachzuvollziehen.

Ich wurde auserkoren, auf die Frau aufzupassen.

Ich habe ihm das Ganze abgekauft.

Klang eigentlich, als ob nichts schiefgehen könnte.

Ha.

****

Was ich anfangs beschrieben habe – wie wir die Anzüge, die wir für die Entführung brauchten, finanzieren wollten –, das war schon eine scheiß Idee. Es war die erste in einer langen Serie von noch beschisseneren Ideen ... Zehn Jahre lang ging es mir eigentlich ganz gut.

Doch dann ...

****

Gut zehn Sekunden nach unserem gescheiterten Überfall auf die Straßenbahn flogen uns immer noch Kugeln um die Ohren. Ich rannte hinter Tommy her, der sich hinter einem Haus versteckte. Das Feuer verstummte.

»So ein Scheißdreck«, fuhr ich Tommy an, der nun, seit wir außer Sichtweite waren, langsamer lief.

»Aber wirklich«, meinte er, »wer konnte denn ahnen, dass da Marines in der Straßenbahn sind.«

Wir trabten weiter, bis wir drei Blocks entfernt waren und zu der Straße kamen, in der Tommy sein Auto abgestellt hatte. Es wurde auch höchste Zeit, denn ich konnte keinen Schritt mehr laufen. Ich beugte mich vornüber, stützte meine Hände auf den Knien ab und schnaufte, als hätte ich gerade einen Kickoff-Return-Touchdown über hundert Yards hingelegt. Zumindest stellte ich mir vor, dass sich das so anfühlen würde. Als die Puste langsam wiederkam, schaute ich zu Tommy hoch: »Willst du mich verarschen? In dieser Stadt ist ein Idiot ohne Knarre ungefähr so selten wie ein Rabbi in einem Weihnachtsmannkostüm.«

Wir hörten die Sirenen drüben in St. Charles. Und sie wurden lauter. Wahrscheinlich begannen die Cops jetzt die Umgebung abzusuchen.

In dem Moment, als wir auf den Veteran's Highway fuhren, ertönte eine Polizeisirene in der Entfernung. Das Geräusch kam näher. Tommy sah mich an und nahm den Fuß vom Gas. Dafür begann mein Herz zu rasen.

Der Streifenwagen überholte uns. Als er vorbei war, kippte Tommy das Bier ab, an dem er getrunken hatte, und warf die Dose auf den Rücksitz, wo bereits genug Bierdosen herumlagen, um damit zwei Kisten zu füllen. Er gab wieder Gas.

»Du bist mir ein schöner Indianer«, sagte ich, »den Wagen sollte man der Umweltbehörde melden.«

»Das gefällt dir also nicht?«

Bevor ich antworten konnte, hielt er an der nächsten roten Ampel. Er stieg aus, öffnete die hintere Tür und wischte mit einer ausladenden Handbewegung einen Haufen Müll auf die Straße, der sich dort über einen halben Meter hoch auftürmte. Tommy eilte wieder hinters Steuer. Hinter uns hupten Autos.

Was für ein Arschloch. »Ich würde mal davon ausgehen, dass sie dich aus der Rothäute-Gewerkschaft rausschmeißen«, sagte ich. »Von wegen Häuptling Sitting Bull, Sitting Bull*shit*, das bist du.«

Er zeigte mir sein überhebliches Grinsen.

»Fick dich«, sagte ich, »das ist der letzte Job, den ich mit dir durchziehe.«

»Ach ja? Und wie steht es dann mit Sam the Bam?«

Er spielte auf die Schulden an, die ich bei meinem Buchmacher hatte. Der hatte mich bei den Eiern.

»Das krieg ich irgendwie hin.«

»Klar, deine Lieblingstante hinterlässt dir ihre Coca-Cola-Aktien, stimmt's?«

»Ich werd einfach aufhören, auf die beschissenen Saints und ihren unfähigen Quarterback zu wetten.«

Er schwieg kurz, dann sagte er: »Pete, du weißt, dass ich den Plan dafür habe, wie wir alles wieder ins Lot bringen können.«

»Aber sicher. Der Geniestreich mit dem Supermarktheini? Das ist doch dein Plan, der garantiert besser aufgehen wird als die Lass-uns-mal-die-Straßenbahn-überfallen-Nummer, oder?«

Darauf fiel ihm nichts ein.

Im ganzen Leben würde ich nicht bei seinem Supermarkt-Entführungs-Scheißdreck mitmachen. Mir würde schon noch was einfallen, wie ich mir Sam the Bam vom Leib halten konnte, bis ich aufgetrieben hatte, was ich ihm schuldete. Mir fehlte nur noch die zündende Idee.

Wir endeten schließlich in einer winzigen Bar, in der Tommy anschreiben lassen konnte. Er wollte mir was erzählen, und ich hatte versichert, dass ich ihm zuhören würde, aber ich hatte es nicht wirklich vor. Ein Bier aber konnte ich schon vertragen.

****

Wir saßen also in diesem Dreckloch, kippten Biere ab und starrten auf den Fernseher, wo gerade das Spiel der Giants gegen die Mets übertragen wurde.

»O Mann«, sagte ich, »die lassen Bonds wieder mal auflaufen.«

»Hast du jemals mit Bonds gespielt?«

»Nicht oft. Die haben mich rausgeschmissen, bevor es in den Norden ging. Und ihn hatten sie da gerade erst verpflichtet.«

Eine gut aussehende Hure mit durchtrainiertem Körper stand von der Bar auf und spazierte auf ihrem Weg nach draußen an uns vorbei. Ihr Arsch wackelte verlockend.

»Das ist mal eine, da könnte ich definitiv reinpissen«, meinte Tommy. »Da weiß man schon, dass die abgeht. Wahrscheinlich würde sie mich danach gleich heiraten wollen.«

»Was hat das eigentlich mit dem ganzen Geschwätz vom Reinpissen auf sich?«

»Du pisst in sie rein. In ihre ... wie heißt das noch mal ... ihre Vagina. Ihr Honigtöpfchen. Während ihr es treibt.«

»Du machst *was*?«

»Ja«, bestätigte er todernst. »Ist gar nichts dabei, was glaubst du, wie viele Typen das machen?«

»Ich würde mal schätzen: genau null. Warum sollte man so was tun wollen?«

Er sah mich an. Seinem Blick war zu entnehmen, dass er dem dümmsten Hurensohn gegenübersaß, der ihm je über den Weg gelaufen war. »Die Schlampen drehen dabei voll durch. Die gehen ab wie ein Zäpfchen. Du bist wohl noch nicht so viel rumgekommen, Pete?«

»Herrgott, Tommy, das geht überhaupt nicht.«

»Sagt wer? Ich hab's schon oft gemacht.«

»Und ich sag dir: Es ist unmöglich.«

»Und warum, Mister Encyclopedia Britannica?«

»Wegen dem Druck.«

»Dem Druck?«

»Ja, du Schwachkopf. Versuch doch mal deinen Schwanz mit Daumen und Zeigefingerspitze zusammenzudrücken, wenn du das nächste Mal pisst. Dann wirst du's merken.«

Tommy seufzte, als ob die Last, mit einem solchen Vollpfosten reden zu müssen, ihm die letzten Kräfte raubte. »Die Muschi einer Frau ist nicht soo eng.«

Ich musste lachen. »Na gut, du hast da natürlich einen gewissen Vorteil, der den meisten anderen nicht gegeben ist, Mister Bleistiftpimmel.« Ich schüttelte den Kopf: »Weißt du, bei dir im Oberstübchen ist doch einiges für immer durchgebrannt.«

»Mach nur deine Witze«, antwortete er. Und dann: »Vergiss den Scheiß. Was machen wir denn wegen Sam the Bam, Kumpel? Ich hab auch Schulden bei ihm.«

Gott. Sam the Bam. Ich starrte ins Leere. »Ich wollte doch nichts weiter, als einen lausigen Po-Boy-Laden aufmachen. Vielleicht noch 50.000 mit der Series gewinnen. Wenn die Giants verlieren ...«

Der Seiteneingang der Bar, auf den ich blickte, öffnete sich und ... wenn man vom Teufel spricht: Sam the Bam Capelli höchstpersönlich. Wie immer gekleidet in so auffällig-teure wie geschmacklose Klamotten. Der Sizilianer mit der Garderobe aus dem »Paten«.

Ich hatte mich schon halb erhoben, als mir klar wurde, dass es kein Entkommen gab. Ich stöhnte auf und ließ mich wieder in meinen Stuhl zurücksinken. Sam kam zu uns.

»So, so, wenn das mal nicht meine beiden Lieblingstrottel sind.«

Tommy setzte sein kesses Lächeln auf: »Hey Sam, gerade haben wir davon gesprochen, dass wir mal rüberkommen und dich besuchen sollten.« Er sah mich an, als ob er wollte, dass ich zustimmend nickte. Ich schüttelte nur den Kopf und schaute weg.

Sam schmunzelte und schnappte sich den Stuhl zwischen uns. Er drehte ihn mit der Lehne nach vorn und ließ seinen fetten Arsch darauf sinken.

»Ist das so?«, fragte er. »Heißt das, ihr habt mein Geld?«

»Na ja ...«, begann Tommy, »nicht ganz. Aber wir sind ziemlich nah dran.«

»Wie schön, Tommy. Da bin ich ja beruhigt.«

Er grinste breit, dann griff er sich Tommys Ohrläppchen, zwirbelte wild daran herum und zog Tommy über den Tisch zu sich herüber.

»Au! Au! Herrgott!«

Ein Mann, der ein paar Tische weiter saß, stand auf

und setzte sich ans entfernte Ende der Bar. Wie gern hätte ich jetzt mit ihm den Platz getauscht.

»Hör mal zu, du Schwachkopf«, sagte Sam zu Tommy, dann wandte er sich zu mir um. »Und das gilt auch für dich, Schwachkopf Nummer zwei. Ihr beiden tauben Nüsse kommt mit dem Geld rüber, das ihr mir schuldet, oder ihr werdet den Geschmack von Sumpfwasser kennenlernen. Ist meine Andeutung soweit verständlich?«

Er drückte Tommy zurück in seinen Stuhl. Tommys Hand schnellte an sein Ohr. Er stöhnte und sank vor Schmerzen auf die Tischplatte. Sam stand auf und drehte den Stuhl wieder um.

Was als Nächstes passierte, verblüffte selbst mich – und ich war derjenige, der dafür verantwortlich war.

Ich sah zu Sam hoch, setzte mein bestes »unschuldiges« Gesicht auf und fragte: »Bedeutet das, dass du nicht mit mir zum Abschlussball gehst, Sam?«

Tommy stöhnte, und ich war mir ziemlich sicher, dass nicht seine Schmerzen der Grund dafür waren. Sam blinzelte, als ob er seinen Ohren nicht trauen wollte.

»Das wird noch sehr lustig, Halliday. Um dich werde ich mich ganz persönlich kümmern.«

Scheiß auf den Fettsack, dachte ich mir. Ich fühlte mich lebensmüde und gab mich meiner Stimmung hin: »Ach, wie schön. Kurz hab ich gedacht, du hättest mich nicht mehr lieb, Sam. Das hätte mir den Tag versaut. Wo ich doch sonst mit jedem Schwachsinnigen in der Stadt befreundet bin.«

Mir war alles egal. Es war kein guter Tag gewesen, und das schlug sich wahrscheinlich in meiner Stimmung nieder. Scheiß drauf. Ich war so knapp davor gewesen, in den Major Leagues unterzukommen, und ich hatte die

Schnauze voll davon, dass mir ständig Drecksäcke wie er irgendwelchen Mist anhängen wollten.

Sam machte einen Schritt auf den Tisch zu. Seine Hand glitt in die Innentasche seines Jacketts. Aus dem Augenwinkel nahm ich wahr, wie der Typ, der sich an die Bar verdrückt hatte, aufstand und hastig durch den Vordereingang verschwand. Schlauer Bursche.

Der Barkeeper bewegte sich zum entfernten Ende der Bar, nahm sich eine Zeitung und tat so, als ob er darin lese. Ich konnte aber sehen, wie er über den Zeitungsrand spähte.

Scheiß drauf. Wer A sagt, muss auch B sagen.

»Willst du mich umlegen, Sam? Hier drin? Du hast wohl auch das Schießpulver nicht erfunden. Bist du wirklich so verblödet?«

»Was glaubst du eigentlich, mit wem du redest?«, knurrte er mit hassverzerrtem Gesicht.

Ich würde sterben, aber irgendwie machte es mir gerade Spaß. Ich glaubte zu hören, wie Tommy sich in die Hose pinkelte, es klang, als ob etwas Nasses an seinem Stuhl herablief, aber vielleicht irrte ich mich auch und es war nur der Schweiß, der von seinen Eiern tropfte.

»Weißt du, an wen du mich erinnerst, Sam? An die Typen, die ihre Wampe einziehen, wenn ihre Tochter den Raum betritt.«

Sam starrte mich an, sah aus, als überlege er. Und als er schließlich den Mund aufmachte, sprach er mit leiser Stimme. Ich wusste, er meinte es ernst: »Montag, Arschloch«, sagte er. »Du hast Zeit bis Montag. Dann will ich sehen, ob du immer noch das Maul aufreißt.«

Er drehte sich um und ging durch die Tür nach draußen. Ich bemerkte, dass der Barkeeper wieder hinter dem

Tresen auftauchte. Ich hatte gar nicht mitbekommen, dass er sich weggeduckt hatte. Lange Sekunden herrschte absolute Stille in der Bar. Erst jetzt fiel mir auf, dass ich die ganze Zeit die Luft angehalten hatte. Ich atmete aus. Tommy ergriff als Erster das Wort. Mit gedämpfter Stimme raunte er mir zu: »Bist du *geisteskrank?* Bist du denn vollkommen *geisteskrank?*«

»Nein«, antwortete ich, mir wurden die Knie weich. »Mir stand es nur bis hier.«

»Du weißt wohl nicht viel über Sam, Pete?«

»Scheiß auf Sam!«

»Klar, scheiß auf Sam. Sicher. Du hast vielleicht nicht mitbekommen, dass er seiner Mutter mit der Axt auf den Leib gerückt ist, als er zehn war? Weil sie ihm seine Süßigkeiten wegnehmen wollte? Gott im Himmel, Pete. Großer Gott im Himmel!«

Erst jetzt dämmerte mir, was ich gerade getan hatte. Ich konnte mich zwar nicht im Spiegel sehen, aber ich zweifelte nicht daran, dass meine Visage so weiß war wie die Robe eines Ku-Klux-Klan-Mitglieds.

»Ich hab Scheiße gebaut, oder?«

»Ach komm, meinst du? Nur weil er jetzt stinksauer ist? Was willst du denn jetzt tun?«

Ich dachte über seine Frage nach. »Mir sind gerade die Ideen ausgegangen.«

»Du hast doch in deinem ganzen Leben noch nie eine eigene Idee gehabt, Pete. Du bist schon immer der Typ aus dem zweiten Glied gewesen. Komm mit, hier kann ich nicht reden.«

Ich zuckte mit den Schultern, stand auf und folgte ihm auf die Toilette. Wir standen nebeneinander an den Urinalen und pinkelten, als Tommy mit dem Pimmel in der einen Hand seine andere Hand auf meine Schulter legte und Anstalten machte, mir etwas zu sagen. In genau jenem Moment kam ein Typ rein, sah uns und machte auf der Stelle kehrt, unter Kopfschütteln und vor sich hingeplapperten Missfallensbekundungen. Ich schüttelte Tommys Hand so energisch wie möglich ab, wobei ich ihm meinen besten »Leg dich bloß nicht mit mir an, sonst bring ich dich um«-Blick zuteil werden ließ.

»Scheiß auf den Typ«, sagte Tommy. Ich schüttelte nur den Kopf, zog den Reißverschluss hoch und ging rüber zum Waschbecken. Tommy folgte mir, wusch sich ebenfalls die Hände, machte sich die Haare nass und begann, sie zurückzukämmen, wobei er sich im Spiegel bewunderte. »Es sieht folgendermaßen aus«, hub er zu erklären an, »du passt auf die Alte von dem Typ auf, während er und ich das Geld aus dem Safe holen. Das ist der Typ, der den SaveMore in Kenner leitet.«

Für Tommy musste ich anscheinend wie ein Schwachkopf wirken.

»Ich bin ein Abzocker, aber kein verdammter Kidnapper«, erwiderte ich.

»Du bist ein toter Mann, wenn du nicht die Asche für Sam auftreibst. Und solltest du das Geld haben, legt er dich trotzdem um. Mann, ich kann einfach nicht glauben, was du gerade gemacht hast. Und mich legen sie auch noch um, nur weil ich dich kenne.« Er schob seinen Kamm in die Hintertasche der Hose und steuerte die Tür an, während ich noch meine Hände abtrocknete.

»Hey!«, rief ich ihm nach. »Warte mal. Ich hab nicht gesagt, dass ich überhaupt mitmache.«

****

Wir hatten uns wie Versicherungsvertreter verkleidet, genau wie Tommy es vorgegeben hatte. Dreiteilige Anzüge, Aktentaschen, die ganze Arie. Um halb sieben morgens. Anscheinend hatte Tommy einen Bekannten, der stellvertretender Geschäftsführer eines Klamottenladens war und sich hatte überreden lassen, uns das Zeug auf Kredit zu überlassen. Wir würden später nur das Doppelte von dem zahlen müssen, was auf den Preisschildern stand. In Anbetracht unserer finanziellen Umstände schien mir das eine angemessene Art des Kreditwuchers zu sein.

Als ich da so stand und darauf wartete, dass jemand auf die Türklingel reagierte, sagte ich mir immer wieder: »Das träumst du alles nur. Der Schwachsinn, den du gerade hier verzapfst, das ist alles nur geträumt.«

Wir wirkten gänzlich unverdächtig, wie zwei Finanzberater, die Lebensversicherungen und Zusatzpolicen von Tür zu Tür verkauften und früh unterwegs waren, um der Konkurrenz ein Schnippchen zu schlagen. Dem Haus des Opfers näherten wir uns in diesem Aufzug für den Fall, dass einer der Nachbarn schon auf den Beinen war, weil er die Blumen goss oder so, und auch, damit man uns überhaupt die Tür öffnete. Was könnten Typen, die aussahen wie von der Handelskammer, schon Übles im Schilde führen?

Eine Frau in einem pinkfarbenen Bademantel und farblich passenden Lockenwicklern öffnete die Tür.

»Brauchen wir nicht«, sagte sie und versuchte, die Tür zu schließen. Tommy hatte aber seinen Fuß bereits im Türrahmen, wie man es von den Staubsaugervertretern in all den Witzen kannte, und versuchte gleichzeitig seine 45er aus der Manteltasche zu ziehen. Er fummelte in der Tasche herum und ließ die Pistole fast fallen, bevor er sie fest in den Flossen hatte.

»Ich hab ja noch gar nicht gesagt, was wir anzubieten haben, Lady.«

Die Frau starrte auf das Glas in ihrer Hand. Anscheinend registrierte sie überhaupt nicht, dass Tommy eine Pistole hatte. Sie bekam einen Whisky-Hustenanfall, keuchte und röchelte. Es dauerte, bis sie sich wieder unter Kontrolle hatte. Als sie Tommy erneut ansah, schien sie immer noch nicht kapiert zu haben, dass er eine Knarre auf sie richtete.

»Sie sehen nicht aus wie Ed McMahon, Schätzchen«, sagte sie. »Und das ist der einzige Mann, der etwas hat, was ich zu dieser Tageszeit gebrauchen kann.« Erneut wollte sie die Tür zudrücken, doch Tommy blockierte mit dem Knie. Dann erst bemerkte sie die Pistole. Ihr Mund formte sich zu einem stillen Oh.

»Ach so, warum habt ihr nicht gleich gesagt, dass es das ist, was ihr im Angebot habt?« Sie ließ die Tür aufschwingen und schlurfte zurück in die Küche. »Wenn das so ist ... kommt rein, Jungs.«

Tommy und ich schauten uns fragend an und folgten ihr ins Haus. Ich schloss die Tür hinter mir.

Die Frau stand am Küchentresen. Anscheinend wartete sie darauf, dass der Küchenmixer, der dort lärmte, mit seiner Arbeit fertig wurde. »Wird das eine Vergewaltigung oder ein Überfall?«, fragte sie. »Nicht dass es einen großen Unterschied machen würde. Ich brauche einen Kaffee, bevor ihr anfangt. Ich hasse es, vergewaltigt zu werden, wenn ich noch keinen Kaffee getrunken habe.«

Die Sache lief nicht ganz so, wie ich mir das vorgestellt hatte.

»Tommy«, flüsterte ich ihm zu, »die hat die Pfanne heiß, Bruder.« Wir standen da und glotzten sie an. Ich wartete darauf, dass Tommy die Initiative ergriff. Ich für meinen Teil wusste jedenfalls nicht, was ich tun sollte.

Die Frau ging zum Küchenschrank, der über dem Herd hing, und begann Tassen herauszuholen. Dann krächzte sie: »Schatz! Schatz, wir haben Besuch. Die Avon-Berater.« Sie zündete sich eine Zigarette an, die sie aus einem Päckchen Benson & Hedges auf dem Tresen gefischt hatte.

Ein klein gewachsener Mann in brauner Anzughose und weißem Hemd lugte aus dem Flur um die Ecke. Er hatte einen blauen Schlips in den Fingern. Als er die Pistole in Tommys Hand sah, wurde er bleich. Schätzungsweise war das Fred, der Marktleiter, von dem Tommy erzählt hatte. An den Namen seiner Frau konnte ich mich nicht erinnern, vielleicht hatte Tommy ihn auch nicht erwähnt.

»Oh, hallo Schatz«, sagte sie, »rate mal, wer gerade gekommen ist?« Sie warf uns ein sparsames Lächeln zu. »Zwei Ganoven.« Sie hielt inne. »Und das auch noch so früh am Tag. Hast du schon Lust auf deinen Kaffee, Liebling?«

Tommy schien langsam wach zu werden. Mit der Pistole bedeutete er Fred, in die Küche zu kommen. Die Stirn in Falten gelegt, trat Fred ein. Erst sah er seine Frau an, dann uns, dann wieder seine Frau. »Was soll das, Laverne? Wer sind diese Männer, und was wollen sie?«

Tommy übernahm die Antwortet: »Hey Fred, wir trinken gerade ein bisschen Kaffee. Setz dich doch verdammt noch mal zu uns.«

Fred verhielt sich nicht wie der Leiter eines Supermarkts, zumindest entsprach seine Reaktion nicht meiner Vorstellung vom Verhalten eines Marktleiters. Er wirkte eher gereizt als verängstigt.

Er beäugte Tommy und fragte: »Kennen wir uns?«

Tommy streckte ihm die 45er entgegen: »Sie kennen wahrscheinlich Mister Smith und seinen Bruder Mister Wesson.« Ich erklärte ihm gar nicht erst, dass er eine Glock Model 21 in der Hand hielt, die Schwester der gleichen Waffe, die in meiner Tasche steckte.

Der Mann setzte sich auf einen der Hocker am Küchentresen.

Es war einfach völlig irrsinnig. Ich ging rüber und spähte durch das kleine Glasfenster in der Haustür. Schien alles in Ordnung zu sein, in der Nachbarschaft regte sich nichts.

Jedenfalls waren keine Bullen zu sehen.

Die Frau – Laverne? – wirtschaftete irgendwie rum und machte Kaffee. Sie schüttete einen gewaltigen Schluck Wodka in ihre Tasse und füllte sie dann mit Kaffee auf, ignorierte uns fast gänzlich.

»Überrascht, dass ich Ihren Namen kenne, Fred? Ich habe noch ein paar weitere Überraschungen auf Lager.«

Ich suchte Blickkontakt zu Tommy. »'tschuldigung, ich muss mal kurz mit dir reden.«

Er tat genervt, kam aber herüber zu mir an der Eingangstür spaziert.

Ich flüsterte ihm ins Ohr: »Hier ist doch irgendwas am Arsch. Sieh dich mal um. Ich habe nicht das Gefühl, dass die hier die große Liebe am Laufen haben. Hast du gesehen, was die Mutter gerade in ihre Tasse gekippt hat? Die ist zur Hälfte voll mit Wodka. Das ist 'ne Schnapsdrossel, und ich wette, der alte Fred hier hofft, dass wir sie um die Ecke bringen, wenn du ihm unseren Plan verdeutlicht hast. Wir müssen abhauen.«

Tommy zeigte mir nur das Grinsen, das ich so langsam schon nicht mehr sehen konnte. »Nee, Pete«, sagte er mit einem Tonfall, als ob er einem Sechsjährigen die Bruchrechnung erklären müsste, »das deutest du alles falsch. Er liebt sie. Wirst schon sehen.«

Er ging zurück zum Küchentisch und hielt demonstrativ seine Knarre hoch.

»Hört mal zu, Leute, mein Partner und ich müssen uns mal unterhalten. Mach bloß keine Faxen, Fred. Und Sie auch nicht, Lady. Ich hab Sie im Auge.«

Laverne blinzelte ihm zu: »Und das, wo ich überhaupt kein Make-up aufgelegt habe!«

Er schlenderte zurück zu mir.

»Hör zu, Pete. Ich werde dir jetzt mal was verklickern, was dich ein bisschen beruhigen wird. Pete, ich bin halber Indianer. Halb Pawnee, halb Cherokee und halb Franzose. Zehn Prozent Deutscher. Als Indianer habe ich einzigartige Fähigkeiten. Zum Beispiel kann ich die menschliche Natur lesen wie eine Wildfährte. Dieser Mann liebt diese Frau heiß und innig. Die Augen, Pete, man kann das an seinen Augen sehen. Die Augen sind für den roten Mann so was wie ein Lügendetektor. Vertrau mir.«

Ich schaute ihn an und stellte ihn mir in der gleichen grauen Zelle vor, in der ich mich auch bereits sah.

»Halb Pawnee, halb Cherokee und halb Franzose. Und dein kleiner Zeh ist deutsch, hm? Wenn man das zusammenrechnet, kommt am Schluss ein komplettes Arschloch raus ...«

Er kapierte es nicht und ging zurück zum Tisch, wo

Laverne gerade die Kaffeekanne und ein paar frische Tassen absetzte.

»Hier, bitte«, sagte sie. »Greifen Sie beherzt zu, meine Herren. Ich jedenfalls tue das.« Sie schwappte noch mehr Wodka in ihre Tasse, schüttelte sie und nahm dann einen kräftigen Schluck.

Tommy ignorierte sie. Er wandte sich Fred zu: »Und nun Freddie«, begann er, »damit es keine Missverständnisse gibt: Sie und ich gehen jetzt zu Ihrem Geschäft und ...«

Ich spürte, wie mir ein kleiner Schweißtropfen die Nase runterlief. Ich wischte ihn ab, wobei mein Blick auf Laverne fiel. Sie lächelte mich an.

Tommy war immer noch bei seinem Vortrag und erklärte beiden, dass wir professionelle und kaltblütige Killer seien. Und wenn Fred seinen Instruktionen nicht bis ins Kleinste folgte, würden er und sein geliebtes Weib sich bald auf der Nachrufseite der *Times-Picayune* wiederfinden. Meiner Ansicht nach konzentrierte sich Laverne nicht besonders aufs Zuhören. Ich war nicht sicher, ob sie Tommy zu diesem Zeitpunkt überhaupt noch folgen konnte.

Gerade bevor sich Tommy mit Fred auf den Weg machen wollte, zog ich ihn zu mir herüber, um ein letztes Mal an seinen gesunden Menschenverstand zu appellieren: »Ich habe ein ganz, ganz beschissenes Gefühl dabei, Tommy. Ich bezweifle ernsthaft, dass Fred an diesem Punkt ihrer Beziehung wirklich solche Anstrengungen für seine geliebte Laverne unternimmt.« Ich gab mein Bestes, mich ihm verständlich zu machen, aber ich merkte, dass es vergebliche Liebesmüh war. Wenigstens hatte ich es versucht. »Ganz im Gegenteil habe ich den Verdacht, dass ihm die Aussicht, ihr Körper werde bald merklich abkühlen, sollte er nicht unseren deutlich formulierten Anliegen entsprechen und entgegen unserer ausdrücklichen Vorgabe die Behörden informieren, nicht ganz ungelegen kommt. Was meinst du?«

»Nee«, sagte er, »er liebt sie. Wirst sehen. Außerdem ist es nicht *sein* Geld, das er uns geben wird, es gehört der Firma. Und vergiss nicht: Ich werde ihn auf Schritt und Tritt begleiten. Er hat überhaupt keine Möglichkeit, die Bullen zu rufen. Deine Befürchtungen sind unbegründet.«

Ich wusste nicht, was ich sonst noch sagen sollte, also ließ ich es.

Ich war immer noch dabei, mir einen Weg auszudenken, wie ich unsere Partnerschaft auflösen konnte, als er zurück zum Tisch ging und Fred und Laverne erneut zu erklären begann, wie die Entführung und die Geldübergabe ablaufen würden, damit sie es auch verstanden hatten. Ich, der Mad Dog Killer (so nannte er mich), würde mit Laverne im Haus bleiben, während er mit Fred zum Supermarkt gehen, den Safe öffnen und das Geld holen würde. Falls einer seiner rechtschaffenen Angestellten fragen sollte, was sie da taten, sollte Fred dem Geschäftsführer oder dem Kassierer oder wer auch immer neugierig wurde, erklären, dass Tommy von der Polizei sei, und dass sie einen Tipp erhalten hätten, dass der Markt überfallen werden solle. Tommy solle den sicheren Abtransport des Geldes überwachen, bevor ein paar Minuten später männliche und weibliche Polizisten in Zivil auftauchten, die Arbeitsplätze der regulären Kassierer übernehmen und dann den Überfall verhindern würden.

Das war schon ein ausgefuchster Plan, das musste ich zugeben, und je mehr ich darüber nachdachte, umso mehr begann ich zu glauben, dass Tommy vielleicht doch ein wenig Ahnung hatte von dem, was er da tat.

Glaubte ich zumindest.

Schätze, man muss dabei gewesen sein. Ich konnte ja auch nicht wissen, dass sie in China gerade das Neujahrsfest und damit den Beginn des Jahres des Affen feierten.

****

»Du bist zu dämlich.«

»Was?« Es kam von der lieblichen Laverne. Wir saßen am Küchentisch. Tommy und Fred waren schon lange weg. *Richtig* lange. So lange gar, dass sie schon die erste Flasche Wodka gekillt hatte und sich auf den Boden der zweiten zuarbeitete.

»Was soll das denn heißen?«

Sie hatte den Kopf in den Nacken gelegt und machte sich richtig am Stolichnaya zu schaffen, hielt sich nicht mehr mit Kaffee zur Verdünnung auf. Sie hatte die Flasche angesetzt und ließ einfach laufen. Das musste ich ihr zugestehen: Sie konnte das Zeug trinken, als ob hier in zehn Minuten ein Treffen der Anonymen Alkoholiker angesetzt wäre und alles vorher verschwinden müsste.

»Du glaubst doch nicht etwa, dass Fred euch das Geld gibt, oder? Nicht im Ernst?«

Es gefiel mir nicht, wie sie das sagte. Noch weniger gefiel mir der kleine Lacher, den sie am Ende dabei ausstieß.

»Es kann ihm doch egal sein, ist doch nicht sein Geld. Am Ende stößt er sich noch gesund daran, behauptet, wir hätten doppelt so viel mitgenommen wie tatsächlich. Die Versicherung wird sich erst fürchterlich anstellen, letztendlich werden sie aber zahlen, ist doch klar.«

Sie setzte mitten im Schluck ab und sah mich seltsam an.

»Ihr habt also wirklich keine Ahnung, oder?«

»Wovon denn, verdammt noch mal?«

»Scheiße.« Sie senkte ihren Blick, starrte auf den Tisch. »Ich werde von zwei Amateuren entführt, denen man ihre Pimmel wegschießen wird. Wahrscheinlich werde ich auch noch dabei getroffen, weil sich so ein dämlicher verkaterter Bulle in den Schlagzeilen verewigen will.«

»Du glaubst also, dass Fred die Bullen verständigen wird?«

Sie schnaubte verächtlich: »Wundert mich, dass sie nicht schon längst da sind. Wobei, ich glaube nicht, dass er die Bullen ruft. Da könntest du dich glücklich schätzen.«

In meinem Magen begann es zu rumoren, und das kam bestimmt nicht von den Tamales, die ich letzte Nacht verdrückt hatte.

»Was –« Noch bevor ich das nächste Wort ausstoßen konnte, brach ein kleines Stück die Straße runter ein höllischer Tumult los. Wie benommen musste ich zusehen, wie mindestens ein halbes Dutzend Polizeiautos an dem Haus vorbeischossen und in der Einfahrt eines Hauses im gleichen Häuserblock anhielten, noch mal ungefähr die gleiche Anzahl kam aus der anderen Richtung. Und dann hörte ich die donnernde Lautsprecheransage:

»KOMMEN SIE MIT ERHOBENEN HÄNDEN RAUS, DANN WIRD NIEMAND ETWAS GESCHEHEN!«

Die Wahrscheinlichkeit, dass zwei Entführungen gleichzeitig so nahe beieinander stattfanden, ging gegen null, das konnte ich mir ausrechnen. Ich bezweifle, dass man in Vegas überhaupt Wetten auf so was annehmen würde, ganz egal, wie viel Kohle du auf den Tisch legst. Und dann hatte ich die Eingebung, dass es meinem besten Interesse dienen würde, wenn ich jetzt die liebliche Mrs. Laverne Frehaun und ihr Haus verließe und mich so schnell wie möglich so weit davon entfernte, wie mich meine Beine tragen konnten.

Laverne schien das Durcheinander die Straße runter nicht einmal bemerkt zu haben, obwohl man es durch das Küchenfenster sehen konnte. Sie war augenscheinlich weggetreten, ihr Kopf lag auf der Tischplatte. Ich war gerade aufgestanden und wollte mich durch die Hintertür davonmachen, da richtete sie sich auf, schaute mich mit glasigen Augen an und sagte: »Willst du wissen, wo das richtige Geld ist?«

Leck mich. Die war wirklich abgebrüht.

»Wie bitte?«

»Willst du denn nicht wissen, wo richtig was von seinem Geld zu holen ist?«

»Ich habe Sie schon verstanden. Ist Ihnen eigentlich bewusst, dass bei einem Ihrer Nachbarn gerade ein Großtreffen der Polizeikräfte abgehalten wird? Ich denke, ich werde mich jetzt mal grußlos verabschieden, besten Dank. Sie sind mir ans Herz gewachsen, Laverne, sogar sehr, aber ich werde jetzt abhauen und Ihnen eins überziehen müssen, damit Sie nicht in Versuchung geraten, schreiend auf die Straße zu rennen, wenn ich weg bin. Das geht nicht gegen Sie, das wissen Sie.«

»Warte mal, Junge«, sagte sie mit matter Stimme. Das ganze Flaschenstemmen musste sie ziemlich angestrengt haben. »Uns bleibt noch ein bisschen Zeit, bevor die rausfinden, dass sie beim falschen Haus gelandet sind. Komm mit, ich mach einen reichen Mann aus dir.«

Ich hatte mich wohl geirrt mit dem »Jahr des Affen«, anscheinend war jetzt das Jahr der völlig gestörten Irren.

Ich bemerkte, dass sie nicht annähernd so betrunken war, wie es mir zuerst schien, plötzlich wirkte sie so nüchtern wie ein Truthahn um sechs Uhr morgens an Thanksgiving. Ich war schon ein bisschen nervös, wegen dem, was ein paar Häuser weiter passierte, aber mit ihrem Gerede vom »richtigen Geld« hatte sie definitiv mein Interesse geweckt.

Sie zog sich hoch, stützte sich ab, ging dann rüber zum Küchentresen und nahm den Telefonhörer in die Hand. Zeit für mich, abzuhauen.

»Was soll der Scheiß?«

Sie sah mich an und lächelte. »Mach dir nicht in die Hosen, Kleiner.« Sie wählte eine Nummer, ich stürzte auf sie zu, aber sie reckte die Hand wie ein Verkehrspolizist. Ich gehorchte.

»Hallo«, sagte sie, »ist Bill zu sprechen?« Sie hörte ein paar Sekunden zu. »Gut. Schicken Sie sein Taxi rüber zu Lavernes Haus. In die Straße dahinter, er weiß wo.« Sie hörte wieder zu. »Sagen Sie ihm einfach: Der Adler ist gelandet. Zehn Minuten. Er soll nicht zu spät kommen, sagen Sie ihm das, er weiß Bescheid.« Sie wartete wieder, hielt den Hörer von sich gestreckt und sprach dann hinein: »Mach's einfach, Penner!«

Sie legte auf, stand da mit den Händen in den Hüften und schaute mich an, als ob sie sich gerade etwas überlegte. Jedem von uns beiden war klar, dass nicht mehr ich es war, der die Situation unter Kontrolle hatte. Sie drehte sich um und ging an mir vorbei durch den Flur.

»Ich sehe zu, dass du hier rauskommst, und das auch noch mit einem ordentlichen Bündel«, sagte sie. Nach ein paar Sekunden folgte ich ihr. Was hätte ich auch sonst tun sollen? Ich konnte die Polizei draußen mit ihrem Lautsprecher hören. Es hörte sich an wie *Rauskommen*, und ich glaube nicht, dass sie »bitte« gesagt hätten. Es sei denn, »bitte« würde sich über die Entfernung anhören wie »du Arschloch!«.

Ich folgte Laverne in einen Raum, den ich als Schlafzimmer erkannte, und sah zu, wie sie zum Wandschrank ging und einen großen Koffer, der hinter einigem Kram verborgen war, von oben aus der Ablage holte. Ich bemerkte, dass er ziemlich schwer sein musste, so wie sie schnaufte und weil sie fast umfiel, als sie ihn herunterzerrte. Sie schleppte ihn herüber und warf ihn aufs Bett.

»Aufmachen!«, befahl sie, und natürlich tat ich, was ich gesagt bekam.

Verdammt!

Geld. Ein Koffer voller Geld, genau wie man es schon millionenfach in irgendwelchen Filmen gesehen hatte. Aber das hier war kein Film, es war Realität. Nie hätte ich mir auch nur ausmalen können, jemals mit so viel Geld das Zimmer zu teilen.

»Das ... ist ... Geld«, sagte ich. Wie geistreich von mir.

Laverne schaute mich an: »Echt? Du bist wohl die Intelligenzbestie von euch beiden?«

Schätze, das Urteil war einstimmig.

»Weißt du, warum diese Cops jetzt da draußen sind?«, fragte sie.

Ich nickte mit dem Kopf.

»Nein, weißt du nicht«, sagte sie. »Du hast das überhaupt nicht durchdacht. Du denkst nur daran, dass du verhaftet wirst. Du glaubst, du solltest besser so schnell wie möglich abhauen, weil sie in ein paar Minuten rausfinden, dass sie das falsche Haus umstellt haben, und kurz darauf vor dem richtigen stehen werden. Selbst der dämlichste Donut-Fresser wird am Ende darauf kommen und mitkriegen, welches das richtige Haus ist. Dieses hier. Das, in dem du und ich sind. Das denkst du doch, oder?«

Hatte sie gut erraten, das musste ich ihr zugestehen. Genau das war es, was ich dachte.

Angewidert schüttelte sie den Kopf und schloss den Koffer. Sie ging zurück zum Wandschrank, griff erneut in die Ablage und zog einen kleinen blauen Koffer heraus, so einen, in dem Frauen gerne ihre Kosmetik und anderen Quatsch unterbringen. Sie öffnete ihn, schaute hinein, schien zufrieden und klappte ihn wieder zu. Ich konnte nicht sehen, was drin war.

Das war alles ein bisschen viel für mein Hirn.

Laverne ging zur Kommode und fing an, Klamotten herauszuzerren und sie aufs Bett zu werfen. Sie öffnete den Gürtel ihres Morgenmantels und ließ ihn fallen. Darunter war sie splitternackt. Die ganze Zeit stand ich wie angewurzelt da und starrte sie nur an.

»Mann!«, entfuhr es mir, bevor ich nachdenken konnte. Sie lächelte mich an. Ich konnte meine Augen nicht von ihren Hupen lassen – die waren ausstellungsreif.

»Gigantisch, was?«, sagte sie. »Freds Vorstellung von einem großen Geburtstagsgeschenk. Mir wäre ein Trip nach Bermuda lieber gewesen.«

Ich muss irgendwie genickt habe, aber eigentlich stand ich nur da, machte den Mund auf und wieder zu, ohne etwas zu sagen.

Sie ging zurück zum Wandschrank, griff sich ein

schwarzes Cocktailkleid und zog es über den Kopf. Das Kleid betonte ihre Vorzüge. Alle beide. Neben dem Bett stand ein Paar schwarzer Pumps. Sie schlüpfte in die Schuhe und ging zurück zur Kommode, zog sich beim Laufen die Lockenwickler aus den Haaren und ließ sie einen nach dem anderen zu Boden fallen. Sie fuhr sich mit den Fingern durch die Haare, griff sich eine Bürste von der Kommode, beugte sich vor, bürstete sich energisch die Haare, schüttelte sie aus und fuhr noch einmal vom Gesicht weg mit den Fingern hindurch, lächelte mich schließlich an.

»Mein geliebter Ehemann Freddie hat dich und deinen Freund verpfiffen. Und mich auch. Du hast doch nicht im Ernst gedacht, dass er euch Geld geben würde? Für *mich*?« Sie lachte. »Du warst wohl noch nie verheiratet, oder? Der einzige Grund, warum er die Bullen gerufen hat, war, weil er hoffte, es würde eine Schießerei geben, und dass es mich dabei auch erwischen und ich neben euch im Leichensack enden würde. Sonst hätte er ... jemand anderem Bescheid gesagt.«

Das Lächeln verschwand von ihren Lippen. »Los jetzt, schnapp dir den Koffer. Wir sollten uns beeilen.«

Ich widersprach ihr nicht. Es wirkte, als ob einer von uns einen Plan hätte. Ich war es jedenfalls nicht. Ich wollte mich erst mal an ihren Plan halten, bis mir ein eigener einfiel.

Ich hob den Koffer an und hätte ihn beinahe wieder fallen lassen. Verdammt, Geld wiegt doch deutlich mehr, als ich mir vorgestellt hatte. Laverne schnappte sich ihr Kosmetikköfferchen von der Kommode und rief: »Wir machen den Schuh, Austin Powers!«

Ich folgte ihr durch den Hinterausgang. Sie schlug sich

durch Nachbars Garten zur nächsten Straße durch, ich ihr immer auf den Fersen. Nie im Leben würde ich sie aus den Augen lassen. Nicht solange sich die gesamten Cops von New Orleans hier in den Straßen tummelten.

Wir kamen in der Mitte der Straße raus, und sie sah sich erst mal in beide Richtungen um. Ein Taxi bog um die Ecke, sie begann zu winken wie eine Seemannsbraut beim Einlauf der Flotte. Das Taxi fuhr vor, wir stiegen ein, Laverne vorne, ich mit dem Koffer hinten. Eine Sekunde lang blitzte der Gedanke auf, dass ich mich einfach mit dem Geld aus dem Staub machen könnte, aber dafür fehlten mir die Cojones, schätze ich. Wo sollte ich auch hin? Überall um mich herum heulten Sirenen, aus jeder Richtung kam der Lärm.

Wir konnten den Polizei-Lautsprecher durch die geschlossenen Fenster des Taxis hören, obwohl die Klimaanlage auf Hochtouren lief.

IHR DA DRINNEN! DAS IST EURE LETZTE CHANCE!

Wir ließen das alles ganz langsam hinter uns, als wir losfuhren.

Erst jetzt fiel mir auf, dass ich schwitzte wie ein Priester in einem Raum voller Chorknaben.

Ich schaute mich um. Laverne sprach mit dem Fahrer. Es war offensichtlich, dass sie sich kannten. Das erste Anzeichen dafür war, dass sie sich küssten, das zweite, dass sie ihn »Bill, Baby« nannte. Er machte nicht besonders viel her, ein durchschnittlicher Mann mittleren Alters, dem langsam die Haare ausgingen.

Sie erzählte ihm gerade etwas.

»Ich hasse den Namen Laverne«, sagte sie. Sie drehte sich, um mich in die Unterhaltung einzubeziehen: »Ich glaube, ich habe meinen Namen schon immer gehasst. Ich habe mich nie wie eine Laverne gefühlt. Was denkst du, welchen Namen soll ich annehmen?«

Obwohl sie mich ansah, war ich nicht sicher, wem sie die Frage gestellt hatte.

Sie zuckte mit den Schultern und drehte sich wieder zum Fahrer um.

»Uptown, Süßer. Den Flughafen werden sie schon belagern. Ich habe da eine Idee.«

Bill sagte zum ersten Mal etwas: »Ist es so weit, Mäuschen?«

Mäuschen?

»Genauso ist es, Süßer«, antwortete Laverne, »die Zeit für Rock'n'Roll ist gekommen.« Sie beugte sich rüber und setzte einen Schmatzer auf Baby Bills Wange, der daraufhin die Faust ballte und schrie: »Yes!«

Es müssen wohl seine brillanten Konversationsfähigkeiten gewesen sein, die sie so zu ihm hinzogen.

Wir kamen auf der Carrollton Avenue raus, wo Bill links abbog, bis die Straße nach ein paar Blocks auf den Damm und die St. Charles stieß, wo er abermals links abbog. Es ging nach Downtown. Er schaute mich immer wieder durch den Rückspiegel an.

»Sie kommen mir bekannt vor«, sagte er. Und dann: »Ich weiß es! Aus dem Fernsehen! Sie sind einer der Typen, die versucht haben, die Straßenbahn zu überfallen.«

Was sollte man noch dazu sagen? Das Herz rutschte mir in die Hose. Wir waren im Fernsehen zu sehen? Wir waren am Arsch.

Als wir am 4141 Club vorbeifuhren, sah Laverne rüber zu Bill. Sie schienen sich ohne große Worte zu verstehen, denn er nickte, obwohl sie gar nichts gesagt hatte, und hielt am Straßenrand. Sie sagte, ich solle den Koffer öffnen. Sie griff nach hinten und zog eines der Bündel, die von dicken Gummibändern zusammengehalten wurden, heraus. Sie fächelte vor mir damit herum, es waren alles Hunderter. Dann streifte sie das Gummiband ab, zog fünf Hundert-Dollar-Scheine heraus und streckte sie mir entgegen. »Hier, sagte sie, »ein bisschen Taschengeld.« Sie lächelte mich an. Ich lächelte zurück. So langsam kam ich wieder zu Sinnen, der Schock der letzten Minuten ließ nach. Wenn sie dachte, sie könnte mich damit abspeisen, hatte sie sich geschnitten. Anscheinend hatte sie vergessen, dass ich eine Pistole hatte.

Zumindest dachte ich das in dem Moment.

Dann aber kam es ganz anders.

»Mach den Koffer zu«, sagte sie, und ich tat es.

Während ich noch darüber nachdachte, wie ich sie und Bill am besten loswerden könnte, und in meiner Tasche nach der Pistole fummelte, um den Plan umzusetzen, ließ Laverne ihren Make-up-Koffer aufspringen und zog eine Knarre heraus. Eine richtig große, glänzende Knarre. Die sie auf mich richtete.

»Sag auf Wiedersehen, Schlauberger.«

Sie wandte sich ihrem einsilbigen Liebhaber zu, während ich noch am Türgriff herumnestelte. »Mister Mad Dog Killer hat sich dafür entschieden, auszusteigen und das Weite zu suchen. Ihm wird schlecht beim Autofahren. Ist es nicht so, Mister Killer?«

WENN ES KEIN PECH GÄBE ...

So schlimm war es eigentlich gar nicht, nicht wirklich. Es gab auch eine positive Seite: Ich war 500 Dollar reicher als am Anfang des Tages, und nicht mal zehn Minuten, nachdem Laverne und Bill in den Sonnenuntergang davongeritten waren, kam wieder ein Taxi vorbei. Noch mal zehn Minuten später lief ich schon in der Lobby des Fairmont Hotels im Central Business District auf die Reihe von Telefonen zu.

Ich schob einen Quarter in den Schlitz und wählte Tommys Festnetznummer. Es klingelte viermal, dann war Tommys Stimme zu hören. Anrufbeantworter.

»Wenn Sie eine gutaussehende Lady sind, hinterlassen Sie Ihre Nummer. Wenn Sie ein Geldeintreiber sind: Ich bin gestorben.«

Dieser umwerfenden Durchsage folgte eine kurze Pause, dann ein hämisches Lachen, gefolgt vom Piepton.

Ich konnte nicht mehr an mich halten: »Du Kakerlake! Die scheiß *Mafia*, Tommy! Bist du völlig durchgedreht?« Ich holte kurz Luft, versuchte mich etwas zu beruhigen. »Scheiß drauf. Wenn du es geschafft hast, triff mich dort, wo wir abgemacht haben. Hast du mal Fernsehen geguckt? Wir sind überall zu sehen. Die müssen irgendwelche Überwachungskameras in der Straßenbahn gehabt haben. Die ganze Stadt will uns an die Wäsche!« Ich warte wieder einen Moment, dann sagte ich: »Und wann hat überhaupt das letzte Mal eine gutaussehende Lady unter *dieser* Nummer angerufen, du Wichser!«

Ich legte auf.

****

Ich ließ mich auf einen Barhocker in einem Schuppen in East New Orleans plumpsen, einer Bar, die Tommy als Treffpunkt vorgeschlagen hatte, um das Gelingen unseres Raubzugs zu feiern und die Beute aufzuteilen. Ich wusste nicht, warum ich dort hingekommen war. Denn falls Fred ihn verpfiffen hatte, würde Tommy bereits auch hinter Gittern sitzen und die Fragen beantworten, die ihm ein paar Typen in schlecht sitzenden Anzügen um die Ohren hauten.

Tommy hatte keine alltägliche Bar ausgesucht. Alle Bardamen hatten Plastiktitten, daran merkte man schon, dass es sich um ein höherklassiges Etablissement handelte. Die hatten noch nicht einmal Flaschenbier dort. Sie servierten das Bier in den kleinen Gläsern, in denen meine Mutter früher grüne Bohnen züchtete. Bei dem Preis, den sie für das Bier verlangten, hätte man meinen können, sie würden es einem in Kristallgläsern auftischen, aber nein, du kriegst dein Getränk im Einmachglas. Der Name ist mir entfallen, Chez irgendwas. Die ganzen Autos auf dem Parkplatz waren in Deutschland oder in Italien gebaut worden, kein einziges in den guten alten US of A oder in Japan, und kein einziger Pick-up-Truck weit und breit. Der Laden hatte schon Niveau, das war klar. Wenn du in einer Bar in New Orleans bist und siehst keinen einzigen Cowboyhut und kein rotes Stirnband, dann bewegst du dich in höheren Steakhaus-Gefilden.

Im Hintergrund war das Gedudel von Kenny G zu hören. Der bekackte Kenny G! In New Orleans! Ich spürte, wie mir die Pickel sprossen. Wenn jetzt auch noch die Beach Boys oder Chuck Mangione kämen, würde ich abhauen. Direkt aus der Hintertür raus und im Strahl kotzen.

Und die Aircondition war auch zu hoch aufgedreht. Was mir an den Bars im Quarter oder auch draußen in Fat City gefällt, sie übertreiben es nicht mit der Klimaanlage. Lass die Tür offen, den großen Ventilator an der Decke laufen und die Sehenswürdigkeiten, Geräusche und Gerüche der Stadt Einzug halten. Das verbessert das Aroma. New Orleans hat einen ganz eigenen Geruch. Ich kann ihn nicht definieren, aber es ist ein schöner Geruch. Da steckt Jambalaya drin, und Flusswasser aus dem Mississippi, Po-Boys mit Austern und der abgestandene Mief von verschüttetem Bier und alter Pisse auf dem Boden, und auch diese Blumen, die man überall sieht, dieses lila Zeug, und erst recht Knoblauch. Diesen Geruch findest du nirgendwo sonst auf der Welt, und ich liebe ihn. Ich bin absolut verrückt danach. Wenn ich blind wäre, würde ich nach New Orleans ziehen, vorausgesetzt jedenfalls, ich wäre noch bei Verstand. Allein schon, was dir deine Nase an Eindrücken verschafft, würde dir ein abwechslungsreiches und ausgefülltes Leben bescheren. Aber das galt nicht für Orte wie diesen hier, dem sie den ganzen Charakter geraubt haben. Da könnte man glatt genauso gut in einer Bar in New Jersey stehen, bei dem ganzen Chrom, den Farnpflanzen und einem Haufen Schwuchteln mit Zöpfen. Das einzig Gute an diesem Saftladen waren die Titten der Bedienung. Da konnte man wirklich von wahren Kunstwerken sprechen. Da wäre ich gern der Personalchef in dem Schuppen gewesen, der die ganzen Vorstellungsgespräche führte.

Und stell sich einer vor, ich war gerade zur Hälfte mit meinem vierten Shot Jack Daniel's durch, da kam er hereinspaziert. Zwar nicht gerade mit einem breiten

Grinsen, aber Handschellen trug er auch nicht. Er ließ sich auf den Barhocker neben mir fallen.

»Hallo, Häuptling«, begrüßte ich ihn. »Hast mich aufgespürt, du gerissene Rothaut, du. Ihr Indianer könnt aber wirklich gut die Zeichen deuten, oder? Fast so gut, wie du Menschen lesen kannst. Es hat mit den Augen zu tun, habe ich gehört. Die Augen lügen nicht.«

Ich wollte sauer auf Tommy sein, sogar überhaupt erst mal sauer auf Tommy *werden*, aber es klappte nicht. Ich war wirklich froh, dass er hatte abhauen können. Das hatte einige Gründe, aber einer der gewichtigsten war die Vermutung, dass er, wenn sie ihn geschnappt hätten, nicht eine Nanosekunde gezögert hätte, auszupacken. Und sein Fehler war es auch nicht, dass der Plan scheiterte, obwohl – ich hatte versucht, ihn zu warnen – es mir schien, dass Fred und Laverne nicht gerade die heißeste Romanze am Laufen hatten. Wer hätte das wissen können? Ich meine, selbst wenn der Typ seine Alte gehasst hat, sollte man doch meinen, dass er trotzdem ihr Leben nicht in Gefahr bringen würde, erst recht, wenn es gar nicht um sein Geld ging.

»Was ist passiert?«

»Es war furchtbar«, antwortete er. Er kippte den Shot Wild Turkey hinunter, den ich ihm bestellt hatte. Ich winkte den Barmann herbei, der das Glas wieder füllte.

»Pete, es war irre. Wir gingen rein in den Laden, genau wie ich es geplant hatte. Wir kommen zum Käfig, dem kleinen Büro, in dem sich der Safe befindet, und die ganze Zeit lächelt der kleine Schwanzlutscher und nickt den Leuten zu, dem Personal, den Kunden, genau wie ich es ihm befohlen hatte. Es war perfekt. Er geht direkt zum Safe und hat ihn in zwei Sekunden auf.«

»Und was ist dann schiefgegangen?«

»Es war furchtbar. Frag mich lieber, was nicht schiefgegangen ist.«

»So weit waren wir schon, Tommy, wiederhol dich nicht. Was zum Teufel lief denn schief, er hat doch alles gemacht, was du ihm gesagt hast?«

»Ja, bis dahin. Er greift in den Safe und holt eine Pistole raus. Die verdammt größte Pistole, die ich je gesehen habe. Der Lauf allein war schon 'nen Meter lang, sah aus wie ne .357 Magnum auf Steroiden.«

Er sah mich von der Seite an und schüttelte den Kopf.

»Dann ruft er: ›Hände hoch!‹ Hände hoch! Als ob er auf einmal der scheiß Räuber wäre.«

»Und was hast du gemacht?«

»Was *glaubst* du denn, was ich gemacht habe, du Arschloch? Ich hab die Hände gehoben! Er hatte 'ne scheiß Bazooka bei sich!«

»Und warum konntest du dann abhauen? Wie bist du hierhergekommen?«

»Na ja, er fängt an rumzuschreien, fährt die ganzen Arschlöcher dort an, sie sollen die Bullen rufen, hier zum Supermarkt und dort zu seinem Haus, weil dort seine Ehefrau mit Waffengewalt gefangen gehalten werde. Zu mir sagt er, ich soll mich auf den Boden legen. Ich wollte es gerade machen, als ihn irgendwas ablenkte, irgend 'ne Tussi, die losschrie oder so was. Er drehte sich eine Sekunde lang zu ihr um, und da bin ich losgerannt.«

»Und damit bist du durchgekommen. Einfach so?«

»Sicher. Einfach so. Bist du eigentlich noch ganz *dicht*? Nein, nicht einfach so. Der Bastard fängt an auf mich zu schießen, Kugeln zischen überall durch die Gegend, hat sich angehört wie der Dritte Weltkrieg. Wenn ich ehrlich bin, dachte ich, ich mache mir in die Hosen. Vielleicht habe ich mir sogar in die Hosen gepisst … weiß nicht. Ich bin so schnell gerannt, ich glaube, ich habe mir in die Hosen gepisst und der Fahrtwind hat es wieder getrocknet.« Er schaute herab an sich auf den Schritt.

»Überall zischten die Kugeln durch die Gegend. Ich glaube, eine alte Frau hat's erwischt. Ich hab Glück gehabt und konnte verduften. Dazu kommt, dass der Typ kein Scheunentor treffen würde. Also, ja, Schwachkopf, ich bin damit durchgekommen. Ein Kinderspiel. Und was hast du so erlebt, Süßer?«

Ich klärte ihn auf, erzählte ihm von Laverne und Bill und dem Koffer voller Geld.

Eine ganze Weile sagte keiner von uns beiden mehr etwas. Wir saßen nur da und spielten mit unseren Drinks. Dann meinte ich schließlich: »Ich glaube, wir stecken tief in der Scheiße, Tommy.«

Er warf mir einen bösen Blick zu. »Tatsächlich? Im Moment sind sämtliche Cops der ganzen Stadt hinter uns her. Am besten verlassen wir die Stadt eine Zeitlang, bis sich die Gemüter beruhigt haben.«

»Tommy, ich glaube nicht, dass es die Cops sind, wegen denen wir uns die größten Sorgen machen müssen. Denk mal nach: Wenn so viel in dem Koffer war, was glaubst du, wo das herkommt?«

»Keine Ahnung. Vielleicht hat er es selbst aus dem Supermarkt geklaut?«

»Wie denn? Immer mal was bei den Konservenverkäufen unterschlagen? Denk nach, Tommy. Ich weiß nicht, woher so ein Typ so viel Kohle haben sollte, aber sicherlich stammt es nicht von Bestechungszahlungen der Milchlieferanten. Ich habe ein ungutes Gefühl. Ich habe das Gefühl, wir sind irgendwo reingestolpert, wo wir uns besser rausgehalten hätten. Die ganze Angelegenheit kommt mir seltsam vor, sehr seltsam. Die Sache stinkt. Ich glaube, wir müssen was rausfinden, so schnell wie möglich. Ich habe das Gefühl, wir stecken bis über den Kopf in der Scheiße.«

»Pete, du machst mir Angst.«

»Du solltest auch Angst haben, Tommy. Ich halte es für das Schlaueste, wenn wir jetzt so richtig Angst haben.«

Er saß eine gute Minute so da und ließ sich alles durch den Kopf gehen. Dann sagte er: »Ich mach mal schnell 'nen Anruf und sehe zu, ob ich etwas rausfinden kann. Ich kenne da einen Typen, der wissen müsste, ob du recht haben könntest mit deinen Verdächtigungen.«

»Ich habe überhaupt keinen *Verdacht*«, entgegnete ich, »mach deinen Anruf.«

****

Als er zurückkam, wusste ich, dass wir in Schwierigkeiten steckten. Es stand ihm im Gesicht wie die Akne einem Sechzehnjährigen bei der ersten Verabredung.

»Pete, wir sind so gut wie tot.«

Ich sah ihn an: »Das ist die Schlagzeile. Was steht im Artikel?«

»Mein Freund sagt, dass es schon überall auf der Straße verbreitet wird: Findet die zwei Typen, die Fred ausgeraubt haben, und schafft sie herbei.«

»Aber das ergibt doch keinen Sinn, Tommy. Wir haben ihn doch gar nicht ausgeraubt, hast du das vergessen? Er hat die Bullen gerufen und auf dich geschossen. Du hast das Geld gar nicht in die Finger bekommen.«

»Aber *du*.«

»*Ich*? Wovon redest du denn?«

»Du bist aus seinem Haus abgehauen, mit seiner Frau und einem Koffer mit 500.000 Dollar.«

»Ja, na ja ... aber ich hab's doch nicht. Laverne hat es. Das weißt du auch. Ich hab's dir gesagt. Glaubst du, ich habe gelogen? Meinst du, da steht ein Koffer voller Geld unter meinem Barhocker? Sieh doch hin, du Trottel!«

»Das wissen die doch nicht, Pete. Die denken, du hast das Geld und seine Alte um die Ecke gebracht. Ich korrigiere mich: Die denken, wir haben das Geld.«

»Wow, 500.000 waren in dem Koffer? Verdammt noch mal! Und wer zur Hölle sind ›die‹, von denen du immer redest? Die Bullen?«

»Schlimmer.«

»Wer kann denn noch schlimmer sein als die Bullen, Tommy?«

Scheiße, die Antwort darauf kannte ich schon. Ich musste sie nur noch mal von offizieller Stelle hören.

»Nicht ...«

» Doch.«

»Ach du Scheiße.«

»Das kannst du laut sagen, echt Scheiße.«

»Wie zur Hölle kommt denn der alte Schlips von einem Fred an Mafia-Kohle?«

»Weil, Pete, der alte Schlips von einem Fred die Mafia *ist.* Zumindest arbeitet er für sie. Der SaveMore, den er leitet, gehört zu ihren Geschäften. Sie haben da verschiedenes am Laufen, in erster Linie aber nutzen sie ihn, um Drogengelder zu waschen. Das war Drogengeld, das sich seine Alte da unter den Nagel gerissen hat. Und sie wollen es zurück. Deshalb sind sie auch sehr scharf darauf, die beiden Typen zu erwischen, von denen sie denken, dass die das Geld geklaut haben. Wobei es sich um dich und mich handelt. Und deshalb sind wir, ich wiederhole es noch einmal, so gut wie tot.«

Ich leerte mein Glas.

»Was sollen wir tun, Tommy? Warum in aller Welt habe ich mich nur von dir da reinziehen lassen? Da nimmt man mal zwanzig Sekunden seine Medikamente nicht, und dann passiert so was.« Ich redete eher mit mir selbst als mit ihm.

»Ich muss nachdenken«, sagte er, »mir wird schon was einfallen, keine Sorge. Vergiss nicht: In diesen Adern fließt Indianerblut. Indianer sind gut darin, der Falle des weißen Mannes zu entwischen. Ich hol uns da raus.«

Ich stöhnte auf. Mir fielen nur die ungefähr tausend John-Wayne-Filme ein, die alle das gleiche Ende nahmen für die unwahrscheinlich cleveren Indianer.

»Wir müssen beide erst mal weg von der Straße, bis ich mir was ausgedacht habe«, sinnierte er. »Hast du einen sicheren Ort, wo du hinkannst? Auf keinen Fall kannst du in deine Bude. Vielleicht wissen sie jetzt noch nicht, wer wir sind, aber die Jungs sind gut. Wird nicht lange dauern, bis sie rausgekriegt haben, wer wir sind.«

Ich schüttelte den Kopf, versuchte die Tränen zurückzuhalten und den Anschein jener Männlichkeit zu bewahren, die mir in Wirklichkeit abhandengekommen war.

»Okay. Das ist schon okay. Ich werde dich zu einer meiner Freundinnen schicken. Sie wird dich aufnehmen, die kann ihr Mundwerk halten. Du hältst dich dort versteckt, bis ich mich bei dir melde und dir sage, wie es weitergeht.«

Er musste bemerkt haben, wie niedergeschlagen ich war.

»Kopf hoch, Landsmann. Die Lady wird dir gefallen. Sie heißt Cat, und sie ist 'ne Granate. Ein Cajun-Baby. Das sind gute Leute. Sie geht anschaffen.«

Anschaffen?

CAT

Tommy rief sie an und regelte alles. Sie sagte, klar, schick ihn bei Polly's Western Tap vorbei, und dass sie im Laufe des Abends dort auftauchen und mich abholen würde. Es wäre alles kein Problem, ich könnte ein paar Tage bei ihr unterkommen. Er hat ihr nichts davon erzählt, was vorgefallen war, nur dass ich sein Partner bei einem Deal war, der nicht ganz so optimal gelaufen wäre, und dass es für mich nicht angesagt war, mich an meiner alten Wohnstätte aufzuhalten.

Normalerweise betrinke ich mich nicht. Zumindest seit Wichita Falls nicht mehr. Damals hatte ich den besten gottverdammten Lauf meines Lebens als Pitcher, sechs Spiele am Stück ohne Niederlage und vier klare Siege, und nicht einfach nur Siege, sondern durch einen One-hitter und einen Three-hitter. Die Pitches gingen mir dermaßen perfekt von der Hand, landeten fast auf den Millimeter genau da, wo ich hingezielt hatte, aber ich hatte ja nichts Besseres zu tun, als danach auszugehen und mich mit einer Flasche Old Remember zuzurichten. Hat mein Timing völlig zerstört. So sehr, dass mein Earned Run Average fast vier Punkte nach unten fiel und man mich danach zu einem Hinterwäldler-Team in die Ozarks abgeschoben hat, die nicht mal 'nen Bus hatten, sondern meistens zu den Auswärtsspielen trampten. Seit diesen tragischen Ereignissen hat Teufel Rum meine Lippen nicht mehr benetzt – höchstens in moderaten Mengen und nie am Tag vor einem großen Spiel.

Was habe ich also gemacht angesichts meiner zurückliegenden einschlägigen Erfahrungen mit Spirituosen und der Erkenntnis, dass sie der Grund sind, warum ich immer wieder in Schwierigkeiten geriet? Ich habe mich zugerußt. Aber so was von. Ich saß in der Kneipe, in die Tommy mich geschickt hatte, draußen in Kenner, Polly's am Airline Highway. War einer dieser Läden, wo die Fernsehprediger gern hingingen und sich mit Mädchen vergnügten, bevor die Öffentlichkeit etwas zu ungehalten darauf reagierte.

Ich lehnte an der Bar, den Kopf aufgestützt, damit er nicht runterfiel und die beiden Kakerlaken bei ihrem Paarungsritual störte. Ich versuchte, meine Aufmerksamkeit der Country & Western-Band zu schenken, die in einer völlig andern Tonart durch die Songs stolperte als der, in der ihr Sänger die Songs massakrierte. Eine Wasserstoffblondine unbestimmbaren Alters saß allein an einem Tisch direkt vor der Band, und nach einer Weile wurde deutlich, dass sie etwas mit dem Sänger zu tun haben musste, einem kantigen grauhaarigen Cowboy, der sich zwischen den Sets zu ihr an den Tisch setzte. Sie erinnerte mich an die Sorte Frauen, die man immer in den Fernsehberichten sieht, wenn sich der Todestag von Elvis jährt und sie vor Graceland Schlange stehen, um ihre Anteilnahme zu bekunden.

Sie wird wohl die Frau des Sängers gewesen sein oder seine Freundin oder auch vielleicht sein größter Fan.

Ein kleineres Drama begann sich anzubahnen, während ich an meinem Dixie schlürfte. Verschiedene Damen scharwenzelten zu dem Sänger hin oder winkten ihm zu, wenn sie ihn bei ihrem Texas-Two-Step passierten. Die Blonde bedachte jede einzelne von ihnen mit mörderischen Blicken, der einen oder anderen warf sie auch eine Bemerkung an den Kopf. Nachdem das gut eine Stunde so gegangen war, steuerte eine der Frauen, eine Rothaarige mit gewaltig auftoupierten Haaren, geradewegs auf die Bühne zu, schlang ihre Arme um den Sänger und platzierte einen dicken Schmatzer auf seinen Lippen.

Diese Art von Vertraulichkeit rief die Blonde umgehend auf den Plan. Sie schoss von ihrem Tisch hoch, direkt auf die andere Frau zu, und im Handumdrehen lagen sie auf dem Boden vor der Bühne, kratzten und bissen, schrien und traten um sich. Da kam Leben in die Bude. Die Band spielte weiter, ging nahtlos in eine Nummer über, die sie sich für ordentliche Hillbilly-Kneipenschlägereien zurechtgelegt haben musste. Der Mann im Mittelpunkt des Geschehens, der Sänger, knödelte einfach weiter, obwohl seine Lady vor ihm auf dem Boden lag und die Fetzen flogen. Das war schon ein echter Profi. Messerscharfe Fingernägel kamen zum Einsatz, die Rothaarige drückte einen Finger in die Augenhöhle der anderen und riss ihr den Augapfel raus, der auf dem Boden auf mich zurollte und unter meinem Barhocker liegen blieb. *Ein Augapfel!* Mein Magen drehte sich um, ich konnte gerade noch so alles drinbehalten. Ich wollte die Örtlichkeit einfach nur noch verlassen und alles vergessen, was ich gerade gesehen hatte. Es bedurfte allerdings meiner ganzen Kraft und Konzentration, dass ich mein Zittern unter Kontrolle bekam. Ich wagte es nicht aufzustehen, weil ich solche Angst hatte, dass ich aus Versehen auf das schöne blaue Auge der Lady stapfte und es zerquetschte. Noch nie zuvor hatte ich miterlebt, wie jemand ein ganzes Auge herausreißt, obwohl ich schon oft gesehen hatte, dass Leute es versuchten.

Ich war gerade dabei, meinen nächsten Move zu überdenken, ob ich kotzen oder aufstehen sollte, als der Barkeeper und ein anderer Typ angerannt kamen und die beiden Frauen voneinander loszerrten. Jeder schnappte sich eine, warf sie sich über die Schulter und schaffte sie unter großem Getrete und Gejammere nach draußen. Die Rothaarige keifte, sie werde sich das andere Auge auch noch holen und danach die Zunge, die Lungen und diverse weitere Organe, während die andere etwas in der Art brüllte, dass die armselige Schlampe ordentlich Sumpfbrühe schlucken würde, wenn sie und ihre Freunde mit ihr fertig wären.

Am meisten beeindruckte mich, dass die Band keinen einzigen ihrer schiefen Einsätze verpasste und der Sänger einfach so tat, als ob nichts passiert sei, als ob da gar kein Augapfel unter meinem Barhocker lag – das war unglaublich professionell. Ich machte mir gerade so meine Gedanken darüber, dass ich zwar schon in einigen derben Hillbilly-Bars gewesen, diese hier aber echt die härteste von allen war, als ich eine Hand an meinem Nacken spürte und nur wenige Zentimeter von meinem Ohr eine Stimme ertönte: »Das ist mal ein Spaß, oder? Sie hat sich schon wieder Ruth Anns Auge geholt. Sie schafft es immer wieder. Diese Lucy!«

»Lucy?« Ich drehte mich um, und da stand diese kleine grünäugige schwarzhaarige Frau und blitzte mir das weißeste Lächeln entgegen, das ich je gesehen hatte.

»Ach so, du kennst Lucy wahrscheinlich gar nicht. Du warst vorher noch nie hier, oder?«

Ich wollte etwas sagen, was auch immer, keine Ahnung, aber die Frau ließ mir keine Zeit. Sie griff unter meinen Hocker und hob das Ding auf. *Sie fasste den Augapfel an.* Meine Innereien veranstalteten Bocksprünge und machten sich auf den Weg zum Ausgang, aber dann erkannte ich, dass es gar kein richtiges Auge war. Na ja, irgendwie schon, aber es war kein menschliches Auge, sondern ein Glasauge.

»Das ist gar nicht echt?«

Die Frau schaute mich fragend an, dann hellten sich ihre Züge auf:

»Ach was, nein. Schätze, das konntest du nicht wissen.«

Sie fing an zu lachen.

»Ich bin Cat, Cathy Hebert. Die Leute nennen mich Cat. Du bist Pete, oder? Tommy hat dich ganz treffend beschrieben.« (Sie sprach ihren Nachnamen *ähbähr* aus, ich habe erst viel später rausgefunden, wie man das schreibt). »Ich glaube, du stehst noch ganz schön unter Schock«, meinte sie und, musste dabei kichern. »Das ist ein ganz alltägliches Vorkommnis hier im Polly's. Das da ist Lucys Mann, Slim, singt hier jeden Freitag- und Samstagabend, und Lucy sitzt genau vor ihm, damit sie ihn im Auge behalten kann. Und dann geht das mit den Frauen los, die mit ihm rummachen. Jede Woche geht das so. Lucy hält sich ziemlich zurück – bis Ruth Ann kommt und anfängt, mit Slim zu flirten. Dann dreht sie durch. Es ist Lucys Auge. Das passiert jede Woche, so regelmäßig wie der Kirchgang. Ruth Ann reißt Lucy das Auge raus und beide fliegen aus der Kneipe. Slim spielt weiter, und es dauert nicht lange, bis eine andere Frau anfängt, mit ihm zu flirten, und mit der landet er dann in der Kiste. Das ist besser als jede Seifenoper.«

Sie drehte sich um, suchte Blickkontakt mit dem Barkeeper und schnipste ihm das Glasauge zu. Sie hatte eine gute Unterhandtechnik drauf und hätte wohl einigen Pitchern noch beibringen können, wie man beim Suicide Squeeze zur Home Plate wirft.

»Sag Lucy, dass Cat ihr Auge abgegeben hat, Frank«, meinte sie zum Barkeeper. Es war derjenige, der auch schon eine der beiden Wrestlerinnen nach draußen getragen hatte. Er nickte, ließ die Kugel in ein Schnapsglas fallen und stellte es im Getränkeregal neben einer Flasche Old Crow ab.

Sie zwinkerte mir zu: »Wer das Auge abgibt, bekommt von ihr beim nächsten Mal einen ausgegeben, manchmal bezahlt sie auch zehn Dollar Finderlohn. Du glaubst gar nicht, wie teuer diese Dinger sind.«

Was mir als Erstes an Cat auffiel – vom offensichtlichen mal abgesehen, nämlich dass sie äußerst üppige Melonen hatte –, waren ihre ... *Farben.* Die Farbe ihres Haars, ihrer Zähne, ihrer Augen, ihrer Haut. So lebhaft. Technicolor-Farben. Sie waren so intensiv, dass man nur zu Klischees greifen konnte, um sie zu beschreiben. Die Farbe ihrer Haare war das Blauschwarz eines Raben. Das Grün ihrer Augen war der irischste aller Grüntöne, und so weiter, Sie verstehen schon, was ich meine. Ich dachte, sie wäre irischer Abstammung, aber in der nächsten Stunde erklärte sie mir erst mal in groben Zügen ihre Lebensgeschichte (dachte ich zumindest damals), und so erfuhr ich unter anderem, dass sie eine Cajun war (oder Coonass, wie sie es nannte), als Vollzeit-Bedienung und Teilzeit-Prostituierte arbeitete, Weißwein und Willie Nelson mochte und – welch glücklicher Zufall –, heute ihren freien Abend habe und ich auf jeden Fall bei ihr in Fat City willkommen sei und so lange bleiben könne, wie ich wolle, weil ich doch ein Freund von Tommy wäre.

Wir tanzten und tranken ein bisschen und amüsierten uns prächtig, wie es nun mal üblich ist New Orleans, wo die Mädels anders sind als irgendwo sonst auf der Welt und dich direkt wissen lassen, was sie im Sinn haben. Im Allgemeinen unterscheidet sich das kaum von dem, was Männer wollen: Sie denken an SEX, geschrieben mit einem großen F.

Zuerst mussten wir zu einer Mall, ihr eine Bluse für die Arbeit besorgen. Das war schon irgendwie schön, so mit ihr rumzulaufen, sich Klamotten und andere Dinge anzusehen. Wir setzten uns auf eine Bank im obersten Geschoss und schauten runter auf die Geschehnisse im Eingangsbereich. Dort hatten sie ein riesiges Aquarium aufgestellt, in dem Leute ferngesteuerte Boote um die Wette fahren ließen. Ich bestellte Cat ein paar Beignets, dazu tranken wir beide Café au lait.

»Sieht aus, als ob das Spaß macht.«

»Ich kannte mal einen Typen, der so welche hatte«, erzählte sie. »Das war sein Hobby. Er hatte ein Boot, das war so groß wie ein echtes, ungelogen, damit konnte man einen Wasserskifahrer ziehen.«

Wir lachten und quatschten und lernten uns ein bisschen kennen, und als wir gingen, war ich mir sicher, dass ich meinen Aufenthalt bei ihr genießen würde. Sie war sehr umgänglich.

Ich schätze, sie mochte mich auch. »Höchste Zeit für die Biologie«, sagte sie, als wir ihr Apartment betraten. Zuerst habe ich überhaupt nicht geschnallt, was sie meinte, aber sie steuerte geradewegs auf ihr Schlafzimmer zu und ließ bei jedem Schritt ein Kleidungsstück fallen. Da wurde mir dann doch recht schnell klar, wohin das führen sollte.

Wir legten los, wenn ich mich mal so ausdrücken darf, und später, als ich meine Kinnlade wieder von meiner Brust gehoben hatte, wohin sie herabgesunken war, als ich dieses Taj Mahal erblickte, das sie ihr Schlafzimmer nannte, musste ich zugeben, dass es, nun ja, der beste Sex war, den ich in meinem Leben je gehabt hatte, die S-Klasse des Fickens. Ich glaube sogar, dass sie das Gleiche behaupten würde, obwohl ich nicht danach gefragt habe, nicht zuletzt, weil sie eine Professionelle war und vielleicht deswegen schon Typen erlebt hatte, die besser im Matratzensport waren als ich, während ich keinen Wert darauf legte, das von ihr zu hören. Aber ich glaube, für sie war es auch ziemlich fantastisch, jedenfalls den Geräuschen nach zu urteilen, die sie von sich gab, oder auch danach, als sie völlig die Fassung verlor, während – ich will es mal so ausdrücken – der Zug der Liebe den Gipfel erreichte und anschließend ins Tal einfuhr.

»Komm her«, sagte sie, als wir wieder Luft schnappen konnten und sich unsere Atmung nach dem ersten schmutzigen Aufeinandertreffen etwas beruhigt hatte. Sie stand auf und streckte ihre Hand aus. In diesem Film hatte auf jeden Fall sie die Hosen an. Was immer sie sagte, ich tat es einfach. Sie nahm mich bei der Hand und führte mich ins Badezimmer, legte sich in der Badewanne auf den Rücken, sah zu mir auf und strahlte mich an: »Mach schon«, sagte sie, »besorg's mir.«

»Sollten wir nicht erst etwas Wasser einlassen? Du könntest dich an der Wanne wundreiben«, meinte ich. »Noch dazu solltest du mir ein paar Minuten der Erholung gönnen, ich bin keine fünfzehn mehr.«

»Du Dummkopf«, erwiderte sie, »ich will doch nicht ficken. Ich will eine Dusche. Du weißt schon, *Golden Shower*. Ist das ein Problem für dich?«

Als ich daraufhin die Warmwasserbrause aufdrehte, stellte sich heraus, dass ich mit meiner Sexualerziehung nicht auf dem neuesten Stand war. Als sie mir erklärte, welche Art von Dusche sie im Sinn hatte, kräuselten sich mir zuerst die Augenbrauen, aber ganz im Sinne des Mottos »Andere Länder, andere Sitten« schritt ich dann zur Tat. Und ob Sie's glauben oder nicht, es hat mich schon angetörnt. Ich widmete mich der Sache ausgiebig und entwickelte ungeahnte kreative Fähigkeiten. Logisch fing ich mit der alten Schreibe-deinen-Namen-in-den-Schnee-Nummer an, aber als die Sache am Laufen war, eröffneten sich mir neue Möglichkeiten und der Künstler in mir wurde geweckt. Bei dieser Natursektsache muss irgendeine psychologische Komponente mitschwingen, aber keine Ahnung, was das sein könnte, es war ja meine erste Erfahrung mit dieser Prozedur. Was auch immer dahintersteckte, mir war zwar gleich klar, dass ich niemals die gleiche Begeisterung dafür entwickeln würde wie Cat, aber ganz so verkehrt war es auch wieder nicht. Und ich wusste auch, dass ich die alte Beschimpfung »Ich piss auf dich« nie wieder hören würde, ohne sie in einem neuen Licht zu sehen.

Auch andere Vorkommnisse in jener Nacht unterschieden sich etwas von meinem üblichen Vorgehen bei einer Lady. Vom Wassersport abgesehen, widmeten wir uns einigen komplizierten Spielchen mit Vibratoren. Zum Beispiel gab es da so ein großes Exemplar, eine sehr ernst zu nehmende Gerätschaft, die aussah, als ob man damit Bürgersteige aufreißen könnte – wenn man denn

Manns genug war, sie zu halten. Als sie mich zum ersten Mal in der Hitze der Leidenschaft anflehte, ihr eine zu scheuern, war mir schon mehr als seltsam zumute, aber als ich mich erst mal daran gewöhnt hatte und sah, wie viel Vergnügen es ihr bereitete, hatte ich wenig Hemmungen, sie ordentlich zu versohlen. War gar nicht so schlecht, und es lieferte mir erstklassiges Material für die Art von Kriegsgeschichten, die ich später den Jungs erzählen konnte. Je röter ihr Hintern von meiner Bearbeitung wurde, desto geiler wurde sie. Je mehr sie schrie und stöhnte und sich rumwälzte, desto größer wurde für mich das Vergnügen. Sie war unglaublich heiß – wir waren beide am Kochen.

Aber sie war laut, quietschte wie ein Ferkel, nur dass es sich nicht so putzig anhörte. Das ging durch Mark und Bein, es hörte sich an, als ob jemand eine Ladung Eiswürfel in Dolly Partons Ausschnitt kippte. Ihre normale Sprechstimme war schon nicht besonders angenehm, so hoch und schrill, als ob sie Helium eingeatmet oder einen Daumen in ihrer Nugatstube hätte. Erst recht, wenn sie von etwas begeistert war, unglaublich, was das alles sein konnte, etwa wenn ihr Lieblingslied der Bee Gees im Oldie-Sender lief. Das passierte bei unserer ersten sexuellen Begegnung; sie zuckte zusammen, richtete sich auf, warf die Arme in die Luft und kriegte gar nichts mehr raus, weil sie die Worte einatmete, statt sie auszusprechen. Mitanzusehen, wie sie sich dermaßen hineinsteigerte, war schon ein Erlebnis. Das Gekreische, Gewinke, und wie die Stimme am Ende des Wortes nach oben ging, etwa so:

»O mein Gott, o mein Gott! Das ist mein gottverdammter Lieblingssong aller Zeiten. Da könnte ich sterben, wenn ich den höre. Wie heißt der noch mal? Irgendwas mit Saturday, oder?«

Beim ersten Mal fand ich ihre Stimme ja noch niedlich, wir hatten vorher fantastischen Sex gehabt, und sie hatte dabei den richtigen Ton getroffen, aber dann wachst du am nächsten Morgen auf mit einem Elefanten, der in deinem Schädel herumtrampelt, und dieser Quietschstimme, die durch das Schlafzimmer hallt, und dann wird dir klar, dass sie ihre Klappe immer noch nicht hält. Du glaubst dann, dass sie niemals aufhören wird zu plappern, bis ihr jemand eins überzieht, und fängst schon an, dich nach einem passenden Holzbrett umzusehen, versuchst herauszufinden, wo sie die großen Messer versteckt.

Schließlich stellte sich heraus, dass sie noch einen weiteren Makel hatte. Sie mochte Drogen, ganz besonders Koks, und war äußerst enttäuscht, dass ich nichts bei mir hatte. Woraufhin sie mir deutlich machte, dass ich, sollte ich länger bleiben wollen, mit einem größeren Entgegenkommen rechnen könnte, wenn ich den Schnee rieseln lassen würde.

Aber davon abgesehen hatten wir eine sensationell gute Zeit, und als ich schließlich in den frühen Morgenstunden wegpennte, war ich, das muss ich zugegeben, so verliebt, wie man es nur sein kann, wenn man mal ihre Stimmlage außer Acht ließ, für die sich nur Hunde begeistern konnten. Aber es stimmt, ich war hin und weg, einfach verrückt nach ihr. Wäre sie Zuhälter gewesen statt Hure, hätte sie mich nach *dieser* Nacht auf den Strich schicken können. Mann, ich habe in meinem Leben so einige Frauen getroffen, aber im Bett war sie die beste, da kam keine mit, weder davor, noch danach. Na ja, »danach«

kam auch nicht mehr viel. Und ich habe mit Sicherheit einiges an Erfahrungen aufzuweisen, so als Baseballer, gestandener Mann und Sexidol einer Menge von Frauen in all den Städten, in denen wir gespielt haben.

Unterhalten haben wir uns auch, wenn wir gerade mal keinen Sex hatten. Zwar kam es mir so vor, als ob wir rund um die Uhr am Bumsen wären, aber irgendwie müssen wir doch mal pausiert haben, denn im Nachhinein fiel mir auf, dass sie mir doch einiges über sich erzählt hatte.

»Wie kam es eigentlich, dass du Hure geworden bist?«, fragte ich, ganz der wissbegierige Typ, und bereute die Frage schon im selben Moment, als sie mir über die Lippen kam, weil sie vielleicht doch etwas zu taktlos war. Cat nahm es mir nicht krumm. Das musste man ihr lassen, sie machte niemandem etwas vor. Sie war so, wie sie war, ob dir das nun gefiel oder nicht.

»Meine Mutter hat mich verkauft. Als ich zehn war.«

»Sie hat dich *verkauft*?«

»Ja. An so einen reichen Typ. Der war im Geschäft.«

»Wie meinst du das denn, verkauft?«

»Genauso, wie ich es sage.« Sie lachte, aber ich merkte, dass es wenig mit Freude zu tun hatte. »Dieser Typ stand auf kleine Mädchen. Auf kleine Jungs auch. Er hat mich meiner Mutter abgekauft. Wir waren arm, Ma war drauf. Ich glaube sie hätte es nicht gemacht, wenn sie nicht den nächsten Schuss gebraucht hätte.«

»Drauf?« Das wurde alles ein bisschen viel für einen Jungen aus dem Mittleren Westen. Ich hatte zwar schon einige krasse Dinger mitbekommen, aber so etwas noch nicht.

»Ja, Junk. Heroin war die Droge ihrer Wahl. Sie liebte

das Zeug mehr als mich, schätze ich.« Sie lachte wieder, aber dieses Mal ließ sich die Verbitterung in ihrer Stimme und in den Augen nicht verbergen. Ihre Augen waren wie Laser, die durch mich hindurchgingen, an einen Ort in der Vergangenheit, den nur sie allein kannte. Aber genauso schnell wie er gekommen war verschwand der Blick auch wieder, ihre Züge hellten sich auf.

»Hör zu, Pete, fang bloß nicht an, mich zu bemitleiden oder so 'nen Quatsch. Mir geht's gut. Es hat 'ne ganze Weile wehgetan, dass sie das gemacht hat, aber eigentlich kann man es ihr nicht vorwerfen. Warst du schon mal auf Turkey?«

Ich schüttelte den Kopf, nein. Sie erzählte weiter.

»Wenn du das Zeug brauchst, dann brauchst du das Zeug. Da gibt es nichts Wichtigeres. Und so war es bei meiner Mama. Sie hat so gelitten, es hat ihr die kleine Cajun-Seele zerdrückt. Und mit dem Typen war es gar nicht so schlimm. Er war nicht so richtig gut bestückt, obwohl mir das in dem Alter natürlich anders vorkam, und er hatte immer zu tun, war ein vielbeschäftigter Mann. Er hat nicht alle fünf Minuten an mir rumgeschraubt. Einmal, zweimal die Woche, rein und raus in drei Minuten. Ein Schnellspritzer, wie wir das auf der Straße nennen, leicht verdientes Geld. Manchmal habe ich ihn einen ganzen Monat nicht gesehen. Meistens hat er mich gut behandelt, hat mir immer Eis gekauft und Puppen. Er kaufte mir jede Puppe, die ich haben wollte. Du hättest mal meine Barbie-Sammlung sehen sollen. Ich hatte sie alle, manche sogar doppelt.«

Ich dachte, ich hätte schon alles gehört, aber das war Neuland für mich. Sie erzählte mir mehr, viel mehr, als ich hören wollte. Ich wollte den alten Mann umbringen, weil er ihr das angetan hatte – dabei kannte ich sie doch kaum.

Cat wusste, wo ihre Mutter lebte, aber seit dem Tag, an dem sie für hundert Dollar und eine Spritze verkauft worden war, hatte sie kein Wort mehr mit ihr gesprochen.

»Hundert Dollar?«

»Ja.« Sie lachte bitter.

»Ich denke, er hat fünfzig geboten, und sie hat ihn auf hundert hochgehandelt. Keine Ahnung, ob sie einfach mehr Geld gebraucht hat, oder ob sie meinte, mein Wert läge höher. Ich möchte ja glauben, dass sie es getan hat, weil sie dachte, ich sei mehr wert, als er bot.« Wieder schnaubte sie, ein Glucksen ohne Fröhlichkeit.

»Manchmal treffe ich noch Granny. Sie erzählt mir dann von Mom. Sie ist immer noch drauf. Einmal Junkie, immer Junkie. Für 'ne Weile kannst du's in den Griff kriegen, aber der Affe bleibt immer bei dir, wartet einfach ab. Der Affe weiß Bescheid. Der Affe weiß, dass du nicht weit kommst.«

Ihre Großmutter war die einzige lebende Verwandte, die sie kannte, eine alte gebrechliche Frau, deren Verstand zwar nicht mehr ganz auf der Höhe war, die Cat aber aus vollstem Herzen liebte. Anscheinend hatte sie mehr Muttergefühle für Cat entwickelt, als ihre richtige Mutter es jemals vermocht hatte. Cat besuchte sie einoder zweimal im Jahr, wohl auch um, zumindest indirekt, etwas von ihrer Mutter zu hören. Sie drückte es zwar nicht so aus, aber das musste sie auch nicht. Ich konnte zwischen den Zeilen lesen, und was ich da las, machte mich trauriger als den übrig gebliebenen Welpen im Tierheim, wenn sich alle einen Hund ausgesucht haben. Und wütender als eine Cheerleaderin, deren Spiegel zerbrochen ist.

Sie wollte mir nicht sagen, wer das Arschloch war, der sie ihrer Mutter abgekauft hatte, nur dass er immer noch lebte, hier in New Orleans, und, nein, sie traf ihn nicht mehr, aber ab und zu las sie mal was über ihn in der Zeitung. Er war immer noch groß im Geschäft und ein prominenter Bürger der Stadt. Als sie dreizehn war, hatte er sie auf die Straße gesetzt.

»Ich hab 'nen großen Fehler gemacht«, so formulierte sie es. »Ich bin nämlich älter geworden. Er mag seine Frauen aber eher jünger. Eigentlich war dreizehn schon zu alt. Mich hat er länger behalten als die meisten. Für gewöhnlich schmeißt er sie raus, wenn sie elf sind, wenn's hochkommt, zwölf. Er muss mich für 'nen ganz schönen Feger gehalten haben.«

Sie landete im French Quarter, verkaufte sich an Matrosen und Touristen, dealte, nahm Besoffene aus. Sie ließ fast nichts aus, um an Kohle zu kommen, um zu überleben. Sie hatte das Leben auf der Straße von der Pike auf gelernt, im Gegensatz zu mir, der es auf dem zweiten Bildungsweg erlernt hatte und deshalb auch nie in der gleichen Liga spielen würde wie sie, weil er nicht früh genug damit begonnen hatte.

Und so ging es weiter. Sie war cleverer als die meisten anderen. Ihr fielen Dinge auf. Es gab andere wie sie, die das Gleiche durchgemacht hatten.

»Die sind tot, alle. Ich weiß nicht von einer, die noch am Leben ist.«

Junge Mädchen und Jungs seien rudelweise da draußen auf der Straße unterwegs, auch jetzt noch, aus welchen Gründen auch immer, erzählte sie. Sieh dich mal um, wenn du das nächste Mal feiern gehst und dich amüsierst. Wirf mal einen Blick auf die Straßenkinder.

Die meisten von früher lebten nicht mehr, sagte sie. Sie wurden abgestochen, erschossen oder hatten sich eine Überdosis verpasst.

»Ich hatte eine Freundin, war vielleicht sogar meine beste Freundin«, fuhr sie fort. »Wir waren im French Quarter am Anschaffen, da kamen diese beiden russischen Matrosen vorbei. Wir haben sie in einen Hauseingang gelotst und gingen dann zur Sache. Alle zwei brabbelten die ganze Zeit auf Russisch vor sich hin, wir mussten einfach kichern. Ich weiß auch nicht, warum, es kam einfach so.« Ein Ausdruck legte sich über ihr Gesicht, für den mir die Worte fehlten. Ich habe noch nie so einen traurigen Blick gesehen. Ein Blick, in dem sich das reine Elend spiegelte, anders kann ich es nicht sagen. Und weiter ging's mit ihrer Geschichte.

»Anscheinend kam Danielles Kichern bei dem Typ, mit dem sie rumgemacht hat, nicht gut an. Vielleicht dachte er, sie lache über seinen kleinen Pimmel. Er fing an, sie zu schlagen. Das war nichts Ungewöhnliches. Viele Typen haben ihren Spaß daran, eine Frau zu schlagen. Sie fühlen sich gut dabei, wie echte Männer. Doch dann fing sein Kumpel auch noch an, auf sie einzuschlagen. Wir waren beide am Schreien, und die Typen fluchten in Russisch, und dann haute der eine so fest zu, dass sie umfiel. Und da habe ich gewusst, ich hab's sofort gewusst, dass sie tot war.«

Eine kleine Träne rann ihr über die Wange. Ich wollte sie trösten, aber sie stieß meine Hand weg.

»Sie war tatsächlich tot. Der letzte Schlag hat sie am Kopf erwischt. Blut und Schleim kamen ihr aus der Nase und den Ohren, ihr Hals war komisch geknickt. Sie saß einfach auf dem Pflaster, der Kopf war ihr auf die Brust gesunken, als ob sie keine Wirbelsäule mehr hätte. Ich fing wieder an zu schreien, schrie, schrie und schrie weiter, die Russen nahmen die Beine in die Hand. Bald darauf tauchte ein Cop auf, ich war immer noch am Schreien, er gab mir eine in die Schnauze, und da hörte ich auf. Anscheinend funktioniert das. Einen Schreikrampf mit Schlägen zu stoppen, meine ich. Bei mir jedenfalls.«

Sie griff nach ihren Zigaretten und zündete sich eine an.

»Und was ist dann passiert?«

»Hm? Ach so, nichts. Ich hab dem Bullen erzählt, was passiert ist, und der rief dann ein paar andere Bullen herbei, Kripo und so, und dann musste ich aufs Revier mit denen, und die haben sich ans Telefon gehängt und nach einer Weile gesagt, dass ich jetzt gehen könne.«

»Und was ist mit Danielle?«, wollte ich wissen, »was passiert mit den Russen? Sind die denn nicht festgenommen worden?«

»Man würde sich um alles kümmern, sagten sie, man würde sich darum kümmern.«

Sie schnaubte.

»Und? Wie ging's weiter, haben sie die Russen verhaftet?«

»Nein, es hat ein paar Wochen gedauert, bis ich überhaupt mitbekommen habe, was passiert ist. Ein Cop, ein Freund von mir, den ich manchmal umsonst ranlasse und der mir dafür ab und an einen Gefallen tut, indem er etwa dafür sorgt, dass ich nicht alle fünf Minuten verhaftet werde, hat mir erzählt, dass sie das Außenministerium angerufen haben oder so was Ähnliches, und dass dann ein paar Typen in Anzügen vorbeigekommen sind. Es gab ein großes Palaver, und dann haben sie entschieden, dass die Russen und ihr Schiff die Stadt verlassen durften. Man wollte kein großes Aufhebens davon machen und einen internationalen Zwischenfall vermeiden oder so was.«

»Die haben die Typen durchbrennen lassen?« Ich konnte es nicht glauben.

»Ja. Es war ja nur irgend so 'ne schwarze Hure, irgendwo im Quarter, niemand Wichtiges.«

Sie lächelte, ein entrücktes Lächeln ohne jede Freude.

»Danielle und ich waren im gleichen Alter, vielleicht war ich ein kleines Stück älter. Am Tag zuvor hatte sie Geburtstag gehabt. Sie war dreizehn geworden, glaubte sie zumindest. Sicher war sie sich nicht. Sie war im Haus ihrer Mutter zur Welt gekommen. Die Mutter schob sie zu ihrer Schwester ab, weil sie schon zu viele Kinder hatte. Die Schwester zog sie auf, bis der Onkel anfing, Danielle zu ficken, und dann hat sie Danielle auf die Straße gesetzt. Da war sie zwölf. Glaubte sie jedenfalls. Sie hatten nie Geburtstag mit ihr gefeiert, deshalb wusste sie es nicht genau. Sie sah aber wie dreizehn aus. Ich glaube schon, dass sie so alt war.«

Cat hatte feuchte Augen.

»Ach was, sie sah aus wie *dreißig*«, fügte sie kurz darauf hinzu.

Sie sagte, ihr wäre das aufgefallen, sie hätte viel darüber nachgedacht, viel nachgedacht und immer weiter nachgedacht. Und sie erkannte, welche Zukunft ihr beschieden wäre, wenn sie nicht was tun würde. Sie hatte keinerlei Ausbildung, keine Familie, zu der sie zurückkehren konnte. Aber sie war clever, sie war anders als die anderen, die auf der Straße lebten. Wann immer sie konnte, trieb sie sich in Bibliotheken rum, las Bücher und Zeitschriften. Sie las gerne Zeug über die reichen Leute, damit sie daraus lernen konnte. Filmmagazine, Klatschkolumnen, Architekturzeitschriften: Sie fand heraus, dass es noch eine Welt jenseits der engen Straßen des French Quarter gab. Und sie konnte sich ausmalen, was passieren würde, wenn sie so weiterlebte wie bisher. Sie tat das Beste, was sie tun konnte, nahm den einzigen Ausweg, der sich ihr anbot, um dem Straßenleben zu entkommen und zu überleben. Sie besorgte sich einen Job als Bedienung. Und vom Straßenstrich arbeitete sie sich nach oben. Jetzt war sie ein Callgirl, auf dem Höhepunkt ihres Schaffens. Unter einem Hunderter lief da nichts. Kann auch ein Tausender sein, sagte sie, einmal habe sie einen Tausender für ein ganzes Wochenende verlangt und auch bekommen.«

»Ich hoffe, du hast nicht vor, mir eine Rechnung zu präsentieren«, witzelte ich, schließlich war ich ziemlich pleite, obwohl ich die Hoffnung hatte, in nächster Zukunft an das große Geld zu kommen. Erst schaute sie mich grimmig an, aber dann lachte sie, es hörte sich schon fröhlicher an, und antwortete: »Nein, Pete, das war gratis, die biologische Angelegenheit. Das war zum Spaß, nicht fürs Geschäft.«

Als sie das so sagte, wünschte ich mir natürlich, dass ein paar meiner Kumpels sie jetzt hören könnten, weil das einen Typen so unglaublich aufbaut, wenn eine professionelle Sexarbeiterin ihm sagt, er sei gut in der Kiste.

»Außerdem«, fuhr sie fort, »habe ich eine übersinnliche Wahrnehmung. Und bei uns beiden habe ich da so ein ganz spezielles Gefühl: Wir werden noch eine Menge Spaß zusammen haben. Ich kann deine Aura sehen, und wenn die sich mit meiner überlagert, entsteht da eine Farbe, wie ich sie noch nie gesehen habe. Ich weiß noch nicht, was das bedeutet, aber ich habe ein gutes Gefühl dabei.«

Die Farbe, die aus der Kombination unser beiden Auren entstand, war so eine Art Minzgrün mit einer roten Silhouette, sagte Cat zumindest. Ich konnte in dem Zimmer nichts Grünes erkennen außer den Vorhängen, aber auch die waren eigentlich meiner Meinung nach näher an Blau. Wer weiß es schon? Wenn jemand mit übersinnlicher Wahrnehmung anfängt, wird mir sowieso ganz anders. Ich frage mich immer, ob Leute, die behaupten, sie hätte diese Fähigkeiten, deine Gedanken lesen können oder erkennen, was du gerade denkst. Das hätte mir gerade noch gefehlt! Eine Tussi, die deine Gedanken lesen kann? Muss man sich mal vorstellen. Das würdest du keine zwei Tage überleben, sie würde dich killen. Frauen regen sich sowieso schon immer darüber auf, was sie glauben, aus deinem Mund zu hören. Wie soll das erst werden, wenn sie tatsächlich mitkriegen, was du denkst? Wenn du vielleicht gerade einen wegsteckst und dabei ihren Namen lobpreist und sie schamlos vollplapperst, wie toll alles ist, und in Wirklichkeit einzig und allein daran denkst, ob du nicht vergessen hast, den Wagen vollzutanken, wie du es ursprünglich vorgehabt hattest. Oder dir wünschst, sie würde endlich fertig werden, damit du noch rechtzeitig zu David Lettermans Monologen vor die Glotze kommst.

Nein, übersinnliche Wahrnehmung ist nichts, was ich an einer Person schätze, die ich flachlege. Ich würde aufpassen müssen, damit ich mich nicht selbst in die Scheiße ritt.

Ich erzählte ihr ein bisschen von mir, war ja auch nur fair. Sie meinte, sie hätte mich gerne Baseballspielen sehen, und ihr gefiel mein Plan, einen Po-Boy-Schuppen zu eröffnen.

»Ich hab noch nie gehört, dass so einer wieder zumachen muss, du? Die sind immer gut besucht. Vielleicht könnte ich dir bei den ersten Schritten helfen. Ich bin eine sehr gute Bedienung. Da du vorher noch nie was mit Gastronomie zu tun hattest, könnte ich dir noch ein paar Dinge beibringen, die du wissen musst. Da steckt mehr dahinter, als man zuerst denkt.«

Ich sagte, dass ich ihr Angebot zu schätzen wüsste und gerne darauf zurückkommen würde, wenn es so weit war. Natürlich wusste ich damals nicht, ob sie tatsächlich eine so gute Bedienung war, wie sie behauptete, aber selbst wenn nicht, war es ein verdammt anständiges Angebot von ihr.

Und eines war jetzt schon sicher: In der Kiste bediente sie unglaublich gut.

So viel erst mal zu Cat, und wie wir uns kennenlernten.

LIEBESDIENSTE MIT DEN MÄDELS

Als ich aufwachte, war Cat verschwunden. Wahrscheinlich musste sie zu ihrem Bedienungsjob. Mir fiel ein, dass sie gedrängt hatte, ich solle erst mal Koks auftreiben, wenn ich noch länger der Stargast in ihrem Hotel bleiben wollte. Ich überlegte, was wohl die nächstgelegene Quelle war, wo ich was auftreiben konnte. Ich hielt es für keine gute Idee, mich jetzt größer in der Stadt zu zeigen. Es musste was in der Nähe sein, ein schneller Deal und dann wieder zurück ins Apartment. Ich verließ die Wohnung und achtete darauf, dass die Tür angelehnt blieb, ich hatte ja keinen Schlüssel. Ich lief rüber zum Veteran's Highway und winkte mir ein Taxi bei. Ich spähte durchs Fenster, ob es Bill war. Pech gehabt.

»Fat City«, sagte ich dem Kutscher, »ins Speakeasy.«

****

Der erste Mensch, der mir begegnete, als ich die Kneipe betrat, war Arnie Beld, der größte Donut-Fresser von New Orleans, vielleicht sogar von ganz Louisiana. Arnie war der Cop, der Tommy und mich wegen der Parkuhr-Sache hochgenommen hatte. Ich hasste ihn. Ich sah mich um, aber da war niemand sonst, den ich kannte. Ich hatte keine Zeit, und bei Beld wusste ich Bescheid. Tagsüber bekämpfte Arnie das Verbrechen, aber nachdem er Tommy und mich verhaftet hatte, habe ich erfahren, dass er auch auf der anderen Seite des Gesetzes seine Finger ausstreckt, und wir hatten so etwas wie eine Geschäftsbeziehung entwickelt. Er finanzierte eine Pfandleihe drüben in Algiers, die sich auf Güter spezialisiert hatte, deren Rechnungspapiere irgendwie abhandengekommen waren. Hin und wieder hatte ich ihm mal ein paar Fernseher verkauft.

»Arnie«, rief ich, klopfte ihm auf den Rücken und ließ mich auf dem Barhocker neben ihm nieder. Ich hasste es, nett zu diesem Widerling sein zu müssen. In dieser Stadt würde sich kein Krimineller mit einem letzten Fünkchen Selbstrespekt mit ihm abgeben, höchstens geschäftlich. Es hieß, er würde alles, und damit meine ich *alles*, tun, um ein paar Kröten zu verdienen. Die meisten Cops beim New Orleans Police Department waren einigermaßen ehrliche Kerle, harte Jungs, mit denen du keinen Ärger wolltest. Sie standen zwar auf der anderen Seite des Gesetzes, aber wir respektierten uns irgendwie, wenn auch widerwillig. Arnie war jedoch eines der schwarzen Schafe, die niemand leiden konnte, weder Bullen noch Kriminelle.

Als ich ihn sah, kam die Erinnerung wieder hoch, wie er Tommy und mich wegen der aufgebrochenen Parkuhren verhaftet hatte. Keine schöne Erinnerung.

Tommy hatte mich dazu überredet. Hatte mir erklärt, bei Parkuhren sei richtig gutes Geld zu holen, mindestens zehn Dollar pro Parkuhr. Das mache 100 Dollar oder mehr pro Straße, und wenn man einmal um den ganzen Block ginge, wären's vierhundert. Überleg doch mal, wie viele Straßenblocks es in New Orleans gibt, hatte er gesagt. Hunderte, Tausende gar. Wir werden reich. Und das Beste daran sei, es käme immer wieder neues Geld nach. Wir müssten einfach nur regelmäßig unsere Runden drehen.

85 Cent haben wir erbeutet. Bei der ersten Parkuhr hat man uns geschnappt. Sie gingen überhaupt nicht so leicht auf, wie Tommy behauptet hatte. Sechs Sekunden, hatte Tommy gesagt. Sechs Sekunden pro Parkuhr, zehn Dollar. Ein Kinderspiel.

Die »Parkuhr-Banditen« hat uns die *Times-Picayune* genannt.

Dabei hatte ich schon gesagt, dass wir von dieser Parkuhr die Finger lassen sollten. Irgendein Besoffener lehnte an einem Gebäude ein Stück die Straße runter. Lass uns abhauen, hatte ich gesagt, da vorne steht jemand.

Ach der, hatte Tommy gesagt, das ist doch nur so ein Bauer aus Indiana, der keinen Alkohol verträgt. Los jetzt, sei nicht so ein Angsthase, gib mal den Schraubenzieher her.

Der Besoffene entpuppte sich als Cop nach Dienstschluss. Lieutenant Arnie Beld. Er war besoffen, das stimmt, aber immer noch nüchtern genug, um uns zu verhaften.

*****

»Arnie, wie schön, dich zu sehen. Wie geht es dir?«

»Pete!« Er drehte sich um, zeigte mir sein schleimiges Grinsen und boxte mich auf die Schulter, als ob ich sein bester Freund wäre. Das war ja geradezu armselig. Ich wusste, unsere Freundschaft würde nicht lange halten. Mir wurde übel.

»Arnie, lass deine Pfoten von mir. Du musst mir einen Gefallen tun, und du schuldest mir auch einen. Dein Typ in Algiers hat mich beschissen bei dem Zenith, den ich vor zwei Wochen vorbeigebracht habe. Eigentlich schuldest du mir mehr als nur einen Gefallen, aber fürs Erste brauche ich ein Gramm Koks. Ich weiß, dass du welches hast oder besorgen kannst. Ich brauche es sofort. Wie sieht's aus? Bin ich bei dir richtig, oder muss ich mich an einen anderen Penner halten?«

Arnie würde die Beleidigung nicht mal erkennen, wenn ich sie ihm schriftlich geben würde. Wahrscheinlich redete jeder, den er kannte, so mit ihm. Er lächelte immer noch, als ob ich sein alter Kumpel wäre, der sich ein Witzchen erlaubt hätte.

»Pete, da hast du aber mächtig Glück. Es verhält sich nämlich so, dass ich gerade im Besitz eines der feinsten Qualitätsprodukte bin, die du je gesehen hast, die reinen

Rocks. Es überrascht mich allerdings, dass du Koks kaufst, Pete. Ich hatte gedacht, dass du so was nicht anrührst.«

»Gib mir einfach das Zeug, Arnie. Und wehe, es taugt nichts. Wenn das Zeug zu stark verschnitten ist, komme ich zurück!«

Er sah mich gekränkt an: »Würde ich dich jemals übers Ohr hauen, Pete? Einen meiner bevorzugten Lieferanten ausgewählter Elektronikgeräte? Meinen besten Freund? Pete, der Stoff ist so rein, der müsste mindestens doppelt so viel kosten.«

Wir gingen auf die Toilette und schlossen das Geschäft ab. Ich konnte dem Zeug schon ansehen, dass es nicht besonders viel taugte. Es war wahrscheinlich gestreckt bis zum Gehtnichtmehr und würde bei der Person, die es zu sich nahm, für ordentlichen Durchfall sorgen. Aber ich hatte nicht die Zeit, etwas Besseres aufzutreiben, und vielleicht würde Cat den Unterschied gar nicht bemerken. Außerdem wäre es weniger schädlich für sie, wenn sie sich statt Drogen Milchzucker oder Abführmittel durch die Nase zog.

Als ich gerade am Gehen war, sagte er: »Ich hab dich und deinen Kumpel Tommy gesehen.«

Ich wusste nicht, worauf er hinauswollte.

»Im Fernsehen. Ihr wart diejenigen, die versucht haben, die Straßenbahn zu überfallen.«

»Nimmst du mich jetzt fest?«

»Ach was. Ist ja nix passiert, ihr habt ja keine Beute gemacht. Außerdem bist du einer meiner besten Lieferanten. Wer will denn schon die Gans killen, die goldene Eier legt? Ich bestimmt nicht, Brüderchen.«

Ich bezahlte ihn, schob ihm dabei noch einen Extra-

Zwanziger dafür zu, dass er mich nicht verhaftet hatte, und ging nach draußen zum Taxi.

Mann, ich musste zusehen, dass ich so schnell wie möglich aus der Stadt verschwand.

Bei Arnie kam mir die Galle hoch. Das hatte nicht nur mit der Parkuhr-Sache zu tun. Wenn man erwischt wird, ist das halt so, da kann man nichts machen, aber er selbst hatte etwas an sich, das mir zutiefst zuwider war. Er war einfach aalglatt, vielleicht war es das. Keine Moral, keine Grundsätze, keine Ehre. Deshalb überraschte es mich auch, dass er mich nicht hochnahm und sich damit auf dem Revier ein paar Lorbeeren verschaffte. Aber ich hatte ihm schon so einiges zum Verhökern besorgt, von daher glaube ich, dass er mich nicht angelogen hatte.

Er erinnerte mich an einige Pitcher, die ich gekannt hatte. Es wird wohl kaum einen Werfer geben, der nicht ab und zu den Ball mit einer gehörigen Ladung Spucke wässert. Das gehört zum Spiel dazu. Wenn's eng wird, zwei auf der Base, mit einem Run vorne, am Ende des Innings, den härtesten Typ der Liga vor dir, deine Karriere am seidenen Faden – wer könnte es einem da verdenken, wenn er die Pille ein wenig einseift.

Aber es gab welche, die lieber den nassen Ball warfen, als den sportlich fairen Weg zu gehen, selbst wenn der das probatere Mittel gewesen wäre. Sie hatten einfach Spaß daran, die Regeln zu brechen.

Und so einer war Arnie. Es reizte ihn, Dinge zu tun, die verboten waren. Das reichte ihm als Grund. Er war einfach ein fieser, schleimiger Typ.

Ich war nicht gerade scharf darauf, Drogen zu kaufen, weder von Arnie noch von anderen Leuten. Ich selbst hatte mit den Drogen schon eine ganze Weile aufgehört, es kam mir zu sinnlos vor, aber manchmal muss man etwas dafür tun, um die Räder ins Rollen zu bringen. Und begeistert darüber, dass ich mich von 120 Dollar aus meinen hart erarbeiteten Rücklagen verabschieden musste, war ich auch nicht, aber das waren nun mal geschäftliche Ausgaben, die dazu dienten, dass Cat mich weiterhin bei sich nächtigen ließ. Vielleicht wäre ein Motelzimmer billiger gewesen, aber in den Motels würden die Mafiatypen als Erstes nach mir suchen.

****

»Die haben überall Leute, die nach uns suchen.«

Die Klimaanlage lief auf höchsten Touren, aber als Tommy das aussprach, begann der Schweiß bei mir zu laufen. Er saß mir gegenüber an Cats Küchentisch, und wir teilten uns die Flasche Wild Turkey, die er mitgebracht hatte. Für alle anderen war es spätmorgens, aber für Tommy und mich ging die Sonne unter.

»Ich habe heute Morgen Arnie Beld getroffen, Tommy. Den kennst du doch noch?«

»Du warst draußen? Hast du sie noch alle? Was ist, wenn sie sich schon zusammengereimt haben, wer Freds Alte entführt hat?«

»Keine Sorge, ich war vorsichtig. Außerdem, wenn es so wäre, dann würde ich jetzt schon nicht mehr leben. Und du auch nicht, schätze ich.« Dass Arnie erzählt hatte, wir wären im Fernsehen zu sehen gewesen, sagte ich ihm nicht.

»Man sagt, Sam würde den Auftrag bekommen, sich um die Kidnapper zu kümmern.«

»Sam?«

»Sam the Bam.«

»*Capelli?*«

»Ja, Sam Capelli, Sam the Bam.«

»Ach du Scheiße!«

»Das kannst du laut sagen.«

»Was glaubst du, wie lange es dauert, bis die draufkommen, dass wir es waren?«

»Nicht lange. Die haben ihre Methoden. Vergiss nicht, dass Fred uns gesehen hat. Die Jungs haben wahrscheinlich einen besseren Phantombildzeichner als die Bullen. Ist ja nicht so, dass uns keiner kennt. Und dann du mit diesen Ohren.«

»Fick dich, Tommy. Nichts gegen meine Ohren.«

»Nein, nicht allzu viel. Nur dass sie eben abstehen wie zwei offene Autotüren. Du siehst aus wie die hässliche Version von Clark Gable. Wie das uneheliche Kind von Clark Gable und Bette Midler. Ist doch so, ich kann mich wahrscheinlich unbemerkt unter Menschen bewegen, aber du nicht. Nicht mit der Visage.«

Ich ließ ihm das durchgehen. Wir hatten Wichtigeres zu tun, als über mein gutes Aussehen zu streiten.

»Was sollen wir denn machen?«

»Von meiner Quelle habe ich gehört, sie verbreiten auf der Straße, sollte derjenige, der das Geld geklaut hat, es zurückzahlen, vergessen sie vielleicht die ganze Angelegenheit. Sie werden sich denken können, dass die Kidnapper nicht bescheuert sind und sich nie in Mafiageschäfte eingemischt hätten, wenn sie gewusst hätten, wer dahinter steckt. Mein Mann sagt, dass sie den Kidnappern eine Chance geben würden, alles zurückzugeben. Wie lange das gilt, weiß ich nicht. Vielleicht eine Woche oder zwei. Wenn sie nicht schon vorher rausfinden, wer's war. Also ist alles vielleicht doch nicht so schlimm, wie wir dachten.«

»Tommy, bist du jetzt vollkommen weich in der Birne, oder was? Wir *haben* das Geld doch gar nicht! Freddies *Alte* hat die Kohle! Die schöne Laverne hat das Geld. Es befindet sich womöglich gerade unter ihrem Bett in einem Hotelzimmer in Rio, während sie am Strand liegt und an ihrer Bräune arbeitet, darüber nachdenkt, welchen neuen Namen sie sich aussuchen soll und wie viele Diamanten sich ein Mädel um den Hals hängen kann, bevor man sie für überkandidelt hält. Ihr Kumpel fährt wahrscheinlich jetzt im Cadillac Taxi, versucht die Sprache zu lernen und sich mit der Landeswährung zu befassen, damit ihn keiner beim Trinkgeld bescheißt.«

»Ja, du hast recht. Das *ist* aber auch ein Problem.«

»Tommy, du hättest Präsident werden sollen. Ich glaube, ich nominiere dich für die nächste Wahl. Dir gelingt es immer wieder, ernsthafte Angelegenheiten mit einer gewissen Leichtigkeit anzugehen. Ich schätze, du wirst erst mal ein Gremium bilden, das die Situation analysiert. Da geht es mir doch schon viel besser. Ich gebe es zu, Tommy, ich gebe es offen zu, dass ich kurz geglaubt habe, wir würden vor gewaltigen Problemen stehen, aber ich sehe ja, dass du alles unter Kontrolle hast und meine Befürchtungen unbegründet waren, nichts weiter als Ausgeburten der krankhaften Fantasie eines paranoiden Irren.«

Er stand auf und ging zum Kühlschrank.

»Noch Eis?«

Ich schüttelte den Kopf.

Als er sich wieder gesetzt hatte, sagte er: »Pete, ich verstehe ja, was du mir sagen willst. Wirklich. Aber Pete –

ich werde dir jetzt mal was erzählen, das dir wieder ein Lächeln ins Gesicht zaubert und den alten Schwung zurückbringt. Ich bin Indianer, Pete. Ich glaube, ich habe das bereits erwähnt, aber anscheinend ist dir nicht klar, was das wirklich bedeutet. Es bedeutet, dass ich, genau wie meine Vorfahren, auch schon in der Vergangenheit in schier ausweglosen Situationen mit der erdrückenden Übermacht der Bleichgesichter konfrontiert war – aber dank meiner ... unserer Gerissenheit in der Lage war, den Kopf aus der Schlinge zu ziehen. Und so wird es auch wieder geschehen. Ich hab da noch was auf der Pfanne, Pete.

»Ich habe einen Plan, der uns nicht nur in die Lage versetzen wird, unsere Schulden bei der Mafia zu begleichen, er wird uns noch dazu reich machen.«

Ich konnte es kaum abwarten, dass er mir davon erzählte.

»Worum geht es bei diesem wundervollen Vorhaben, Tommy? Sag's mir, hat es etwas mit Parkuhren zu tun? Bitte sag, dass es nicht so ist.«

»Nein Pete, nichts mit Parkuhren. Dass du da immer drauf herumreiten musst. Ich behaupte immer noch, dass die Sache funktioniert hätte. Wir hatten nur etwas Pech. Nein, meine Idee ist klasse. Richtig klasse. Wir werden reich dabei. Wir können das Supermarkt-Geld zurückzahlen, und trotzdem bleibt uns immer noch mehr Geld, als wir ausgeben können. Und das Beste daran: Wir haben auf dem Gebiet schon Erfahrung.«

»Haben wir?«

»Absolut. Ich denke dabei nämlich an eine weitere Entführung. Aber eine *bessere* Entführung. Dieses Mal machen wir alles richtig. Was ich hier oben« – er klopfte sich an den Kopf – »ausgebrütet habe, das ist geradezu ein Geniestreich. Ist mir eingefallen, als ich über unser kleines Erlebnis mit Freddie nachgedacht habe. Ob du's glaubst oder nicht, die Katastrophe nimmt eine wundersame Wendung. Ich hab dir doch gesagt, dass wir Indianer schlauer sind als der weiße Mann. Oder etwa nicht?«

Ich sah ihn an. Dem fehlte ein ganzer Hamburger zum Happy Meal. Vielleicht auch noch ein paar Pommes. Am Ende gar der Softdrink.

»Tommy, bist du geisteskrank? Ich kann ja von hier aus schon sehen, wie dir die Suppe aus der Matschbirne läuft.«

»Pete, ich merke, dass du jetzt nicht in der Stimmung bist, darüber zu reden. Ich sag dir was: Ich werde dir ein bisschen Zeit geben, alles zu überdenken. Ich muss mich noch um ein paar Dinge kümmern. Treffen wir uns doch morgen Nachmittag bei Bennigan's. Bis dahin habe ich alle Details ausgearbeitet.«

Ich wollte etwas sagen, doch er winkte ab,

»Sag jetzt nichts, Pete. Hör mir einfach nur zu. Wenn ich dir alles erklärt habe, wirst du vor Freude Luftsprünge machen. Es ist der perfekte Plan. Du musst nur offen dafür sein. Wir sehen uns morgen.«

Und dann war er weg.

Einfach aufgestanden und zur Tür raus.

Eine Entführung.

Himmel hilf.

Erst jetzt begann mir zu dämmern, was bei der ersten Entführung alles hätte passieren können. Nicht, dass nicht schon genug passiert wäre. Es ging ja alles so schnell. Tommy überredet mich, und, bäm!, schon sind wir da draußen und tun es. Selbst wenn alles gut gelaufen wäre und wir die Kohle bekommen hätten, hätten wir immer noch später erwischt werden und im Knast landen können, so viel wurde mir jetzt klar. Stand auf Kidnapping nicht die gleiche Strafe wie auf Mord? Irgendwie hatte ich so was in Erinnerung.

Eine Entführung.

Verdammte Scheiße.

*****

Ich lag am Pool und war immer noch dabei, mir durch den Kopf gehen zu lassen, welche Möglichkeiten ich hatte, als Cat fingerschnipsend nach Hause kam, am Gürtel ein kleines Radio von dem ein Kabel in ihr Ohr führte. Ich hatte schon ungefähr eine Gallone Rotwein drin, und die Sonne war auch merklich am Firmament weitergewandert, also fragte ich sie, ob wir nicht ausgehen und bei Deannie's ein paar Krebse holen sollten, die wir am Pool essen könnten. »Und ein Sixpack holen wir auch noch«, verkündete ich, »geht auf mich. Und, ach ja, hier.« Ich gab ihr das Gramm, das ich bei Arnie besorgt hatte. Sie grinste, schlang ihre Arme um mich und setzte einen dicken Schmatzer auf meine Lippen. Sie steckte das Zeug in ihre Tasche.

»Hört sich gut an«, sagte sie. Den ganzen Weg die Treppe hoch zu ihrem Apartment konnte ich meine Augen nicht von ihrem Hintern lassen. »Könnten wir machen, aber später habe ich noch einen Job zu erledigen. Du könntest dir dabei fünfzig Dollar verdienen.«

Da wurde mir schon wieder etwas blümerant, schließlich wusste ich, wie Cat ihr Geld verdiente, dass sie mit reichen Männern ins Bett stieg. Ich fragte sie aber trotzdem, worum es ging. Sie antwortete: »Ich hab da so einen gestopften alten Sack, der hat Kohle wie der Präsident und hat gern drei Leute um sich, wenn ihm einer abgeht.«

Das gefiel mir schon nicht besonders. Es gibt vielleicht einige Wege Geld zu verdienen, die du erwähnen würdest, wenn du deiner Mutter eine Weihnachtskarte schreibst, aber Sex mit jemandem vom gleichen Geschlecht zu haben gehörte für mich bestimmt nicht dazu, nicht mal ganz unten auf der Liste. Ich kannte ein paar Typen, die das taten, aber ich war nie so hungrig oder arm gewesen, dass ich so etwas für mich in Betracht gezogen hätte. Und noch nicht mal jetzt war ich so am Ende, also sagte ich Cat, ich würde dankend verzichten, wäre aber da für sie, um ihr den Rücken zu kraulen, wenn sie von ihrem Job zurückkäme.

Sie lachte in der ihr eigenen Tonlage. Ich drehte mich erst mal um, ob irgendwelche Hunde darauf reagierten.

»Es ist nicht, wie du denkst, Pete. Er will nicht mit einem Typen rummachen, er hat's nur gern, wenn einer dabei ist. Er macht ja nicht mal mit *uns* rum, jedenfalls nicht auf die herkömmliche Art.«

Mit *uns* meinte sie sich und ein weiteres Mädel, wie sich herausstellte. Für die dritte Hauptrolle hatte sie Jackie im Sinn, eine schwarze Freundin, die genug Erfahrung hatte und die Nummer mit dem Freier schon einmal durchgezogen hatte.

»Es ist so: Er mietet ein Hotelzimmer für uns, dann zieht er sich aus und legt sich auf den Boden.«

Soweit sah alles noch ganz nachvollziehbar aus, aber ich brannte darauf zu erfahren, welche Rolle ich bei der Angelegenheit übernehmen sollte.

»Jackie und ich, wir ziehen uns auch aus, bis auf diese ganz besonderen hochhackigen Schuhe, die wir für ihn tragen müssen.« Sie ging zum Wandschrank und holte diese goldglänzenden Bally-Geschosse raus, länger als mein Schwanz und vorne gefährlich spitz.

»Er will, dass Jackie und ich die tragen und damit auf seinem Rücken rumtrampeln, während er vor Lust schreit und wir ihn beschimpfen. So was wie ›Deine Mama weiß, dass du ein böser Junge warst, und jetzt musst du bestraft werden. Du bist das letzte Stück Dreck, dafür wirst du büßen.‹ So was halt. Noch dazu bearbeiten wir ihn die ganze Zeit damit« – sie zeigte mir eine Peitsche, die noch aus dem Requisitenraum von RKO stammen musste, oder wer auch immer diese alten Lash-LaRue-Filme gemacht hat.

»Die Kunst dabei ist, dass Blut fließt, aber du nicht zu tief ins Fleisch schneidest. Da gehört schon einiges an Gefühl dazu, damit du das richtig hinbekommst und es wird, wie er es möchte. Er sagt, ich wäre die Beste.« Sie strahlte voller Stolz über ihre Professionalität. Ich hatte immer noch nicht erfahren, was ich die ganze Zeit über tun sollte, in der sie sich dem Irrsinn hingaben.

»Mach dir keine Sorgen, Baby, du hast damit nichts zu tun. Du musst noch nicht einmal deine Klamotten ausziehen. Du sitzt einfach hinter der Bar und beschimpfst ihn. Das zeigt Wirkung und trägt dazu bei, dass er seinen Spaß hat. Und um die Drinks kümmerst du dich auch.«

»Das ist alles?«, fragte ich skeptisch, immer noch auf der Suche nach einem Haken an der Sache, den sie mir verschwiegen hatte.

»Genau, das ist alles. Und dafür kriegst du ’nen Fünfziger. Jackie und ich bekommen je zweihundertfünfzig, und meistens führt er uns dann noch zum Essen aus. Ein Riesenspaß, wirst du schon sehen.«

Aber hallo. Ich war schon sehr gespannt darauf, was da kommen würde, das kann ich Ihnen sagen. Eine gute Geschichte zum Weitererzählen, wenn die Jungs zum Pokerabend kommen: Wie ich mal den fluchenden Bartender beim flotten Dreier gespielt habe.

Also kam ich mit, nachdem ich Cat das Versprechen abgerungen hatte, nichts vor mir zu verheimlichen. Sie schwor, sie hätte mir alles erzählt, und eigentlich sei die ganze Angelegenheit so unspektakulär wie eine Vertretertagung, aber hinterher ginge es immer in ein erstklassiges Restaurant.

Die erste Überraschung gab es gleich am Anfang. Er schickte seine Limousine vorbei, um uns abzuholen, mit einem schwarzen Fahrer, der der Bruder von Hulk gewesen sein könnte, zumindest von den Körpermaßen her, ein Schrank, der breiter war als jeder Lineman der Saints. Ich hatte damit gerechnet, ein Taxi nehmen zu müssen, und gehofft, dass wir unseren Kumpel von der Entführung erwischen, der uns vielleicht auf der Suche nach Laverne weiterhelfen könnte. Und dann taucht da dieses riesige Hotel auf Rädern auf, mit Bar, Fernseher und allem Drum und Dran.

»Mann, da könnte man sich das Geld für das Zimmer doch glatt sparen«, scherzte ich, als ich hinter Cat einstieg, die ein kleines Schwarzes trug, das man so wohl kaum im Ausverkauf erstehen konnte. Mich hatte sie gebeten, den einzigen Anzug zu tragen, den ich besaß – nachdem sie ihn mit einem Bügeleisen bearbeitet hatte. Es war der, den ich bei der Supermarkt-Sache anhatte.

»Wir könnten alle hier drin ordentlich rumhüpfen,

und es wäre immer noch genügend Platz für ein paar Cheerleaderinnen der Saints, sollte ihm der Sinn nach einer professionelleren und umfangreicheren Schimpfkanonade stehen.«

Von Cat war kein Lächeln zu sehen, sie war jetzt ganz im Karrieremodus, da kannte sie keine halben Sachen und keinen Spaß. Die Sache war ernst, sie wollte ja schließlich auch nicht, dass der schwarze Fleischberg auf dem Fahrersitz seinem Boss erzählte, wir hätten uns über seine Präsidentenkutsche lustig gemacht.

Wir holten ihre Freundin Jackie ab. Sie stand vor ihrem Haus im Ninth Ward, in einem lila Outfit und mit ungefähr 74 Leuten um sich herum, die sie verabschieden und den Kreuzfahrtdampfer sehen wollten, mit dem sie entschwand. Diese Ansammlung Schwarzer machte mich zuerst etwas nervös, aber dann fiel mir der Bär vorne im Auto wieder ein, der seinem Aussehen nach wohl auch eine Uzi dabei hatte, und da entspannte ich mich wieder. Aber dann kam mir ein weiterer Gedanke, und ich begann wieder zu schwitzen: Vielleicht hatte der Fleischberg Alonzo, so hieß unser Fahrer, auch was mit irgendwelchen Mafiatypen zu tun und deren Beschreibung unserer Personen ebenfalls mitbekommen.

Wir kamen zum Hotel, dessen Namen ich nicht nennen will, weil es eines von denen auf der Canal Street ist, in denen du einen Monatslohn für acht Stunden Schlaf lassen musst, und ich keine Lust habe, verklagt zu werden, wenn die hier lesen, wie es dort in den besseren Etagen zugeht. Nur so viel, ich glaube, auch Mister George Bush steigt dort ab, wenn er sich in der Gegend mal unter die Leute mischen will. Wahrscheinlich hatten wir sogar dessen Zimmer, es war groß genug, dass ungefähr 1100 Sicherheitsbeamte sich nicht auf die Füße treten mussten, und dann gab es noch Platz für seine Frau und ein paar Kinder und Haustiere, falls den Kindern langweilig würde.

»Das ist kein *Zimmer*«, flüsterte Cat, als ich eine Bemerkung zur Einrichtung machte, »das ist eine *Suite.*«

»Ja, *sweet* ist das hier ohne Zweifel. Wenn ich die Kohle hätte, mich hier für eine Nacht einzumieten, dann könnte ich meiner Mutter auch eine bessere Eiserne Lunge besorgen, eine, die man nicht mit dem Fußpedal antreiben muss. Und von dem, was ich rausbekäme, könnte ich immer noch ein bisschen verreisen, den Grand Canyon sehen, Disneyland und die Grand Ol' Opry auf dem Rückweg.«

Cat konnte über meine Witzchen gar nicht lachen, also beschloss ich mich zusammenzureißen und gute Miene zu machen.

Und dann kam der Typ rein, sah aus wie der Filmstar Cesar Romero, das gleiche silbergraue Haar, bei dem du merktest, dass es nicht mal eben bei Benny im Vorbeigehen geschnitten wurde, fing an, jedem die Hand zu schütteln, auch den Mädels, so als ob er der Botschafter von Finnland oder irgendwo wäre, und wir hier wegen der Fuchsjagd, schon etwas angeödet davon, auf unserer Jacht herumzudümpeln mit dem ganzen Kaviar. Robert sonstwie hieß er, weiß gar nicht mehr, ob er überhaupt seinen Nachnamen genannt hat. Wahrscheinlich nicht. Wir waren zwar nur zwei Huren und ein arbeitsloser Kleinkrimineller auf der Flucht, aber er behandelte uns, als ob er uns schon ewig aus der benachbarten Loge auf der Rennbahn kannte.

Alonzo der Fahrer hatte sich verdrückt.

Allerdings hatte ich den Verdacht, dass er sich in Rufweite befand, für den Fall, dass die bevorstehenden Feierlichkeiten etwas ausarten würden, und er eingreifen und seinem Boss helfen müsste. Also standen nur wir vier Party Animals in einem Flügel des Hotels herum, tranken Cocktails und plauderten ein wenig über die aktuellen Börsenkurse und was unsereins so an Gesprächsthemen hat.

Kurz darauf entschuldigte sich der Gastgeber und verschwand hinter einer Tür. Eine Minute später kam er wieder raus, splitterfasernackt, nicht mal mehr seine rahmengenähten Treter an den Füßen. Ich versuchte so zu wirken, als ob das für mich ein normaler Anblick an einem beschaulichen Sonntagnachmittag wäre, aber ich war mir nicht sicher, was jetzt zu tun war. Cat erkannte das.

»Dort drüben«, sie zeigte auf einen Barhocker, den ich erklomm. »Du kannst dir ’nen Drink mixen, wenn du willst. Wenn wir soweit sind, sage ich dir, was du wann zu tun hast.« Jackie und sie verließen das Zimmer, und ich war allein mit Robert dem Nackten. War ein Riesenspaß, das kann ich Ihnen sagen. Er erzählte irgendwas von den bevorstehenden Wahlen, und ich musste mich zusammenreißen, damit ich nicht nach seinem Gerät spähte. Ich bin nicht übermäßig neugierig, aber es ist ja allgemein bekannt, dass ein Typ, der einen anderen Typen nackt sieht, zwangsläufig mal nachschauen muss, wie sich die Größenrelationen so verhalten. Man tut dies aber unauffällig, damit der andere nicht auf dumme Gedanken kommt und einen für jemand vom anderen Ufer hält. Von dem, was ich sehen konnte, schloss ich darauf, dass die Mädels nicht auf ihre Kosten kommen würden. Danach ging es mir etwas besser – aber nicht sehr viel.

Cats Vorschlag, ich könne mir einen Drink mixen, nahm ich nur zu gerne an und schüttete mir einen ordentlichen Eimer zusammen. In Anbetracht der bevorstehenden Entwicklungen brauchte ich jeden Tropfen Alkohol, den ich kriegen konnte, denn ich befand mich auf unbekanntem Terrain und hatte nicht gerade den klarsten Durchblick, was man von mir erwartete. Falls Cat vorhatte, mich im Verlauf des Abends mit immer neuen Wendungen zu konfrontieren, wollte ich den Mut aufbringen können, nein zu sagen. Vor meinem inneren Auge blitzte kurz Alonzo auf, wie er mir den Weg versperrte, sollte ich mich auf Französisch verabschieden wollen – kein sehr beruhigendes Bild.

Es stellte sich heraus, dass ich mir keine Sorgen hätte machen müssen. Alles lief im Wesentlichen so ab, wie Cat es vorhergesagt hatte. Jackie und sie hatten in dem anderen Zimmer ihre Designerklamotten aus- und die hochhackigen Schuhe angezogen, und dann wechselten sie sich dabei ab, auf Roberts Rücken herumzutrampeln, während ich ihn beschimpfte und er so tat wie ein überraschter Tourist, der uns in die Falle gegangen war. Es dauerte etwas, bis ich so richtig vom Leder ziehen konnte, wo er doch vorher so nett und höflich zu uns gewesen war, aber nach und nach wuchs ich in die Sache rein, und ehe ich's mich versah, fluchte ich mit den beiden Mädels um die Wette und warf ihm Worte an den Kopf, die ich selbst zum letzten Mal gehört hatte, als mein Daddy entdeckte, dass ich an seinen Schnapsvorräten gewesen war. Und die ganze Zeit lag die Hauptperson unseres kleinen Dramas da, wälzte sich herum und stöhnte, als ob er gar nicht wüsste, wie ihm geschieht, weil er zwei durchgeknallten männerhassenden Amazonen und ihrem Stammesführer in die Hände gefallen war. Schließlich legte er noch einen Zahn zu, begann sich zu winden wie ein Regenwurm auf dem Bürgersteig im Sommer. Cat kam zu mir rüber und nippte an meinem Manhattan-mit-allem, ruhte sich kurz aus, während Jackie an der Reihe war. Cat wischte sich die Stirn mit einem der monogrammversehenen Hotelhandtücher ab. Sie hatte was getan für ihr Geld, das konnte man sagen. Sie grinste mich an: »Gleich ist es vorbei, Pete. Er ist kurz davor zu kommen.«

Ich nickte nur und nahm noch mal einen guten Schluck. Das war alles ein bisschen viel, selbst für jemanden mit so einem reichen Schatz an Lebenserfahrung wie mich, und außerdem ging es jetzt richtig zur Sache.

»Uuuuhhhh«, entfuhr es ihm. Mir stellten sich die Nackenhaare auf bei dem Geräusch, aber ich machte unbeirrt weiter, schließlich war ich Profi.

»Dreckiger Schwanzlutscher!«, rief ich und nahm einen weiteren Schluck.

»Ich bin böse, ich war uuhuun-aartig «, meldete er sich zurück.

»Verkommenes Miststück«, stimmte eins der Mädels ein, und alle schrien wir durcheinander und warfen mit Worten um uns, die man nicht in der Kirche hört, und die Peitsche kreiste mächtig, beide Mädels knieten sich neben den Alten und schlugen mit den Handflächen auf seinen Rücken ein, und mir gingen noch ein paar echte Bringer von der Zunge, wenn ich nicht gerade Wodka und andere ausgesuchte Spirituosen in Höchstgeschwindigkeit in mich reinschüttete. Der Chor wurde immer lauter, schwoll an wie bei einer dieser altmodischen Beerdigungen im Quarter, und die Mädels versohlten ihm Rücken und Hintern, der mittlerweile aussah wie ein Stück rohes Fleisch. War aber alles nicht so schlimm, nur die Haut aufgerissen, das würde in einer Woche mit den richtigen Salben und fachmännischer Betreuung wieder verheilen. Mittlerweile hatte er selbst ziemlich laut die Stimme erhoben, gab Geräusche von sich, als sei er bei einer dieser Kirchen, bei denen sie in Zungen sprechen und mit lebenden Klapperschlangen hantieren, und die ganze Sache nahm noch einmal Fahrt auf. Ich trank jetzt direkt aus der Flasche, keine Zeit für Mixgetränke, Scheiß auf den Mix, und gerade, als ich mich fragte, wann endlich das Sondereinsatzkommando die Tür eintreten würde, begann er plötzlich herumzuzappeln wie Flipper, den die See an Land gespült hat, und genauso schnell war es vorbei, und dann lag er zitternd und stöhnend da wie ein kleiner Hund, der einen Tritt kassiert hatte, weil er auf den Teppich gepisst hat. Das war's, Game over, erkannte ich, entschieden durch ein Field Goal, und das keine Sekunde zu früh: Ich sah schon doppelt wegen dem Schnaps und der Aufregung. Die Mädels zogen sich in eines der anderen Zimmer zurück, ich nahm an, zum Duschen und Umziehen, aber woher sollte ich das wissen, es ging ja alles so rasend schnell und war davon abgesehen völliges Neuland für mich.

Und da saß ich dann ganz allein mit dem Freier, der sich nicht mehr bewegte. Er bewegte sich *nicht mehr*, ganz und gar nicht, schien nicht mal mehr zu atmen, und mir drängte sich die unangenehme Vorahnung auf, dass die Girls ihn vielleicht ein bisschen heftiger bearbeitet hatten, als er es im Sinn gehabt hatte. Wie sollten wir das nur dem guten Alonzo erklären, der schätzungsweise doch ziemlich an dem alten Mann hing und wahrscheinlich in einem der angrenzenden Zimmer saß, vielleicht vertieft in ein *Reader's Digest* vom letzten Jahr oder in die Hotel-Bibel, und darauf wartete, uns alle zum kulinarischen Abschluss der Abendaktivitäten zu chauffieren.

Ich war schon dabei, darüber nachzudenken, ob ich einen Sprung aus dem dritten Stock überleben würde, da gab er ein Grunzen von sich, das mich zu Tode erschreckte, richtete sich auf und zwinkerte mir zu.

»Pete«, sprach er mich jovial an, eher wie ein Vertreter einen Berufskollegen, den er irgendwo in einer Hotelbar trifft, als ob ich nicht gerade miterlebt hätte, wie er sich bizarren Sexspielen hingegeben hatte. »Ich glaube, Sie sind in Ordnung. Sie haben einiges gesehen in der Welt und wissen, wie man seine Erlebnisse für sich behält. Ich könnte einen jungen Mann wie Sie in meiner Organisation gebrauchen. Wenn Sie mal einen Job suchen, wenden Sie sich ruhig an mich.« Er sprach überaus freundlich mit mir, aber ich muss zugeben, dass es mich ein klitzekleines bisschen nervös machte, mit einem nackten Mann zu plaudern, der zwei Huren auf sich herumtrampeln und sich dann von ihnen wie beim Derby um den Perversen des Jahres über die Ziellinie peitschen ließ. Ich wollte nicht unhöflich erscheinen: »Ja, Sir. Das weiß ich zu schätzen, Sir. Ich werde daran denken, Sir«, aber ich konnte ihm nicht in die Augen sehen, hielt meinen Blick gesenkt, als ob ich gerade meine Maniküre überprüfte.

»Gut«, sagte er und begann meine Schulter zu drücken, was mir ehrlich gesagt, den Angstschweiß aus den Poren trieb, denn er war splitternackt und kratzte sich mit der anderen Hand die Nüsse, während er meine

Schulter knetete. »Sollten Sie sich jemals dafür entscheiden, für mich zu arbeiten, finden Sie mich fast jeden Abend im Fairmont Hotel an der großen Bar. Ich habe ein Menge Unternehmen, sowohl hier als auch in Texas, und ich bin mir sicher, dass wir einen angemessenen Arbeitsplatz für einen pfiffigen Kerl finden, wie Sie mir einer zu sein scheinen.«

»Ich werde es mir durch den Kopf gehen lassen, Sir«, sagte ich, in der Hoffnung, dass er endlich gehen oder sich wenigstens eine Hose anziehen würde. Ist ja nicht so, dass ich noch nie mit nackten Typen zu tun gehabt hätte – ich hab schließlich Baseball gespielt –, aber unter der Dusche waren wir *alle* nackt. Es ist ein erheblicher Unterschied, wenn einer Klamotten anhat und der andere nicht. Ist doch irgendwie unnatürlich. Er schien aber keine weiteren Absichten zu hegen, denn er grinste mich an und streckte mir die Hand entgegen. Ich schüttelte sie, als ob wir uns gerade auf etwas geeinigt hätten, dann drehte er sich um und wackelte beschwingt mit seinem nackten Arsch in das angrenzende Zimmer, in das auch die Mädels verschwunden waren. Und da kamen auch schon die Girls, blitzsauber und wieder angezogen. Was war ich froh, sie zu sehen.

»Robert wird gleich kommen«, verkündete Cat, »er muss nur noch duschen, dann können wir gehen.«

Mir kam ein seltsamer Gedanke. *Was war das für eine Hure!* Sie hatte den Berufsstand zu einer Kunst erhoben. Die meisten Leute dachten wohl wie ich, dass nichts besonders Schweres daran sei: Leg dich auf den Rücken, entspann dich und vergiss hinterher nicht das Geld auf der Kommode mitzunehmen. Vielleicht galt das auch für die meisten, aber bestimmt nicht für diese Lady. Ich betrachtete sie mit völlig neuen Augen: Das war eine Hure mit Klasse, die spielte ganz oben in der Minor League, wenn nicht sogar in der Major League. Auf ihrer Position war sie genauso ein »All Star«, wie Ty Cobb es zwischen den Baselinien gewesen war.

Ich fragte sie: »Wo hast du denn gelernt, so mit Männern umzugehen? Du bist echt 'ne Nummer. Und du auch«, fügte ich schnell hinzu und lächelte Jackie an. Cat warf mir einen Blick zu, den ich nicht einordnen konnte: Der winzige Anflug eines Lächelns blitzte in ihren Augen auf und verschwand ebenso schnell, wie er gekommen war. Sie setzte wieder ihr ausdrucksloses ›Arbeitsgesicht‹ auf.

»Los, gehen wir«, sagte sie und lief an mir vorbei. Ich stand da, auch Jackie ging an mir vorbei und streifte wie mit Absicht meinen Arm, sah mich kurz an und hob übertrieben die Augenbrauen. Ich dachte, ich hätte ein minimales Zwinkern bemerkt, aber sicher war ich mir nicht. Das war seit Stunden Jackies allererster Kommunikationsansatz mir gegenüber. Ich hatte nicht so recht gewusst, was ich von ihr halten sollte, dachte, sie würde sich eben nicht mit weißen Jungs wie mir abgeben, aber nun hatte ich das Gefühl, wir könnten doch noch Freunde werden.

Auf einmal war ich wie Luft für die beiden, Cat und Jackie begannen darüber zu debattieren, wohin Robert uns zum Dinner ausführen sollte. Ich hatte gefragt, ob wir nicht einfach was vom Chinesen holen könnten – mir war nämlich plötzlich etwas flau, das ganze Rumgemache und der Alkohol hatten mich so sehr geschafft, dass es mir an der Zeit für ein Schläfchen schien –, aber die Mädels hatten mich nur ausgelacht. Es sollte ausgegangen werden, und anscheinend interessierte sich niemand dafür, was *ich* wollte und wie es *mir* ging.

Er führte uns zu Arnaud's aus. Als ich sah, wo es hingehen sollte, kam der alte Schwung wieder zurück. Millionen Male bin ich dran vorbeigekommen, aber nie hätte ich gedacht, dass ich einmal dort drinsitzen würde. Aber nun war es so weit, und dann sagte er auch noch, wir könnten alles bestellen, was wir wollten. Ich schaute nach, was am teuersten war. Die Zahlen auf der rechten Seite der Speisekarte beliefen sich ungefähr auf die Höhe der Staatsverschuldung Brasiliens, es war also egal, was ich mir aussuchte, ich würde was bekommen fürs Geld. Also nahm ich ein schönes saftiges Steak und rundete das Ganze noch mit ein paar Vorspeisen ab, die aus Zutaten angerichtet waren, die nicht an unseren Gestaden wuchsen. Trüffel las sich gut, also bestellte ich eine doppelte Portion davon, und auch ein paar andere Sachen mit französischen Namen ließ ich mir bringen. Die Speisen mundeten köstlich, eine gastronomische Erfahrung, an die ich auch morgen noch denken werde, wenn nicht gar noch nächstes Jahr.

Die Mädels entschieden sich für Crawfish Etouffé, Bisque aus Krebsen und Drinks in Pastellfarben, die mit Schirmchen vor der brütenden Hitze der Tischkerzen geschützt wurden. Robert ließ sich von den Jungs in der Küche den Gebackenen Lachs auf den Teller zaubern. Auf den hatte ich zuerst auch ein Auge geworfen, aber eine Dose Thunfisch oder Lachs konnte ich mir schließlich auch jeden Tag im Supermarkt besorgen. Also blieb ich beim guten amerikanischen Rindfleisch, über Holzkohle gegrillt und innen gut durch, schüttete jede Menge Ketchup drüber und dann noch was von der guten Steaksauce, von der der Kellner behauptet hatte, sie hätten sie gar nicht, bis Robert ihm befahl, sie zu holen.

Gut unterhalten haben wir uns auch, Robert, die Mädels und ich, obwohl ich kaum etwas von dem kapierte, worüber sie redeten. Es ging um Bücher und Filme und Zeug, von dem ich noch nie was gehört hatte. Und Cat mal wieder! Bei ihr folgte eine Überraschung der nächsten, sie laberte dem Typen einen ans Ohr, als ob sie sich aus dem Philosophie-Leistungskurs kannten, und auch Jackie konnte bei den Zehn-Dollar-Worten mithalten. Bei keinem der Gesprächsthemen ging es um Bücher oder Filme, die ich gelesen oder gesehen hatte, nicht einmal um die Klassiker mit John Rambo, über die ich einiges hätte beitragen können, hätte man mich nur gefragt – was aber keiner tat.

Wahrscheinlich waren diese Gesprächsthemen schon interessant, aber auf die Dauer viel zu anstrengend, wenn man sie regelmäßig anbringen wollte, man musste sich dafür so viele Namen merken, das ging über meine Kräfte. Wir amüsierten uns prächtig mit Dero Gnaden, bis er den Wagen holen ließ. Er bat darum, ihn zu entschuldigen, er wolle mal ins Quarter, ein bisschen frische Luft schnappen. Jedem von uns drückte er einen blauen Briefumschlag in die Hand, auf dem die schwer verschnörkelten Buchstaben R.D. zu lesen waren, dann verabschiedete er sich von uns, jeweils mit Handschlag, bevor er die Toilette ansteuerte. Cat bedeutete mir, dass sei das Zeichen zum Aufbruch, Alonzo würde draußen auf uns warten. Ich öffnete erst mal meinen Umschlag, zwei Zwanziger und ein Zehner waren drin, von Cat und Jackie wusste ich ja bereits, dass sie zweieinhalb Scheine für ihre Hauptrollen bekommen würden.

Und dann passierte etwas Seltsames auf dem Weg

nach draußen. Wir liefen hintereinander, Jackie vorneweg, dann Cat, dann ich. Jackie hatte eine dieser koffergroßen Handtaschen, und sie stand offen. Cat streckte die Hand aus und schob ihren Umschlag in Jackies Handtasche. Ich wollte schon etwas sagen, doch als Cat bemerkte, dass ich es mitbekommen hatte, legte sie den Finger auf die Lippen. Ich hielt meinen Mund.

Und nach dem Restaurantbesuch passierte noch etwas anderes, viel Beunruhigenderes. Als wir vor die Tür traten, stand dort ein Typ, den ich nur vom Sehen kannte. Er wartete auf uns. Eigentlich wartete er aber nur auf mich. Es war Sam the Bam Capelli. Wir hatten eine Konversation: Er redete, ich hörte zu – und versuchte dabei meine plötzliche Durchfallattacke am Ausbruch zu hindern.

»Hi Pete.« Ich hatte kein gutes Gefühl. Das war keine zufällige Begegnung. Ich rechnete nicht damit, dass er mich gleich hier an der Hauptstraße umlegen würde, aber bei diesen durchgedrehten Mafiatypen weiß man ja nie. Ich drehte mich zu Alonzo um, der gerade den Mädels beim Einsteigen behilflich war, aber es sah nicht danach aus, als ob ich von ihm Unterstützung erwarten könnte, wenn es Ärger geben sollte. Es war ziemlich klar, dass man uns aufgespürt hatte. Vielleicht dachte er aber, wir hätten das Geld noch, und hatte den Befehl, es erst zurückzubringen, bevor er uns kaltmachte.

»Hi Sam«, sagte ich und konnte mir dabei ein Kichern nicht verkneifen. Ich hasse mich dafür, aber in Momenten der extremen Anspannung war mir das hin und wieder schon passiert. Ich grinste ihn dämlich an, er lächelte zurück.

Und da bekam ich erst richtig Angst und musste wie

verrückt die Backen zusammenpressen, damit nichts in die Hose ging. Sam lächelte nämlich nie.

»Ich werde das Geld bald zusammenhaben«, sagte ich. Selbst für mich hörte sich das unglaubwürdig an.

»Ich hör nicht gerne, dass du was mit Tommy am Laufen hast«, antwortete er. In meinem Magen rumorte es auf Hochtouren. Es ging gar nicht um das Geld, das ich ihm schuldete.

»Ich wollte euch nur sagen, dass wir Bescheid wissen: Ihr wart es. Fred hat eine ziemlich brauchbare Personenbeschreibung abgegeben. Und euren Fernsehauftritt haben wir auch verfolgt.«

Er holte ein Päckchen Luckys aus der Tasche und klopfte eine heraus.

»Zuerst die guten Neuigkeiten: Der Boss meint, ich soll euch eine Chance einräumen, das Geld zurückzugeben. Wahrscheinlich wolltet ihr nur an Kohle kommen und habt nicht gewusst, mit wem ihr euch anlegt. Trifft es das ungefähr?«

Zuerst wollte ich alles abstreiten, aber in einem hellen Moment verabschiedete ich mich von der Schnapsidee. »Ja, Sir. Genauso war es. Aber Mister Capelli, wir haben das Geld nicht. Nie gehabt. Laverne, das ist Freds Frau, hat es geklaut.«

Er schaute mich an.

Ich hoffe, solche Augen muss ich mein ganzes Leben nicht mehr sehen.

»Was du nicht sagst. Weißt du, Pete, ich neige dazu, dir nicht zu glauben, aber Tatsache ist, dass uns die Situation zwischen Fred und seiner liebenswürdigen Gattin bewusst ist. Und das bringt mich ein wenig in die Zwickmühle. Einerseits weiß ich, dass der Boss sein Geld will.

Er wartet darauf, dass ich es ihm umgehend vorbeibringe. Andererseits ist es nur ’ne halbe Million, nicht besonders viel. Vielleicht möchte er aber auch lieber an euch ein Exempel statuieren als das Geld zurück. Ich weiß es einfach nicht, Partner.«

Ich hörte Cat aus dem Wagen nach mir rufen.

»Komm schon, Pete. Wir haben nicht die ganze Nacht Zeit!« Ich gab ihr ein Zeichen, dass ich noch eine Minute bräuchte. Sam stand im Dunkeln, ich glaube nicht, dass sie vom Auto aus erkennen konnten, mit wem ich es zu tun hatte.

»Ich sag dir was, Pete. Ich bin ja auch nur angeheuert. Ich werde dem Boss deine traurige Geschichte erzählen und abwarten, was er dazu meint. Vielleicht ist ihm gerade generös zumute und er gewährt euch noch ein wenig Zeit, Laverne zu finden. So etwas habe ich bei ihm schon erlebt. *Glaube* ich jedenfalls. Wir werden euch bei der Suche ein wenig unter die Arme greifen, wie man so sagt. Ich glaube, ich lass dich jetzt zurückgehen zu deinen kleinen Freunden, es wäre wohl auch im Sinne meines Bosses.«

Ich fing an zu laufen. Ich musste unbedingt aufs Klo.

»Oh ... und Pete?«

Ich riss den Kopf herum und rechnete fest damit, eine Knarre in seiner Hand zu sehen.

»Pete, ich weiß, dass ich dir das nicht extra sagen muss, aber verlass die Stadt nicht!« Musste wohl ein Grinsen sein, was sich in seinem Gesicht abzeichnete. »Das wollte ich schon immer mal sagen.«

Ach du Scheiße, dachte ich, ich muss dringend mal wieder in die Kirche und ein wenig auf den Knien rumrutschen, dem Mann da oben von der Titanic erzählen, auf der ich mich befinde, und von dem Eisberg vor uns, und ihn bitten, ob Er nicht die Gnade hätte, mir einen Platz im Rettungsboot zu reservieren. Die Jungs hatten nur einen Tag gebraucht, um herauszufinden, wer wir waren. Ich wollte noch was sagen, aber Sam winkte ab.

»Halt's Maul, Pete.« Er sprach mit leiser Stimme, seine Lippen umspielte ein Lächeln, aber seine Augen waren wie mattschwarzes Latex, ohne jede Regung.

»Halt's Maul und hör zu. Und noch was: Solltest du auf dumme Gedanken kommen, bevor ich mich wieder bei dir melde, dann wird alles nur noch schlimmer. Du weißt, dass ich den Auftrag habe. Wenn du Scheiße baust, dann leg ich dich nicht einfach nur um. Dann wird es noch dazu äußerst schmerzhaft. Vergiss das nicht.«

Den Auftrag? Den Auftrag? Verdammte Scheiße, Scheiße, Scheiße, ich bin tot, war alles, was ich noch denken konnte. Die Cosa Nostra hatte einen Auftragsmörder auf uns angesetzt, und es würde nicht mehr lange dauern, bis wir mit Pennies auf den Augen irgendwo rumlagen. Mir wurden die Knie weich, und ich dachte, ich würde ohnmächtig, mitten auf der Bourbon Street, würde zwischen den Touristen und Hinterwäldlern umkippen, die mich für einen Besoffenen auf dem Bürgersteig hielten. Cat, Jackie und Alonzo würden denken, ich hätte einen Herzanfall gehabt. Ich wusste, es würde nicht mehr lange dauern, bis ich den Geist aufgab.

Dann wurde mir schwarz vor Augen, und ich musste tatsächlich weggekippt sein, denn als ich zu mir kam, spürte ich, dass Sam seine Pranken um meinen Arm geschlungen hatte und mich hochzerrte. Er schob sein Gesicht direkt vor meins und sagte: »Du hörst jetzt besser richtig gut zu, Pete. Heute ist dein Glückstag. Der Auftrag ist auf unbestimmte Zeit ausgesetzt. Außer, ihr bezahlt nicht. Ich spreche von dem Geld, das ihr Fred geklaut habt, und von dem Geld, das ihr mir schuldet, du und Tommy. Das habe ich nicht vergessen. Die andere Angelegenheit macht das nicht ungeschehen, es ist lediglich im Moment nicht mehr vorrangig. Mir ist egal, wer mich bezahlt. Aber wenn ich nicht bezahlt werde, dann bekommt ihr beide richtig Ärger. Und das meine ich *todernst*, im wahrsten Sinne des Wortes. Wenn der Boss euch noch etwas Aufschub gewährt, dann habt ihr Zinsen auf die Kohle zu bezahlen, das versteht sich von selbst. Die Zinsen liegen bei zwei Tausendern die Woche – wenn dem Boss generös zumute ist und er euch überhaupt Aufschub gewährt.«

Zwei Tausender die Woche? Dann hätten es auch zwei Millionen sein können, jedenfalls was mich anging. Ich blickte zum Wagen. Alonzo stand regungslos da, hielt die Tür auf und wartete auf mich. Alles, was gerade passiert war, hatte nur einen Augenblick gedauert, aber mir war es wie eine Ewigkeit vorgekommen.

»Versuch bloß nicht abzuhauen, Pete«, raunte Sam mir zu, »ich werde dich jederzeit finden. Habe ich ja gerade auch geschafft, oder etwa nicht? Das müsste dir eine Lehre sein.« Er quetschte immer noch meinen Arm, ich spürte wie die Finger taub wurden, weil die Blutzufuhr unterbrochen war. »Ich werde dich jetzt zu deinen kleinen Freunden gehen lassen. Das ist nur eine gutgemeinte Warnung. Ich bin wohltätig gesinnt, Pete, du hast Glück. Außerdem bin ich Baseball-Fan. Wenn ich kein Baseball-Fan wäre und dir nicht abnehmen würde, dass du die Wahrheit erzählt hast über Freds Alte, dann würden wir dieses Gespräch hier gar nicht führen. Dann würdest du überhaupt keine Gespräche mehr führen. Ich glaube an dich, mein Sohn. Du wirst Laverne und das Geld auftreiben, nicht wahr? Und den Rest, den du mir noch schuldest, auch.«

Fast hätte ich nicht bemerkt, dass er meinen Arm losgelassen und sich auf den Weg gemacht hatte. Ich stand eine ganze Weile da und konzentrierte mich mit aller Kraft darauf, nicht umzukippen, dann tat ich das Einzige, wozu ich noch fähig war. Ich ging rüber zum Wagen, wo Alonzo und die Mädels auf mich warteten, stieg ein, lächelte Cat an und kotzte dann alles voll.

Als uns Alonzo rausließ, war niemand mehr in Partystimmung.

TOMMY IST AUCH KEINE GROSSE HILFE

Am nächsten Morgen wachte ich auf, Cat war verschwunden, in meinem Kopf drehte sich alles, und ich lag nicht im Bett, sondern auf der Couch. Auf meinem Bauch lag mein Koffer, um den ich beide Arme geschlungen hatte.

Es gab da einen Zettel.

Was darauf stand, hatte in etwa die Aussage, dass ich mich bis Sonnenuntergang besser aus dem Staub gemacht haben sollte, und dem Tenor, in dem das Schreiben verfasst war, entnahm ich, dass Cat nicht besonders glücklich über mein Verhalten letzte Nacht war und wünschte, dass ich mein Aufenthaltsquartier verlegte.

Wahrscheinlich meinte sie die Tatsache, dass ich Bröckchen über das Interieur und ihr Abendkleid gehustet hatte. Alle Anzeichen wiesen darauf hin, zumindest ließ die Wortwahl ihres Schreibens diesen Schluss zu. Selbst das Schriftbild strahlte Wut aus. Vielleicht lag es daran, dass das Papier überall dort aufgerissen war, wo sie einen Querstrich durch den Buchstaben t gemacht hatte.

Ein Blick auf die Uhr sagte mir, dass ich noch ungefähr sechs Stunden hatte, bis sie nach Hause kam und ich sie zur Vernunft bringen konnte, wofür ich mindestens ein Gramm Koks benötigte, wahrscheinlich eher zwei. In der Zwischenzeit musste ich eine Bestandsaufnahme machen, ein paar Pläne schmieden und herausfinden, was eigentlich mit Tommy los war.

Andernfalls könnte alles sehr ungesund enden.

****

Ich konnte es verdammt noch mal nicht glauben. Es gab keine Gerechtigkeit auf der Welt, jedenfalls nicht für mich. Tommy tauchte nicht zu unserer Verabredung auf. Ich saß im Bennigan's draußen in Metry und schlürfte Kaltgetränke mit den ganzen Vertretern und Autohändlern. Nachdem mich der neunzehnte sauber Ausrasierte gefragt hatte, wie sich mein Portfolio zusammensetzte, und ich geantwortet hatte, solche Tendenzen seien mir fremd, begann es mir zu dämmern, dass mich mein Entführungspartner versetzt hatte.

Mexiko. Das könnte es sein. Ich steige in den ersten Greyhound nach Westen.

Je länger ich an Mexiko dachte, desto besser ging es mir wieder. Schönes Wetter, scharfe Chilis und braunhäutige Señoritas. Bei den spanischen Schwestern war ich schon immer gut angekommen.

Ich erinnerte mich an meine Zeit in Caracas, Venezuela. Ich war in der Double A und spielte im Winter im Süden durch, was mir beim Sprung in die höheren Ligen helfen sollte. Diese süße Chiquita, mit der ich ein amouröses Verhältnis eingegangen war, wackelte mit ihrem kleinen Springbohnenarsch auf der Straße auf mich zu, strahlte mich an, als wolle sie mir um den Hals fallen. Das Messer in ihrer Hand sah ich einen Sekundenbruchteil aufblitzen, bevor ich einen neuen Weltrekord in der Disziplin Straßenüberquerung in körperlich unversehrtem Zustand aufstellte. Zu der Zeit hatte ich wohl noch nicht das richtige Verständnis für die örtlichen Gepflogenheiten entwickelt. Anscheinend gehörte es sich in Bananien, einer Braut *persönlich* mitzuteilen, dass man sich von ihr getrennt hat, und nicht etwa, solche einseitigen Entscheidungen von ihrer besten Freundin verkünden zu lassen. Es ist nämlich nicht die Trennung, die sie ausrasten lässt, sondern die Art und Weise, in der die Botschaft verkündet wird. Ganz besonders, wenn die Überbringerin der Botschaft ihre beste Freundin ist, die es auch war, mit der du bis zum Morgengrauen rumgemacht hast. Die haben in ihrer Gesellschaft nur ein sehr begrenztes Verständnis für diese Art von Humor, und was mich am meisten gewundert hat: Wir waren ja nicht verheiratet, es war ja nicht mal was Dauerhaftes. Gar nicht auszudenken, wenn wir verheiratetet gewesen wären, und sie hätte mich mit irgend 'ner Tussi überrascht.

Aber das lag nun wirklich lange zurück, damals war ich ja noch jung und ungestüm. Mittlerweile konnte ich auf einen reichen Erfahrungsschatz zurückgreifen, der mir helfen würde, solche Fehltritte zu vermeiden.

Das war die Lösung. Erst mal in Juarez abhängen,

Sonne tanken, warten, bis Gras über die Sache gewachsen war. Vielleicht würde ich auch ganz zu unseren südlichen Nachbarn ziehen, die Sprache lernen, mal rausfinden, was sie beim Billard draufhatten.

Vielleicht musste ich auch weiter weg, runter nach Mittelamerika und als Söldner anheuern, da könnte ich Kohle von der CIA bekommen und würde quasi auf der Gehaltsliste der Regierung stehen.

Anfangs dachte ich mir noch: im Zweifel für den Angeklagten. Vielleicht hatte Tommys Wecker nicht funktioniert oder so was, aber mit der Zeit verfestigte sich das Gefühl, dass er das getan haben musste, was ich auch vorhatte, nur schneller. Das Arschloch hatte sich verdünnisiert, mich hier hängen lassen. Und da saß ich nun mit einem Haufen Yuppie-Schwachköpfen, die hinter vorgehaltener Hand über den Typen – nämlich mich – lachten, der einheimische Biere trank.

Ich kippte meine Flasche ab, bestellte eine neue und begann zu überlegen, wie wohl mein nächster brillanter Schachzug aussehen könnte, aber in der guten alten Datenbank tat sich nichts. Keine Ahnung, wohin mich meine Füße als Nächstes tragen würden. Ich hoffte nur, es wäre ein Ort, den Sam nicht kannte. Also machte ich das, was am naheliegendsten war, ich bestellte ein neues Pearl und schüttete es in mich rein. Mir fiel nichts Besseres ein als noch weiter abzuwarten, ob sich Tommy nicht doch plötzlich daran erinnerte, dass er eine wichtige Verabredung mit mir hatte, und doch noch käme.

Na klar.

Das Ergebnis entsprach meinen Erwartungen, in etwa so wie bei meiner üblichen Dreierwette beim Derby mit dem Außenseiter in der Mitte. Nur dass die Chancen, dass der alte Tommy in den nächsten fünf Monaten hier durch die Tür spazierte, noch erheblich schlechter standen. Es *könnte* passieren, aber man sollte besser nicht die Luft anhalten. Und just in dem Moment, als ich mir das Bier in einem Becher zum Mitnehmen geben lassen und mich von der Vertretertagung zurückziehen wollte, da kam er rein: Mister Tommy LeClerc machte mich zu einem etwas glücklicheren Hombre.

An seinem Lächeln konnte ich ablesen, dass er keine guten Neuigkeiten für mich hatte.

»Hi Pete«, rief er und steuerte direkt auf mich zu.

»Tommy.« Er ließ sich auf den Stuhl gegenüber von mir fallen und bestellte zwei Pearl bei der ehemaligen Miss Zuckerrohrplantage, unserer freundlichen Bedienung, für die ich vorher praktisch unsichtbar gewesen war. Dieses Mal war sie so schnell am Tisch – sie musste Tommy fälschlicherweise für jemanden gehalten haben, der ihrer Karriere förderlich sein konnte, jemanden wie Mr. Bert Parks.

Es war mir völlig unverständlich, warum Tommy überall so zuvorkommend bedient wurde. An seiner Kleidung konnte es wohl kaum liegen, an den geflickten Freizeitanzügen, und dann hatte er auch noch fettige Haare, die er nur einmal im Jahr anlässlich seines Geburtstags kämmte. Jeder andere musste stundenlang warten, die Bedienungen trampelten am Tisch vorbei, ignorierten die Handzeichen, sahen durch dich hindurch. Aber wenn Tommy einen Schuppen betrat, waren sie schneller als der Schall bei ihm und hielten ihm noch das Feuerzeug für seine Zigarre hin. Und dabei rauchte er noch nicht mal. Er trug langärmlige Hemden, selbst wenn es draußen unerträglich heiß war. Das kam mir schon immer seltsam vor.

»Tommy, bist du ein Junkie?«

Er sah mich an, als ob ich verrückt geworden wäre.

»Ich meine, du trägst immer langärmlige Hemden, und ich habe schon gesehen, dass du bei dreißig Grad eine Jacke anhattest.«

»Ich vertrage keine Kälte, Pete. Das liegt mir irgendwie im Blut. Es wird dir komisch vorkommen, aber ich schlafe sogar nachts mit Decke. Klimaanlagen bringen mich um.«

Ich musste lachen.

»Ein Eskimo-Indianer bist du jedenfalls nicht. Ich dachte, Indianer leben draußen in der freien Natur und laufen nur mit einem Lappen bekleidet rum, schlafen unterm Sternenhimmel in einem Bett aus Kiefernnadeln. Du bist der komischste Indianer, denn ich je gesehen habe!«

»Sagt dir der Begriff Stereotyp was, Pete? Vielleicht solltest du mal im 20. Jahrhundert ankommen und dich mit Soziologie beschäftigen.«

»Sam lässt schön grüßen«, stichelte ich zurück, irre grinsend wie einer dieser Benzedrinsüchtigen in der Klapsmühle, denen man den Hirnkasten ausgeräumt hat.

»Welcher Sam?«, reagierte er, als ob wir einen Stan-und-Ollie-Sketch durchspielten. »Du hast Sam getroffen?«

»Nee, sollte nur ein Witz sein. Ja, ich habe Sam getroffen. Wir haben uns vortrefflich unterhalten. Schade, dass du nicht dabei sein konntest, du hättest bestimmt ein paar herrliche Bonmots beizutragen gehabt. Ganz im Gegensatz zu mir, dem nichts eingefallen ist, weil meine Knie so laut klapperten, dass ich mich nicht mehr denken hören konnte. Ich hätte dich bei unserem kleinen

Stelldichein gut gebrauchen können, damit Sam merkt, dass wir Ahnung haben und keine Pfeifen sind, sondern coole Typen, die auch mal über Bande spielen können.«

»Du weißt doch noch, dass wir über Sam gesprochen haben, Tommy?«, fragte ich. »Er hatte eine Botschaft, die ich an meinen *Partner* weitergeben sollte. Er sagt, wir müssen das Geld auftreiben. Müssen wir wohl. Er wollte den Boss fragen, ob er uns Aufschub gewährt, um die liebe und schwer erreichbare Laverne und das Geld herbeizuschaffen, das rechtmäßig ihm gehört. Plus Zinsen. Plus Zinseszinsen. Plus dein linkes Ei. Noch dazu das, was wir ihm persönlich schulden. Er will sich bei uns melden. Seine Leute werden zu unseren Leuten Kontakt aufnehmen.« Ich redete immer weiter, konnte den Mund nicht halten. Die Nerven. »Sam wird uns umbringen, Tommy! Was sollen wir denn nur tun? Wir sind tot. Jeden Moment können die ersten Anrufe und Schreiben von Bestattungsunternehmen kommen, die uns fabelhafte Sonderkonditionen anbieten, wenn wir nur umgehend zugreifen.«

Er blieb einen Moment lang still, griff mehrmals nach seinem Bierglas, legte die Hand aber immer wieder in den Schoß.

»Ich glaube, du hast recht, Pete. Wir müssen jetzt mal nachdenken.«

Er starrte wortlos in sein Glas. Es war fast leer, genau wie meins, aber unsere eifrige Bedienung ließ sich nirgendwo blicken. Überhaupt hatte die Servicequalität stark nachgelassen, was damit zu tun haben könnte, dass Tommy nur ein paar Cent Trinkgeld gegeben hatte. Nach einer Weile hob er den Kopf und sah mich an. Er grinste. Gar nicht auszudenken, wie er auf *gute* Nachrichten reagiert hätte.

»Ich hab doch gesagt, dass ich eine Idee habe, Pete. Mir geht da schon seit unserem kleinen Missgeschick mit Fred und Laverne was im Kopf herum. Was für Notfallsituationen, genau wie die, in der wir uns gerade befinden. Hör zu.« Er beugt sich zu mir rüber und flüsterte in mein Ohr.

Ich hätte auf der Stelle aufstehen und abhauen sollen. Hab ich aber mal wieder nicht gemacht. Ich bin der Typ, der in die Mine geht, *nachdem* der Stollen eingestürzt ist.

Okay, er hatte eine Idee, die verrückteste Idee, von der ich je gehört hatte. Nicht nur würden wir richtig Geld machen und könnten unsere Schulden abzahlen, wir würden noch dazu reich wie ein Scheich werden. Jedenfalls, wenn es nach Tommy ging. Er hatte mir nur ein paar Sätze ins Ohr geflüstert, aber das reichte mir.

Ich stand auf. »Tommy, ich bin raus. Ich hätte abhauen sollen, als ich dich reinkommen sah, aber nein, ich musste ja bleiben. Und weißt du, warum? Weil ich ein Pechvogel bin. Nein, kein Pechvogel, vielleicht bin ich auch nur dämlich. Du hast mir schon von einigen beschissenen Dingern erzählt, aber das schlägt alles an Irrsinn. Glaubst du, ich hätte die Sache mit den Parkuhren vergessen? Glaubst du, ich habe Alzheimer und erinnere mich nicht mehr an das, was gerade passiert ist? Das habe ich nicht vergessen, Tommy. Ich werde das *nie* vergessen, Tommy. Nicht in einer Million Jahren, selbst wenn ich nicht so lange lebe. Ich werde nämlich nicht so lange leben, weil ich so viel mit dir zu tun hatte, und ich weiß, dass es Gott wütend macht, Tommy. Gott verflucht jeden, der sich dir auch nur auf einen Meter nähert, Tommy. Wusstest du das? Es stimmt. Ich bin verflucht, nur weil ich mal mit dir geredet habe. Und ich bin doppelt verflucht, weil ich diese Jobs mit dir durchgezogen habe.«

Ich holte Luft.

»Tommy, sag Sam einfach Bescheid, er soll vorbeikommen und mir 'ne Kugel ins Oberstübchen jagen, wenn er mit dir fertig ist. Auf die Art und Weise tut es wenigstens nicht weh. Wenn ich mich in die Scheiße reinziehen lasse, die du dir zusammengeträumt hast, werde ich entweder langsam, qualvoll und unter großen Schmerzen umgelegt, oder ich lande so tief drinnen im Gefängnis von Angola, dass ich keine Post mehr bekomme. Wo die uns dann hinstecken, da gibt es keine Postleitzahl mehr. Bei uns in der Familie werden alle ziemlich alt, aber 211 ist bisher noch keiner geworden. Und so alt wäre ich ungefähr, bis sie mich wieder rauslassen würden. Wenn sie sich nicht dafür entscheiden, uns auf den elektrischen Stuhl zu setzen. Tommy, das letzte war nur eine einfache Entführung, und sieh dir an, was passiert ist. Du redest da von einer Sache, die eine Todesfolge nach sich ziehen könnte. Und das würde der Staat als Mord ansehen, ganz egal, ob wir vorhatten, den Typen umzubringen oder nicht. Die sind da etwas eigen. Danke, aber nein danke, ohne mich. Du bist verrückt. Und geisteskrank noch dazu.«

Ich ging zur Tür raus, konnte an nichts anderes denken als an das, was er mir gerade vorgeschlagen hatte. Es wollte mir nicht aus dem Kopf. Es war wie ein riesiges Werbebanner, das den ganzen Raum hinter meinen Augen einnahm.

Amputation. Darum ging es. Darauf lief sein Masterplan hinaus, der geniale Schachzug, der uns reicher machen sollte als den Sheriff von Metry. Anscheinend war der

Farbstoff aus Tommys Unterhose in seine Blutbahn vorgedrungen, bis ins Hirn gelangt und hatte dort schwerwiegende Schäden hinterlassen. Noch mehr, als Tommy vorher ohnehin schon hatte.

Ich musste nachdenken. Entweder musste ich Laverne aufspüren und das Geld zurückholen, oder ich musste mich eine Weile aus der Stadt verdrücken. Eine Weile von ungefähr fünfzig Jahren, schätzte ich.

Auf dem Fußweg zurück zu Cat zermarterte ich mir das Hirn, aber nichts Brauchbares kam dabei raus. Es sah so aus, als bliebe mir nur die Flucht. Aber wohin? Und wie? Reiseschecks hatte ich nicht unbedingt in üppiger Anzahl zur Verfügung, und meine Einlagenzertifikate konnte ich gerade nicht finden.

Ich habe es versucht, wirklich, aber Tommys Worte hallten mir immer wieder durch den Schädel.

Amputation.

Sprich: Jemanden entführen, ihm eine seiner Extremitäten abhacken und dann dafür Lösegeld verlangen. Sprich: FBI und Jungs in dreiteiligen Anzügen, die alle aussehen wie Efrem Zimbalist junior und es nicht abwarten können, dich zu durchlöchern, um zu beweisen, dass sie ihre Scharfschützenmedaillen nicht aus Versehen bekommen haben.

Amputation.

Sprich: Ein Richter, der von seiner Bank auf dich herunterguckt und sagt, ich werde Sie für sehr lange Zeit wegsperren lassen. Bis Sie wieder rauskommen, wird überall auf der Straße nur noch Japanisch gesprochen und die Leute essen Popeyes extrascharfe Hühnchen mit Stäbchen. Mir wurde ganz schwindlig beim Laufen, weil mir Tommys große Idee so viel Angst machte.

Ich wusste, dass ich mitmachen würde.

An einer Tankstelle holte ich mir eine Landkarte. Vielleicht würde ich ein Fleckchen finden, wohin ich abhauen konnte. Als ich bei Cat ankam, breitete ich die Landkarte auf dem Küchentisch aus und musste gleich feststellen, dass ich die falsche Karte erwischt hatte. Diese hier umfasste lediglich die Vereinigten Staaten, Kanada, Mexiko und Teile von Mittelamerika. Der Bereich war nicht groß genug, um einen Ort zu finden, an dem ich mich sicher fühlen konnte.

Amputation.

Ich drehte die Klimaanlage weiter auf. So wie ich schwitzte, musste es verdammt heiß und stickig hier drin sein. Cat sollte mal dem Hausmeister Bescheid sagen, dass er das Thermostat reparierte. Wenn auf dem Ding siebzehn Grad stehen und dir die Soße runterläuft, dann muss es doch kaputt sein.

Ich schaute mir die Karte noch mal an. Vielleicht Alaska. Skagway sah interessant aus. Ob ich einen Pass brauchte?

Ich tat das Einzige, was ich unter diesen Umständen tun konnte. Ich besoff mich nach Strich und Faden.

Amputation.

Scheiße.

DAS TELEFON KLINGELT – ABER ES IST NICHT ED McMAHON

Als ich schon an dem Punkt war, wo »Selbstmord« sich als häufigstes Wort in meine inneren Monologe eingeschlichen hatte und ich darüber nachdachte, wie lange es wohl bis zum Aufprall dauern würde, wenn man von der Greater New Orleans Bridge springt, überfiel mich ein seltsames Gefühl, ein fast Zen-artiger Zustand der Ausgeglichenheit, wo einem alles, was als Nächstes passiert, dermaßen scheißegal ist. Ich heckte einen halbgaren Plan aus, wie ich an ein paar Kröten kommen und die Biege machen könnte. Wenn ich es schaffte, gut; wenn nicht, dann hatte ich wenigstens ein interessantes Leben gehabt, auch wenn es besser ausgefallen wäre, hätte ich gelernt, den richtigen Zeitpunkt abzuwarten.

Scheiß auf das selbstmitleidige Gewäsch, dachte ich mir, ich werde nicht mit eingekniffenem Pimmel und verschwitzten Händen rumlaufen. Ich werde alles daransetzen, von hier wegzukommen. Als ich diesen Entschluss gefasst hatte, ging es mir besser. Ich duschte, wechselte Jeans und T-Shirt und machte mich auf den Weg nach Fat City. Im Speakeasy war niemand, als ich reinkam. Ich bestellte ein Pearl und quatschte ein wenig mit der Barfrau. Sie war ziemlich drauf, verschwand ungefähr alle 85 Sekunden auf der Toilette, um sich die Nase zu pudern, erzählte mir aber, dass fast jeden Abend irgendwelche Fremden oder Touristen reinkämen, um Pool zu spielen und sich unter die Eingeborenen zu mischen. Also blieb ich noch ein bisschen und sah zu, ob ich nicht mein Konto etwas aufbessern könnte. Gibt ja auch nichts Sinnvolleres, als die Moskitos wegzuwedeln, wenn ein Elefantenbulle hinter dir her ist.

Ich rechnete mir aus, dass ich sieben- bis achthundert Dollar in der Tasche haben müsste, dann könnte ich mich in einen Bus setzen und irgendwohin durchbrennen, nach Idaho oder so, und so lange verschwunden bleiben, bis Sam keine Lust mehr hatte, mich zu jagen. Ich fantasierte vor mich hin, wie ich von Stadt zu Stadt ziehen und schließlich in Montana landen würde, wo ich mir ein Mädel aus den Bergen anlachte, das sich weder unter den Armen noch sonstwo rasiert, mich Zuckerschnute nennt und mir Berge von Schokoladenkeksen backt, eine blau karierte Schürze trägt und nichts darunter. Gerade machte ich ganz gute Fortschritte in meinem Tagtraum, doch wer kam da durch die Tür? Niemand Geringerer als Tommy, und genau wie im Bennigan's steuerte er direkt auf mich zu. Und da wusste ich schon wieder, dass es das Schicksal nicht gut mit mir meinte.

Ich seufzte und deutete auf die Flasche Jack Daniel's hinter der Bar. Das Mädel füllte ein Glas zur Hälfte und spritzte Wasser aus ihrer Zapfpistole drauf. Bier war nicht stark genug, damit hätte ich die nächsten Minuten nicht ausgehalten. Ich hätte Tommy auch einen bestellen können, er hätte ihn getrunken, aber ich dachte, scheiß drauf, er ist der Mann mit dem Plan, und warum sollte ich auch noch für das Unglück bezahlen, von dem ich weiß, dass es mir bevorsteht. Was auch immer er mir vorschlägt, auf lange Sicht wird es sich als Reinfall entpuppen. Aber ich sah auch keinen anderen Ausweg. Die Sache mit Montana wirkte vielversprechend, als ich in meine leere Bierflasche starrte, aber nun meldete sich die Realität wieder zu Wort, und mir wurde klar, dass ich niemals über die Stadtgrenze kommen würde, es sei denn im Kofferraum eines Wagens auf dem Weg zur Alligatorfütterung.

»Turkey und Cola«, sagte er, wartete ab, bis sie eingeschenkt und den Preis genannt hatte. Er zog dann den exakten Betrag aus der Hosentasche. Dann fischte er weiter in der Tasche herum, als ob sich darin die Karte zu einem lange verschollenen Schatz finden ließe, holte einen Quarter raus und legte ihn mit großer Geste auf die Bar. »Für Sie«, sagte er zur Barfrau, die laut schnaubte, worauf ihre Nase zu bluten begann, weshalb sie wieder auf der Toilette verschwinden musste und uns in Ruhe ließ.

»Um noch mal die Situation zu rekapitulieren: Sam wird uns auslöschen, wenn wir nicht fix mit etwas Kohle rüberkommen«, erklärte er, als ob wir diese Konversation noch nicht geführt hätten und ich gerade von meinem wöchentlichen Businessmeeting in Dallas eingeflogen wäre.

»Tommy, bist du schon mal auf die Idee gekommen, dass du mir vielleicht so auf die Eier gehen könntest, dass für Sam überhaupt nichts mehr zum Erschießen übrigbleibt?« Er ignorierte meine Bemerkung.

»Ich erwähne das ja nur, damit du dir der Situation vollständig bewusst bist. *Unserer* Situation.«

»Fick dich, Tommy! Jede einzelne deiner beschissenen Ideen bringt mich der Leichenstarre ein Stück näher. Ich denke, ich werde länger leben, wenn ich mich von dir fern halte. Ich hasse deine blöde Fresse, Tommy. Du hast mich in diese Scheiße reingeritten. Ich hab doch nie groß was gewollt, nur genug, um einen Po-Boy-Laden aufzumachen. Ist das denn zu viel verlangt?« Mittlerweile redete ich mit mir selbst.

»Darum genau geht es doch, Pete. Ich sehe nicht, dass wir eine andere Möglichkeit haben, als das als Partner durchzuziehen. Wir sitzen im selben Boot. Und ich habe den Eindruck, außer dich in ein Flugzeug zu setzen ist dir noch nichts eingefallen. Anscheinend brauchst du mich doch. Ich bin die einzige Chance, die du hast.«

Ich gab es nicht gerne zu, aber er hatte recht. Ich knirschte mit den Zähnen bei der Aussicht, mit jemandem zusammenarbeiten zu müssen, erst recht mit dem hirnlosen Tommy, aber ich stellte mir vor, ich könnte seinen schwindligen Plan irgendwie zum Funktionieren bringen. Na klar. Gleich nachdem dieser Gedanke durch mein Oberstübchen gerauscht war, heftete sich ein zweiter an dessen Fersen, der andeutete, es wäre mal wieder an der Zeit, meine Hirnfunktion unter die Lupe zu nehmen.

Aber ich musste zugeben, dass Tommys Idee, ganz egal, wie schlecht sie war, immer noch tausend Prozent besser war als alles, was mir bis dahin eingefallen war. Schlechter als jetzt würde es mir wahrscheinlich damit auch nicht gehen, außer, man schnappte uns. Einen Tod muss man sterben. Ich könnte immer noch versuchen, mich aus dem Staub zu machen. Nach China vielleicht, lernen, wie man Reis anpflanzt, und einen dieser lustigen Hüte tragen, und an Weihnachten würde ich mir einreden, die Nudeln wären Truthahn mit Soße.

»Also, was hat es mit diesem großen Kidnapping-Plan auf sich, Tommy?«, fragte ich, »wie genau soll das funktionieren? Du hast davon gesprochen, eine Hand zu amputieren. Da konnte ich schon nicht mehr ganz folgen. Ich bin nicht sicher, ob ich das überhaupt hören will. Was? Wir schnappen uns den Gouverneur oder den Bürgermeister und fordern Lösegeld für seine Pranke? Weißt du, wie viele Leute uns Geld dafür geben würden, wenn wir die Typen behalten würden? Das sind nicht unbedingt die beliebtesten Mitbürger in unserer Gegend. Jedenfalls haben sie noch nie eine Wahl mit der Mehrheit der Stimmen gewonnen. Zumindest nicht mit den Stimmen lebender Bürger. Auf manchen Friedhöfen sollen sie allerdings viele Anhänger haben, habe ich gehört.«

Er kicherte: »Nee, Pete, nicht der Bürgermeister. Noch besser. Und es gibt da einen Kniff, da kommst du nicht drauf. Ist 'ne Indianeridee, ausgefuchst und schlau. Mein Plan macht die Entführung absolut narrensicher. Hör zu, was geht bei Entführungen am häufigsten schief?«

Ich dachte nach. »Mal sehen ... Da wäre, erstens, das FBI. Dann hast du die örtlichen Bullen und dann noch die Bundesbullen, falls du dir jemanden schnappst, der zu jung ist. Die ganzen Mütter kriegen tränenfeuchte Augen und rufen den Gouverneur an, und schneller als die Saints den Münzwurf verlieren können, ist jeder Uniformierte im ganzen Staat hinter dir her, inklusive der Pfadfinder. Beim passenden Entführungsopfer schließt sich sogar noch der Ku-Klux-Klan an.«

»Nein, Pete, denk doch mal richtig nach. Ich meine, woran liegt es meistens, dass Entführer geschnappt werden? Da gibt es eine Ursache vor allen anderen.«

Das war leicht.

»Tommy, Kidnapper schnappt man deswegen, weil sie in einer Bar in Fat City sitzen und ihr Vorgehen ausdiskutieren. Allein die Tatsache, dass ich dir gegenüber sitze und diesem Hirngespinst zuhöre, reicht wahrscheinlich schon, um mich zu verknacken. Ich kann dir sagen, ich hab eine verdammt starke Vorahnung, dass wir noch vor

Ende des Jahres in Angola sitzen, rote Bohnen fressen und uns fragen, warum unsere Freundinnen Bärte tragen.«

»Nein, Pete, du weichst der Frage aus. Es gibt einen Grund, warum die bösen Buben immer gefasst werden.« Man merkte daran, wie er es betonte, dass Tommy der Ausdruck »böse Buben« gefiel, so als ob er sich tatsächlich für einen hielt. Er fühlte sich dann wohl wie ein richtiger Ohne-Filter-Hombre. Wahrscheinlich hatte er zu viele Filme gesehen. Zu lange im Bijou im Dunklen gesessen, sich einen geschüttelt und die Clint-Eastwood-Rollen mitgesprochen.

Dann sagte erst mal keiner von uns beiden mehr was, bis ich bemerkte, dass seine dämliche Frage immer noch einer Antwort harrte. Aber dieses Spielchen hing mir zum Hals raus. Wenn er etwas anderes hören wollte als das, was ich bereits gesagt hatte, konnte er warten, bis er schwarz wird.

Er war offensichtlich enttäuscht davon, dass ich nicht die Antwort geliefert hatte, die er hören wollte. »Pete, die bösen Buben werden immer geschnappt, weil der Lösegeldzahler die Polizei verständigt.«

Und *das* war jetzt die sensationelle Erkenntnis? Natürlich rufen sie die Bullen an. Oder kennen Sie vielleicht jemanden, der eine Million Dollar aus der eigenen Tasche wert ist? Ich meine, eine Ehefrau oder einen Mann? Kinder vielleicht, zumindest jene, die noch nicht im Teenageralter sind, aber der Partner? Ich rede von einer echten Million, die vor dir auf dem Küchentisch liegt, nicht irgendeiner *abstrakten* Zahl auf einem Kontoauszug. Wer sollte so viel Geld wert sein?

Die meisten mögen anfangs die besten Absichten

haben, wollen ihr Menschenmöglichstes tun, um den armen George oder die gute alte Alice aus den Klauen der fürchterlichen Entführer zu befreien. Aber lass sie erst mal die Kohle von der Bank abheben und sie dann auch nur fünf Minuten vor sich aufgehäuft auf dem Tisch sehen. Wenn ihnen bewusst wird, dass das tatsächlich eine *ganze verdammte Million Dollar* ist, können sie gar nicht schnell genug mit ihren Griffeln am Telefon sein. Wenn sie den Berg Scheine sehen, gibt es kein Halten mehr. Die rennen zum Fenster und schreien direkt nach der Polizei.

Ich ließ Tommy hören, welche Einsichten in die menschliche Psyche ich gewonnen hatte, aber es stellte sich heraus, dass er selbst zu einer Erkenntnis gekommen war, auf der nun sein Plan basierte. Und nicht nur das, er wollte einen neuen Dreh bei der Entführungsmasche gefunden haben. Schon beim Zuhören rollten sich mir die Zehennägel auf.

»Richtig, Pete, es ist so gut wie unmöglich, eine anständige Entführung durchzuziehen, weil der, der bezahlt, immer die Cops reinziehen wird. Das bedeutet dann, dass du das Opfer umlegen musst, und dabei machst du Fehler, hinterlässt einen halben Daumenabdruck auf dem Türgriff oder so was, und bingo stehst du vor einem Typen in einer schwarzen Robe mit chronischer Verstopfung, der dir deine jämmerliche Zukunft ausmalt, über die er das letzte Wort hat. Ruckzuck bist du an irgendeinen Asozialen angekettet, der auf dem Bustransport nach Angola mit dir flirtet. Und du weißt: Wenn du ihm das Herz brichst, bricht er dir die Knochen.«

»Ich weiß, wie man das umgehen kann.«

»Den Teil mit den Bullen, meine ich. Ich garantiere

dir, dass bei meinem Plan, die Bullen nicht ins Spiel kommen.«

Ich war verdammt neugierig, wie er das hinkriegen wollte.

»Indem wir auf den Überbringer verzichten. Wir sorgen dafür, dass der Entführte selbst uns das Geld gibt. Außerdem machen wir das Risiko so groß für ihn, dass er erst die Bullen holen kann, *nachdem* wir das Geld haben.«

Ja sicher. Wir würden uns von dem Typen einfach sein Ehrenwort geben lassen und sagen, hör zu, Kumpel, sei so nett, geh zur Bank und heb mal 'ne Million ab. Oder schreib uns 'nen Scheck. Den Behörden verrätst du bitte nichts, bis wir in Buenos Aires sind. Wir rufen dich von dort aus an und sagen dir Bescheid. Vielleicht sollte sich Tommy auch gleich mal seine Hirnwindungen durchsehen lassen, wenn ich den Termin hatte. Ich schlug es ihm vor. »Sollte das bei Fred und Laverne nicht auch so laufen?«, fragte ich. »Er gibt uns das Geld, damit seine Liebste nicht umgelegt wird?«

Er lachte nur. Es war ein boshaftes Lachen, bei dem es mir eiskalt den Rücken runterlief.

»*Amputation*«, murmelte er kryptisch und sah sich dabei um, als ob er dachte, die CIA sei in der Stadt. Genau das Wort, das mir nicht mehr aus dem Kopf ging, seit er es gesagt hatte. Und dann sagte er es noch mal: »Amputation.« Dann: »Denk mal drüber nach, Pete, das ist genau die Komponente, die bei Fred gefehlt hat.«

Worüber sollte ich nachdenken? Ich dachte an den Penner, der immer Uptown rumhängt, keine Beine mehr hat und sich auf 'nem Brett mit Rädern durch die Gegend schiebt. Was wollte er? Ich kapierte nicht, was er meinte. Dann erklärte er mir, was er im Sinn hatte. Und *das* war der Teil, bei dem es mir die Zehennägel aufrollte. Und der mein Interesse erregte. Und mir so viel Angst machte, dass ich feuchte Hände bekam.

Bevor ich noch meine wertvolle Meinung zu Tommys großem Entwurf abgeben konnte, sagte er: »Lass uns hier abhauen. Du brauchst jetzt noch nichts zu sagen, denk einfach mal darüber nach. Wenn du bereit für den großen Fischzug bist, lass es mich wissen, und ich kläre dich über die Details auf. Jetzt lass uns erst mal ein bisschen Spaß haben. Ich habe da eine Idee, wie wir an ein paar Scheine kommen können. Nicht so viel wie bei der Entführung, aber immerhin etwas Taschengeld. Solltest du dich dazu entschließen, abzuhauen, brauchst du Kohle dazu, oder nicht? Lass uns mal 'ne Weile nicht mehr über meinen Plan reden, ihn nur im Hinterkopf behalten, und lieber mal 'ne schnelle Nummer durchziehen, damit wir auf andere Gedanken kommen.«

Es stellte sich heraus, dass mir seine Idee zusagte, und das machte mir noch mehr Angst. Der Gedanke, sich mit Tommy auf einer Wellenlänge zu befinden, ist nicht sonderlich beruhigend, schließlich ist er geradezu sträflich dumm.

Und so begab es sich, dass ich immer tiefer hineingezogen wurde in das, was mit »Tommy LeClercs Strudel des extremem Irrsinns« noch harmlos umschrieben war. Ich spürte, dass es passierte, aber ich konnte mich nicht dagegen wehren, wie draußen im Golf, wenn dich die Strömung aufs offene Meer hinauszieht. Ich hatte noch nicht zugesagt, dass ich bei seinem Entführungsplan mitmachte, aber ich wusste bereits, dass ich es tun würde. Es war nur eine Frage der Zeit. Das lag an einer meiner

Schwächen, einem Charakterfehler: Ich lasse mich leicht in Sachen hineinziehen und mir Dinge andrehen, bei denen jeder andere sofort erkannt hätte, dass mit ihnen etwas nicht stimmt. Beim Hütchenspiel an einer Straßenecke werde ich schneller hundert Dollar los, als die Demokraten die Steuern erhöhen können ... und dabei weiß ich sogar, *wie* der Trick funktioniert. Das Ding liegt unter *keinem* der Hütchen, der Typ hat es in der Hand, bis er sich ein Hütchen dafür aussucht, und zwar genau das, auf das du nicht gedeutet hast. Das weiß ich auch – und trotzdem verwette ich mein Geld darauf. Kriminalität kann ich einfach nicht widerstehen, das ist wie mit dem Heroin bei einem Junkie oder dem Gräberverzeichnis bei einem Chicagoer Stadtrat.

Tommy wollte rüber nach Algiers, den Hahnenkampf mitnehmen, den es dort jeden Freitagabend gibt, und den Bauerntrampeln, die solche Sportereignisse besuchen, etwas Kohle aus der Tasche ziehen. Es wäre ein Kinderspiel für solche Meisterkriminellen wie uns, wir könnten uns etwas entspannen und in Ruhe über Tommys Plan nachdenken. Und ein paar Scheine machen. Kohle brauchten wir beide, und wenn es nur dafür war, dass wir flüssig genug waren, um von hier abhauen zu können. Bei diesen Hahnenkämpfen werden Riesensummen verwettet – nur aus diesem Grund werden sie veranstaltet.

Meine endgültige Entscheidung über die Entführung hatte ich immer noch nicht gefällt, aber mir schwante schon: Sollte es so weit kommen, wäre ich ganz vorne mit dabei, nur erst mal brauchte ich etwas Klimpergeld, damit ich mich bei Bedarf absetzen konnte, und von dieser Nummer hier verstand ich genug, um den Durchblick zu haben.

Es stellte sich heraus, dass Tommy sich bereits etwas überlegt hatte. Er kannte einen der Typen, die Kampfhähne einsetzten, und der hatte ihm einen besorgt, einen echten Champion, der aber aussah, als ob ihn jedes angeflatterte Rotkehlchen von den Füßen holen könnte. Der Hahn wirkte schwer in die Mangel genommen mit seinen zerzausten, verklebten Federn, außerdem schielte und hinkte er. Zumindest beschrieb Tommy ihn mir so, und er sagte, die ganzen Trottel dort in ihren Overalls würden sich nur so darauf stürzen und gegen diesen Vogel wetten, erst recht, weil er von zwei ahnungslosen Stadtheinis wie uns eingesetzt wird.

Mir gefiel die Sache.

Wenn das mit dem Vogel stimmte, dann hätte ich schon seit einem guten Monat nicht mehr so leicht Geld gemacht.

»Ich klär dich mal auf, Pete«, sagte Tommy. »Der Hahn von meinem Kumpel ist ’ne Granate, sieht aber aus wie der letzte Versager. Mein Freund Jim-Bob hat ihn drüben in Alabama von so ’nem Hillbilly gekauft, der ihn nicht mehr gebrauchen konnte, weil er alle anderen Vögel in dieser Gegend weggehauen hatte und deshalb keine Kämpfe mehr bekam und sich die Eingeborenen mit ihren Viechern alle die Krallen an Schlitzaugen-Joe verbrannt hatten. So hat Jim-Bob ihn getauft, Schlitzaugen-Joe. Ein hübscher Vogel, die reinste Gelddruckmaschine! Jim-Bob hat dem Typen dafür seine Hütte überschrieben, aber das ist ein guter Deal für beide, wenn man bedenkt, dass Jim sich von den Preisgeldern bald *drei* Häuser leisten können wird, und der Typ aus Alabama in letzter Zeit ja nur Geld ausgeben musste für die fürstlichen Mahlzeiten des alten Schlitzauges.«

Obwohl ich wusste, dass bei Tommy fast immer die Hälfte gelogen war und der Rest meistens nicht stimmte, hatte ich ein gutes Gefühl bei der Sache. Ich wusste, dass die Masche nicht neu war in der Welt des Hahnenkampfs, die abgezockten Profis machten das die ganze Zeit, fuhren in einen anderen Bundesstaat, in dem es Hahnenkämpfe gab, und suchten sich dort einen zerrupften Vogel, der schon sämtliche gefiederten Freunde umgelegt hatte, und tauschten ihn entweder gegen ihren Vogel, für den sie zu Hause auch keine Gegner mehr fanden, oder kauften ihn gleich und nahmen ihn mit, um in der Heimat Geld damit zu verdienen. Von daher hatte ich erst einmal wenig Grund, am Wahrheitsgehalt von Tommys Geschichte zu zweifeln.

Ich selbst war mal an einer ähnlichen Nummer beteiligt, in der Wintersaison in Sonora, wo wir die Einheimischen so lange angestachelt haben, bis sie glaubten, sie könnten unser Team besiegen, das größtenteils aus Jungs von nördlich der Grenze bestand. Wir haben einen Riesenhaufen Geld darauf gesetzt, weil wir sicher waren, dass wir ihnen den Arsch versohlen würden, es waren ja nur ein paar alte Männer und Kinder, die dachten, sie könnten uns Profis schlagen. Und dann kommt der Tag des Spiels, und sie bringen einen Pitcher aufs Feld, der dem Foto auf meinem Rookie-Sammelbild von Juan Marichal verdammt ähnlich sieht, und wir gehen sang- und klanglos unter und verlieren unsere gesamten Ersparnisse. Erst hatten wir eigentlich vor, nicht zu bezahlen, aber als sie uns ihre Messersammlung gezeigt hatten, änderten wir unsere Meinung und entschieden uns für die sportlich faire Geste.

Es fühlte sich gut an, zur Abwechslung mal wieder auf

der Seite der Gauner zu stehen, auf der das Geld reinkam.

****

Wir fuhren in Tommys Auto hin.

»Versuch, so auszusehen, als ob du nicht viel in der Birne hättest«, hatte Tommy unterwegs gesagt. Wir kamen auf einem Feldweg außerhalb von Algiers an, den wahrscheinlich schon die Römer gepflastert hatten, und parkten etwas entfernt von den hundertfünfzig Pick-up-Trucks, nur für den Fall, dass wir die Örtlichkeit etwas überhastet verlassen mussten. »Guck blöd«, sagte er mir noch einmal.

»Soll ich dabei auch deinen Namen benutzen«, fragte ich, »oder reicht es, wenn ich versuche, deinen Gesichtsausdruck nachzuahmen?« Das war etwas zu hoch für Tommy, der nur »Hä?« sagte. Nach einem guten Tagesmarsch waren wir da. Da stand dieses Riesenzelt, in dem sich ansonsten wahrscheinlich der Ku-Klux-Klan versammelte, und überall waren Geschrei und Jubel zu hören, ungefähr sechs Hahnenkämpfe liefen gleichzeitig, ein paar Würfelspiele am Rande, bei den Scheißhäuschen gingen ein paar Huren ihrem Tagwerk nach – Heerscharen von Unternehmern waren unterwegs, die den amerikanischen Traum lebten. Wir waren die Einzigen, die keine Latzhosen oder Farmerkleidung trugen. Dieser Teil des Plans ging schon mal auf – wir sahen aus wie zwei Städter, die den Teil eines Huhns, wo das Futter reinkam, nicht von jenem unterscheiden konnten, wo es wieder rauskam.

»Dann wollen wir mal sehen, wo hier das große Geld

zu holen ist«, sagte Tommy. Länger als eineinhalb Minuten brauchten wir dafür nicht. Wir suchten uns einfach die größte Menschentraube aus. Überall waren Kämpfe am Laufen. Später, wenn die Amateure ihr Pulver verschossen hatten, würde es nur noch einen Kampf geben, und da käme dann das große Geld auf den Tisch.

Ein potenzielles Opfer fiel uns beiden gleichzeitig auf, es war auch nicht gerade so, dass er durch Zurückhaltung glänzte. Ein fetter Typ mit einer Saints-Baseballmütze, der wie alle anderen eine Latzhose trug und einen 45er Navy-Colt, der bei ihm aus der Vordertasche ragte wie bei einem Outlaw im wilden Westen. Er hielt ein Bündel Scheine in den Händen, an dem selbst eine Pornodarstellerin erstickt wäre. Wir beobachteten ihn eine Weile. Das war genau der Krösus, den wir suchten. Und er hatte noch drei, vier Lakaien, die Wetten für ihn annahmen. Immer wieder kamen sie zu ihm und schoben ihm Scheine zu. Manchmal nahmen sie auch welche entgegen, die er nur widerwillig aus der Hand gab. In der Regel drückten sie ihm aber Geld in die Pranken und machten sein Bündel noch fetter. Um die größeren Einsätze kümmerte er sich selbst.

»Das ist unser Mann«, flüsterte Tommy hinter vorgehaltener Hand. »Freunden wir uns doch mal mit Barney da an. Wir sehen zu, dass wir ein bisschen was verlieren, damit er glaubt, wir hätten überhaupt keine Ahnung. Und dann, wenn Jim-Bob Schlitzaugen-Joe anbringt, schlagen wir zu. Ich werde dir mal demonstrieren, wie der rote Mann die Bleichgesichter ausnimmt.«

Hatte ich das nicht schon mal gehört? Mich beschlich ein seltsames Gefühl, eine Art Déjà-vu, aber ich verdrängte es wieder. Tommy hatte recht: Das war der richtige Weg. Wir mussten uns erst mal als Trottel zu erkennen geben, damit er nicht zögerte, die großen Beträge zu setzen, und uns gute Quoten bescherte.

Es stellte sich raus, dass es nicht besonders schwer war, Geld zu verlieren. Ganz einfach: Wir wetteten auf die Vögel, von denen wir dachten, dass sie gewinnen würden. Es fällt nicht leicht, absichtlich zu verlieren, selbst wenn ein größeres Ziel dahintersteht. Wir setzten beide auf die am besten aussehenden Vögel und mussten miterleben, wie einer nach dem anderen den Arsch versohlt bekam. Da müssen Busladungen getarnter Champions bei diesem Event unterwegs gewesen sein. Zum Glück hatten wir Insider-Informationen, sonst hätten wir Haus und Hof verspielt. Anscheinend war gutes Aussehen bei diesen Wettkämpfen wenig förderlich. Die Sieger waren alle so hässlich wie Exfrauen.

Tommy grinste mich an, nachdem wir zwei, drei Wetten bezahlt hatten, *Siehst du, es funktioniert* – aber ich wusste, dass er genauso wenig mit Absicht sein Geld verlor wie ich.

Und dann passierte irgendwas, auf einmal hatten wir Glück, gewannen ein paar Wetten, plötzlich waren wir ein paar Hundert im Plus und fragten uns, was schiefgelaufen war. Die nächste Wette lief auch wieder gut, und der fette Typ fing an, das Gesicht zu verziehen wie ein junger Hund, der keinen Platz an den Mutterzitzen mehr ergattert hatte. Auch die Gestik, mit der er sich von den Scheinen trennte, sandte untrügliche Signale, dass er höchst unzufrieden mit dem Verlauf der Dinge war. Auf einmal mussten wir gewirkt haben wie professionelle Spieler, und das war in solchen Gegenden der körperlichen Unversehrtheit eher abträglich. Da wir die letzte

Wette verdoppelt hatten, um wieder ins Plus zu kommen und unserer Rolle als Schwachköpfe, die mit Geld um sich werfen, gerecht zu werden, hatten wir nun fünfhundert Dollar in den Taschen unserer Jeans. Auf einmal hielten uns alle für Zocker, und das war so nicht geplant, als wir in dieses Spiel gingen. Aber so passierte es mir meistens im Leben. Diese Situation war mir zwar nicht unbekannt, aber dass ich mich dabei wohlfühlte, konnte ich beim besten Willen nicht behaupten, wirklich nicht.

Aber sonst schien unser Timing makellos, denn Tommy deutete bereits auf einen klein gewachsenen Typen, der sich näherte, und sagte: »Das ist Jim-Bob«, und dann ging es um richtiges Geld. Tommy und ich benannten unseren Einsatz jeweils auf einen Tausender, der Typ nickte uns zu, vergaß aber, dabei zu lächeln, und ließ uns wissen, dass er die Wette annehmen würde, aber wir sollten die Quote festlegen, was eine Entwicklung war, die vorher nicht in den Spielregeln stand, mit der wir aber leben mussten. Ich warf Tommy einen Blick zu, einen *sehr nervösen* Blick, und er zwinkerte, also wettete ich unter den vorgegebenen Konditionen, aber ich war nicht mit ganzem Herzen dabei, geschweige denn mit dem Kopf. Der war nämlich damit beschäftigt, wie wir mit unserem Geld rauskommen sollten, falls wir gewinnen. Der pessimistischere Teil fragte sich allerdings, wie wir hier rauskommen sollten, wenn wir verlieren, in Anbetracht der Tatsache, dass die Summen, die wir gesetzt hatten, sich gerade nicht im direkten Zugriffsbereich unserer finanziellen Möglichkeiten befanden, weder individuell noch zusammen. In letzter Sekunde hatte Tommy seinen Wetteinsatz noch mal verdoppelt. Ich sah mich um. Mir schien, dass die Typen hier alle irgendwie verwandt waren, vielleicht alle Cousins mütterlicherseits, und dass der Genpool, dem sie entstammten, wohl nicht gerade Olympiamaße hatte. In Anbetracht dessen, was passieren könnte, ließ mein Deodorant an Wirkung mittlerweile merklich zu wünschen übrig. Aber es war zu spät.

Das war schon seltsam. Die Männer sahen *wirklich* alle gleich aus. Mir fiel ein Comedian ein, den ich mal im Storyville gesehen und der ein paar Witze über Algiers gerissen hatte. Das sei die eine Frage, die sich dort aufdränge: Ob Mann und Frau nach ihrer Scheidung in Algiers vor dem Gesetz immer noch als Bruder und Schwester angesehen würden. Wenn ich mir diesen Haufen anschaute, wusste ich, dass der eine oder andere sich diese Frage auch schon mal gestellt hatte.

Junge, Junge, alles Geld, das ich hatte, und auch das, das ich nicht hatte, hing jetzt an einem Federvieh namens Schlitzaugen-Joe. Als Jim-Bob den guten alten Joe unterm Arm raustrug und in den Ring setzte, fiel mir nicht mehr viel ein: Das war der armseligste Vogel, der je auf einem Hof rumgestolpert sein musste. Das konnte ja nur ein Fighter sein, für einen Lover war er zu abstoßend. Der hässlichste Hahn, den ich in meinem Leben gesehen hatte. Scheiße, das war überhaupt *das Hässlichste*, was ich jemals gesehen hatte. Ich hatte schon Steuerfahnder gesehen, die weniger hässlich waren.

Er sah noch schlimmer aus, als Tommy ihn beschrieben hatte, und ganz plötzlich war mir nicht nur schlecht, ich fühlte mich todkrank. Dem Vogel schien es nicht besser zu gehen. Vielleicht hatte er ja die Hühnergrippe, er konnte kaum den Kopf aufrecht halten und sah aus, als wäre er in der schlimmsten Mauser seines Lebens. Noch dazu hinkte er. Ich wollte Tommy gerade vorschlagen, dass wir vielleicht doch besser nicht bis zum großen Finale und dem Abschluss der Festivitäten bleiben und uns jetzt vielleicht lieber französisch verabschieden sollten, so lange noch alle beschäftigt waren, da passierten gleich zwei Sachen auf einmal. Am Zelteingang brach ein großer Tumult los, jemand plärrte etwas durch eine dieser elektrischen Flüstertüten, und dann sah ich Knarren, Messer und alles Mögliche auf den Boden fallen, und da dämmerte es mir, dass wir hochgenommen worden waren. Über diese Wendung war ich durchaus erfreut, denn statt einen Haufen Geld zu verlieren, den wir gar nicht hatten, würde ich mich persönlich einem Bullen vorstellen, damit er mich beim Verhaften nicht übersah. Und Schlitzaugen-Joe nutzte die Gelegenheit, seinem Gegner den Schnabel ins Auge zu hacken und ihn damit auf einen Schlag zu killen. Und schon kehrte sich meine Freude wieder ins Gegenteil um, weil mir klar wurde, dass wir von unserem Gewinn nie etwas zu sehen bekommen würden.

Tatsächlich waren es die Gesetzeshüter, die den Tumult ausgelöst hatten. Bullen aus Algiers, ungefähr tausend an der Zahl, die ihre Schrotflinten in die Luft reckten und genug Handschellen für alle dabei hatten.

Nicht nur empfand ich es als äußerst erniedrigend, dass mir die Hände hinterm Rücken gefesselt wurden, sie setzten noch einen drauf und ließen uns alle bis hoch zum Highway marschieren. Dort hatten sie ihre Bullenwagen geparkt, damit sie sich unbemerkt der Party nähern konnten, bevor sie zuschlugen. Die Blasen, die ich vom Hinweg zum Zelt bekommen hatte, blieben nicht ohne Verwandtschaft. Stiefschwestern- und Stiefbrüderblasen leisteten ihnen nun Gesellschaft, und mein Rücken begann zu schmerzen, weil mir so ein Clown die ganze Zeit seinen Schlagstock reinrammte. Zumindest redete ich mir ein, es sei ein Schlagstock und nicht der Lauf einer Schrotflinte. Ich schaute nicht hin, denn wir alle stolperten im Dunkeln umher, und falls es ein Gewehr war, wollte ich es lieber nicht wissen. Für mich war es ein Schlagstock. Schlagstöcke gehen nicht los, wenn man stolpert, und hinterlassen auch keine Einschusslöcher.

Wir verbrachten eine entzückende Nacht im Knast von Algiers in der Arrestzelle. Mit Tommy redete ich kein Wort. Er kam grinsend auf mich zu, doch ich blieb still. Er muss es aber wohl an meinem Gesicht abgelesen haben, denn er verdrückte sich in die andere Ecke des Raums und blieb dort die ganze Nacht.

Unser Geld stellten sie als Beweismittel sicher. Das war der schlimme Teil. Und am nächsten Morgen würden wir vor dem Richter stehen. Das war noch schlimmer. Ich war mir sicher, dass es nicht ohne eine Geldstrafe abgehen würde, und da der Staat fast meine gesamten Geldmittel konfisziert hatte, war es nicht sehr wahrscheinlich, dass ich eine solche Strafe bezahlen oder eine Kaution würde hinterlegen können. Der Gedanke daran verhagelte mir die Stimmung. Tommy muss mir die Kohle vorstrecken, wenn sie ihn rauslassen, dachte ich, aber die Aussicht darauf erleichterte mein Gemüt auch nicht unbedingt, nachdem ich die Wahrscheinlichkeit, dass dies passieren würde, durchkalkuliert hatte.

****

»Ich war nur als Beobachter dort«, erklärte ich dem Richter am nächsten Morgen, »ich betreibe Verhaltensforschung.«

»Und wenn Sie Margaret Mead sind, das ist mir vollkommen egal!«, feuerte Seine Eminenz zurück und blickte mich über sein Brillengestell an: »30 Tage oder 500 Dollar.«

Das war nicht fair. Ich führte meine College-Zeit, mein komplettes Semester am Delgado Junior College und den Berlitz-Kurs in Spanisch an, den ich belegt hatte, als ich im Winter drüben spielte. Hat ihn das umgestimmt? Nein!

Da konnte man mal sehen, was eine Ausbildung heute noch wert ist.

Und dann hatten sie noch die Unverfrorenheit, mich in die gleiche Zelle zu stecken wie den »Traumflieger«.

Traumflieger.

So hab ich ihn von Anfang an genannt. Der Name, den dann alle Zeitungen und Fernsehreporter aufgriffen, stammt von mir. Die Leute lasen Berichte über ihn in der Zeitung und dachten wahrscheinlich, irgendein Reporter hätte den Namen erfunden, aber er ist auf meinem Mist gewachsen.

Mit meiner Einschätzung von Tommy hatte ich recht. Er konnte seine Kaution irgendwie selbst aufbringen, vielleicht hatte er auch draußen einen Freund oder Verwandten, aber seinen Kumpel und Zellengenossen, ich rede von mir, ließ er hängen. Hat sich nicht mal verabschiedet und mir alles Gute gewünscht. Überrascht hat mich das nicht.

Mein Geld behielt der Staat. Sie behaupteten, es seien Glücksspieleinnahmen, die ihnen rechtmäßig zustehen würden. Die hatten doch die beste Abzocke am Laufen. Die Logik dahinter hab ich nie verstanden, aber die Regeln bestimmten sie, ich trug lediglich zur Finanzierung bei. Ich hatte einen schwerwiegenden taktischen Fehler gemacht, der einem echten Outlaw niemals unterlaufen darf. Ich hatte vergessen, dass wir Wahljahr hatten. So ein Versäumnis kann die Verbrecherkarriere schwer beeinträchtigen, und es war ja auch nicht so, dass ich es wissentlich ignoriert hätte. Ich hatte in letzter Zeit nur so viel mit Sam und dem ganzen Kram am Hut gehabt, dass ich mit der Verfolgung der Politikberichterstattung etwas ins Hintertreffen geraten war. Mann, im ganzen Leben hoben die sonst keine Hahnenkämpfe aus – zumindest hatte ich das vorher noch nie gehört, mindestens die Hälfte der Teilnehmer und Zuschauer waren in der Regel Cops –, aber jetzt saß ich im Algiers Parish Jail und würde noch weitere neunundzwanzig Tage dort abreißen müssen. Das würde Sam ordentlich Zeit geben, einen gewaltigen Hals zu kultivieren. Ein tröstlicher Gedanke, der mich nachts besser schlafen ließ. Gut zu wissen, wer mich abholen würde, wenn ich rauskam.

Aber selbst ohne dieses Wissen, das mir aufs Gemüt drückte, wäre es schwer geworden, ein Auge zuzutun, wo doch mein Zellengenosse der berüchtigte Traumflieger war. Wie ich bereits erwähnt habe, stammt der Name von mir, nicht von einem Reporter. Irgendein anderer Insasse hatte es ausgeplaudert, dass ich den Typen so nannte, und deshalb wurde er berühmt. Sein richtiger Name, der nicht oft in den Artikeln auftauchte, war Karol Bloch, mit K, nicht mit C, wie es die Zeitungen zuerst schrieben, aber das ist auch egal, an diesen Namen kann sich eh keiner mehr erinnern.

Ich wette, ich weiß mehr über ihn als seine Mutter, die er nicht besonders leiden konnte. Deshalb hat er ihr auch nicht so viel anvertraut wie mir. Tatsächlich habe er sie umgelegt, als er zwölf war, hat er mir erzählt, ihr den Schädel mit seinem Pfadfinderbeil eingeschlagen, und keiner hat es ihm anhängen können. Sie sei immer hinter ihm her gewesen, dass er sein Gemüse essen solle und anderes furchtbares Zeug. Die Polizei hat die Tat einem armen Penner angehängt, der gerade in der Nähe gewesen war, und ist nie auf die Idee gekommen, dass es ihr eigener wohlgeratener Sohn gewesen sein könnte. Anscheinend stand man sich nicht so nahe wie in normalen Familien. Er und Sam the Bam könnten ein paar schöne Kindheitserinnerungen austauschen, schätze ich. Zellengenossen stehen sich irgendwann näher als Zwillinge, und mehr als drei Sätze würde ich nicht brauchen, um das aufzuzählen, was ich nicht über Karol weiß – würde noch nicht mal halb so lange dauern, wie ein Pearl abzukippen.

»Die werden mich gehen lassen müssen«, hatte er gesagt, als ich ihm zum ersten Mal begegnete. Ich hab gar nicht richtig zugehört, im Bau erzählt dir jeder, dass die Anklage gegen ihn keinen Bestand habe, das ist nicht gerade eine Sensationsmeldung. Er hatte ein Mädchen umgebracht, und dieses Mal hatten sie ihn geschnappt. Früher war er wohl geschickter dabei gewesen, seine Spuren zu verwischen.

»Ich hab sie vergewaltigt, klar, aber ich hab sie nicht umgebracht. Ich war dabei nicht mal in der Nähe. Sie hat sich selbst getötet.«

Ich nickte mitfühlend, denn das ist es, was du in einer solchen Situation im Knast tust. Wie ein Politiker nickst du alles ab, erst recht, wenn du mit einem kaltblütigen Killer die Zelle teilst. Wenn du solchen Leuten widersprichst, werden sie wütend, und so ein Schuhkarton ist nicht der Ort, um es sich mit jemandem zu verderben, schon gar nicht mit einem Psychokiller mit Chromosomensalat wie Karol. Wenn es Krach gibt und er sich an etwas stört, was du gesagt hast, kann man sich nicht einfach umdrehen und in den nächsten Trailways-Bus steigen. Deshalb stimmte ich ihm meistens zu, nur bei irgendwelchen unwichtigen Kleinigkeiten widersprach ich auch mal, um zu zeigen, dass ich kein Fähnchen im Wind, sondern ein harter Hund war, genau wie er.

»Ich habe einen Plan«, sagte er und erklärte mir dann die Einzelheiten. Anscheinend brachten ihn die viele Zeit und der Leerlauf im Knast dazu, an seine Kindheit zurückzudenken, er erzählte mir, dass er sich als kleine Kröte in den Kopf gesetzt hatte, er könne fliegen. Erzählte mir, dass er aus seinem Körper schlüpfen konnte wie aus einer Hülle und in ein anderes Zimmer schweben, um zu sehen, ob seine Eltern schmutzige Dinge taten oder so was. Eines kam zum anderen. Ziemlich schnell hätte er rausgefunden, wie er auch mit seinem Körper fliegen könne, durch Luftanhalten und Schwingenlassen seiner Moleküle oder so. Das erste Mal habe er es durch Zufall erlebt, als er von einem kleinen Hügel gesprungen sei und bemerkt habe, dass er länger in der Luft bleiben könne als vorher. Und dann, im vollen Bewusstsein seiner übernatürlichen Kräfte und mit jeder Menge fleißigem Training, wäre er an den Punkt gekommen, wo er vom Boden habe abheben können, bis hoch in die Wolken und noch höher. Wie ein siebenjähriger Superman, nur ohne den Röntgenblick und die übermenschliche Kraft. Er habe fliegen können. Aber dann, behauptete er, hätte er sich mit zunehmendem Alter mehr für Mädels interessiert und seine Fähigkeit verlernt. Du hättest dich lieber weiter mit dem Fliegen beschäftigen sollen, meinte ich zu ihm, die Mädels haben dir doch erst den ganzen Mist hier eingebracht. Er lachte nicht darüber, deshalb ließ ich das Thema ziemlich schnell wieder fallen.

Ich hatte vorher schon darum gebeten, mir einen anderen Zellengenossen zuzuteilen, aber sie meinten, nein, es wäre alles überbelegt, außerdem wäre er bald wieder weg. Er sitze nur hier in Algiers ein, weil er bei einem Verfahren aussagen müsste. Danach müsste er wieder zurück nach Angola, wo sie ihm den Arsch rösten würden.

Nachdem er mir diesen Blick zugeworfen hatte, der mein Blut in Ketchup mit abgelaufenem Verfallsdatum verwandelte, erzählte er mir, dass er sich wieder an den ganzen Fliegekram erinnern könne, wegen dem ganzen Stress hier, und nicht nur das, er habe die ganzen Nächte hindurch geübt und seine Fähigkeiten wiedererlangt. Er war schon sechs Wochen vor mir in der Zelle gewesen, es war ein langes Verfahren, in dem er aussagen musste, irgendwas mit einem Knacki, der einen anderen umgebracht hatte, und weil er so viel Zeit gehabt habe, an seiner Aeronautik zu arbeiten, sei er jetzt schon so weit, Loopings zu drehen. Behauptete er jedenfalls. Ich war erst ein paar Tage bei ihm in der Zelle und konnte das nicht bestätigen, aber ich meine, ich hätte eines Nachts gesehen, wie er ein paar Zentimeter vom Boden abhob. Aber vielleicht war es auch nur ein Traum, denn in der gleichen Nacht habe ich auch eine meiner früheren

Freundinnen, Princess, auf der Toilette in der Ecke sitzen sehen, wie sie sich die Nägel lackierte. Vorm Einschlafen hatte ich eine halbe Flasche Angesetzten getrunken, getauscht gegen ein Päckchen Filterzigaretten, könnte sein, dass mein Blick da etwas getrübt war.

Er sagte, dass er mich mochte, und wenn ich wollte, dann könnten wir uns an irgend 'nem Morgen, wenn sie uns zum Essen rausließen, an den Händen fassen und zusammen in die Freiheit entschweben. Da wir uns im dritten Stockwerk befanden, schlug ich das Angebot dankend aus. Aber ehrlich gesagt ging mir morgens mehr als einmal die Düse, wenn sie uns rausließen, ob er nicht doch vielleicht nach meiner Hand griff und mich gegen meinen Willen rettete. Ich hielt meine Hände tief in den Taschen vergraben, wenn die Zelle geöffnet wurde, und ließ ihm den Vortritt. Zum Glück hat er nie versucht, mich auf seine Ausflüge mitzunehmen.

Vor dem Tod habe er keine Angst, sagte er, aber für ein Verbrechen hingerichtet zu werden, das er nicht begangen habe, das rege ihn auf. Seiner Philosophie nach gab es einen Gott, der mit der Erde und den Erdlingen wie mit einer großen Ameisenfarm spielt, und auch alle möglichen Regeln, an die wir uns halten mussten, damit es auf der Ameisenfarm wie am Schnürchen lief. Wenn wir sterben, schicke man uns eben weiter zu einer anderen Ameisenfarm, auf der Gott andere Spiele mit uns spielt und wir andere Klamotten tragen. Alle sind weiß angezogen und singen, nur die Schwerkraft ist nicht so groß und man darf mit dem Großen Kahuna am Tisch sitzen. Oder, wenn man uns auf die andere Ameisenfarm schickt, weil wir auf der ersten zu viele Regeln gebrochen haben, dann hat da ein anderer Kerl das Kommando, eher so ein Typ wie Darth Vader. Karol sagte, es sei ihm egal, wann oder ob er sterbe, er habe ohnehin keinen Einfluss darauf. Einen richtigen Hals bekäme er nur, wenn die anderen Erdlinge *dächten*, es würde ihn kümmern, dass er sterbe, wo es doch ganz anders war.

Bizarr, oder? Anscheinend ist es mir nicht vergönnt, auch mal irgendwelche Normalos, sagen wir mal, einen Versicherungsvertreter kennenzulernen.

Ich wollte *wirklich* raus aus der Zelle.

Sein Plan war es demnach, auf den großen Tag im Angola State Prison zu warten, an dem sie ihn zum elektrischen Stuhl führten. Dann würde er ihnen einfach davonfliegen. Anschließend wollte er wiederkommen und ihnen gestatten, seine sterbliche Hülle durchzubraten. Das würde der Welt seine Unschuld beweisen, sagte er, und außerdem ein Zeichen setzen, dass er den Tod nicht fürchte, und dann könne er würdevoll und in Frieden sterben.

Er hatte wirklich nicht mehr alle Latten am Zaun.

Der Knast steckt voller Spinner, und ich habe wirklich so einige getroffen, aber der Traumflieger hat die meisten davon weit hinter sich gelassen.

Am Tag, als sie ihn schmoren lassen wollten, durfte ich in einem Besprechungszimmer die Übertragung im Radio mithören.

Alle Sender hatten ihre Reporter geschickt, weil es so ein großes Ding und sonst nichts los war – der Gouverneur war schon seit einem Monat damit nicht mehr befasst worden –, und der Schließer muss wohl gedacht haben, wir wären Busenfreunde, weil wir eine Zeitlang die Zelle geteilt haben, deswegen haben sie mir das erlaubt. Und weil alles besser war, als in der Zelle rumzuliegen und den eigenen Schwanz anzustarren, dachte ich mir, warum nicht, und hörte mir an, wie es dem guten alten Karol so erging.

Ob Sie's glauben oder nicht, bis zum elektrischen Stuhl ist er nie gekommen. Aber das wissen Sie natürlich schon, wenn Sie nicht gerade im hintersten Tadschikistan leben, schließlich ging das ja tagelang durch die Medien.

Er sei gestürzt und hätte sich den Hals gebrochen, hieß es in den Zeitungen, aber wie es passiert ist, konnte man nicht erfahren, nur dass er gut zehn Meter tief gefallen sein musste und dabei aufplatzte wie eine reife Melone. Als offizielle Todesursache wurde ein Genickbruch vermerkt, aber so wie ich es von einem der Schließer erfahren habe, der dabei gewesen ist, hatte er keinen einzigen heilen Knochen mehr im Körper. Der Traumflieger war tief gefallen.

Ich war dann doch ziemlich froh, dass ich mich nicht hatte überreden lassen, mit ihm auf dem Luftweg in die Freiheit zu entschweben.

****

Cat rief an.

Was für eine Überraschung!

Ich hatte auch schon an sie gedacht. Das war normal. Wenn ein Typ einfährt, denkt er praktisch immer, wenn es mal zäh wird, an die letzte Braut, mit der er in der Kiste war. Aber das war was anderes, das nahm mich irgendwie mit. Ich meine, sie war *eine Hure.* Ist ja nicht so, dass sie das nette Mädel von nebenan gewesen wäre, für das ich schon in der High School geschwärmt und deren Namen ich in mein Mathebuch geschrieben hatte.

Aber immer, wenn ich so ein Zeug dachte, fiel mir ein, dass ich ja selbst ein Verbrecher war, ein einfacher Krimineller, auf den der Strick und ein langer Absturz warteten, und ich schämte mich dafür, dass ich so herablassend dachte. Ich war bestimmt kein besserer Mensch als sie. Eigentlich war ich schlimmer. Ich hatte noch nie was Großes erreicht, war nie in etwas der Beste gewesen. Im Gegensatz zu Cat: Sie war die beste Hure, die mir jemals untergekommen ist.

Und ich wusste auch, wo mein Problem mit ihr herkam: Ich war wie einer dieser Hinterwäldler, die Schwarze schikanierten, weil sie das Gefühl brauchten, dass noch jemand unter ihnen steht. Weil sie sich besser vorkamen, wenn sie sich einredeten, es gäbe noch größere Nichtsnutze als sie.

Ich war ein richtiger Drecksack. Je mehr ich darüber nachdachte, umso passender erschien mir die Beschreibung. Cat hatte nichts anderes getan, als mich von der Straße zu holen und mir ihre wundervolle Liebeskunst zu offenbaren. Dann hat sie mich ihre Weinvorräte vernichten und ihr Essen kosten und in ihrem Bett schlafen lassen. Mir fiel niemand sonst ein, der das Gleiche für mich getan hätte, ganz egal, in welcher Situation.

****

»Sie haben einen Anruf, Halliday. Unten im Gemeinschaftsraum. Los, kommen Sie.«

****

»Hi Baby, wie geht es dir?« Es war Cat.

»Ich hab in der Zeitung gelesen, dass sie dich geschnappt haben. Brauchst du irgendwas? Zahnpasta? Zigaretten? Ach, stimmt ja, du rauchst gar nicht, außer im Bett!« Sie lachte.

»Cat, wie schön, deine Stimme zu hören! Ich nehme nicht an, dass du mir die Kaution auslegen könntest, oder doch, Süße? Mich hier rausholen? Und ja, Rauchen tue ich auch.«

»Pete, du bist nett, aber ich bezahle prinzipiell keine Kaution für Typen. Lass die Finger vom Verbrechen, wenn du die Strafe nicht absitzen kannst, ist mein Motto. Außerdem hast du eh nur dreißig Tage aufgebrummt bekommen, haben sie mir gesagt, als ich angerufen habe. Da hast du mal Zeit, dich auszuruhen, Süßer. Du kannst an deiner Bräune arbeiten und endlich mal ein paar Briefe schreiben.«

»Sehr witzig, Cat. Im Ernst, kannst du mich nicht hier rausholen? Das macht keinen Spaß hier. Außerdem gibt es noch einen weiteren Grund, warum ich hier vor dem Termin raus will.«

»Ich weiß. Er war hier und hat nach dir gefragt.«

Ich bekam Gänsehaut.

»Wer hat nach mir gefragt?«

»Sam the Bam.«

»Du *kennst* Sam?«

»Honey, ich bin Prostituierte, ich kenne jeden, der seine Finger im Geschäft hat. Und die ganzen Prediger auch. Prediger und Gangster machen den Großteil meiner Klientel aus. Du steckst ziemlich tief in der Scheiße, Süßer. Ich wünschte, ich könnte dir helfen, aber ich glaube, da musst du allein durch. Wenn du den Ärger hinter dir hast, kannst du gern mal vorbeikommen. Könnte gerade eine Dusche gebrauchen, glaub ich. Oh, und mach dir keine Sorgen wegen deinem Koffer, um den kümmere ich mich. Deinen Anzug habe ich in die Reinigung gebracht. Baby. Ich muss Schluss machen, hab 'nen Anruf auf der anderen Leitung, wird wohl ein Freier sein. Viel Glück!«

»Warte!«

»Was?«

»Ich muss dich was fragen. Warum hast du bei Arnaud's dein Geld in Jackies Handtasche gesteckt?«

»Geht dich nix an.«

»Nee, sag mal. Warum? Bist du hohl, oder was? Du hast dir gerade den Arsch abgearbeitet und dann schenkst du dein schwer verdientes Geld irgend 'ner Hure?«

»Fick dich, Pete. Hast du vielleicht vergessen, dass ich auch eine Hure bin? Wenn du's unbedingt wissen musst: Ich hab's ihr in die Tasche gesteckt, weil ich wusste, dass sie es nicht annehmen würde, wenn ich es ihr in die Hand drücke. Jackie hat sehr viel Stolz im Leib. Tatsächlich hat sie mich sogar angerufen und wollte mir das Geld zurückgeben. Der Grund, warum ich es ihr zugesteckt habe, ist, dass Jackie zwei Kinder hat, die sie allein erzieht, und sie hatte es in letzter Zeit nicht leicht. Fast 'nen ganzen Monat hat sie mit Lungenentzündung im Bett gelegen und konnte deswegen nicht arbeiten. Jackie würde das Gleiche für mich tun, wenn ich Schwierigkeiten habe. Nicht dass es dich was angehen würde. Hör mal, der Anrufer auf der anderen Leitung gibt keine Ruhe. Bleib locker, Kumpel.«

Sie legte auf.

Ihr Anruf deprimierte mich, ich musste an die wenigen Momente denken, die wir gemeinsam hatten verbringen können. Mit großer Wahrscheinlichkeit war das mit Cat der letzte Sex meines Lebens, danach würde sich Sam meiner Körperteile annehmen, sie umverteilen und in verschiedenen Ecken des Bundesstaats verbrennen. Ich glaubte nicht, dass er es dabei belassen würde, mir ein paar Knochen zu brechen, dafür ging es um zu viel Geld. Nein, er musste an mir ein Exempel statuieren und den anderen Kredithaien zeigen, dass er sich nicht auf der Nase rumtanzen ließ. Er würde mich umlegen müssen, und zwar auf eine besonders brutale und ekelhafte Art, mit der er ein Zeichen setzte ... ein Designermord.

Schade, dass ich Cat nicht früher kennengelernt habe.

Das muss man sich mal vorstellen: Sie gibt ihr mühsam erarbeitetes Geld einfach so 'ner Bordsteinschwalbe. Das war schon eine, diese Cat, ich konnte mich gar nicht mehr beruhigen. Ich kannte sonst niemanden auf der Straße, der so was tun würde. Aber meine Kaution bezahlte sie nicht. Ich konnte mir keinen Reim darauf machen. Hart *und* weich, das war sie, konnte sich wohl nicht entscheiden.

Frauen!

Ich wünschte, ich würde immer noch Baseball spielen.

Ich wünschte, ich hätte einen Po-Boy-Laden.

Ich wünschte, ich könnte hier wegfliegen.

****

All das machte mich nachdenklich, *schwer* nachdenklich. Den ganzen Tag lag ich in meiner Koje. Landete mit meinen Gedanken wieder beim Traumflieger, fragte mich, ob nicht doch vielleicht ein klitzekleines bisschen was dran sein könnte an seiner Nummer. Mir kam es so vor, als könnte ich mich daran erinnern, dass ich als kleiner Junge, zu der Zeit, als ich gerade lernte, wie man einen Ground Ball mit den Nüssen stoppt, um den Runner auf seinem Platz zu halten, meinen Körper verlassen und im Raum herumschweben konnte. Ich wusste halt nur nicht mehr, ob es tatsächlich eigene Erinnerungen waren oder ob mich meine Plaudereien mit dem Traumflieger dazu inspiriert hatten, mir so etwas einzubilden. Aber je mehr ich darüber nachdachte, umso sicherer war ich mir, dass es aus meinen eigenen Erinnerungen kam.

Als Karol zum Kopfsprung ansetzte, hatte ich schon eine ganze Woche geübt. Ich wollte mal sehen, ob ich nicht meinen Körper wenigstens für ein paar Minuten verlassen, rüber zum Speisesaal schweben und mir was zu essen besorgen konnte, vielleicht auch ein Glas Orangensaft oder was von den köstlichen Bohnen, die mir so gut schmeckten. Wenn das gelänge, wäre es nicht mehr weit bis zum richtigen Flug, dachte ich mir. Ich versuchte, mich an alles zu erinnern, was mir der Traumflieger erklärt hatte, dass man seine Moleküle in Schwingung bringen müsse und den ganzen Kram. Und wenn das möglich war, würde ich es so gut hinbekommen wie er.

Hoffentlich sogar etwas *besser.*

Wenn das gelänge, wäre ich gerettet. Ich meine, nicht nur gäbe es dann keine Gefängnismauern mehr, die mich halten konnten. Auch die kleine Angelegenheit mit Sam the Bam würde mir dann keine Sorgen mehr bereiten.

Ich könnte mir eine hübsche neue Karriere aufbauen. Allein die Vorstellung: Ich raube 'ne Bank aus, renne mit vollen Geldsäcken in den Händen auf die Straße, hebe direkt ab in die Luft und mache mich auf den Weg nach Acapulco, immer schön unterm Radar. Vielleicht fliege ich auch bei Cat vorbei und klemme sie mir untern Arm. Mann, da können Sie aber einen drauf lassen, dass ich mich nicht mehr mit solchen Peanuts-Wetten bei Hahnenkämpfen aufhalte, wenn ich rausfinde, wie das mit dem Fliegen geht.

Bis jetzt war ich allerdings etwas glücklos dabei gewesen. Wird langsam Zeit, morgen ist mein letzter Tag hier drin. Schätze, es wird keine große Überraschung, wer mich als Begrüßungskomitee draußen erwartet: Sims und Sam und ihre Vermöbelpacker. Hoffentlich habe ich die Traumflieger-Technik gemeistert, wenn sie das Tor aufschließen und mir die Papiere geben. Vielleicht könnte ich auch selbst dazu beitragen, dass mein Aufenthalt hinter schwedischen Gardinen verlängert wird und einen der Schließer umhauen. Da müsste doch eine längere Strafe drin sein. Und obwohl ich mich schon über den konstanten Gestank nach Pisse beschwert habe, ist es ja nicht auszuschließen, dass ich mich noch dran gewöhne werde.

Nein, werde ich nicht.

Wollen wir doch mal seh'n. Er hat gesagt, du musst deine Moleküle in Schwingung bringen und irgendwas mit deiner Atmung machen ...

SO WIRD'S GEMACHT

Wie ich es mir gedacht hatte, wartete jemand auf mich, als sie mich aus dem Knast von Algiers ließen, aber es war nicht Sam the Bam mit einem seiner Auftragskiller, sondern niemand anderes als Tommy. Sam konnte nicht weit weg sein, wahrscheinlich hatte er Tommy beschatten lassen, damit er uns beide zusammen erledigen konnte. Es überraschte mich, dass Tommy gar nicht versucht hatte, sich aus dem Staub zu machen. Die Sache mit den Molekülen hatte bei mir nicht besser funktioniert als beim Traumflieger. Wenigstens war ich bei dem Versuch, abzuheben, nur aus meiner Koje geplumpst und nicht drei Stockwerke tief gefallen wie er.

Tommy wartete mit seinem Auto. Ich hätte ihn einfach ignorieren und an ihm vorbeispazieren können – aber wozu? Es war nur eine Frage der Zeit, bis ich Sam gegenüberstehen würde. Besser, ich brachte es gleich hinter mich. Außerdem hegte ich noch dieses kleine Fünkchen Hoffnung, dass wir uns vielleicht noch irgendwie einigen konnten. Jenes gleiche Fünkchen Hoffnung, das auch das Vieh auf dem Weg in den Schlachthof hat. Aber immerhin ein Fünkchen Hoffnung.

Tja.

Große Worte wurden nicht gemacht, als er mir vor dem Gefängnistor entgegenkam.

»Hi Pete.«

»Was?«

»Der Wagen steht drüben. Komm.«

»Gut.«

Erst als wir im Auto saßen und die Räder rollten, wurde die tiefsinnige Konversation wieder aufgenommen.

Tommy fuhr zur Fähre von Algiers, wo wir in einer langen Schlange warten mussten. Ich hatte keine Ahnung, wo er mich hinbrachte.

»Tommy, vielleicht, *ganz vielleicht,* bin ich interessiert. Zuallererst muss ich dir aber sagen, dass du ein wundervoller Mensch bist, Tommy. Und ein zuverlässiger Partner. Irgendwann werde ich dich umlegen. Das weißt du schon, oder?«

Bewegung kam in die Warteschlange. Er legte den Gang ein, und wir fuhren auf die Fähre. Er stellte den Motor ab und sprang aus dem Auto. Ich folgte ihm. Wir gingen rüber zur Reling und starrten auf den Ölteppich, den sie den mächtigen Mississippi nannten. Ich sah nach, ob irgendwelche Leichen darin trieben. Meine war nicht dabei. Noch nicht.

»Sam glaubt, dass du morgen erst rauskommst«, sagte er. Ich versuchte, mir die erste Zigarette seit meiner Entlassung anzustecken. Der Wind blies die Flamme aus.

»Davon kriegt man Krebs«, sagte Tommy.

»Weißt du, eigentlich hast du recht, du Superhirn«, entgegnete ich. »Es wäre mir echt unangenehm, Krebs zu bekommen, bevor Sam die Gelegenheit hat, mir den Kehlkopf rauszureißen. Meinst du, er wäre sauer, wenn ich ihm den Spaß verderbe? Tommy, ich brauche keine Mutter, ich brauche Geld. Sag mir, wie ich welches kriege. Und wenn die Sache mit der Entführung nicht besser klappt als das mit dem Hahnenkampf, dann ... Wieso glaubt Sam, dass ich erst morgen rauskomme?«

»Weil ich ihm das so gesagt habe«, antwortete er.

»Wie zuvorkommend von dir«, bemerkte ich, »dann habe ich ja vierundzwanzig Stunden, um mich zu verdrücken.«

»Wenn du mir bei der Entführung nicht hilfst, dann muss ich Sam anrufen und ihm erklären, dass du früher entlassen wurdest. Das wäre nicht gerade gut für dich. Ich habe was, wo ich untertauchen kann. Und du?«

Damit hatte er wohl recht. Überhaupt nicht gut wäre das für mich. Und nein, ich hatte keinen brauchbaren Ort zum Untertauchen … nicht seit Sam Bescheid wusste über Cat.

»Tommy, ich sollte dich einfach volley in den Fluss treten. Vielleicht mach ich's auch noch. Droh mir nicht. Okay, lass hören, erklär's mir mal. Wehe, wenn es wieder so ein Blödsinn ist! Du hast was von einer Amputation erzählt. Worum geht's denn da? Warum frage ich das eigentlich?« Die letzte Frage richtete sich eher an mich als an Tommy.

»Pete, du reißt das Maul ganz schön auf. Erstens könntest du nicht mal *deine Mutter* volley in den Fluss treten, und zweitens habe ich dir was mitgebracht, was ich dir eigentlich gar nicht geben sollte. Wenn ich will, dass du bei der Entführung mitmachst, die *auf jeden Fall* gelingen wird, ist es ganz schön bescheuert von mir, dir das zu geben, aber ich bin eine ehrliche Rothaut, deshalb erzähle ich dir trotzdem davon, obwohl du es nicht verdient hast.«

Was plapperte er da nur?

»Hier.« Er streckte mir etwas entgegen. Es war von einer Bank, »Sparbuch« stand drauf. Innendrin waren mein Name eingetragen und ein Kontostand von tausend Dollar.

»Was ist das?«

»Geld, du Schwachkopf.«

»Das seh ich auch. Warum gibst du mir das?«

»Weil ich nicht mehr ganz klar im Kopf bin, Pete. Ich bin reif für die Klapse.« Er schüttelte den Kopf. »Aber echt.«

Ich verstand überhaupt nichts mehr. Das war *'ne Menge* Kohle. Geld für die Flucht.

»Das ist der Gewinn vom Hahnenkampf.«

»Hä?«

»Ich war drüben in Algiers und hab unseren Gewinn bei dem fetten Bauerntrampel abgeholt.«

»Wie das denn?«

»Meinst du denn, das wäre mit rechten Dingen zugegangen, dass die Bullen aufgetaucht sind? Ich hab gesehen, wie Schweinchen Dick von 'nem Sheriff abgeführt wurde, aber in eine ganz andere Richtung als wir alle. Das habe ich dir schon im Knast versucht zu erzählen, aber du hast mich ja nicht angehört.«

Ich erinnerte mich. Recht hatte er.

»Als ich rauskam, hab ich mich mal ein bisschen umgehört, hab rausgefunden, dass der Richter der Schwager von dem Typ ist. Außerdem habe ich mit Jim-Bob gesprochen. Die ganzen Heinis dort sind verwandt. Er habe seine Kohle bekommen, hat er mir erzählt und mir dann erklärt, wie ich an meine komme.«

»Wie denn?«

»Ich hab ihn zu Hause besucht und ihn davon überzeugt, dass es eine Ehrensache ist, seine Schulden zu bezahlen.«

»Wie hast du das denn gemacht?«

»Mit meiner kleinen Überzeugungshilfe.« Er hob sein Hemd, und ich sah den Pistolengriff aus dem Hosenbund ragen.

»Ja, leck mich am Arsch.«

Gefolgt von: »Danke, Mann. Hättest du nicht tun müssen. Ich weiß das zu schätzen.« Ich wusste es *wirklich* zu schätzen. Das war verdammt anständig von ihm.

»Dann hör auf rumzunörgeln, Pete. Wir haben ein bisschen Geld gemacht, genau wie ich es gesagt habe, und ich habe es für uns besorgt. Hier ist dein Anteil, tausend Ocken. Ich habe ein Konto in deinem Namen angelegt, damit du sogar noch ein paar Zinsen kriegst. Du hast also genug Geld, um aus der Stadt abzuhauen. Du musst dich nicht mit mir abgeben. Natürlich ist klar, dass man mit tausend Dollar nicht weit kommt. Bis Florida vielleicht? Viel weiter jedenfalls nicht, schätze ich. Ich glaube, du solltest dich mit meinem Vorschlag noch mal etwas eingehender beschäftigen, die Vor- und Nachteile abwägen. Mit dem, was du jetzt hast, kannst du dir nicht viel kaufen, ein Ticket aus der Stadt raus und etwas Zeit vielleicht. Früher oder später wird Sam dich finden und umlegen. Wenn du weiterleben willst, brauchst du ganz andere Summen. Du musst Sam auszahlen, nicht, dich vor ihm verstecken. Irgendwann findet er dich sowieso, und das weißt du auch.«

Mittlerweile hatten wir den Fluss zur Hälfte überquert. Wenn du dich New Orleans näherst, kannst du das riechen. Und an deinem ersten Tag in Freiheit nach dreißig Tagen Knast *erst recht*. Es roch verlockend nach Hunderttausenden heißen kleinen Mamas, die aus dampfenden Badewannen und Duschen steigen, die Haut glänzend von der Hitze, und sich fertigmachen für die Samstagnacht, und nach Typen, die ihr Parfüm auftragen und sich auf die Frauen freuen. Es roch nach Vorspiel, nach feuchtwarmem Sex. Ich sah Cat vor mir, wie sie ihr schwarzes Satin-Nichts überstreifte, das dieselbe Farbe hatte wie ihr Haar und alles zum Glänzen und Funkeln brachte, ihre üppigen Brüste, ihr Becken, ihre Beine, sie geradezu pulsieren ließ. Ich konnte sie fast riechen, sie ausmachen unter all den Gerüchen, die über den Fluss auf uns zuströmten. Im Big Easy ist jede Nacht Samstagnacht, aber die Samstagnacht ist der Killer. Ich fragte mich, ob ich überhaupt noch mal eine dieser Nächte erleben würde.

Ich muss zugeben, dass ich Tommy nun in einem anderen Licht sah. Er hatte sich als loyaler Freund gezeigt, und nicht nur das, seine letzte Masche hatte funktioniert, auch wenn es länger als geplant gedauert hat, bis wir an die Kohle kamen. Tommy hätte mir überhaupt nichts davon erzählen müssen, und er hätte mir das Geld erst recht nicht geben müssen, schon weil er damit das große Risiko einging, dass ich mich mit meiner neuen Beute aus dem Staub mache. Es war also das Mindeste, was ich tun konnte, dass ich mir seinen Plan in Gänze anhörte.

Er begann zu erzählen. Und ich konnte es kaum fassen, auf einmal klang der ganze Plan gar nicht mehr so verkehrt. Aber er brachte jede Schweißpore meines Körpers zum Überlaufen.

»Erinnerst du dich an die Frage, die ich dir mal gestellt habe? Was am häufigsten bei einer Entführung schiefgeht?«

»Ja«, antwortete ich, »jemand zieht die Bullen mit rein. Und das FBI. Und? So weit waren wir doch schon. Wo kommt da die Sache mit der Amputation ins Spiel?«

»Wirst du schon merken, hör einfach zu.« Er ging zurück zum Wagen, öffnete die Fahrertür, griff unter den Vordersitz, zog eine Papiertüte heraus und kam damit zurück zu mir an die Reling. Eine Flasche war drin. Er bot sie mir an, und ich nahm einen Schluck. Ich wusste, es war Wild Turkey, Mr. Daniel's wäre mir lieber gewesen. Ein paar liebeskranke Touristen, Kids um die zwanzig, kamen nach hinten in unsere Nähe und salbaderten was vom »wunderschönen Mississippi«. Ich schaute nach, was sie so zum Schwärmen brachte, aber ich konnte nur ein paar Bierdosen erkennen, die da rumtrudelten. Kurz dachte ich, ich hätte knapp unter der Wasseroberfläche einen Arm gesehen, aber es war nur ein Ast, der hinaus in den Golf getrieben wurde.

»Der große Fehler, den die meisten Kidnapper machen, ist, dass sie einen Überbringer für das Lösegeld einschalten. Das verschafft den Cops die Möglichkeit, sie zu beschatten und später zu schnappen. Kannst du mir folgen?«

Soweit war ich noch bei ihm. Tommy zu folgen war, wie wenn man mit einer Harley hinter einem Fahrrad her ist. Mehr als den zweiten Gang brauchte man dafür nicht. Und du liefst immer Gefahr, dabei einzuschlafen. Aber irgendwie war er doch kein so mieser Typ, vielleicht waren ja doch nicht alle seine Ideen scheiße.

»Ich hab mir was überlegt, dass es uns erlaubt, auf den Überbringer zu verzichten. Wir lassen den Entführten selbst das Lösegeld übergeben.«

»Tommy, das hast du mir schon mal erzählt. Wie soll das gehen? Wir finden einen gutmütigen Trottel und sagen ihm, er soll bei seinem freundlichen Geldinstitut vorbeigehen, das Geld abheben und es uns bringen? Und dass wir uns in der Zwischenzeit schon mal Spareribs bringen lassen für die anschließende Party? Wie passt eine Amputation da rein – willst du ihm drohen, dass du seinen Fuß abschneidest, wenn er nicht zurückkommt?«

»Ich werd's dir erklären, Pete. Wenn du erst mal das große Ganze vor dir siehst, wird dir alles klar. Denk einfach nur an das Schlüsselwort: Amputation. Ich wette, jetzt hast du's vor Augen.« Er schaute mich mit seinem dümmlichen Grinsen an, als ob er gerade das Geheimnis der Sphinx verraten hätte. Ich kapierte überhaupt nichts.

Das Einzige, was ich vor Augen hatte, war das Bild, wie ich auf dem elektrischen Stuhl sitze, der immer noch warm war von der Traumflieger-Braterei, und Tommy hatte man mir aus Gründen staatlicher Energiesparmaßnahmen auf den Schoß gesetzt. Die Sache mit der Amputation war mir nicht klargeworden, es war abzusehen, dass es da noch einiger Grafiken und Tabellen bedurfte. Ich brauchte meinen Kopf für etwas anderes. Ich musste mir einen Vortrag für Sam überlegen, der ihn davon abhalten sollte, mich in die Mangel zu nehmen, wenn er rausfand, dass ich mich nach Miami verdrückt hatte.

»Ich hab mir das Opfer schon geschnappt, Pete. Wir sind gerade auf dem Weg dorthin.«

Mir wurden die Knie weich, beinahe wären mir die Beine weggeknickt. Ich bereute mehr denn je, dass mir im Leben die Geduld gefehlt hatte, den richtigen Moment abzuwarten.

»Deshalb habe ich Sam erzählt, du würdest morgen rauskommen und dass wir dann die Kohle hätten. Wir ziehen das Ding heute durch. Morgen um diese Zeit werden wir mehr Geld haben, als du je auf einem Haufen gesehen hast. Sam wird dann keine Probleme mehr machen. Was schulden wir ihm? Zwanzig plus die Zinsen und Sams Anteil, so was in der Art? 30.000 vielleicht? Wir werden hundertmal so viel haben. Der Typ, den ich mir gegriffen habe, hat allein zwei, drei Millionen zu Hause in der Keksdose liegen. Aber jetzt bin ich still. In ein paar Minuten wirst du alles mit eigenen Augen sehen.«

Die Fähre rumpelte an den Pier, wie betäubt schlich ich zurück zum Wagen. Das ging alles zu schnell, viel zu schnell. Ich brauchte Zeit zum Überlegen. Ich brauchte einen Drink. Ich brauchte mindestens zwanzig Drinks. Und es wäre mir lieber, sie würden in einer anderen Zeitzone serviert, wo ich mich wegen der Sprachbarriere dem Bartender nur mit Handzeichen verständlich machen konnte.

Jetzt steckte ich mit drin. Es gab kein Zurück mehr. Ich war Tommy LeClercs Komplize bei einem geisteskranken Entführungsplan. Nächstes Jahr um diese Zeit würde ich entweder in Angola den Freundschaftsring irgendeines Gorillas tragen oder als Dünger in einem Reisfeld in Slidell liegen. Die dritte Möglichkeit – die wir anstrebten – schien völlig außer Reichweite: Wir sitzen an einem Strand in Cannes, trinken Stingers und lassen uns von den Poolgirls den Rücken massieren. Das war einfach nicht zu machen. Nicht mit Tommy als Komplizen. Es war zu viel verlangt, ein weiteres erfolgreiches Ding zu erwarten. Nicht zweimal hintereinander.

Ich riss Tommy die Papiertüte aus der Hand und inhalierte ungefähr die halbe Flasche. Half aber nichts.

Er nahm die Flasche an sich und kippte den Rest ab. Dann warf er sie mitsamt Tüte in den Mississippi.

»Tommy, du bist der beschissenste Möchtegern-Indianer, den ich je gesehen habe. Die ganze Leier, dass du was an den Augen ablesen kannst, ist für mich völlig hanebüchener Scheißdreck. Und jetzt hast du gerade deinen Müll in den Fluss geworfen. Seid ihr nicht die Jungs, die immer feuchte Augen wegen der Umweltverschmutzung bekommen? Was bist du denn überhaupt für ein Indianer? Ich wette, Manitu betest du auch nicht an«, schnaubte ich.

»Scheiß auf Manitu«, meinte er nur. »Manitu! Was hat der schon für mich und meine roten Brüder getan?« Er sah zum Himmel hinauf. »Das hab ich nicht so gemeint«, sagte er leise. »Jedenfalls nicht ganz so.«

****

Zwanzig Minuten später betraten wir ein Haus im Ninth Ward, einer Gegend, wo sich die Cops bei Dunkelheit nicht mehr hintrauten. Es war, wie Tommy es beschrieben hatte. Nur schlimmer.

»Heilige Mutter Gottes«, entfuhr es mir, »großer Gott!«

Dort saß er, genau wie Tommy gesagt hatte, gefesselt auf einem Stuhl im Wohnzimmer, einen Knebel im Mund. Tommy grinste über beide Backen. Er sah aus, als ob er gerade einen Langzeitvertrag als Double in einem Pornofilm unterschrieben hätte.

»Hab ich doch gesagt.« Tommy strahlte, als ob ihm jemand eröffnet hätte, er sei der lange verschollen geglaubte Sohn von Howard Hughes.

»Ich bin raus. Tommy, du bist geisteskrank! Ich will damit nichts zu tun haben. Dafür kommst du in diesem Staat auf den elektrischen Stuhl. Die lassen den Hebel nicht eher los, bis dein Hirn aussieht wie ein von beiden Seiten verbranntes Omelett.« Ich wollte gehen, er ergriff meinen Arm.

»Wir werden ihn nicht umbringen, Mann«, sagte er

mit weinerlicher Stimme, die so gar nicht zu dem kriminellen Drahtzieher passte, der er sein wollte. »Wir hacken ihm nur die Hand ab, dann lassen wir ihn frei. Im schlimmsten Fall können sie uns höchstens noch wegen schwerer Körperverletzung drankriegen.«

Genau das hab ich gemeint bei Tommy: ein Hirn wie ein Schweizer Käse mit extragroßen Löchern.

Ich versuchte mir auszurechnen, wie weit ich wohl in dieser Gegend kommen würde, bevor man mir meinen weißen Hals aufschlitzte. Meine Chancen da draußen schätzte ich trotzdem größer ein als hier drin. Ich probierte, Tommy umzustimmen, obwohl ich wusste, dass es nur Sauerstoffverschwendung war.

»Tommy, es spielt keine Rolle, ob du seine Beine, seine Eier oder den ganzen Typen gegen Lösegeld anbietest – eine Entführung ist es in jedem Fall. Du denkst, du kommst mit fünfhundert Dollar Strafe und sechzig Tagen im Bau weg? Wer ist denn dein Rechtsbeistand, Peppermint Patty?« Ich drehte mich weg, er stellte sich mit flehendem Blick vor mich hin.

»Hör mir nur mal kurz zu, Pete. Wir *müssen* das tun. Sam wird uns beide aneinanderfesseln und im Lake Pontchartrain versenken. Ich weiß das, und du weißt das auch. Du hast es mir ja selbst noch erklärt. Wir haben keine Wahl. Entweder machen wir das, oder wir lassen uns von Sams Jungs die Knochen brechen, bevor sie uns zu Schießübungen aus nächster Nähe heranziehen. Mann, die ganze Stadt weiß Bescheid, mit wie viel wir bei ihm in der Kreide stehen. Meinst du, der lässt uns das einfach durchgehen? Und da reden wir ja noch gar nicht von Freds halber Million. Hast du vielleicht 'ne bessere Idee, wie wir das Geld zusammenkratzen sollen, das wir ihm schulden? Glaubst du, deine lausigen tausend Dollar bringen dich weit genug? Nach Tibet?«

Er legte mir die Hände auf die Schultern und beugte sich so nahe zu mir vor, dass er mich mit Wild-Turkey-Dämpfen einnebelte.

»Hör dir einfach meinen Plan an. Das ist die narrensicherste Idee, die es jemals gab. Man wird meine Idee noch in den nächsten drei Jahrhunderten kopieren. Die Sizilianer werden grün vor Neid, dass sie nicht als Erste drauf gekommen sind. Wir kommen in die Kidnapping Hall of Fame.«

Er war geistesgestört. Unzurechnungsfähig.

»Tommy, du hast dir irgendwie in den Kopf gesetzt, dass du so eine Art Meisterverbrecher bist. Ich weiß nicht, wie das passieren konnte, aber es ist passiert. Du hattest mich sogar mal so weit, dass ich es geglaubt habe, und ich bin noch ein einigermaßen heller Kopf, deswegen kann ich es ja auch nachvollziehen, wie du Hasenhirn dir eingeredet haben könntest, du wärst so was wie ein gewiefter Gangster. Weißt du, an wen du mich erinnerst? An die Typen im TV-Verkaufskanal, die den Idioten Ginzu-Messer und original nachgemachte Elvis-Fernsehdinner-Beistelltische aus Plastik andrehen. Das ist es, was du dir ausgedacht hast, einen original nachgemachten Plastik-Entführungsplan. Du bist nicht ganz dicht, und ich werde mich jetzt verabschieden und mich von Sam umlegen lassen. Es wird für mich eine Rieseneleichterung sein, wenn ich tot bin und nicht mehr die gleiche Luft atmen muss wie du.«

Wenigstens hatte er mit der Kohle recht behalten. Ich erkannte den gefesselten Mann auf dem Stuhl. Er war wirklich so reich, wie Tommy erzählt hatte. Er war unverkennbar, weil er häufiger in den Zeitungen zu sehen war als Charlie Brown. Das Opfer war niemand anders als Charles Lacy Deneuvé.

****

Charles Lacy Deneuvé. Der König der Cajun-Mafia. Mord, Prostitution, Drogen, Wucherei: Deneuvé hatte überall seine Finger drin, wo es ums große Geld ging. Außerdem war er Salonlöwe, Millionenerbe und wurde gerne noch mit so manchen anderen jener Bezeichnungen versehen, die mit Reichtum in Verbindung gebracht werden. Altes Geld und neues Geld, er hatte beides; mehr Scheine als zehn Republikaner zusammen. Aber das war noch nicht alles: Er war das schwarze Schaf der Familie Deneuvé, hatte sich mit der organisierten Kriminalität eingelassen, war schon vor Jahren in die Mafia aufgenommen worden. Zum Familienvermögen, das allem Anschein nach beträchtlich war, kamen jeden Tag neue Geldströme aus Quellen hinzu, die von Hunderennbahnen in Alabama bis zu Kokaplantagen in Bolivien reichten. Seine Cajun-Mafia hatte Verbindungen zur italienischen Mafia – und zur Regierung, gerüchteweise sogar bis nach Washington.

Nachdem mir das alles klargeworden war, musste ich mich erst mal setzen. Bei Sam the Bam könnte es reichen, wenn ich bis nach, sagen wir, Argentinien fliehen würde, um seinem Zugriff zu entgehen. Aber um genügend Abstand zwischen mich und Deneuvé zu bringen, musste ich schon einen Platz im nächsten Space Shuttle buchen. Und zwar nicht in dem, das nur zum Mond flog, sondern zu einem wirklich entlegenen Planeten wie Xanabu 12.

Das war nicht irgendein reicher Typ, den sich Tommy da gegriffen hatte. Es war der *schlimmste* reiche Typ auf der Welt. Meine Herzkammern flimmerten im Überschalltempo.

Auf der anderen Seite … die Sache mit dem Geld. Tommy hatte definitiv den richtigen Mann dafür ausgesucht. Der gute alte Deneuvé hatte wahrscheinlich allein von den Drogendeals des letzten Wochenendes noch zehn Millionen in kleinen Scheinen im Haus rumliegen.

Es gab da eine Geschichte, die man sich erzählte und die anschaulich macht, wie reich er war. Dem Vernehmen nach hatte Deneuvé eine Riesenjacht, die vor der Küste ankern musste, weil sie für den Lake Pontchartrain zu viel Wasser verdrängte. Er organisierte an Bord immer diese Riesengelage, und einmal gab er eine schicke Dinner Party, bei der der Bürgermeister, der Gouverneur, angereiste Oberhäupter der Cajun-Mafia und sogar der Sheriff von Metry anwesend waren – so ein großes Ding war das. Und dann fing es an zu tröpfeln. Na ja, der Maître komplimentierte all diese Stützen der Gesellschaft unter Deck, wo sie exakt die gleiche Dekoration und das gleiche Büffet wie auf dem Oberdeck vorfanden und eine weitere komplette Crew dafür angestellt war, synchron zu den oben verzehrten Speisen das Essen abzuräumen.

Es war alles für den Fall vorbereitet, dass es regnete, was bei uns in New Orleans nun mal vorkommen kann, damit den geschätzten Gästen nicht ein einziges Häppchen ihrer Austern Bienville entging.

Jemand hat mir erzählt, dass Aristoteles Onassis auch mal so ein Ding durchgezogen hat, aber es hieß, erst Deneuvé habe ihn auf die Idee gebracht. Wahrscheinlich gab es jede Menge Typen, die sich leisten konnten, so was abzuziehen, aber Deneuvé machte das anscheinend schon seit Jahren, stets gerüstet für den noch so unwahrscheinlichen Fall, dass es Regen gab und seinen Gästen Unannehmlichkeiten entstehen könnten, und er hat *nie jemandem was davon erzählt.* So machen das nur Leute, die *richtig* Geld haben. Ich für meinen Teil würde sofort in irgend 'ne Bar rennen und dem hübschesten Girl dort von meiner Idee erzählen, um Eindruck bei ihr zu schinden. Aber nicht Deneuvé. Der hatte das nicht nötig, zog ständig solche Nummern ab, die verrieten, dass er der echte Money Boy war.

Und jetzt war er hier: gefesselt wie das Lieblingsmädel von Jack the Ripper, Spucke lief ihm aus dem Mundwinkel, aus dem ein weißer Lappen herausschaute. Es war mir ein Rätsel, wie Tommy ihn überhaupt hierhergeschafft hatte. Manche Leute sagten, Deneuvé wäre eine alte Schwuchtel, vielleicht musste es damit zu tun haben. Von Tommy wusste ich, dass er Gelegenheitsstricher war, genau wie er ab und zu mal Parkuhren wegen des Kleingelds aufbrach. Es gab nicht viel, was Tommy nicht für 'nen Dollar tun würde – oder für weniger.

Ich wischte mir ungefähr eine Gallone Salzwasser von der Stirn und sagte: »Tommy, ich erklär dir jetzt mal was: Du steckst verdammt ernsthaft in der Scheiße, Mann. Die braten dich dermaßen auf dem elektrischen Stuhl durch, dass es mir noch die Nase wegschmelzen wird, nur weil ich so nahe neben dir stehe. Ich verzichte dankend. Ich versuch dann lieber mein Glück bei Sam. Der kann nicht viel mehr tun, als mir sämtliche Knochen im Leib brechen und mir dann 'ne Kugel in den Kopf schießen. Aber der Typ hier? Das ist ein *ganz anderes* Kaliber.«

Erneut fiel mein Blick auf den gefesselten alten Mann auf dem Stuhl, dem die Augen aus dem Kopf getreten waren wie bei einem Pudel, der einen Wurf Doggen zur Welt bringt, und beschloss abzuhauen. Und zwar pronto.

»Nicht so schnell, Kumpel.« Tommy hielt mich am Arm fest. »Du steckst da jetzt mit drin, und zwar bis zum Hals. Du bist Mittäter.« Er stellte sich mir in den Weg. Ich sah es ein: Wenn ich rauswollte, musste ich ihn umhauen. Das stellte zwar kein Problem dar, Tommy war kein Gegner für mich, aber der Lärm könnte uns Besuch bescheren. Wenn mich jemand hier bei Tommy und Deneuvé sah, saß ich so sicher im Gratis-Bus nach Angola wie Vögel in den Süden ziehen und Mechaniker nach Detroit. Und das wäre noch die leichte Übung. Die schwere wäre es, den ganzen Jungs zu entgehen, die hinter dem Trillionen-Dollar-Kopfgeld her waren, das Deneuvé oder seine Leute zweifellos ausgesetzt hatten. Mir fiel ein Artikel in der *Times-Picayune* vor längerer Zeit ein, in dem stand, dass die Welt immer mehr zusammenrückte. Und wie! Für manche mehr als für andere: Meine Welt war im Moment so groß wie ein Tischtennisball. Ach was, wie eine beschissene Erbse.

Selbst wenn wir alles wie durch ein Wunder unbeschadet über die Bühne bringen würden, wäre da immer noch Tommy als Risikofaktor. Da lauerte ein Magengeschwür nach dem anderen. Tommy konnte ein Geheimnis ungefähr so gut für sich behalten wie der *National Enquirer*.

Eigentlich müsste sein Spitzname auf der Straße Hurricane Tommy lauten, so viel Wind, wie er immer um alles machte. Nach den ersten zwei, drei Schlückchen Turkey würde er anfangen, irgend 'ne Schnepfe vollzulabern, was für ein großartiger Spitzenentführer er doch wäre, und das Ende vom Lied wäre, dass wir zusammen auf einer Gefängnispritsche säßen und einer dem anderen Vorhaltungen machte, er würde sich nicht mehr die Mühe machen, die Beine zu rasieren.

Ich seufzte. Meine Mutter hatte für ihren kräftigen Stammhalter sicherlich etwas anderes im Sinn gehabt. Schon lustig, du kümmerst dich um dein Zeug, hältst dich von jedem Ärger fern, und dann kommt der Ärger zu dir und findet dich, ganz egal, wo du bist.

Timbuktu. Selbst wenn ich im gottverdammten Timbuktu wäre, gerade ein nettes Tässchen Reiswein tränke und ein bisschen Billard spielte, käme da so ein Wichser rein, der vielleicht Tommy Won Ton hieß und dafür sorgte, dass ich wieder irgendwie in die Klemme gerate. Ich zog die Verlierer an wie Cat die Männer. Wenn sie ein Schwanzmagnet war, könnte man mich einen Deppenmagneten nennen.

Nachdem ich noch einmal alle Alternativen im Kopf durchgegangen war, wurde mir klar, dass ich mitspielen musste. Wir befanden uns am Ende des Neunten, unentschieden, zwei out, alle Bases besetzt, ich am Schlag, Full Count, und der Umpire hinter mir ist der Schwager des Pitchers des gegnerischen Teams, also ist mit einem Walk eher nicht zu rechnen. Der nächste Pitch musste auf dem Weg zur Plate mindestens drei- bis viermal aufspringen, damit er als Ball gewertet würde.

Bei Tommys Entführungsnummer einzusteigen, war der einzige Ausweg, den ich hatte – und am Ende könnte sogar vielleicht noch was für mich rausspringen. Ich musste den Ball in die Hand nehmen, selbst wenn unsere Chancen so schlecht standen, dass man sich im

Wettbüro in Vegas einen Zwerchfellbruch gelacht hätte.

»Okay, Tommy, wann und wo schlägst du zu, und was muss ich dabei tun?«

Ich ging rüber und setzte mich auf das braun geblümte Sofa, gegenüber von Deneuvé. Scheiß drauf, er hatte mich eh schon gesehen, ich war bereits ein toter Mann. Das Sofa stank nach Urin, aber egal, ich steckte sowieso bereits in der Scheiße – was macht da noch ein bisschen Pisse? Tommy erkannte, dass ich doch nicht abhauen wollte, und setzte sich neben mich. Zwischen mich und die Tür – anscheinend vertraute er mir doch nicht vorbehaltlos. Von Deneuvé war eine Art leises Stöhnen zu hören, aber ich schaute nicht hin, bloß kein Blickkontakt. Ich redete mir ein, wenn es keinen Blickkontakt gibt, bin ich vielleicht gar nicht da. Auf solche Gedanken konnte auch nur mein völlig überlastetes Hirn kommen.

»Heute Nacht. Wir machen's heute Nacht. Keine Sorge, ich übernehme die Dreckarbeit. Schau mal.«

Er stand auf und ging zum anderen Ende des Raums, wo eine große Einkaufstüte auf dem Boden stand. Er brachte sie mit und leerte den Inhalt neben mir auf dem Sofa aus.

»Alles. Ich hab alles, was wir brauchen, schon besorgt.«

Und damit hatte er keinesfalls übertrieben. Damit hätte man einen schönen Flohmarktstand bestücken können.

Handsäge, Drachenschnur, Zangen, dann waren da noch ein Lötkolben, eine Packung Klarsichtbeutel, wie man sie für Dope verwendet, eine Flasche mit einer durchsichtigen Flüssigkeit, ein paar Lappen, die wie alte Windeln aussahen, und eine brandneue Dreiviertelliterflasche Wild Turkey. Und noch irgendwelcher anderer Kram.

»Wozu soll das denn alles gut sein?«

»Hab ich doch gesagt: zur Amputation.«

Richtig. Das hatte er gesagt. Mir war immer noch einiges unklar. Aber kein Grund zur Besorgnis, Tommy würde es mir schon verklickern. Dachte ich wenigstens.

»Erinnerst du dich daran, dass ich dich gefragt habe, warum die Kidnapper immer geschnappt werden? Du hattest die Frage ja beinahe schon richtig beantwortet: weil jemand die Bullen ruft. Und ich hatte gesagt, dass ich dafür eine Lösung habe. Ich sagte, wir werden auf den Überbringer verzichten.«

»Du willst also den alten Deneuvé hier rausspazieren lassen, damit er nach Hause geht und uns einen Koffer voller Geld holt? Tommy, ich sage dir das nicht gerne, weil ich nicht die Tassen in deinem offensichtlich sparsam bestückten Schrank zum Wackeln bringen möchte, aber mit so viel Luft im Schädel bist du echt gefährlich. Du bist eine Gefahr für dich selbst, das geht mich nichts an. Aber du bist auch eine Gefahr für *mich*, und das geht mich sehr wohl was an. Ich hab mir gerade alles anders überlegt und werde jetzt gehen. Schönen Tag noch, Hohlkopf.«

Ich erhob mich, aber er richtete den Lötkolben auf mich wie eine Pistole, und dämlich, wie ich war, setzte ich mich wieder hin. Mein Verstand lief noch nicht auf allen acht Zylindern, ich war geschwächt von den zurückliegenden Ereignissen. Ich schwöre, ich hab gedacht, der Lötkolben sei eine Knarre. Vielleicht war ich einfach nur müde.

»Du raffst es immer noch nicht, oder? Dabei hast du's zum Teil richtig erkannt: Wir werden Deneuvé *tatsächlich* nach Hause gehen und das Geld holen lassen. Mit dem Unterschied, dass ihm die rechte Hand fehlen wird. Und dass einer von uns ihn mit dem Auto fährt.«

»Tommy, wie kann man denn überhaupt auf so eine Idee kommen? Was liest du denn für Schundromane?« Die Frage hatte einen intellektuellen Hintergrund: Ich wollte wissen, wie sein Hasenhirn funktionierte.

»Pete, hör zu. Ich hab so 'ne Geschichte in der *Times-Picayune* gelesen, über einen Typen in East New Orleans, der mit seiner Hand ins Fließband gekommen ist. Alle anderen Kollegen machen gerade Mittag, also schnappt er sich seine abgerissene Pfote, trabt mehr als vier Blocks zum Krankenhaus, und dort haben sie ihm die Hand wieder angenäht. Die wäre jetzt so gut wie neu, steht in dem Artikel, und in sechs Wochen würde der Typ wieder zur Arbeit gehen und Armdrücken mit seinen Kollegen machen.

Das hat mich zum Nachdenken gebracht. Wenn man irgend 'nen reichen Heini entführen würde, ihm die Hand abschneidet und dafür Lösegeld verlangt, wäre das doch viel besser als die altmodische Art, wie wir es vorher gemacht haben. Ich wette, wenn Fred eine Pranke gefehlt hätte, dann hätte er keine Pistole gezogen. Mit dieser Masche wird Kidnapping zur narrensicheren Angelegenheit.

Erstens geht ein Typ, dem man die Hand abgetrennt hat, nicht zu den Cops. Er wird seine Prioritäten anders setzen und das Geld auftreiben, um seine Hand zurückbekommen, und erst *dann* zu den Cops gehen. Oder in Deneuvés Fall zu seiner Privatarmee. *Und* zu den Cops, vielleicht. Jedenfalls umgehen wir so den gefährlichsten Teil beim Kidnapping.«

»Und welcher wäre das?«

»Herrgott, du hörst einfach nicht zu, Pete, oder? Worüber haben wir denn die ganze Zeit geredet? Welche Frage habe ich dir gestellt?«

Ich stellte mich dumm. Der Typ machte mich wahnsinnig.

»Es ging darum, dass die Übergabe das FBI auf den Plan ruft. Wenn du dir ein Kind oder eine Frau greifst, rufen sie immer die Cops, und dann bist du dran. Genauso ist es doch bei Fred passiert. Guck mal mehr Fernsehen, da kannst du was lernen. Verstehst du, du würdest ja auch die Bullen benachrichtigen, wenn sie deine Frau hätten und ein paar Millionen Dollar wollten – ich meine, *leck mich, ein paar Millionen Dollar!* Aber wenn es deine rechte Hand wäre, die sie in ihrer Gewalt hätten, die Hand, mit der du deine Frau befummelst und deine Freundin, mit der du in der Nase popelst und mit der du dir die Palme schüttelst – *dann* wäre das eine vollkommen andere Sache. Nie im Leben würdest du bei deiner Hand riskieren, sie nicht mehr zurückzubekommen, ganz anders als bei deiner besseren Hälfte. Du wirst das Geld so schnell auftreiben, wie du kannst, und es zu den Kidnappern schaffen, damit die Hand nicht verdirbt und man sie nicht mehr annähen kann.«

Er grinste, als hätte er gerade einem hübschen blinden Mädchen erfolgreich die hohe Kunst des Blowjobs erklärt. Er war stolz wie ein Teenager mit frisch gelecktem Ohrenschmalz und einem nassen Fleck auf der Hose. Und verdammt noch mal, er hatte recht.

Ausnahmsweise musste ich zugeben, dass Tommy auf dem richtigen Weg war. Es war ein Schock für mich, dass Tommy was von Psychologie verstand. Ich musste noch nicht mal lange nachdenken über das, was er gesagt hatte, wahrscheinlich stimmte es: Jemand würde wegen seiner eigenen Pranke verdammt weniger aufs Spiel setzen als wegen seiner geliebten Ehefrau. Da gab es ein paar Einzelheiten, die mir noch nicht so ganz klar waren, aber immerhin konnte ich mir vorstellen, dass das Ganze nicht ohne Erfolgsaussichten war. Eine Sache interessierte mich aber besonders. Ich griff mir den Wild Turkey.

»Und damit willst du ihn betäuben, wenn du an ihm rumsäbelst?« Von der Antwort hing alles ab. Wenn er Ja sagte, dann war ich raus, endgültig weg. Da gab es keine halben Sachen mehr. Ich würde wiederkommen, wenn er brauchbarere Lösungen für diese nicht ganz unwichtige Frage gefunden hatte.

»Ja. Wo ist das Problem dabei?«

Ich stand auf und verabschiedete mich.

»Sorry Tommy, ich muss sofort weg. Kurz hattest du mich am Haken. Ruf mich an, wenn dein Plan keine Macken mehr hat. Ich werde jetzt einfach durch diese Tür gehen, runter zum Fluss, und mich dort ersäufen. Ich häng mir ’nen Zementklotz um den Hals und spring rein. Da erspare ich Sam die Arbeit. Es war mir ein Fest, deine Bekanntschaft gemacht zu haben. Du weißt nicht zufällig, wo ich ein gutes reißfestes Seil und einen Zementklotz herbekomme? Ach egal, ich werde was improvisieren. Alles klar, Tommy, mach dir noch ’nen schönen Tag, okay?«

Trotzdem bin ich aber nicht gleich los, sondern stand da noch ein paar Sekunden. Ich hätte sofort abhauen sollen, wie ich es angekündigt hatte, spätestens als er anfing zu kichern wie ein Teenager, der sein erstes Kondom mit Wasser füllt.

WIR SIND KEINE GELERNTEN CHIRURGEN

Ich stand da und war noch am Überlegen, ob ich Tommy nicht eine scheuern sollte, damit er aus seinem bösen Traum erwachte, als er sich wieder beruhigte, sein letztes Kichern runterschluckte und sagte: »War'n Witz, Pete. Natürlich benutzen wir den nicht dafür, den alten Deneuvé bewusstlos zu machen.« Er meinte die Flasche Wild Turkey.

»Dafür habe ich *das* gekauft.« Er hob die Flasche mit dem durchsichtigen Zeug an. »Das ist Chloroform. Der Turkey ist für uns, Mann.«

Ich setzte mich wieder hin.

»Na gut, und wofür sind die Zangen? Ich dachte, du wolltest die Hand abschneiden. Oder wolltest du sie abdrehen wie 'nen Kupferdraht?«

Er lachte, es hörte sich gruselig an.

»Du bist zum Schießen, Mann. Nee, weiß nicht, warum ich die gekauft habe. Ich dachte, wir könnten sie gebrauchen, hab so was ja noch nie vorher gemacht. Schwer zu sagen, was wir alles brauchen. Als gute Pfadfinder sollten wir auf alles vorbereitet sein.«

Mir fiel was ein.

»Er wird verbluten, Tommy.«

»Nein, Mann, auf keinen Fall. Deshalb habe ich ja den Lötkolben, um die Wunde auszubrennen. Ich hab mal gelesen, dass die richtig guten Ringer, bei der Olympiade und so, einen Lockenstab benutzen, um ihre Nase zu veröden, damit sie weiterkämpfen können, wenn sie einen draufgekriegt haben. Da gibt's höchstens so 'ne 20-Sekunden-Auszeit, danach müssen sie wieder auf die Matte. Also stecken sie sich einen Lockenstab in den

Zinken. Die Mannschaftskameraden halten sie fest und drücken das Ding rein. Ich hab mir gedacht, bei einer abgeschnittenen Hand brauchen wir höhere Temperaturen, deswegen benutzen wir den Lötkolben.«

Was ein Glück, dass ich kein gestopfter Typ aus Tommys Bekanntenkreis war. Wenn ich schon hier sein musste, dann war ich zumindest froh darüber, dass ich auf dem Sofa bei Tommy saß und nicht am anderen Ende des Zimmers gefesselt auf dem Stuhl. Deneuvé gab ein Geräusch von sich, es klang wie ein Tierlaut, ein Schnaufen, und obwohl ich nicht hinschaute, war ich mir ziemlich sicher, dass er danach in Ohnmacht gefallen war. Das ganze Gerede vom Ausbrennen musste ihn etwas mitgenommen haben. Mir an seiner Stelle wäre es nicht anders ergangen.

»Guck dir das mal an.«

Tommy schob mir ein paar Blätter zu, da waren Zeichnungen drauf und eine Menge Worte, die ich noch nie in meinem Leben gesehen hatte. Musste er wohl irgendwo rauskopiert haben, »Campbells Operative Orthopädie« stand oben auf einem der Zettel.

»Hast du das alles gelesen?« Ich meinte aber eigentlich, ob er alles *verstanden* habe.

»Klar. Ist aber ein bisschen übertrieben. Die benutzen andauernd so Schlaumeierworte. Aber kein Problem, ich hab's kapiert. Ich hab mir das aus der Bibliothek im East Jefferson Hospital kopiert. Ich hab denen gesagt, ich wäre ein Journalist, der an einem Artikel über Amputationen arbeitet. Solche Sachen habe ich gemacht, während du im Bau warst. Ich hab recherchiert.«

Ich fragte mich, wie Tommy das wohl geschafft haben mochte, als mir Mister Geldsack im Zimmer wieder einfiel. Wenn es Tommy gelungen war, einen so cleveren Typen in eine Bruchbude im Ninth Ward zu locken, dann konnte er auch Speck an Schweinezüchter verkaufen. Ich musste wissen, wie er es gemacht hatte.

»Wie hast du ihn überhaupt hierher gekriegt?«

»Darüber will ich nicht reden«, sagte er, »ich habe ihn hierhergeschafft, das ist die Hauptsache.«

»Du hast ihm versprochen, dass du ihm den Schwengel lutschst, oder?«, fragte ich, aber er ignorierte mich. Ich schaute mir eines der Blätter an.

»Ex-ten-sor dig–i-torum com … communis, Muskel«, las ich stockend ab. Gut, dass ich es wenigstens lautmalerisch einigermaßen hinbekam.

»Ach, kümmere dich nicht um das Zeug. Wir müssen gar nicht wissen, wie die ganzen Adern und Dinger heißen. Wichtig ist nur, dass wir wissen, wie die Hand abgetrennt wird und wie viel sie ihm wert ist.

»Der kriegt doch 'nen Schock und kippt weg.«

»Nee. Na ja, wahrscheinlich nicht. Hat der Typ aus dem Zeitungsartikel auch nicht gekriegt, der ist vier Blocks zum Krankenhaus gelaufen, zum Doc gegangen und hat gesagt: Hand drauf, Partner.«

»Tommy.«

»Okay, vielleicht hat er nicht ›Hand drauf‹ gesagt. Das habe ich mir gerade ausgedacht. Aber er ist vier Blocks gelaufen, das *stand* in der Zeitung. Außerdem, schau dir Deneuvé doch an, der ist noch gut in Form für sein Alter. Du willst gar nicht wissen, was der im Sinn hatte, als er herkam. Ich wette, das würdest *du* nicht verkraften.«

Ich brannte darauf zu erfahren, was er im Sinn gehabt hatte, aber Tommy stellte sich erneut dumm. »Okay, du Klugscheißer, du hast alles im Griff. Aber da gibt es noch eine Sache, an die du nicht gedacht hast.«

»Was?«

»Wie lange wir Zeit haben, bis das Ding wieder dran sein muss. Das kann nicht lang sein.«

Auf diese Frage hatte er nur gewartet. Ich hasste die selbstzufriedene Art, mit der er antwortete: »Acht Stunden, maximal. Hat der Typ im East Jefferson gesagt. Ich denke, eine Stunde, nachdem wir ihm die Hand abgesägt haben, sind wir auf dem Weg nach Miami mit dem Rücksitz voller Geld. Und von dort aus nehmen wir ’nen Flieger in den Süden. Außerdem ist es doch egal, ob er stirbt oder seine Hand schwarz anläuft wie eine Avocado. Wir sind schließlich nicht Dr. med Marcus Welby, Pete. Glaubst du, ich hätte Angst, meine Zulassung am Charity Hospital zu verlieren? Du bist mir ein schöner Krimineller. Ich wette, wenn du in ein Haus einbrechen wolltest und sehen würdest, dass die ein Vorhängeschloss an der Tür haben, kämst du niemals auf die Idee, einfach ein Loch in die Wand zu hauen. Du bist echt ein gesetzestreuer Spießer. Wie bist du eigentlich in diese Branche geraten?«

Darauf fiel mir keine gute Antwort ein.

Wir weckten Deneuvé. Tommy wollte ihm erklären, wie alles ablaufen würde, damit es keine Missverständnisse gab. Er las ihm den Artikel vor, den er aus der Zeitung ausgeschnitten hatte. Und tatsächlich, er hatte nicht gelogen. Ich habe selbst noch mal nachgelesen, nachdem Tommy seine Vorlesestunde für das Entführungsopfer beendet hatte. Unglaublich, dem Typen wurde tatsächlich die Hand abgerissen und dann wieder angenäht. Im Artikel stand, so etwas würde recht häufig vorkommen.

Deneuvé hörte sich alles mit weit aufgerissenen Augen an, leise schnaufende Geräusche drangen aus seiner Nase. Er konnte nicht allzu viel dazu sagen, weil er ein Taschentuch im Mund stecken hatte, aber den generellen Ablauf hatte er kapiert, das merkte man. Ein oder zweimal schien er kurz vor der Ohnmacht zu stehen, aber er hatte sich im Griff und blieb ansprechbar.

Dann zeigte ihm Tommy die Seiten aus dem Buch, wedelte damit unter seiner Nase herum und sagte ihm, er müsse sich keine Sorgen machen, wir wären zwar keine erfahrenen Chirurgen, aber jeder handwerklich einigermaßen geschickte Mensch würde das locker hinbekommen. Ich konnte sehen, dass das Deneuvé ungemein beruhigte, denn er entspannte sich so sehr, dass er einschlief.

»Wir müssen ihm jetzt noch verklickern, wie's abgehen wird«, sagte Tommy, während wir darauf warteten, dass Deneuvé von seinem Nickerchen erwachte. »Ich denke, grundsätzlich hat er es verstanden, oder? Wenn er seine Hand zurückhaben will, dann muss er mitspielen, und zwar nach unseren Regeln.« Mir lag ein Spruch auf der Zunge, von wegen, wie denn Deneuvé mitspielen sollte, wenn ihm dafür eine wichtige Extremität fehlte, aber ich behielt ihn für mich.

»An dieser Entführung ist eine Sache besonders gut«, sagte er, »genau deswegen habe ich Deneuvé ausgesucht. Und auch wenn ich's selbst sage, das war schon ein Geistesblitz von mir, dass ich auf ihn gekommen bin.« Probleme mit dem Selbstbewusstsein hatte Tommy im Moment jedenfalls nicht.

»Eigentlich sind es sogar zwei Sachen«, fuhr er fort, er konnte es nicht abwarten, mir seinen brillanten Plan vorzustellen. »Erstens die Tatsache, dass es Deneuvé ist und nicht so ein anderer reicher Heini, der sein Geld auf die Bank bringt. Deneuvé hat immer einen Haufen Bares zu Hause, ist ja klar bei seinen Geschäften, und zweitens werden wir nicht mehr als ein paar Millionen verlangen, das ist Klimpergeld für einen Typen wie ihn. An den meisten Tagen hat er so viel schon bis zum Mittagessen verdient. Und es ist ja nicht sein gesamtes Vermögen. Auf jeden Fall wird er das Geld beschaffen, wenn wir seine Hand haben.«

Tommy hatte verdammt recht mit beiden Einschätzungen. So ungern ich es auch zugab, ich musste ihm lassen, dass er endlich mal ein Ding auf die Beine gestellt hatte, das funktionieren könnte. Eigentlich war es sogar schon das zweite Ding. Die Sache mit den Hahnenkämpfen war ja auch was geworden. Ich begann mich mit dem Plan anzufreunden. Ich war nicht sonderlich begeistert über die operative Handabtrennung, die vor uns lag, aber ich versuchte nicht daran zu denken. Vielleicht übernahm Tommy diesen Teil allein und konnte auf meine Hilfe verzichten.

»Also, wann beginnen wir mit den Festivitäten?«, fragte ich, gar nicht so scharf darauf, dass es losging.

»Heute Nacht. Wir brauchen dazu die Dunkelheit. Dann fällt so ein alter Mann mit einem blutigen Stumpf draußen nicht so schnell auf.«

Zumindest sagte er das, aber ich glaube, der wahre Grund dafür war, dass er einen empfindlichen Magen hatte und noch Zeit brauchte, bis er blau genug war, um die Säge zu schwingen. Ich hatte immer noch keine Ahnung, worin meine Aufgabe bei der Operation bestehen sollte.

Komische Geräusche aus seiner Nase deuteten an, dass Deneuvé wieder zu sich kam. Wir warteten, bis er die Augen geöffnet hatte und bei Bewusstsein war. Tommy erklärte ihm den ganzen Rest, damit er wusste, was von ihm erwartet wurde.

Wir würden ihm die Hand abtrennen – bei diesem Teil von Tommys Ansprache wurde Deneuvé fast wieder ohnmächtig –, und der Deal war, dass wir ihn vor seinem Haus freilassen und fünfzehn Minuten warten würden, bis er mit dem Lösegeld käme. Genauer gesagt: Meine Wenigkeit sollte ihn hineinbegleiten, damit er nicht auf dumme Gedanken käme und seinen Jungs vielleicht befehle, uns zu überwältigen und zu foltern, um herauszufinden, wo die Hand war. Tommy sollte die Hand an einen anderen Ort bringen und dort auf meine telefonische Bestätigung warten, dass ich das Geld hatte. Dann würden wir Deneuvé anrufen und ihm verraten, wo er seine Pfote finden könne. Selbst ich würde nicht wissen, wo ich anrief, für den Fall dass Deneuvé auf die clevere Idee kam, mich foltern zu lassen, damit ich verriete, wo Tommy war.

Der Plan war genial – im Gegensatz zu anderen Dingern, in die Tommy mich reingezogen hatte. Tommy hatte sich dafür mächtig ins Zeug gelegt. Ich erwischte mich dabei, wie ich mir eine Million Dollar auf dem Fußboden verstreut vorstellte und über die ersten Möglichkeiten sinnierte, wofür man sie ausgeben könnte.

Mir fiel was auf.

»Tommy, wem gehört das Haus hier?«

»Niemand. Warum?«

»Wie meinst du das, *niemand?* Es muss doch *jemandem* gehören. Ist es deins?

»Nein, ich hab's gemietet.

»Oh, und du hast keine Angst, dass man das zu dir zurückverfolgen kann?«

»Nee, bis die das rauskriegen, sind wir über alle Berge. Außerdem glaubst du doch nicht, dass ich das Haus in meinem Namen gemietet habe. Echt, Pete, seh ich so dämlich aus?«

Ich hatte das seltsame Gefühl, dass ich die Antwort auf die Frage, die ich als Nächstes stellte, bereits wusste.

»Welchen Namen hast du benutzt?«

Mein Gefühl hatte mich nicht getrogen. Er hatte *meinen* Namen angegeben.

Ich hätte ihm fast eine reingehauen, ich war *sooo* kurz davor, aber dann dachte ich, was soll's, er hat recht. Entweder sind wir weit weg, wenn sie rausfinden, wer im Mietvertrag steht ... oder wir sind tot, und dann wäre es auch egal, unter welchem Namen das verdammte Haus angemietet wurde.

Es war jetzt ungefähr zwei Uhr nachmittags. Tommy sagte, er wolle sich ein wenig lang machen und ein paar Gläschen kippen, und mir fiel so langsam die Decke auf den Kopf, ich wollte mich mal eine Weile verdrücken. Ich hatte vor nachzusehen, ob Cat zu Hause war, vielleicht konnte ich sogar einen Quickie abstauben. Tommy las meine Gedanken.

»Lockruf der Muschi, was? Cat, wette ich. War mir klar, dass sie dir gefallen würde«, sagte er. »Ich mach dir 'nen Vorschlag: Lass uns doch zu Claude's gehen, ein paar heben und noch mal an der Feinabstimmung für diesen Plan arbeiten. Dann kannst du sie anrufen und fragen, ob sie uns Gesellschaft leisten möchte.«

Cat, Tommy und ich – danach stand mir eigentlich

nicht der Sinn, aber ich hatte schon eine Idee. »Ja«, sagte ich, »aber vielleicht werden Cat und ich mal ein bisschen rumfahren, vielleicht auch ins Kino oder so.«

»Klar. Oder sie lässt dich ran. Ist es das, was dir vorschwebt?«

****

Claude's sei der beste Laden für uns, wenn wir uns schon in der Öffentlichkeit zeigen müssten, erklärte mir Tommy auf dem Weg dahin. »Da gehen so gut wie nie Weißbrote rein. Wenn uns jemand aus dem Fernsehen erkennt, wird er uns nicht verpfeifen. Das gehört zum Ehrenkodex der Schwarzen. Außerdem sehen wir für die Brüder alle gleich aus.«

Ich war mir da nicht so sicher mit dem Ehrenkodex der Schwarzen, aber egal.

Tatsächlich waren etwa fünfundzwanzig Schwarze im Claude's, und der Geräuschpegel sank merklich, als wir durch die Tür kamen. Tommy besorgte uns ein paar Kaltgetränke vom Barkeeper, während ich vom Münztelefon im hinteren Teil der Kneipe aus Cat anrief, ihr erklärte, wo wir waren, und sie einlud, sich uns anzuschließen. Sie sagte, sie käme vielleicht vorbei. Tommy und ich setzten uns in eine Ecke. Nach ein paar Minuten, in denen es Blicke hagelte, die mir nicht besonders gefielen, schien sich die Situation wieder zu entspannen. Jemand ging zur Jukebox, B. B. King begann zu singen.

»Tommy«, sagte ich, »ich schätze, ich bin dabei. So wie's aussieht, habe ich keine andere Wahl. Aber ich frage mich schon, ob du auch alle Eventualitäten durchdacht hast. Ob du mir auch alles erzählt hast, zum Beispiel.«

»Was soll denn noch sein? Hab ich in unserer Partnerschaft jemals etwas vor dir verheimlicht, Pete?«

»Hm, ich wusste noch gar nicht, dass wir eine Partnerschaft haben, aber ja, tatsächlich hast du mir schon Dinge verheimlicht.« Ich lehnte mich vor, bis unsere Gesichter nur noch ein paar Zentimeter voneinander entfernt waren: »Warum zum Teufel hast du mir nicht erzählt, dass der alte Fred Geld für die Mafia gewaschen hat?«

»Glaubst du, das habe ich gewusst? Hältst du mich für bekloppt?«

Ich lehnte mich wieder zurück, wandte den Kopf zur Rechten und tat, als ob ich mit einer unsichtbaren Person spräche: »Das ist zu leicht. Die Beantwortung der Frage überlasse ich einem Amateur.«

Tommy wirkte zerknirscht.

»Hör zu«, sagte er, »ich weiß, dass ich Scheiße gebaut habe. Aber jetzt habe ich die Lösung: Deneuvé.«

Ich war noch nicht restlos überzeugt. Ganz und gar nicht.

»Oh, das ist ja wunderbar, Tommy, jetzt bin ich beruhigt. Kurz habe ich gedacht, ich wäre ein toter Mann.«

Er grinste mich an: »Es gibt nur eine Chance, wie wir lebend da rauskommen. Mit meinem Plan.«

»Sicher«, antwortete ich, »oder durch die Wiederkunft des Herrn.«

Wir besorgten uns jeder ein zweites Bier. Tommy musste zur Bar gehen, anscheinend hatte die Bedienung Pause. Dann erklärte er mir die weiteren Einzelheiten. Er kam gerade zum Ende, als die Tür aufging und Cat hereinstolzierte.

Ihr Hüftschwung blieb nicht ohne Reaktion. Gespräche verstummten, ich konnte sehen, wie die Brüder sie anstarrten und die Schwestern ihren Begleitern den Ellbogen in die Rippen rammten. Jetzt hatte uns wirklich jeder bemerkt.

»Hey Cat«, sagte Tommy.

»Hey Tommy, hey Pete.« Sie schob sich neben Tommy auf die Sitzbank. Ach, so sollte das jetzt wohl laufen.

»Was kann ich für Sie tun, Miss?« Der Bartender war an unseren Tisch gekommen, um uns zu bedienen!

Ihr Lächeln ließ die Zähne aufblitzen. »Sie haben nicht zufällig Parfait Amour, Süßer?« Das Einzige, was noch an dem Scarlett-O'Hara-Eindruck fehlte war das Wimperngeklimper. Dass sie ihr Top ein paar Extrazentimeter runtergezogen hatte, um ihre Zwillinge zur Geltung zu bringen, glich das wahrscheinlich aus.

»Ah«, rief der Bartender, »der Drink der Liebe. Tut mir sehr leid, haben wir nicht.«

»Das ist schon in Ordnung«, antwortete Cat, »dann nehme ich einen Black & White, kein Eis, und ein Wasser dazu.«

»Aus meiner Flasche in Ihr Glas«, entgegnete der Bartender, wirbelte herum wie ein Matador und eilte zurück zur Bar, um die Getränke auszuschenken.

Ich blickte herunter auf Tommys und meine Bierflaschen, beide leer.

Der Bartender erschien mit den beiden Gläsern für Cat.

Tommy schaute zu ihm auf und versuchte Cats Lächeln nachzuahmen. »Äh, wäre es möglich, dass mein Freund und ich noch mal das Gleiche bekommen?«

Den Blick, den der Bartender Tommy zuwarf, könnte man wohl am besten mit »frostig« beschreiben. »Ich bin für die Bar zuständig und kein Kellner, Jack«, sagte er und stapfte davon.

Tommy sah mich fragend an und überging die Sache. »Hör zu, ich hab vor, heute Nacht noch was zu erledigen« – er kniff die Augen zusammen und legte die Stirn in Falten, als ob ich ihm jetzt besonders gut zuhören müsste –, »und wir seh'n uns dann dort um sechs. Sechs Uhr. Kapiert?«

Er stand da und wartete, bis ich seine Instruktionen wiederholt hatte.

»Ja, Tommy, sechs Uhr. Ich werde mir den Wecker stellen.«

Er nickte, warf Cat noch einen kurzen Gruß zu, und ging zur Tür.

Cat lächelte: »Tommy hat mir erzählt, dass du Baseball gespielt hast, Pete. Hast du je Mickey Mantle oder Babe Ruth kennengelernt?«

Ich schätze, das war ihre Auffassung von Smalltalk.

Ich beugte mich vor und stützte meinen Kopf auf die Handflächen: »Mantle und Ruth? O ja. Wir waren in der gleichen Mannschaft. Damals, als Baseball noch Spaß gemacht hat.« Jetzt, wo Tommy weg war, kamen die Zweifel wieder. »Im Moment«, redete ich weiter, mehr mit mir als mit ihr, »stecke ich in einem Rundown zwischen dritter Base und Home. Weißt du was von Tommys brillantem Plan?«

Sie lächelte kokett und rührte in ihrem Drink. »Ich glaube schon. Er hat sich so 'nen reichen Typen geschnappt. Wir werden alle reich werden.«

Wir? Tommy hatte wohl vergessen, mich aufzuklären, dass Cat an dem Coup beteiligt war. Ich wollte mich gerade auf besonders geistreiche und sarkastische Art darüber auslassen, als sich die Tür öffnete und die gleißende Abendsonne von New Orleans hereinließ.

Gefolgt von Sam Capelli.

Zuerst habe ich gar nicht gemerkt, dass er es war. Ich hätte besser aufpassen müssen. Er war schon auf halbem Weg in unsere Ecke, als mir dämmerte, wer das war. Ich ließ mich unter den Tisch gleiten, als ob ich nach meinem Wechselgeld suchte, schneller als im August ein Vanilleeis von der Waffel rutscht.

»Was?«, fragte Cat. Ich zupfte an ihren Caprihosen und flüsterte: »Das ist Sam Capelli. Du hast doch gesagt, dass du ihn kennst. Wenn er mich sieht, bleibt mir nur noch, meine Beerdigung zu organisieren. Was macht der eigentlich hier? Hier gibt's doch gar keine Pasta. Gott! Erzähl mir, was er gerade macht!«

Was er machte? Er ließ seinen gewaltigen Arsch in die Sitznische neben uns plumpsen. Cat hätte nichts sagen müssen. Als er sich hinhockte, tat er das mit derartiger Vehemenz, dass es mir die Sitzfläche auf den Schädel donnerte, bis ich Sternchen sah. Beinahe hätte ich geschrien, konnte es aber unterdrücken, indem ich mir heftig auf die Lippen biss. Ich saß da unten mit Tränen in den Augen, Blut rann mir das Kinn hinunter.

Jetzt steckte ich aber wirklich gewaltig in der Scheiße: Ich saß unter dem Tisch in einer Bar für Schwarze, nur eine Hure zwischen mir und Doktor Tod. Es gab sicherlich Orte, an denen ich jetzt lieber gewesen wäre. Ich konnte ja nicht für den Rest meines Lebens unter dem Tisch bleiben. Früher oder später würde jemand das Weißbrot auf dem Boden bemerken, falls Cat mich nicht vorher verpfiff, um ihren eigenen Arsch zu retten.

In dem Moment beugte sie sich mit einem heimtückischen Grinsen zu mir herunter und flüsterte: »Eigentlich sollte ich das nicht tun, du Arsch, aber irgendwie tust du mir leid. Ich bring dich hier raus.«

»Wie denn?«, flüsterte ich zurück. Wenn sie es schaffte, mich aus dieser Klemme zu befreien, würde ich morgen den Ring aussuchen und einen Smoking bestellen.

»Ich werde für Ablenkung sorgen. Wenn es so weit ist, haust du hinten rum ab, holst meinen Wagen und parkst ein Stück weiter die Straße hoch. Ich komme dann subito nach.« Sie griff in ihre Handtasche, zog etwas heraus und gab es mir. Autoschlüssel. »Es ist das rote Buick Cabrio.«

Wie wollte sie das anstellen? Sich ausziehen? Mir fiel nicht mehr ein, was man tun konnte, damit sowohl Sam als auch die andern fünfundzwanzig schwarzen Jungs nicht bemerkten, dass ich mich durch den Hinterausgang davonmachte.

In tausend Jahren wäre ich nicht darauf gekommen, was sie vorhatte.

Sie zog sich nicht aus.

Sie stand auf und begann rumzuschreien.

Ich meine, *richtig rumzuschreien.*

Sie kreischte und zeterte, lief in der Bar auf und ab und knallte unseren schwarzen Brüdern Schimpfworte im Sekundentakt an den Kopf. Sie benutzte das N-Wort. Mehrfach. »Schwanzlutscher!«, keifte sie. »Drecksau! N-nigger! Ficker! Fotzenlecker! Arschloch! Sack! Nigger! Huuhuu!«

Man hätte einen Gabelstapler in meinen Mund fahren können, so weit stand er offen.

»Fotze! Fotze! Fotze! Huuhuu! N-nigger! Scheiße! Ihr Ficker!«

Sie drehte noch mehr auf. Vom Boden aus konnte ich nur sehen, wie die schwarzen Typen aus allen Ecken auf sie zukamen.

Sie stolperte irgendwie auf die Tür zu, verteilte munter weitere Beleidigungen, und es dauerte keine zwei Sekunden, bis sich eine Gruppe um sie geschart hatte. Von unter dem Tisch konnte ich ein Dutzend oder mehr schwarze Typen sehen, bei den meisten blitzten Rasiermesser, Dolche und andere scharfe und gefährliche Objekte in den Händen auf. Es sah schwer danach aus, als ob es gleich zu einem Massaker an einer Weißbrotfrau kommen würde. Die ganze Sitzecke wackelte wieder, als Sam aufstand. Ich kassierte einen erneuten Kopftreffer, biss mir dieses Mal fast die Zunge ab, konnte aber gerade noch die Geräuscheffekte unterdrücken. War wahrscheinlich egal, mittlerweile herrschten am Eingang der Bar derartiger Lärm und Geplärre, dass mich sowieso keiner gehört hätte. Jeder wollte der Erste sein, der Cat eine reinhaute und ihr die Eingeweide aus dem Leib riss.

Dann kapierte ich es endlich, es war fast schon zu spät. Das war das Ablenkungsmanöver, von dem sie gesprochen hatte, damit ich abhauen konnte. Ich konnte mir nicht vorstellen, wie sie da wieder rauskommen wollte, jetzt wo sie mit jeder rassistischen Beleidigung um sich geworfen hatte, die sich ein Hinterwäldler ausdenken konnte. Hoffentlich wusste sie, was sie tat. Für mich sah es schwer nach Selbstmordkommando aus. Wenigstens einer von uns sollte lebend hier rauskommen, dachte ich mir und krabbelte los. Keiner kümmerte sich um mich. Sie waren alle vorne und versuchten zu Cat zu gelangen, um sie auseinanderzunehmen. Ich wünschte ihr insgeheim alles Gute und machte mich auf zur Hintertür. Im Rausgehen hörte ich ihre Stimme noch einmal über dem Gekeife, sie kreischte: »Tourette! Ich habe Tourette! Das ist eine Krankheit« Ich hätte gleich verduften sollen, aber ich musste einfach zuhören.

»Mann, das habe ich schon mal gehört«, sagte eine Männerstimme. »Das war schon mal im Fernsehen«, meinte ein anderer. »Bei Oprah, glaube ich.« »Genau, die arme Schlampe kann nichts dafür«, war jemand zu hören. Eine weitere Stimme, ich hätte geschworen, es war die von Sam: »Mein Schwager hat das auch, muss immer Schimpfworte rumschreien und so, wenn er 'nen Anfall hat.« Und dann war ich draußen, hetzte über den Parkplatz, rannte ein paar Mülltonnen um, keine Zeit, sie wieder aufzustellen. Ich hörte nicht auf zu rennen, bis ich zum Auto kam, fummelte die Schlüssel aus der Tasche, sprang rein und fuhr los.

Ich machte es, wie sie es angeordnet hatte, fuhr an der Bar vorbei und parkte einen halben Block die Straße hoch. Die Tür von Claude's sprang auf und eine schwarze Welle ergoss sich auf die Straße, schwarz bis auf die weiße Hure und Sam the Bam, die sich beide am hinteren Ende des Pulks befanden.

Und dann passierte etwas, das ich nicht für möglich gehalten hätte: Drei oder vier von den schwarzen Typen umringten Cat, es sah aus, als ob sie ihr auf den Rücken klopften und sie trösteten. Unmöglich, wahrscheinlich stachen sie auf sie ein. Nein, tatsächlich doch tätschelten sie ihr den Rücken und nahmen sie in den Arm. Ich legte den Rückwärtsgang ein und rollte auf sie zu. Als ich näher kam, beugte ich mich rüber und öffnete die Beifahrertür. Ich versuchte mich in der Mitte der Straße zu halten. Als ich genau auf ihrer Höhe war, hupte ich und brüllte: »Los jetzt, Cat! Spring rein!«

Sie winkte mir zu, nahm eine Bierflasche, die ihr ein lächelnder Bruder angeboten hatte, und schlenderte in aller Seelenruhe zu mir herüber. Sie stieg ein. Als sie sich gerade setzte, brüllte eine Stimme derart los, wie ich es nie wieder im Leben hören möchte: die von Sam. Er versuchte die Leute mit den Ellbogen aus dem Weg zu boxen. Zuerst wollten sie sich auf ihn stürzen, wurden plötzlich aber ganz höflich, als sie seine Pistole sahen.

»Besser, du gibst Gummi, Cowboy!«, rief Cat.

Aber da war ich ihr ein paar Takte voraus, hatte schon das Gaspedal ins Bodenblech getreten und mit ausbrechendem Heck Spuren auf dem Asphalt hinterlassen.

Bam! Bam! Bam!

Ich schaute in den Rückspiegel und sah Sam auf der Straße stehen, beide Hände am Pistolengriff wie Dirty Harry.

Ein Schuss traf die Heckscheibe, die zersplitterte, kurz bevor ich uns auf zwei Rädern um die Ecke rettete. Ich überfuhr ein Stoppschild, sodass wir beinahe von einem riesigen Mülllaster gerammt wurden. Ich konnte ihm gerade noch ausweichen.

»Wie ... wie zum Teufel …« Mir fehlten die Worte.

Cat lachte so heftig, dass sie einen Hustenanfall bekam. Sie wischte sich die Tränen aus den Augen. »Das wollte ich schon immer mal machen.«

»Was?«, fragte ich. »Was um alles in der heiligen Hölle war denn das da drinnen?«

Ich fuhr die Terpsichore Street hoch, unter dem Pontchartrain Expressway durch, links auf die Thalia Street, der ich bis zur Magazine Street folgte, wo ich wieder links abbog. Ich sah zu Cat rüber, ob sie Blutergüsse, Prellungen oder Schnittwunden abbekommen hatte, aber sie sah so frisch aus wie ein Neugeborenes, nicht mal ein Kratzer war zu erkennen.

»Cat, was ist passiert?« Sie lachte so laut los, dass ich Angst hatte, ihr platzt der BH.

»Ich habe mal miterlebt, wie Digger O'Henry das in einer Bar in der Camp Street durchgezogen hat«, erzählte sie, »Er hatte mit ein paar anderen Hillbillies gewettet, dass er in eine Schwarzen-Bar gehen und alle dort als Nigger beschimpfen könnte und am Ende trotzdem noch einen ausgegeben bekommen würde. Er hat es genauso gemacht wie ich eben: Er ging rein in den Laden und fing an, mit allen möglichen Wörtern um sich zu schmeißen, die bei den Schwarzen in aller Regel nicht sehr gut ankommen, und dann kam er mit der Tourette-Nummer. Und ich will verdammt sein, wenn ihm das nicht jeder abgekauft hat. Sie haben ihm Drinks spendiert und wollten wissen, wo man Geld für die Tourette-Stiftung einzahlen kann.«

»Ich fass es nicht«, sagte ich, »die haben dir diesen lahmen Scheiß abgekauft?«

»Na ja, vielleicht auch nicht. Ich glaube, die haben nur mitgespielt, weil ich eine hübsche Frau bin. Weil ich Schneid gezeigt habe.«

»Fick mich. Fick mich einfach nur, ich bin sowieso ein toter Mann, egal, was ich tue.«

»Du bist eher der Typ, bei dem das Glas halb leer ist, was?«, meinte sie, als das Lächeln aus ihrem Gesicht wich. »Diese Leier wird langsam alt. Bieg hier links ab.«

****

Wir kamen zu ihrer Bude. Wir machten es im Bett, auf dem Boden, im Sitzen auf einem Stuhl (ich) im Bad, und im Korbstuhl im Wohnzimmer (sie). Wir waren zwei Hochleistungs-Liebesmaschinen, die sich dermaßen in einen Sinnesrausch hineinsteigerten, dass jedem, der das gesehen hätte, angst und bange geworden wäre.

»Junge!«, entfuhr es Cat, als wir uns schließlich zurücklehnten und ich mir eine angesteckt hatte. »Ich möchte dich mal nach drei Jahren in Angola sehen, wenn du schon nach nur dreißig Tagen so aufgeladen bist. Ich würde dir gern meine Telefonnummer ins Portemonnaie stecken für den Fall, dass du mal länger in den Knast musst und noch nichts vorhast an dem Tag, an dem du rauskommst.«

»Weißt du«, fügte sie nach einem kurzen Moment der Stille mit leiser Stimme hinzu, »so oft habe ich schon seit zehn Jahren nicht mehr gratis die Beine breitgemacht. Kommt mir vor, als ob ich langsam solide werde. Das ist schon komisch – aber das habe ich schon immer gewollt, Pete, ich will mit dem Anschaffen aufhören. Es muss was Besseres für mich da draußen geben, das weiß ich. Ich will zur Schule gehen, eine Ausbildung machen, so was. Vielleicht sogar aufs College. Vielleicht helfe ich dir mit deinem Po-Boy-Laden, steige als Teilhaberin mit ein. Was meinst du?«

Ich betrachtete sie, wie sie in meinem Armen lag, eingehüllt in eine warme Wolke aus Schweiß, einem Hauch Parfüm und ihrem weiblichen Duft, der in meine Nase stieg, und dann sah sie mich an, wie mich noch nie eine Frau angesehen hatte, aber ich merkte auch, dass das für sie ein Moment der Schwäche war, in dem sie sich nicht unter Kontrolle hatte. Was sie bereute, wie ich aus dem merkwürdigen Gesicht schloss, das sie danach zog. Und ich wusste just in jenem Moment so sicher wie Regenwürmer Seen, Angelruten und Bootsausflüge hassten, dass ich nun bis über beide Ohren drinsteckte. Ich hatte mich voll verknallt, und bei ihr war ich mir auch ziemlich sicher, so wie sie über ihre Ausbildung und die Zukunft redete. Ich hatte unendlichen Schiss. Das war doch so was Ernsthaftes, so was Erwachsenes. Das war das Zeug, über das all diese Bücher geschrieben wurden. Ich musste erst mal wieder einen klaren Kopf bekommen. Ich schwöre, eine Frau wie Cat hatte ich noch nie kennengelernt. Das war gefährliches Terrain. Ein Typ konnte bei so einer Frau ganz schön unter die Räder geraten.

Ehrlich, genau wie in dem Song setzte mein Herzschlag kurz aus.

Ich entschied mich für das Einzige, was mir unter diesen Umständen übrig blieb.

»Komm«, sagte ich, sprang auf und schnappte mir mein Hemd, »lass uns ein bisschen Fernsehen und schön einen trinken.«

Sie stand auf und schaute mich mit den traurigsten Augen an, die ich je bei einem Menschen gesehen habe, Augen wie bei so einem armen, hilflosen Vieh, dem du gleich was zwischen die Hörner verpasst, einem Reh meinetwegen. Und sie sagte: »Du bist ein Bastard, Pete. Du bist ein hoffnungsloses, nichtsnutziges Arschloch!«

»Was?«

»Du weißt schon was. Ich habe deine Augen gesehen. Du hast auch was gefühlt.«

»Was?«, wiederholte ich mich.

Ich fühlte mich in die Enge getrieben.

Wie ein Waschbär auf einem Baum, umstellt von den

Jagdhunden, angestrahlt von einer Taschenlampe.

»In Ordnung, du Arsch. Dann spreche ich es zuerst aus: Das hier ist der Anfang von irgendwas, Pete. Ich weiß nicht, was es ist, aber es macht mir Angst. Du bist der falsche Typ für mich. Und ich bin wahrscheinlich die falsche Frau für dich. Ich weiß es nicht. Im Moment weiß ich überhaupt nichts mehr. Das ist verrückt. Kann doch nicht sein, dass ich mich in jemanden wie dich verknalle, das glaub ich doch alles gar nicht. Ich werde mir ’nen Mann suchen, der ’ne Fabrik hat, jemanden, der mir Diamanten schenken wird. Ich kann’s mir einfach nicht leisten, einen Verlierer wie dich zu mögen. Nimm’s nicht persönlich, Pete. Du passt nur einfach nicht in meine langfristige Lebensplanung. Du wirst nie ein Po-Boy-Restaurant haben. Du bist ein Träumer, einer von der schlimmsten Sorte, der Sorte, deren Träume nie in Erfüllung gehen.«

Jetzt redete sie mehr mit sich selbst als mit mir.

»Das ist doch krank. Das ist Selbstmord. Ein Mann, der seinen Lebensunterhalt damit verdient, Parkuhren aufzubrechen, ist kein Mann, in den sich Cat Hebert verlieben sollte.«

Gottverdammte Scheiße, hatte eigentlich jeder in New Orleans das mitbekommen?

»Woher zum Teufel weißt du das denn? Da kann ich übrigens nichts für. Da ist Tommy LeClerc dran schuld. Ich wollte es eigentlich gar nicht machen.«

Sie lachte. Ich konnte nicht ausmachen, ob es ein Ausdruck der Freude war oder ob etwas anderes dahintersteckte. Mir kam es vor, als ob ein Anflug von Hysterie darin mitschwang.

»Pete, kennst du das Buch *Alibi Ike*? Das solltest du mal

lesen. Ist die Geschichte deines Lebens. Ach, egal.«

Sie kam zu mir, legte die Arme um mich und hielt mir ihr Gesicht zum Küssen hin. Ich wusste nicht, was ich tun sollte, also küsste ich sie. Ich konnte die Jagdhunde und die Jäger kommen hören, ich war der Waschbär auf dem Baum.

»Pete, du magst mich doch auch, oder nicht? Ich weiß das. Was sollen wir jetzt machen?«

Ich stand da wie angewurzelt und schaute sie an, sagte kein Wort. Was sollte ich auch sagen? Ich dachte daran, wie sie ihr hart erarbeitetes Geld Jackie zugesteckt hatte. Damals war mir aufgefallen, dass sie etwas ganz Besonderes an sich hatte, anders als die meisten Frauen. Nur ein Narr würde es sich mit ihr verderben. Mir ging das nicht aus dem Kopf, wie sie Jackie den Umschlag unterschob. Aber Mann, mir rann der Schweiß von den Handflächen, und mein Hals war trockener als der eines Alkoholikers mit Geldproblemen. Klar, auch ich hatte wie sie im gleichen Moment etwas gefühlt, vielleicht war es Liebe, wer weiß, aber jetzt spürte ich nichts weiter als Angst, und das musste sie mir irgendwie angesehen haben, denn sie stieß mich weg. Ihr Blick verschleierte sich, dann zeigte sie mir ein lauwarmes Grinsen und sagte: »Okay, Kumpel, du hast gewonnen. War einfach nur dämlich von mir. Es geht bei uns nur um die Biologie, richtig?« Und dann war der Moment vorbei. »Vergiss einfach, was ich gesagt habe. Das war nur so ein dämlicher Weiberkram, der da rausgekommen ist. Ich mag dich ungefähr so wie meinen Hund – den ich übrigens nicht mehr habe. Du bist süß, aber auch nicht so süß. Ich hoffe wirklich, du hast nicht gedacht, ich hätte ernsthafte Absichten gehabt. Hatte ich nämlich nicht.

Überhaupt nicht. Machst du Witze? Ernste Absichten mit so einem Hartgeldheini? Ha! Ich bin Cat, hast du das vergessen? Ich fange nichts Ernstes an. Schon gar nicht mit so 'nem Loser wie dir. Komm, lass uns gehen. Ich bring dich zu deinem Auto. Du kannst mir dabei was vom Knast erzählen. Haben sie dich vergewaltigt?«

Das war knapp. Fühlte sich an wie bei einem Rundown zwischen dritter Base und Home. Wenn ich ihr erzählt hätte, was ich wirklich dachte, wer weiß, was dann passiert wäre? Seit sie mir erklärt hatte, warum sie Jackie ihr Geld gab, hatte ich ganz andere Gefühle für sie entwickelt. Sanfte Gefühle, Gefühle der schmalzigen Art. Das passte mir nicht so recht. Schätze, ich hatte gewonnen, irgendwie, nur fühlte es sich nicht an wie ein Sieg. Ich fühlte mich auch nicht mehr in die Ecke gedrängt, aber besser war davon nichts geworden, eher schlimmer. Ich kam mir vor, als ob ich etwas weggeworfen hätte, das ich eigentlich hatte behalten wollen. Wie wenn die Runner an der ersten und dritten Base stehen, und der Batter einen Ball in deine Richtung schlägt und du zur zweiten Base wirfst – und in dem Moment, in dem der Ball deine Hand verlässt, weißt du schon, dass du das Falsche getan hast. Du hättest zur Home Base werfen sollen. Der kleine Third-Base-Coach in meinem Kopf sagte mir, dass ich zur falschen Base geworfen hatte. Im Wagen herrschte eine Stimmung wie bei Sargträgern auf dem Weg zum Friedhof. Ich wollte ihr so was sagen wie, tut mir leid, ich habe es nicht so gemeint, Cat, auch in meinem Inneren passiert gerade was. Aber ich konnte es nicht. Je länger ich darüber nachdachte, desto schwerer wurde es, und dann hatte ich den Zeitpunkt verpasst.

KOMPLIKATIONEN

»Wiedersehn Pete«, sagte sie, als ich ausstieg. Sie lehnte sich aus dem Fenster, lächelte und sah dabei aus, als wäre sie erst zehn und würde gleich losheulen. »Du kannst mich ja mal anrufen, wenn du hundert Dollar hast, Seemann. Ich zeig dir, wie man sich amüsiert.« Mit quietschenden Reifen schoss sie davon.

Ich saß noch eine ganze Weile in meinem Auto. Ich hatte es wirklich verbockt. Keine der Frauen, die ich gekannt hatte, konnte es mit Cat aufnehmen. Sie sah gut aus, war clever und hatte Herz. Obwohl sie eine Hure war, hatte sie trotzdem ein größeres Herz als alle diese reichen Weiber zusammen, deren Namen immer in der Zeitung stehen, weil sie der Charity-Veranstaltung des Monats vorsitzen. Ich hab nicht mitbekommen, dass die sich jemals praktisch von ihrem letzten Dollar getrennt hätten, um jemanden aus der Klemme zu helfen. Die sammeln das Geld von anderen ein, geben was von ihrem eigenen dazu, das sie eh nicht brauchen, aber das wird man nicht erleben, dass sie Kohle weggeben, die sie nötig haben. Und dann auch noch an jemanden wie Jackie? Eine Hure? Nie im Leben.

Mir war noch nie jemand wie Cat über den Weg gelaufen, echt nicht. Und ich hatte es verbockt.

Kurz überlegte ich, ob ich zurück zu ihrem Apartment fahren sollte, an der Tür klingeln und ihr sagen, was ich für sie empfand. Aber dafür war es zu spät. Sie würde mich nur für ein Weichei halten.

»Scheiß drauf«, murmelte ich vor mich hin während ich den Zündschlüssel drehte, »scheiß auf die Weiber. Scheiß auf *alle* Weiber. Die machen dir nur das Leben schwer. Du versuchst rauszukriegen, was sie wollen, und wenn du es ihnen gegeben hast, dann machen sie dich trotzdem fertig. *Das* brauch ich wirklich nicht.«

****

Der beschissene Wagen sprang nicht an.

Die Batterie war tot.

Ich hatte Glück, nur einen Block weiter fand ich ein Taxi.

Auf dem Weg zurück zum Ninth Ward wurde ich nervös, ich konnte mich nicht erinnern, in welcher Straße das Haus war, in dem Tommy und Deneuvé warteten. Ich ließ den Taxifahrer mehrmals durch verschiedene Straßen fahren, die mir einigermaßen bekannt vorkamen, bis ich das Haus fand, gerade noch so vor Einbruch der Dunkelheit, die es mir unmöglich gemacht hätte, die Bude wiederzuerkennen.

Ich öffnete die Haustür, die natürlich nicht verschlossen war, und betrat das Haus. Deneuvé war immer noch da, hellwach. An seinen weit aufgerissenen Augen und diesen komischen Geräuschen, die aus seiner Nase kamen, merkte ich, dass er ziemlich erregt war. Der Grund fiel mir sofort auf: Die größte Kakerlake, die man sich vorstellen kanne, steppte auf seiner Stirn herum. Also tat ich ihm den Gefallen und verscheuchte sie. Tommy lag rücklings auf dem Boden, die halb leere Flasche Wild Turkey aufrecht neben sich. Den Geräuschen nach, die er im Schlaf von sich gab, musste er ernsthafte Probleme mit verstopften Nebenhöhlen haben.

Ich ging rüber und ließ mich aufs Sofa fallen, dachte, ich könnte noch ein kleines Nickerchen machen, bevor es an die Arbeit ging. Es war erst früh am Abend, also noch genug Zeit. Kein Grund, Tommy jetzt schon aufzuwecken. Nach einer halben Stunde Ratzen sieht die Welt oft ganz anders aus.

Natürlich träumte ich von Cat. Es war ein echt kranker Traum: Wir ficken wie die Steinesel in ihrem Wasserbett, und da kommt immer dieser blutige Handstumpf, der ihr auf den Hintern haut.

Ich schlief, aber viel Ruhe fand ich dabei nicht. Ein Wunder, dass ich meinen alten Willie überhaupt in Betriebsbereitschaft halten konnte, bei dieser blutigen Hand, die an Cats Hinterteil herumfuhrwerkte. Manchmal habe ich die Hand auch noch geschüttelt, als ob wir uns gerade auf einen Deal geeinigt hätten. Ein Traum wie ein französischer Film – nur ohne Untertitel.

Im unruhigen Halbschlaf traf mich die Erkenntnis, dass ich Cat verloren hatte, umso härter. Ich hatte ja nicht mal gewusst, dass ich sie mochte, aber auf einmal wurde mir klar, dass ich dasselbe für sie empfand wie das, was sie mir vorhin gestanden hatte. Mich hatte es erwischt, ein Liebeskummer, wie er schlimmer nicht sein konnte, der Blues, so hinterhältig und niederschmetternd, dass Tammy Wynette ein Lied davon singen könnte. Ich stöhnte laut auf, als der schwarze Vogel der Schwermut über mich flog und einen gewaltigen Haufen auf mein Haupt ablud. Ich fühlte mich fast so schlecht wie an dem Tag, als meine Baseballkarriere fristlos beendet wurde und ich meine Schuhe an den Nagel hängen musste. *Du bist selbst schuld*, sagte eine leise Stimme immer wieder, aber ich ignorierte sie. Versuchte es zumindest. Ich erinnere mich an meinen letzten Gedanken, bevor ich wegnickte: *Scheiß drauf, sie würde sie mich eh nur über den Tisch ziehen. Wenn nicht heute, dann morgen.* Trotzdem ging es mir mies – so wie an dem Tag, als ich mir beim Baseball die Papiere abholen konnte.

Nein, eigentlich noch viel schlimmer.

Den Tag hatte ich für den schwärzesten meines Lebens gehalten.

Wie man sich irren kann.

KIDNAPPEN IST NICHT SCHWER, OPERIEREN DAGEGEN SEHR

Ich musste verdammt tief geschlafen haben, denn als ich aufwachte und mich umsah, lag ich auf dem Boden, und Tommy schleppte Deneuvé zu dem Sofa, auf dem ich meine Reise ins Albtraumland angetreten hatte. Der alte Mann gab ein schrilles Wimmern von sich. Es klang wie das Geräusch, das ein Düsenflugzeug macht, wenn die Triebwerke vor dem Start aufgewärmt werden. Ich richtete mich auf und rieb mir den Schlaf aus den Augen.

»Was machst'n da?«

Das Wasser tropfte beiden aus dem Gesicht. Tommy schwitzte vor Anstrengung, Deneuvé vor Angst.

»Wonach sieht's denn aus, Professor? Ich bringe ihn auf den Operationstisch. Hast du dir den Arm gebrochen, dass du nicht mit anpacken kannst?« Den Wild Turkey hörte man ihm noch an.

Ich stand auf, noch ein bisschen wacklig auf den Beinen, aber er hatte ihn schon auf die Couch bugsiert. Deneuvés Beine waren gefesselt, die Arme vor den Oberkörper gebunden.

Tommy wischte sich mit dem Ärmel das Gesicht ab und griff nach der Flasche Chloroform. Mit einem Knie hielt er Deneuvé in Position. Deneuvés Wimmern wurde lauter und schriller.

»Er will uns was sagen«, meinte ich.

Tommy sah mich an, als wollte er mir an die Gurgel gehen. Es war ihm egal, dass ich gerade aus einem schweren Koma und Herzschmerztraum erwacht und zu mir gekommen war. »Ach, er will uns was sagen? Echt jetzt? Er will uns sagen, dass wir ihm nicht die Hand abtrennen sollen. Und dass er sich für diesen Gefallen so erkenntlich zeigen würde, dass er gleich nach Hause rennt und das Geld holt, damit wir uns damit nicht auch noch rumschlagen müssen. Er will uns sagen, dass er noch mal 'ne Million oder zwei drauflegt, nur weil wir so gutmütig waren.« Er schnaubte. »Bist du sicher, dass du kein Konfirmand bist? Ich schwöre bei Gott, Pete, manchmal kommst du mir vor, als hättest du gerade erst dein erstes Paar lange Hosen von Mutti bekommen.« Er wendete sich wieder seiner Arbeit zu, und ich ging zu ihm, um zu sehen, ob ich helfen konnte. Lust hatte ich wirklich keine.

Diese Seite an Tommy gefiel mir nicht besonders, dieses Klugscheißerische. Das war eigentlich meine Rolle, aber wahrscheinlich war er einfach nur nervös. Ich hingegen war schließlich ein Fels in der Brandung.

Ich fragte mich, warum er ohne mich angefangen hatte. Wahrscheinlich wollte er es hinter sich bringen und hatte gedacht, ich würde schon aufwachen, wenn die Action losgeht. Für mich schien es im Moment nicht viel zu tun zu geben. Also stand ich nur daneben, sah ihm bei der Arbeit zu und hoffte, dass ich nicht ohnmächtig würde und mich blamierte.

Er schraubte den Deckel der Flasche ab, tränkte den Lappen in Chloroform und drückte ihn Deneuvé ins

Gesicht. Deneuvé wehrte sich, aber schneller, als ich gedacht hatte, ging es irgendwie, wuusch, als hätte man die Luft aus seinem Körper gelassen, und dann war er weg.

»Das ist echt guter Stoff«, meinte Tommy. *Gut?* Das war fantastischer Stoff. Mir war ein bisschen weniger bange zumute, als ich Deneuvé regungslos vor mir liegen sah. Im Schlaf wirkte er nicht mehr wie der gefährlichste Gangster von New Orleans. Außerdem hasse ich es, jemanden leiden zu sehen, selbst einen Drogendealer wie ihn.

Das Chloroform stank furchtbar. Ich hob den Lappen auf, den Tommy hatte fallen lassen und warf ihn so weit weg, wie ich konnte, in die andere Ecke des Zimmers. Unglücklicherweise warf ich dabei auch die Flasche mit dem Chloroform um, die zu verschließen Tommy vergessen hatte. Innerhalb von Sekunden roch es wie im Stadtkrankenhaus zur Rush Hour, und mir wurde flau.

»Scheiße«, schrie Tommy auf, »jetzt gehen wir baden!«

Unrecht hatte er damit nicht. Meine Gucker wurden bereits schwer, Sandmännchen schaufelte drauflos wie ein Weltmeister. Die Dämpfe verbreiteten sich im ganzen Zimmer. Tommy kreischte etwas davon, dass ich mir die Flasche und ein paar Lappen schnappen solle, aber seine Stimme klang wie in Zeitlupe, und der Raum drehte sich um mich. Es fiel mir schwer, mich zu konzentrieren.

»Halt einfach die Klappe!«, fuhr ich ihn stinksauer an. Tommy glotzte nur. Ich bemerkte, dass sein Hängeauge immer weiter zuging, und fragte mich, wer von uns beiden wohl als Erster ohnmächtig werden würde. Er setzte an, etwas zu sagen, muss es dabei aber vergessen haben, denn kein Laut kam ihm über die Lippen. Glaubte ich jedenfalls, denn ich watete wie durch Morast, obwohl ich um mich herum nur dicke Luft sehen konnte, und wühlte in den Sachen rum, die Tommy auf den Boden geschmissen hatte. Ich bekam eine Windel zu fassen und wischte damit so viel von der verschütteten Flüssigkeit auf, wie ich konnte. Den Lappen ließ ich in der Lache auf dem Teppich liegen, damit er sich vollsaugen konnte, und schaffte es, die Flasche wieder zuzuschrauben, aber mehr als die Hälfte der Flüssigkeit war bereits verschüttet. Mir wurde richtig schwindlig. Ich warf die Windel in die andere Ecke zu dem Lappen, worauf sich die Dämpfe etwas legten. Dann fiel mir Tommy wieder ein. Aber er war nicht mehr da.

Ich gebe es zu, ich verlor die Nerven. Dort drüben lag Deneuvé auf dem Sofa, ausgeknockt wie Muhammad Alis Sparringspartner, hier stand ich, Chloroform lag in der Luft, und der Gastgeber dieser gottverdammten Party war nirgends zu sehen. Mir fiel nichts Besseres ein als loszuschreien.

»Tommmmiiiiieee!«

»Was?«, antwortete er so ungerührt, dass ich vor Schreck fast an die Decke ging. Er stand gerade mal zwei Meter von mir entfernt bei der geöffneten Tür und füllte seine Lungen mit Sauerstoff von draußen.

Er schaute mich nur kopfschüttelnd an, schloss die Tür wieder und ging zu Deneuvé zurück. Kurz sorgte ich mich, dass jemand meinen Schrei gehört und die Cops verständigt haben könnte, aber das war in dieser Gegend nicht besonders wahrscheinlich. Schreie gehörten hier in dieser Straße zu den normalen Alltagsgeräuschen, zum Soundtrack der Nacht.

Tommy hatte alle Hände voll zu tun. Er setzte sich neben Deneuvé, der immer noch bewusstlos auf der Couch lag, und löste die Fesseln an dessen Armen. Tommy schnappte sich einen Arm, legte ihn über die Sofalehne und tastete nach der Säge.

»Wart mal kurz, Tommy«, unterbrach ich ihn, »hast du dir schon überlegt, welche Hand du abschneiden willst?«

Das brachte ihn zum Nachdenken.

»Ja«, meinte er nach ein paar Sekunden, »die rechte, glaub ich. Die linke benutzt er vielleicht so gut wie nie.« Er schob den Arm weg, den er sich zuerst ausgesucht hatte – es war der linke –, griff sich den anderen und setzte die Säge an.

»Woher willst du wissen, dass er Rechtshänder ist?«

Das sorgte für eine erneute Unterbrechung. Tommy betrachtete die Hand, die er festhielt, starrte erst mich zornig an, dann die Hand.

»Du bist doch echt ein Hurensohn, Pete.« Er setzte die Säge am Handgelenk an, zog sie weg, legte sie wieder an und zog sie erneut weg. Die Wut konnte ich an seinen Augen ablesen. Er ließ die Hand los.

»Du bist ein Bastard, Pete. Warum musst du denn so was überhaupt fragen? Woher zum Teufel soll ich denn wissen, ob er Rechts- oder Linkshänder ist? Aber ich weiß verdammt genau, dass ich keine Lust habe zu warten, bis er aufwacht und es mir sagt.« Er nahm erneut die Säge auf und setzte sie am Handgelenk an. »Manchmal muss man im Leben ein Risiko eingehen, Pete. Dieser Zeitpunkt ist jetzt gekommen. Ich schneide jetzt die ab, ganz egal, welche es ist.«

Es war die Linke.

Ich machte ihn darauf aufmerksam.

Das machte ihn erst richtig sauer. Er stand auf, stieß Deneuvés Hand von sich, als ob er nichts mehr von ihr wissen wollte, und stampfte aus dem Zimmer in die Küche. Ich hörte, wie er im Wandschrank rumwühlte, Sachen zur Seite schob, etwas ging krachend auf dem Boden zu Bruch, dann kam er mit einem Wasserglas in der Hand wieder raus.

»Wo ist die Flasche?«, fragte er eher sich selbst als mich. Ich hätte ihm ohnehin nicht geantwortet. Konversationstechnisch lief es gerade nicht so brillant zwischen uns.

Er fand die Flasche auf dem Boden, wo er sie hinterlassen hatte, riss sie an sich und stürmte zurück in die Küche. Es wurde ziemlich still dort.

Nach ein paar Minuten folgte ich ihm, er müsste schließlich genug Zeit gehabt haben, sich zu beruhigen. Hatte er. Er hatte den Kopf aufgestützt und starrte das halb volle Glas Wild Turkey vor sich an. Ich setzte mich neben ihn und nahm einen Schluck aus der Pulle. Gut fünf Minuten saßen wir so da: Er starrte auf das Glas, das er nicht angerührt hatte, und ich nahm ab und an einen Schluck aus der Flasche.

Schließlich fing er doch wieder an, mit mir zu reden, aber man hörte seiner Stimme an, dass er auf dem letzten Loch pfiff. Der mentale Stress und die Belastung hatten ihm schwer zugesetzt. Immerzu starrte er auf sein Glas, er klang niedergeschlagen.

»Pete, ich bin nicht mehr sauer auf dich. Aber ich glaube, ich kann das nicht mehr. Da zermarterst du dir die Birne, versuchst dir alles Erdenkliche aus dem Hirnkasten zu saugen, damit du auf alle Schwierigkeiten vorbereitet bist, und dann passiert so was.«

Ich versuchte ihn zu trösten.

»Tommy, vielleicht ist es ja auch egal, welche Hand du absägst. Nimm die rechte. Die Chancen stehen gut, dass es die richtige ist.«

Er seufzte: »Pete, du verstehst das nicht. Diese Typen aus den alten Zeiten, gerade solche wie Deneuvé hier, die sind stolzer als Elvis. Wenn wir nicht die richtige, die wichtige Hand erwischen, könnte er auf die Idee kommen, uns nicht zu bezahlen. Scheiße, wenn wir die falsche Hand nehmen, die, die er nicht so oft braucht, ist es für ihn vielleicht überhaupt nicht so dramatisch. Dann ist er auch noch stolz darauf wie auf eine Kriegsverletzung, die beweist, dass er 'nen Arsch in der Hose hat, so was in der Art.«

Vielleicht hatte er recht. Diese alten Jungs waren harte Burschen. Je mehr ich darüber nachdachte, desto mehr war ich überzeugt, dass etwas dran war an dem, was er sagte. Wenn wir nicht rauskriegen konnten, welche seine wichtige Hand war, sollten wir es besser ganz lassen.

»Wir könnten sie abtasten«, schlug ich vor. »Müsste die dominante Hand nicht mehr Hornhaut haben?«

»Glaubst du vielleicht, vom Tausenderzählen hat er Bauarbeiterhände bekommen? Außerdem, selbst wenn er mit seinen Händen gearbeitet hätte, was er in seinem ganzen Leben nicht getan hat, wären beide Hände gleich. Das sagt uns gar nichts.«

Zurück auf Los. Ich hatte noch eine weitere großartige Idee.

»Warum rufen wir nicht seine Mutter oder jemand anderen an, erzählen, dass wir seine Kumpels sind und ihm ein Geburtstagsgeschenk kaufen wollen? Irgendwas, wo man merkt, ob er Rechts- oder Linkshänder ist, ein …«

Ich überlegte, was für ein Geschenk das sein müsste.

»Ich hab's! Wir rufen seine Mutter an und sagen ihr, wir hätten früher mit ihm in der Little League gespielt und wollten ihm ein lustiges Geschenk machen. Wir wollten ihm einen Fanghandschuh schenken und die Erinnerungen an die alten Zeiten zurückbringen.« Ich hielt das für einen Geniestreich.

Tommy nicht. Er sagte noch nicht mal was. Dafür sprach sein Blick Bände. Ich dachte noch mal darüber nach. Tommys Blick war angebracht: Meine Idee war scheiße.

Plötzlich stand Tommy auf, nahm das fast volle Glas Wild Turkey und kippte es auf Ex hinunter.

»Verdammt noch mal«, sagte er und wischte sich den Mund mit dem Handrücken ab. »Ich hab das Ganze jetzt nicht bis hierher durchgezogen, um auf einmal den Schwanz einzuziehen. Wir nehmen die Rechte, und wenn's die falsche ist, scheiß drauf.«

Da fiel mir ein, dass ich ja derjenige war, der Deneuvé, minus seiner Hand, nach Hause schaffen und dann warten sollte, bis er das Geld rausbrachte. Aus diesem Grund hatte ich mehr Bedenken, das falsche Körperteil abzutrennen.

»Hm, Tommy, lass uns das noch mal durchsprechen. Wir wollen doch jetzt nicht in letzter Sekunde eine gewaltige Fehlentscheidung treffen, oder?«

Schon wieder hatte ich eine Spitzenidee. Diesmal war sie richtig brauchbar.

»Hey, wie wär's, wenn wir stattdessen einen Fuß absägen? Oder«, wenn das keine Inspiration war, »warum nehmen wir nicht gleich *beide* Hände? Da wäre die richtige auf jeden Fall dabei.«

Tommy hatte sich bereits auf den Weg in das andere Zimmer gemacht, in dem Deneuvé lag, als er meinen Vorschlag hörte. Man konnte sehen, wie sich hinter seiner Stirn die Rädchen drehten.

»Weißt du, das ist vielleicht gar keine so schlechte Idee, Pete. Gar keine so schlechte Idee.«

Er wollte noch etwas anderes sagen, aber dann tat es einen Schlag, als ob die Haustür zugefallen wäre. Unsere Blicke trafen sich, wir dachten beide das Gleiche. Deneuvé? Den hatten wir vollkommen vergessen. Wir rannten ins Zimmer.

»Mein Gott«, stöhnte Tommy. »Ohgohttohgottohgottohgottohgott!« Immer wieder. Ich eilte zur Haustür. Er war schon draußen, robbte die Zufahrt entlang, zog sich mit den Händen vorwärts. Er musste immer noch zu groggy gewesen sein, um auf die Idee zu kommen, seine Füße loszubinden.

»Tommy, da ist er!«

Wir rannten hinaus und griffen ihn uns. Für jemanden, der vom Chloroform halb betäubt war, leistete er höllisch viel Widerstand. Er wand sich aus unserem Griff wie ein Regenwurm mit Angelhakenallergie. Schließlich schnappten wir ihn wie einen Sack Kartoffeln – widerspenstige, *sich windende* Kartoffeln – und schafften ihn nach drinnen, wobei wir uns die Köpfe verrenkten, ob uns irgendwelche Nachbarn sehen konnten,

Wir hatten Glück. Abgesehen von zwei vom Pech verfolgten Kidnappern und ihrem wenig kooperativen Opfer war niemand auf der Straße. Wir warfen ihn aufs Sofa, und Tommy fesselte ihm wieder die Hände, während ich die Haustür abschloss und versuchte, meinen Puls wieder auf etwa tausend Schläge pro Sekunde runterzubekommen. Tommy musste Deneuvé eine in die Kauleiste verpassen, damit er sich beruhigte. Das funktionierte ähnlich gut wie mit dem Chloroform, nur dass es mehr Dreck machte, bei dem ganzen Blut, das ihm aus der Nase tropfte.

»Mann, Tommy«, sagte ich zu ihm, während ich an der Tür stand und nachsah, ob die Cops schon unterwegs waren, »das ist doch echt nicht wahr. Das ist ja so was von nicht unser Tag heute, oder?«

Nur Tommys und mein rasselnder Atem waren zu hören, dazu die pfeifenden Geräusche, die Deneuvés Nase entwichen. Er war bei seiner Flucht nicht auf die Idee gekommen, den Taschentuchknebel aus dem Mund zu ziehen, was gut für uns war. Ein einziger Schrei, und jemand hätte die Bullen gerufen, derbe Gegend hier hin oder her. Der Knebel hatte sich mit dem Blut, das aus Deneuvés Nase tropfte, vollgesogen, er sah aus wie ein sechsjähriges Mädchen nach dem ersten Selbstversuch mit dem Lippenstift seiner Mutter.

»Hey, hoffentlich verblutet er nicht schon wegen der Nase, bevor wir uns an der Hand zu schaffen machen«, witzelte ich, um die Stimmung ein wenig aufzulockern. Tommy konnte darüber nicht lachen, ich stellte meine humoristischen Versuche unverzüglich wieder ein.

Deneuvé begann sich zu regen, als ob er wieder zu sich kommen würde, deshalb holte Tommy einen Lappen aus der Ecke, wo ich sie hingeworfen hatte, und drückte ihn Deneuvé auf die Nase, der sich sofort wieder entspannte. Das war echt gutes Zeug!

»Packen wir's an, Pete«, sagte Tommy, warf sich in Positur und rieb sich die Hände. Er ging in die Küche, holte die Flasche Wild Turkey, nahm einen gewaltigen

Schluck daraus und reichte sie mir. Ich hielt mich ebenfalls nicht zurück. Beim Anblick der Flasche wurde mir klar, dass wir tatsächlich besser sofort anfangen würden, es waren nur noch zwei Fingerbreit drin. Waren wir erst mal wieder nüchtern, würde uns das mit der Operation bedeutend schwerer fallen. Jedenfalls Tommy. Ich für meinen Teil wäre gar nicht fähig, die Hand abzusägen, selbst wenn ich mich vorher dumm und dämlich gesoffen hätte. Das war einzig und allein Tommys Angelegenheit.

Tommy verpasste Deneuvé eine erneute Dosis Chloroform und schnitt seine Handfesseln auf. Er nahm die Säge und prüfte die Schärfe des Sägeblatts an seinem Daumen. Er genehmigte sich noch einen Schluck Turkey und verkündete dann, er sei bereit. Ich sah ihm an, dass er einige Gefühlsschwankungen durchmachte, jetzt, wo es zur Sache ging. Er begann laute Selbstgespräche zu führen, die aber eigentlich mir galten.

»Der Arsch versteht einfach nicht, wie schwer das ist. Musste mich sechs Stunden lang dafür hochputschen. Ob das Klugscheißer-Arschloch den Mumm dazu hätte? No way, José. Das ist eine sehr heikle Operation, und dafür braucht man den Mut eines Löwen.« Er schwieg und sah nach, ob ich zuhörte und auch angemessen beschämt und zurechtgestutzt war, holte tief Luft und biss die Zähne zusammen, sodass nur noch Zischlaute bei mir ankamen, als er weiterredete.

»Ich kann auf die Live-Reportage verzichten, Tommy. Ich hab schon kapiert, dass du ein Supertyp bist, weil du den schwierigen Teil übernimmst, und ich eine Null bin, weil ich's nicht tue, aber vergiss bitte nicht, dass es deine Idee war und nicht meine. Mach's einfach, ja? Ich dachte immer, Indianer wären gut darin, anderen Leuten was abzuschneiden. Du weißt schon, Skalps zum Beispiel.«

Er setzte die Säge an und zog das Sägeblatt zu sich hin, damit die Zähne griffen, so wie man es macht, wenn man den Lauf einer Schrotflinte kürzt. Ich war zu ihm rübergekommen und stand direkt vor ihm, keine dreißig Zentimeter entfernt. Zuerst war gar nichts zu sehen, nicht mal ein Ritz. Ich fragte mich, ob er überhaupt die Hautschicht durchdrungen hatte. Dann sah man einen weißen Strich, der sich schnell pink färbte, aber dann, mein lieber Freund! Das Blut begann überzulaufen wie im Kinderplanschbecken, wenn jemand vergessen hat, den Wasserschlauch abzudrehen. Der Wild Turkey fing an, in meiner Magengrube zu rumoren, als würde darin ein Bauchtanzkurs abgehalten. Ich fasste mir ans Handgelenk, wo sich Phantomschmerzen breitgemacht hatten. Zweimal musste ich hinsehen, um mich zu vergewissern, dass noch alles dran war.

»Fester, du musst fester drücken«, zischte Tommy und legte mehr Kraft in die Säge. Dabei kam der Saft richtig zum Vorschein. Nicht nur ein paar Spritzer, jetzt strömte es richtig. Ein ordentlicher Strahl.

»Scheiße«, schrie Tommy«, ich hab vergessen, den Lötkolben einzustöpseln. Wo ist das Drecksding denn jetzt?«

Ich fand den Lötkolben auf dem Wohnzimmertisch und schloss ihn an. Das Kabel reichte nicht bis zur Couch, das konnte ich gleich sehen. Ich ließ das eingesteckte Gerät auf den Boden fallen und suchte hektisch nach einer nähergelegenen Steckdose. Es gab keine. Tommy hatte die Säge weggelegt und hielt Deneuvés Arm mit beiden Händen, drückte, um die Blutung zu stoppen. Sein Gesicht war weißer als das Gewand eines Ku-Klux-Klan-Oberen bei der Amtseinführung, Schweißtropfen perlten von seinem Gesicht. Das Blut floss immer noch, aber nicht mehr so stark wie vorher. Auf einmal stöhnte Deneuvé und versuchte, sich aufzurichten.

»Heilige Scheiße!«, kreischte Tommy. »Er kommt zu sich. Hol das verdammte Chloroform!«

»Was willst du denn jetzt, das Chloroform oder den Lötkolben? Entscheid dich doch mal!« Das war nicht der wohlorganisierte Coup, den ich mir gewünscht hätte.

»Das verdammte Chloroform!«

Ich biss mir auf die Zunge, verkniff mir lieber eine Bemerkung, rannte dahin, wo ich die Lappen hingeworfen hatte und holte sie. Tommy versuchte, Deneuvés Pranke mit einer Hand zu halten und ihm mit der anderen ins Gesicht zu schlagen. Blut spritzte überall durch die Gegend. Ich drückte Deneuvé den Lappen auf Nase und Mund. Er riss seine Augen auf, keine zwanzig Zentimeter von meinen entfernt, dann klappten sie zu. Gleichzeitig zuckte er, als hätte man ihm einen elektrischen Schlag verpasst, und fiel dann in sich zusammen aufs Sofa. Tommys Gesicht war klatschnass, überall Blut. Es sah aus wie nach einer Explosion in der Ketchupfabrik.

»Hol den Lötkolben!«, befahl Tommy mit schriller Stimme. »Wo ist denn jetzt das gottverdammte Ding? Wir müssen die Wunde sofort ausbrennen.«

Ich hetzte dahin, wo ich den Lötkolben zurückgelassen hatte, und da hatte sich für uns beide gut sichtbar auch schon das nächste Problem entwickelt. Der Lötkolben selbst war nicht mehr zu sehen, er war eingehüllt in eine Rauchwolke. Das Sofa brannte. Keine richtigen Flammen, eher so ein Schwelbrand.

»Heilige Scheiße!« Mehr fiel Tommy dazu nicht ein. »Heilige Scheiße!«

Anscheinend hatte ich Deneuvé doch nicht eine so großzügige Dosis Chloroform verpasst, wie ich gedacht hatte, denn gerade, als wir den Rauch bemerkten, zuckte er hoch, die Augen so groß wie die Hälften einer Honigmelone. Tommy verpasste ihm wieder eine, und Deneuvé sank zusammen, schlaff wie der Händedruck eines schwulen Caballeros. Ich rannte rüber, riss das Anschlusskabel des Lötkolbens aus der Steckdose und trampelte auf der Stelle herum, wo er gelegen hatte. Dort glühte der braune Teppich rot, aber jetzt war nicht die Zeit, die Glut zu löschen. Ich versuchte es schnell noch einmal mit dem Fuß – ein Fehler! Jetzt flogen erst recht die Funken, aber ich konnte jetzt nicht die Feuerwehr spielen. Tommy keifte rum wie Sibyl aus dieser Fernsehserie, bei der sich sämtliche Persönlichkeiten auf einmal Gehör verschaffen mussten. Ich rannte mit dem Lötkolben zu ihm. Mir kam es so vor, als ob es das sei, was er nun am dringendsten haben wollte, wobei es letztlich schwer zu sagen war, weil er so rumschrie und dabei kein Thema ausließ, weder mich noch Deneuvé, weder das Feuer noch seine Exfrau. Keiner kam unbeschadet weg.

Ich streckte ihm den Lötkolben hin. Er ergriff das falsche Ende.

»Auuu-huuuh!« Anscheinend tat ihm was weh.

»Du dämlicher Vollidiot!«

Ich? Er schrie mich an? Als ob ich der blinde Schwachkopf gewesen wäre, der sich die heiße Spitze krallen musste, und nicht er!

»Hör mir mal gut zu, Tommy. Du brauchst mich hier

jetzt gar nicht so anzuscheißen. Mach halt die Glotzer auf und sieh zu, wo du hingreifst.« Mir gingen sein Geplärre, seine Befehle und ganz besonders die ständigen Panikattacken so langsam gehörig auf den Wecker.

»Und noch was, Tommy«, fuhr ich fort, während er sich die Pfote rieb und mir tödliche Blicke zuwarf, »wenn du dich mal erinnerst: Ich war derjenige, der sowieso von Anfang an nicht mitmachen wollte. Falls du dich nicht bald beruhigst und wie ein normaler Mensch verhältst, dann werde ich einfach abhauen. Ich hab Besseres zu tun, als hier rumzustehen und mitansehen zu müssen, dass du dich wie ein Gestörter oder wie ein kleines Kind verhältst. Du hättest ja auch alles ein bisschen besser planen können. Kehr mal vor deiner eigenen Tür, Mister Kidnapper!«

»Nein!«, heulte er mit hysterischer Stimme los. »Geh nicht! Bleib hier! Wir kriegen das hin. Ich weiß jetzt, wie wir's machen. Wir halten ihm den Lötkolben ans Handgelenk, dann rennst du zurück und stöpselst ihn wieder ein. Das machen wir zwei- oder dreimal, dann haben wir die Blutung gestoppt. Besorg mir eine von den Windeln für meine Hand, ich glaub, die ist weich gekocht.«

Ich warf ihm einen der Lappen vom Tisch zu, mit dem er seine Hand umwickelte.

»Geh in die Küche und hol 'nen Teller!«, befahl er, anscheinend wieder zurück im Hitler-Modus. Ich diskutierte nicht lange und tat, was er wollte. Er schien sich wieder gefangen zu haben.

»Leg den Lötkolben auf den Teller, bevor du ihn anschließt«, sagte er, als ich wiederkam. »Und jetzt den Stecker wieder rein. Der Lötkolben ist gar nicht mehr heiß, dafür aber meine Hand. Ich könnte Deneuvés

Wunde mit meinen Fingern ausbrennen, wenn sie nicht so wehtun würden.«

Diese kleine Spitze entging mir nicht, aber ich ignorierte sie. Er sollte sich auch mal etwas Luft machen dürfen.

Mittlerweile hatte sich der Rauch im Zimmer ausgebreitet, man sah kaum noch was, aber Flammen gab es keine. In der Zeit, bis der Lötkolben auf Temperatur war, rannte ich in die Küche, suchte einen Topf, füllte ihn mit Wasser und schüttete es auf die Stelle, wo der Teppich noch glühte. Den größten Teil der Glut konnte ich löschen, aber dafür begann es noch schlimmer zu schwelen. Dazu kam, dass das Wasser im Teppich eine neue Geruchskomponente freisetzte. Tommy hatte das wohl auch bemerkt. »Was stinkt denn hier so?«

»Ich würde mal sagen, das riecht nach Katze«, meinte ich. Ich riskierte einen Blick rüber zu Tommy: Er hielt immer noch Deneuvés Handgelenk im Quetschgriff, aber das Blut floss weiter. Schwer zu sagen, ob er stark blutete oder nicht, bei Blut sieht immer alles schlimm aus. Aber wenn es mein Blut gewesen wäre, dann würde ich sagen: eine starke Blutung. Der Lötkolben glühte jetzt rot, ich holte ihn. Tommy betrachtete das Gerät diesmal genau, bevor er sich für ein Ende entschied.

Er nahm den Lötkolben, aber da er den Lappen um seine Hand gewickelt hatte, schien er nicht besonders gut zugreifen zu können. Das heiße Eisen rutschte ihm aus der Hand und landete in seinem Schoss. Nun begann das Geplärre aufs Neue, es ging ganz schön rund, das kann man nicht anders sagen. Der Lötkolben flutschte in die eine Richtung, er in die andere, aber als er sich schließlich abgeklopft und festgestellt hatte, dass seine Kronjuwelen alle noch intakt und nicht angeschmort waren, zog er sich den Lappen von der Hand und griff sich erneut den Lötkolben. Dass sich mittlerweile neue Probleme ergeben hatten, nämlich dass der Teppich an der Stelle brannte, wo der Lötkolben hingefallen war, schien für Tommy im Moment nur ein kleinerer Schönheitsfehler zu sein. Er sah echt sauer aus, schließlich hatte er einiges einstecken müssen, Verbrennungen und so weiter. So langsam sah er jedoch schlechter aus als Deneuvé, und er hatte auch nicht dessen Vorteil, dass er ohnmächtig war. Unter diesen Umständen hielt er sich eigentlich ganz anständig.

Tommy griff sich wieder Deneuvés Handgelenk, das immer noch blutete und drückte den Lötkolben dagegen. Es zischte, vor meinem inneren Auge sah ich einen Fast-Food-Grill. Und dann kam der Gestank. Tommy musste es zur gleichen Zeit in die Nase gestiegen sein, weil seine und meine Wild-Turkey-Kotzfontäne fast simultan auf den Boden klatschten. Selbst die Cheerleader der Rockettes oder der Saints hätten das im Takt nicht besser hinbekommen. Und genau in dem Moment beschloss Deneuvé sich in die Hose zu kacken, er hatte ja schließlich die Morgentoilette auslassen müssen, und so nahm der Raum erst eine richtig würzige Geruchsnote an. Ein buntes Bouquet an Sinnesreizen, von denen mir aber auch einige entgingen, da die Kotze meine Nase verstopfte. In der Planungsphase hatte ich mir das Prozedere etwas anders vorgestellt.

****

Ich war schon einen halben Straßenblock weit, als Tommy mich einholte.

»Wo zum Teufel willst du hin?« Er zerrte mich am Arm, ich riss mich los.

»Komm zurück, Pete, wir sind hier noch nicht fertig. Aber fast. Du bist gerade dabei, 'ne Million wegzuschmeißen!«

Ich starrte ihn nur an und ging weiter. Ich hatte keine Ahnung, in welche Richtung ich gehen sollte, aber das war mir auch egal. Sollte Sam mir doch die Lichter ausblasen. Wenn Deneuvés Leute nicht schneller waren. Das war einfach alles zu viel. Jeglicher Ehrgeiz, jegliche Energie hatten mich mit einem Schlag verlassen. Tommy zog wieder an meinem Arm. Ich drehte mich zu ihm um und zeigte ihm den eisigsten Blick, den ich aufbieten konnte.

»Wenn du mich noch einmal anfasst, Tommy, dann bring ich dich um. Ich schlag so fest zu, dass deine halbe Familie noch mit draufgeht. Geh mir einfach aus den Augen. Oder besser, verschwinde von diesem Planeten und such dir 'nen eigenen. Auf dem hier ist nicht genug Platz für uns beide.«

Er sagte kein Wort mehr, drehte sich um und ging zurück zum Haus. Ich sah ihm eine Weile nach. Leicht zu erkennen, welches Haus er ansteuerte: Es war jenes, aus dem der ganze Rauch kam. Er begann zu traben, die letzten Meter rannte er. Ich wartete, bis er im Haus verschwunden war, dann lief ich in die entgegengesetzte Richtung weiter.

Ich lief einen ganzen Block weit. Und dann noch einen halben. Dann drehte ich mich um und ging den ganzen Weg wieder zurück. Aus dem Haus quoll jetzt noch mehr Rauch.

Ich kam rein und erkannte gleich, dass sich etwas geändert hatte: Tommy hatte das Sofa mit Deneuvé darauf näher an die Wand mit der Steckdose geschoben. Er war gerade dabei, die Säge anzusetzen. Der Gestank war noch penetranter geworden.

Es sah aus wie bei der Jungfrauenopferung im Puff, überall Blut. Tommy musste gehört haben, dass jemand durch die Tür gekommen war, hatte mich aber nicht gesehen. Sein Kopf zuckte herum wie bei einem Center, der sieht, dass der Quarterback den Ball nicht kontrollieren kann. Als er erkannte, dass ich es war, fuhr er fort, Deneuvés Handgelenk zu bearbeiten.

Dieses Mal gab er wirklich alles. Schon erstaunlich, wie schnell so eine Hand abgetrennt ist, wenn man sich richtig reinhängt, weil man den Job so schnell wie möglich hinter sich bringen will. Mehr als die Hälfte des Arms hatte er durch. Es war gespenstisch, die Hand bewegte sich die ganze Zeit, sah aus, als ob sie sich zur Faust ballen wollte. Wie hypnotisiert musste ich darauf starren. Mir wurde ganz anders. Tommy schien es auch nicht kalt zu lassen, hin und wieder verpasste er der Hand einen Schlag, aber sie ließ sich nicht ruhigstellen und zuckte weiter. Tommys Nervenkostüm musste ganz schön angegriffen sein, er legte die Säge auf den Boden und wischte sich erst mal die Stirn ab. Ich bemerkte, dass er klatschnass war.

»Lass uns mal nachsehen, wenn wir fertig sind«, witzelte ich. »Mal die Ringe zählen und nachsehen, wie alt der Baum ist.«

Als der Lacher ausblieb, war mir klar, dass Tommy gerade wieder einen seiner bitterernsten Momente hatte. Er schüttete etwas Chloroform aus der Flasche auf einen bereit liegenden Lappen und drückte ihn Deneuvé ein paar Sekunden lang auf den Mund.

»Aha«, sagte er ohne mich anzusehen, »hast dich also entschieden, mich doch nicht im Stich zu lassen. Hast wohl noch mal über das ganze Geld nachgedacht, was?«

Ich stellte mich neben ihn. »Kann ich dir bei irgendwas helfen?«

»Nee«, antwortete er. »Im Moment nicht. Ich bin fast fertig. Du könntest schon mal 'nen Plastikbeutel holen. Und noch mehr Wasser auf den Teppich schütten. Mach ein bisschen sauber. Es wird jetzt nicht mehr lange dauern.«

Mach ein bisschen sauber? Ob er sich vielleicht Hoffnungen machte, die Kaution vom Vermieter zurückzubekommen, wenn er auszog?

Ich tat trotzdem, wie mir geheißen, und kehrte danach zu ihm und Deneuvé zurück. Es stimmte, Tommy war wirklich fast fertig. Die Hand hing nur noch halb am Handgelenk, gehalten von etwas Fleisch und einem Stück Knochen. Sie zuckte nur noch ab und zu ein wenig, kein Vergleich mehr mit vorher. Von Hacksteak würde ich von nun an mein Leben lang die Finger lassen. Mir fiel auf, dass nicht mehr viel Blut an der Schnittstelle austrat, und dann erkannte ich warum: Tommy hatte den Arm mit Drachenschnur abgebunden.

»Warum bist du da denn vorher nicht draufgekommen?«, fragte ich und zeigte auf die Stelle. Er folgte der Richtung meines Fingers und grinste.

»Wäre einfacher gewesen, oder?«, stellte er fest. Ich nickte, und dann musste auch ich grinsen. Mit einem Mal war die ganze Anspannung weg, weil wir beide wussten, dass es funktionieren würde.

Er zündete sich eine Zigarette an und rauchte eine Weile still vor sich hin. Nach den hektischen Aktivitäten der letzten Stunde wirkte die Szene fast schon beschaulich: einfach nur drei Typen im Wohnzimmer, die ein Zigarettenpäuschen einlegten. Ich holte mir auch eine Camel raus.

»Kennste schon den mit der Golferin, die von einer Biene gestochen wird?«, wollte Tommy wissen. Kam mir noch nicht bekannt vor.

»Sie rennt flennend ins Clubhaus, schreit so laut sie kann: ›Ich bin gestochen worden. Eine Biene hat mich gestochen.‹ Sofort kommt der Trainer zu ihr: ›Ganz ruhig, beruhigen Sie sich doch. Und jetzt erzählen Sie mir mal, wo genau die Biene Sie gestochen hat.‹ Die Dame sagt: ›Zwischen dem ersten und dem zweiten Loch.‹ Da antwortet der Trainer: ›Na, dann weiß ich ja schon, was Ihr Problem ist.‹ ›Was denn?‹, fragt die Frau. ›Sie stehen zu breitbeinig.‹«

Es dauerte etwas, bis der Witz angekommen war, aber dann prusteten wir los wie zwei Pfadfinder beim ersten Mal Kekswichsen. Man konnte es nicht anders sagen, die Stimmung hatte sich merklich verbessert.

Tommy stand auf, ließ seine Kippe zu Boden fallen und trat sie dort aus – genau auf der Stelle des Teppichs, die ich gerade saubergemacht hatte, aber das war mir egal. Zwei Züge mit der Säge noch, dann war die Hand ab.

»Hier«, sagte Tommy und freute sich wie ein Typ mit einer fetten Ehefrau, der gerade erfahren hat, wo er sich schuldlos scheiden lassen kann. Er warf mir die Hand zu wie einen Softball, und ich war zu überrascht, um etwas anderes zu tun, als sie zu fangen, woraufhin sich mein Magen wieder zu Wort meldete, aber diesmal konnte ich alles drinbehalten. Ich steckte die Hand in den Klarsichtbeutel.

»Bind den Beutel zu und leg ihn in den Kühlschrank«, sagte Tommy strahlend. »Wir haben es geschafft, Partner! Menschenskind, wir haben es geschafft!«

Und so war es auch. Wir hatten das Ding wirklich durchgezogen. Jetzt mussten wir nur noch Deneuvé zu sich nach Hause schaffen, ein Kippchen rauchen und warten, bis er das Geld rausbrachte, dann konnten wir uns nach Jamaika oder sonst wohin verpissen. Er hätte seine Hand zurück und wir einen Koffer voller Scheine, mit dem wir auf dem Weg zu irgendeinem Flughafen wären, und wirklich alle von Robin Hoods fröhlichen Gefährten wären glückliche grüne Männchen.

Ich ging zur Küche. Mein Magen hatte sich beruhigt, und das Grinsen in meiner Visage war so breit wie jenes, das ich bei Tommy sehen konnte. Der Einzige in unserem illustren Trio, der nicht im siebten Himmel schwebte, war Deneuvé, aber schließlich schlief der auch noch, und aus seiner Warte war ja ohnehin wenig Erfreuliches über die Situation zu sagen.

Es war ein großer Moment meiner Verbrecherkarriere.

Der aber nicht lange anhielt.

Der Soundtrack des Scheiterns drang an unsere Ohren. Das Geräusch war nicht mehr als drei Blocks von unserem Haus entfernt, vielleicht sogar nur zwei. Ich sah Tommy an, er sah mich an, und beide konnten wir das Gleiche in den Augen des anderen lesen.

Sirenen. Sie kamen immer näher.

»Feuerwehr«, sagte Tommy zu mir, als ob er mich für taub hielt.

»Jemand muss den Rauch gesehen haben«, antwortete ich, als ob Tommy gerade aus dem Urlaub zurückgekehrt wäre.

»Wir sind geliefert«, sagte er, aber dieses Mal antwortete ich nicht. Dem war nichts hinzuzufügen.

DIE SCHEISSE STEHT UNS BIS ZUM HALS ... UND DAS KLOPAPIER IST ALLE

»Wir müssen hier weg«, sagte Tommy. Ich konnte ihm nur beipflichten.

»Wohin denn?« Mein Kopf war so leer wie der einer Blondine mit Bleichmittelvergiftung.

»Hinten raus«, sagte er. »Die werden noch ein paar Minuten brauchen, bis sie kapiert haben, was los ist. Dann haben wir genug Zeit, den Wagen zu holen und hier abzuhauen. Deneuvé müssen wir hierlassen. Keine Zeit mehr, den noch mitzuschleppen.«

»Klasse Idee«, meinte ich. War es auch. Jeder halbwegs erfolgversprechende Fluchtplan hätte jetzt meinen Beifall gefunden.

»Und los!«, rief ich. Wir hörten, wie die Feuerwehr um die Ecke bog. Wir waren volle Kanne aus der Hintertür raus und durch den halben Hof gerannt, als Tommy mich von hinten am Hemd packte und mir fast einen Herzinfarkt bescherte.

»Hast du sie geholt?«, blökte er mich an.

»Hab ich was geholt?« Mein Herz raste mit gut zweitausend Schlägen pro Sekunde, immerhin nur noch ein Bruchteil der Geschwindigkeit, mit der es zuvor gehämmert hatte.

»Die *Hand*. Hast du *die Hand* geholt?« Er schrie, nein, man muss sagen, er brüllte mich an.

Verdammt. Bei der ganzen Aufregung musste mir das wohl entfallen sein.

Er konnte es an meinem Gesicht ablesen. »Lauf zurück!«

»Hä?« Was für ein durchgedrehtes Arschloch. Ich sollte nicht so nahe bei ihm stehen, dachte ich mir noch, wer weiß, was man da an Strahlung abkriegte, Alphawellen und so 'nen Kram.

»Du hast mich schon verstanden. Das ist eine gottverdammte Zwei-Millionen-Dollar-Hand! Lauf zurück und schaff sie herbei!«

Ich wollte eigentlich mit ihm diskutieren, aber die Pistole, die plötzlich in seiner Hand auftauchte und auf meine Körpermitte gerichtet war, stimmte mich um. Die Entwicklung gefiel mir nicht. Ganz und gar nicht.

Jeden Moment würden ungefähr zwanzig stämmige Feuerwehrmänner ins Haus eindringen, und ich war nicht besonders scharf drauf, dort in der Gesellschaft eines frisch Amputierten angetroffen zu werden, der gefesselt und mit Chloroform betäubt war und mit größter Wahrscheinlichkeit kein gutes Wort für mich einlegen würde. Ich seufzte und überlegte: Was wäre wohl schlimmer? Würde Tommy wirklich auf mich schießen? Aber dann fiel es mir ein: der Klarsichtbeutel. Ich trug ihn immer noch mit mir herum. Mit Deneuvés Hand darin. Ich war nicht dazu gekommen, ihn in den Kühlschrank zu legen.

Ich hielt den Beutel hoch.

»Hier ist das Ding doch, Tommy. Ich hab's.«

Er schob die Pistole wieder in den Hosenbund.

»Dann lass uns abhauen, Junge. Wir sind aufgeflogen.«

Wir rannten wie die gesengten Säue.

****

Wir schafften es unbeschadet bis zum Auto. Gut, dass Tommy ein Stück weiter die Straße runter geparkt hatte, sonst wäre es ziemlich heikel geworden, wenn wir die Feuerwehrmänner hätten bitten müssen, ihre Einsatzfahrzeuge etwas aus dem Weg zu rangieren, damit wir durchkämen.

Tommy hatte es sehr eilig, wegzukommen, was nicht gerade gut für die Lebensdauer der Bereifung war, aber da er auf zwei Rädern um die Ecke schoss, schonte er zumindest die anderen beiden Schlappen. Wir rasten durch die Nacht, bis ich ihn darauf aufmerksam machen konnte, dass es vielleicht unverdächtiger wäre, wenn wir uns so einigermaßen an die vorgeschriebene Höchstgeschwindigkeit hielten, statt in diesem Le-Mans-Tempo durch die Stadt zu pacen. Dieser Logik konnte sich selbst Tommy nicht entziehen. Er ging in die Eisen, wenn auch etwas zu kräftig für meinen Geschmack, denn ich knallte mit dem Kopf gegen die Windschutzscheibe. Jetzt gab es schon zwei Sachen, die ich ihm nachtragen würde, allein aus den letzten zehn Minuten. Dass er eine Knarre auf mich gerichtet hatte, werde ich ihm nicht verzeihen. Irgendwann wird er dafür zahlen müssen.

Er traf die erste Entscheidung, nämlich seine Bude anzusteuern. Der Rest musste sich irgendwie ergeben. Der Film lief bereits, mit dem Drehbuch kamen wir nicht hinterher. Wenn wir bei ihm wären, sagte er, könnten wir erst mal durchatmen, alles überdenken, und er könnte dann auch endlich mal etwas Desinfektionsmittel auf seine verbrannte Hand schütten, die ihm plötzlich wieder einfiel und anscheinend als einziges Thema sein Hasenhirn bewegte.

Dann schau dir doch mal die Hand auf meinem Schoß

an, dachte ich. Du glaubst, du hättest Probleme? Aber ich behielt meine Gedanken für mich, Tommys Nervenkostüm wirkte etwas angegriffen. Man könnte meinen, er hätte vorher noch nie eine winzige Verbrennung an seinen Zuckerpfötchen gehabt.

Die Pfote in der Tüte begann mir an die Substanz zu gehen. Ich schwöre, sie bewegte sich immer noch. Ich legte sie auf die Sitzbank zwischen mich und Tommy, näher zu ihm hin, und beobachtete, ob sie auf mich zugekrabbelt kam – oder ob das alles nur meiner lebhaften Fantasie zuzuschreiben war.

Wir parkten in der Einfahrt vor Tommys Haus, einem schmalen, langen Schuhkarton in einer Gegend, wo keiner viel Miete verlangen konnte. Vor den Häusern spielte eine ganze Menge kleiner Kinder im Dreck oder warf mit Steinen auf vorbeifahrende Autos. Wir betraten also Tommys Haus, und wer war da? Seine Freundin.

Tommy hatte es wohl nicht für nötig gehalten, mir vorher diese Information zukommen zu lassen. Drinnen sah es aus, als ob man einen Müllmännerstammtisch veranstalten wollte und sich alle gleich wie zu Hause fühlen würden.

Reizend war noch dazu ihre Begrüßung: »Wer ist denn der Honk? Auch wieder einer von deinen lausigen Kriminellenfreunden?«

Ach so, Süße, dachte ich, du hast sicher erwartet, dass Tommy den Vorsitzenden des Gewerbevereins mitbringt oder den König von Norwegen.

»Ist es dir eigentlich schon mal in den Sinn gekommen, einen von denen hier auszuleeren?«, fragte ich sie und deutete auf einen Aschenbecher – zumindest glaubte ich, dass sich unter dem Haufen Kippen auf dem

Couchtisch ein Aschenbecher verbarg. Dafür erntete ich einen bösen Blick von ihr. Ich war mir allerdings wirklich unsicher gewesen, ob ich gefahrlos meine Zigarette darin ausdrücken konnte, bei dem ganzen brennbaren Material, das sich darin befand. Außerdem musste sie mal ordentlich zurechtgestutzt werden, und es war ja deutlich geworden, dass Tommy dazu nicht in der Lage war.

Von da an ignorierte sie mich weitgehend, weil sie gemerkt hatte, dass ich besser austeilte, als sie einstecken konnte, und hielt sich mit ihrem penetranten Genörgel an Tommy: »Wo warst du denn? Du hast mir doch versprochen, dass du mit zu meiner Mutter kommst.«

Was für eine Horrorvorstellung – dass es *zwei* von der Sorte gab.

Früher, in der Single-A, hatte ich mal einen Manager, dessen Frau auch so ähnlich war wie dieser Besen hier. Stets saß sie ihm im Genick, jammerte ihn voll und machte ihm Vorwürfe. Für ihn gab es nichts Schöneres als Auswärtsbegegnungen. Einmal habe ich ihn während einer langen Heimspielphase in einem Hotel in Downtown getroffen und ihn gefragt, was er hier eigentlich mache. Er sagte, er habe sich ein Zimmer gemietet. Seine Frau hatte er in dem Glauben gelassen, wir seien immer noch irgendwo in Georgia unterwegs.

»Halt die Klappe«, fuhr Tommy sie an – zu spät, ich hatte bereits mitbekommen, dass er unter ihrer Fuchtel stand. Er gab mir ein Zeichen, und ich folgte ihm durch die Küche, die es eher nicht auf eine *Schöner-Wohnen*-Titelseite schaffen dürfte, raus in die Garage. Dort nahm er mir die Hand ab, die ich die ganze Zeit mit mir rumschleppen musste, und versteckte sie in der Tiefkühltruhe unter ein paar Kalbskoteletts. Ich nahm mir jetzt schon vor, zukünftig alle Essenseinladungen von Tommy auszuschlagen, besonders wenn es sich um Fleischgerichte handelte oder um etwas, bei dessen Einkauf ich nicht persönlich dabei gewesen war. Auf jeden Fall war ich froh, die Hand los zu sein. Ich hatte sie unter mein Hemd geschoben, damit die Nachbarn nicht sehen konnten, was wir da mit uns herumtrugen, und ich schwöre, dass die Finger versucht haben, mich am Bauch zu kitzeln.

Wir gingen wieder rein ins Haus – ich kam mir schon vor wie Tommys Cockerspaniel, der ihm bei Fuß folgen musste –, wo Wanda, so ihr Name, gerade dabei war, Türen und Schubladen zuzuknallen. Mich legte sie damit nicht rein. Es ging ihr nicht ums Aufräumen, sondern um die Botschaft an Tommy, dass er sich jegliche Hoffnung auf anständigen Sex für die nächste Dekade oder so in die Haare schmieren konnte. Wahrscheinlich war sie auf der Suche nach einer Familienpackung Schmerztabletten gegen ihre Frauenprobleme.

Auf einmal konnte ich es bildlich vor mir sehen, wie Cat und ich zu Hause rumsaßen und uns wie Tommy und Wanda ankeiften. Mir lief es eiskalt den Rücken runter. Vielleicht war es ja gar nicht so schlimm, dass sie mir den Laufpass gegeben und mich damit vor den Wonnen bewahrt hatte, die Tommy genoss.

»Hol mir mal 'ne Salbe«, sagte Tommy zu ihr, »ich hab mir die Hand verbrannt, als ich am Auto gearbeitet habe.«

»Dann wirst du ja auch Schwierigkeiten beim Wichsen kriegen, oder?«, meinte sie, holte ihm aber die Salbe. Tommy und ich verdrückten uns ins Schlafzimmer und schlossen die Tür ab. Von draußen erklang eine Sinfonie aus zuschlagenden Schranktüren, aufgerissenen Schubladen und kreativen Schimpfkanonaden. Ich konnte verstehen, warum Tommy eine Menge Geld machen und die Stadt verlassen wollte. Wanda war schon eine Nummer. Ich konnte mir zwar vorstellen, dass eine Menge Typen ihn um diese Hammerbraut beneideten. Für mich allerdings stand fest: Wenn sie eine Zeitschrift wäre, würde ich sie nicht wegen der Bilder kaufen.

»Dein dämliches Grinsen kannst du dir schenken«, sagte er. »Du hast ja gar keine Ahnung, sie ist eine Granate im Bett.« Und dann: »Was sollen wir jetzt machen? Jetzt müssen wir doch eine Übergabe arrangieren. Genau das, was ich vermeiden wollte.«

»Tommy, mir stehen deine Befehle bis hier! Wer ist denn gestorben, dass du auf einmal Papst bist? Solltest du noch einmal auf die Idee kommen, eine Pistole auf mich zu richten, ramme ich sie dir so tief in den Arsch, dass ich schon dreimal abgedrückt habe, bevor deine Hämorrhoiden überhaupt anfangen zu zucken. Ich hab die Schnauze voll davon, immer nett zu dir sein zu müssen. Du bist nämlich genau der Typ, der das nicht zu würdigen weiß. Und jetzt hast du mich auch noch in dieses armselige Fiasko mit hineingezogen, mit dem ich von Anfang an nichts zu tun haben wollte. Aber mach dir keine Sorgen, ich hole uns da raus.«

Er wollte gerade etwas sagen, aber dann muss er meinen Blick gesehen haben, jedenfalls brachte er kein Wort heraus und spitzte nur seinen Schmollmund, während er sich Salbe auf seine verbrannte Pfote schmierte.

»Hoff mal drauf, dass sich das nicht entzündet«, stichelte ich, »sonst landet die Hand vielleicht in der Tiefkühltruhe bei der anderen.«

Ich musste lachen, weil mir gerade was einfiel.

»Das wäre doch der Brüller. Deine Hand und seine in der Tiefkühltruhe, und dann verwechseln wir sie und schicken Deneuvé die falsche Hand. Meinst du, es würde ihn stören, wenn er eine Hand bekommt, die den ganzen Tag nur mit dem Pimmel spielen und in der Nase bohren will?«

Es war ihm anzusehen, dass er das nicht witzig fand, aber gesagt hat er nichts. War mir auch egal. Seine Laune war nicht besser als die seiner Alten. Gar nicht auszudenken, was die für einen Spaß miteinander hatten, wenn sie abends mit Popcorn zu Hause vor dem Fernseher saßen.

»Ich sag dir jetzt mal, wie's läuft, Tommy«, begann ich. »Zuerst müssen wir uns ein paar Sachen besorgen. Ich habe eine Idee, die uns den Hals retten wird. Da kannst du dich auch bei Cat bedanken. Ich hab mich an was erinnert, was ich in 'nem Einkaufszentrum gesehen habe, als ich mit ihr unterwegs war.«

Und dann hab ich ihm meinen Geniestreich erläutert. Tommy hing mir dabei an den Lippen. Aber das war mir schon vorher klar gewesen. Ein Typ wie er, der in seinem ganzen Leben nicht mehr als eine einzige originelle Idee zustande gebracht hat, die sich dann auch noch als Dünnschiss erweist, wird sich an alles klammern, was ihm den knochigen Arsch rettet. Und mein Plan war hammergut, Eigenlob hin oder her. Selbst Tommy, dessen Hirn an den meisten Tagen mal gerade so auf die Mindestdrehzahl kam, musste das zugeben.

DER PLAN

»Folgendes«, verkündete ich, »jetzt beginnt der unangenehme Teil. Sieht so aus, als ob wir einen Überbringer einschalten müssten, wie du gesagt hast. Deneuvé wird mittlerweile zu Hause sein oder in einem Krankenhaus, und du kannst deinen Arsch verwetten, dass er seine Leute auf die Suche nach uns geschickt hat.«

»Ja«, antwortete Tommy. Danach Totenstille. Er wollte von mir die Worte hören, die den Tag retten.

»Außerdem wird er zu Hause jemandem am Telefon sitzen haben. Er weiß ja, wie das abläuft: Wir haben seine Hand und müssen irgendwann Kontakt aufnehmen, wenn wir unser Geld wollen. Er will seine Hand zurück, da kannst du dich drauf verlassen. Wir müssen nun einen Weg finden, wie wir an das Geld kommen, ohne dabei geschnappt zu werden. Und ich meine nicht vom FBI, sondern von seinen Jungs.«

»Und zwar machen wir es so, Tommy, wir besorgen uns eins von diesen ferngesteuerten Booten, ein großes, und wir verstecken es auf einem der Raddampfer, mit denen die Touristen immer auf der alten Ölpfütze rumschippern. Wir brauchen ein Boot, das groß genug ist und genug Leistung hat, um eine Art Floß zu ziehen. Das Floß werden die zwei Millionen sein. Wir rufen Deneuvé und seine Jungs an, oder wer auch immer die Verhandlungen für ihn führt, und übermitteln ihnen unsere Instruktionen, wo sie das Geld hinbringen und wonach sie Ausschau halten sollen. Wir sagen ihnen, dass sie das Geld in eine wasserdichte, schwimmfähige Verpackung stecken sollen. Ich habe diese Boote gesehen, als ich Cat kennengelernt habe. Wir waren im Einkaufszentrum, und die haben dort Rennen in einem riesigen Becken damit abgehalten, sah echt geil aus. Cat meinte, sie würde einen Typen kennen, der hätte ein ferngesteuertes Boot so stark wie eine kleine Jacht, damit könnte man ein Floß mit Bündel ziehen. Deshalb weiß ich, dass es von der Motorleistung her hinkommt, wenn wir uns ein Boot besorgen, das groß genug ist.

Wir sagen Deneuvé oder seinen Leuten, was sie tun sollen: Geht runter zum Fluss zur ›Natchez‹, bringt das Geld in einem wasserdichten, schwimmenden Bündel mit, holt das Boot dort raus, wo wir es versteckt haben, hängt das Floß mit dem Bündel an das ferngesteuerte Boot und schmeißt den ganzen Kram ins Wasser.«

»Und wie bekommen wir es dann?«, wollte Tommy wissen.

Mann, war der Typ schwer von Begriff. Als sie die grauen Zellen verteilt haben, hat er wohl nicht sehr laut »hier« geschrien.

»*Eine Fernsteuerung*, Tommy. Lies meine Lippen, hör mir zu. Hast du nicht aufgepasst, als ich sagte, wir würden uns ein *ferngesteuertes* Boot besorgen?«

Man konnte sehen, wie es am Horizont dämmerte. Das war ja tragisch mit dem Typ, der würde ja nicht mal sein eigenes Klo ohne Landkarte finden.

»Oh!«, machte er, als ihm dann ein Lichtlein aufging und er sich vorkam, als ob er die Elektrizität entdeckt hätte.

Ich entschied mich, den Rest einfach weiterzuerklären und seine Kommentare zu ignorieren, in der Hoffnung, dass er wenigstens die grundsätzlichen Punkte kapierte.

»Wir sind dann schon weiter oben am Fluss und warten in unserem Versteck, bis die ›Natchez‹ vorbeikommt.

Dann geben wir denen ein Flaggensignal, und sie bringen das Boot mit dem Geldbündel zu Wasser. Wir steuern das Boot dann zu uns.«

»Woher sollen sie wissen, dass wir es sind, die mit der Flagge winken? Sind wir nicht zu weit entfernt, um uns zu erkennen?«

Dem war echt nicht mehr zu helfen.

»Tommy, wir sagen ihnen, dass sie nach einer Flagge Ausschau halten sollen, wenn wir ihnen mitteilen, wie die Übergabe ablaufen soll. Wir müssen halt darauf hoffen, dass niemand sonst zur gleichen Zeit mit einer Flagge rumwedelt. Ich gehe davon aus, dass unsere Chancen da gut stehen. Nach allem, was ich weiß, ist die Flaggenschwenkerei am Fluss in diesem Jahr enorm zurückgegangen. Ich glaube sogar, ich habe erst letzte Woche etwas Derartiges in der *Times-Picayune* gelesen. Stand auf der Idiotenseite, komisch, dass du das nicht gesehen hast.«

****

Es war riskant, auf die Straße zu gehen, wir wussten ja nicht, wie dicht uns Deneuvé auf den Fersen war. Aber noch gefährlicher war es, in einem Haus mit *zwei* Geistesgestörten zu bleiben.

»Du bist gerade erst gekommen«, jammerte Wanda, als sie sah, dass wir gehen wollten. »Ich hab dich die ganze Woche nicht gesehen, und jetzt haust du nach fünf Minuten schon wieder ab. So wird das also sein, wenn wir verheiratet sind?«

»Leg doch schon mal deine Klamotten raus, Süße«, sagte ich zu ihr, als wir aus dem Haus gingen.

»Tommy und ich gehen jetzt zum Schneider und lassen Maß nehmen für die Smokings. Ruf am besten auch den Cateringservice an. Besondere Wünsche hab ich keine, sieh nur zu, dass du genug Flusskrebse und Shrimps besorgst.« Tommy blieb stumm.

Als wir im Auto saßen, konnte ich nicht mehr an mich halten: »Du hast ihr erzählt, dass du sie *heiraten* willst?«

****

Zuerst fuhren wir zu einem Geschäft für Hobby-Modellbauer, um uns ein Boot auszusuchen. Wir nahmen das größte, das sie im Laden hatten: Das Ding sah aus, als ob es auch im Zweiten Weltkrieg nicht überfordert gewesen wäre. Das war anscheinend für manche Leute ein äußerst *ernsthaftes* Hobby. Mit vier oder fünf von den Kähnen hätte man eine eigene Seestreitmacht gründen und ein paar kleinere Bananenrepubliken unterwerfen können, vielleicht würde es sogar reichen, um unserer Navy ein anständiges Gefecht zu liefern, so wie sie die Verteidigungsausgaben in letzter Zeit senken. Wir entschieden uns also für das Kriegsschiff. Ich dachte erst, sie müssten den Eingang verbreitern, damit wir damit rauskamen, aber es passte gerade so. Wir hatten natürlich keine genaue Vorstellung, wie viel zwei Millionen wiegen und wie viel Platz sie einnehmen würden. Ich beschrieb dem Verkäufer das von mir geschätzte Gewicht, und er sagte: »Sicher, *Sie* hält der Kahn locker aus.«

Der Verkäufer, ein Halbwüchsiger mit neun Millionen Pickeln, meinte auch, dass wir das mit der Steuerung locker hinbekommen würden. »Ist ein Klacks«, sagte er, »das schaffen schon kleine Kinder. Das haben Sie im

Handumdrehen raus.« Die Zeit lief uns davon, deshalb verzichteten wir auf eine Proberunde. Als wir das letzte Mal nach Deneuvés Hand gesehen hatten, kurz bevor wir aus dem Haus gingen, hatte sie bereits angefangen, sich eigenartig schwarz zu verfärben, deshalb mussten wir den Deal jetzt über die Bühne bringen, sonst würde sich Deneuvé in Zukunft das Porterhouse-Steak von seiner Frau schneiden lassen müssen.

Tommy hatte nicht genug Kohle, um das Boot zu bezahlen, denn Wanda hatte sein Portemonnaie geleert, und auf dem Preisschild stand ein Betrag, der deutlich höher war, als ich gedacht hatte, eher so in der Größenordnung, die man für ein richtiges Schiff bezahlen musste. Also überredete Tommy den Jungen, einen Scheck anzunehmen. Ich hatte tausend Dollar, Tommy erinnerte mich daran, aber ich musste ihm erklären, dass die – dank ihm – auf einem Sparkonto lagen, und die Banken um diese Zeit geschlossen waren. Deshalb kam er auf die Idee, dem Jungen einen Scheck unterzuschieben. Ich merkte, dass er das unbedingt *wollte.* Weil er sehen wollte, ob er es immer noch draufhatte. Auch mich interessierte, wie die Sache ausgehen würde, und – das musste ich Tommy lassen – er stellte sich extrem lässig dabei an. Er unterschrieb mit Mark irgendwas, den Nachnamen konnte ich nicht lesen, aber er verwendete keinen der Buchstaben, die in LeClerc enthalten waren, abgesehen von einem E am Anfang. Der Junge nahm den Scheck an, fragte nicht mal nach einem Ausweis oder Führerschein. Beinahe hätte ihn Tommy auch noch überreden können, einen höheren Betrag einzusetzen, als das Boot kostete, weil er ihm das Märchen auftischte, wir hätten kaum noch Bargeld und bräuchten noch einen Hunderter zum Tanken. Es täte ihm leid, aber Schecks dürfe er nur in Höhe des Kaufpreises annehmen, hatte der Junge gesagt, voller Stolz darüber, dass er die Vorschriften so gut befolgte. Nächste Woche wird ein anderer Junge hinter dem Schalter stehen, dachte ich, außer vielleicht, der Laden gehört seinem Vater. In diesem Fall würde man den Familiennamen in der Zeitung lesen, wegen dem Mord, den es gegeben hatte. Aber das habe ich dem Jungen nicht gesagt.

Er packte das Boot in einen Karton, der so groß war, dass ich erst dachte, das würde reichen, um einen Kühlschrank anzuliefern.

Wir fuhren runter zur Canal Street und stellten Tommys Wagen dort ab. Das Boot konnte ich natürlich tragen. Es muss gut 40 Grad im Schatten gewesen sein. Bis Tommy die Tickets geholt und wir an Bord der ›Natchez‹ gegangen waren, war ich klatschnass. Wir besorgten uns einen Fahrplan, damit wir die nächste geplante Abfahrt für Deneuvés Leute raussuchen konnten, und dann machten wir uns auf die Suche nach einem geeigneten Versteck.

Letztendlich haben wir den ganzen Dampfer von vorne bis hinten abgesucht, ohne einen einzigen gescheiten Ort zu finden, an dem wir unser Boot verstecken konnten. Meine großartige Idee entpuppte sich als Pleite. Wir mussten uns etwas anderes einfallen lassen.

Vielleicht sollten wir selbst das ferngesteuerte Boot besteigen, raus in den Golf steuern und uns dann von den Passatwinden nach Mexiko treiben lassen.

Aber ein einziges Mal war Tommy dann doch sein Geld wert.

»Ich hab's!«, sagte er, gerade als es so aussah, als ob

wir für immer verratzt wären. Er zog einen Stift aus der Tasche und schrieb etwas in großen Buchstaben auf den Pappkarton: Deneuvés Namen, seine Adresse und Telefonnummer. Die Informationen hatte er einem kleinen Notizbuch entnommen, das er in seiner Gesäßtasche trug.

»Verstehe«, antwortete ich, »wir schmeißen das Ding in den Briefkasten, und wenn er es bekommt, so in drei Wochen, dann machen wir weiter mit dem Deal. Besser, du schickst es als Eilsendung, dann hat er es vielleicht in weniger als zwei Wochen.«

Er schaute mich herablassend an – das hatte ich wohl verdient.

»Nein, du Dummkopf, wir schicken es nicht mit der Post. Wir geben es am Dock ab, im Büro der ›Natchez‹-Linie, und sagen denen, wir hätten es auf dem Schiff gefunden. Und dann werden *die* Deneuvé benachrichtigen, wahrscheinlich sogar direkt anrufen.«

Zwei gute Ideen im Leben – es war fast zu schön, um wahr zu sein. Ich verkniff mir jede Bemerkung, denn es war tatsächlich ein guter Plan, mit dem man arbeiten konnte.

Als das Schiff anlegte, sprangen wir sofort von Bord, brachten das Paket zu dem kleinen Häuschen, wo sie die Tickets verkaufen, und gaben es dort ab.

»Könnten Sie dafür sorgen, dass derjenige, der das hier verloren hat, es wieder zurückbekommt?«, fragte Tommy mit seiner besten Besorgter-Bürger-Stimme, und die Frau am Schalter entgegnete: »Selbstverständlich. Wir werden den Betroffenen umgehend benachrichtigen.«

»Besser wir rufen Deneuvé sofort an«, sagte Tommy, als wir das Häuschen verließen, »wenn die Frau ihn zuerst erreicht, weiß er überhaupt nicht mehr, was los ist.«

Wir gingen rüber ins Shoppingcenter der Jax-Brauerei und suchten uns ein Münztelefon, Tommy machte den Anruf.

Wir waren beide nicht davon ausgegangen, dass Deneuvé selbst ans Telefon gehen würde. Wir hatten gedacht, er müsse sich erholen oder wäre im Krankenhaus. Aber er war zu Hause, hob den Hörer ab und betonte, wie viel Wert er darauf legte, uns zu sehen. Es täte ihm sehr leid, antwortete Tommy, wir hätten aber gerade andere Pläne, und dann erläuterte er sie ihm. Deneuvé sagte, er könne nicht selbst kommen, im ginge es nicht so besonders, und ob es denn in Ordnung sei, wenn er eine Person seines Vertrauens mit den zwei Millionen losschicke, die wir gefordert hatten.

»Von mir aus können Sie den Bürgermeister schicken, ist mir egal«, meinte Tommy. Ich konnte jedes einzelne Wort des Gesprächs mithören, denn ich hatte meinen Kopf direkt neben Tommy an den Hörer gepresst, was uns einige seltsame Blicke von den Jungs und Mädels einbrachte, die im Einkaufszentrum promenierten – als ob sie noch nie gesehen hatten, wie es auf der Bourbon Street zuging.

»Wenn Ihre Geschäftspartner sich daran halten, was ich Ihnen sage, ist alles paletti.«

»Er wird's tun«, sagte Tommy, als er den Hörer auflegte, als ob ich nicht die ganze Zeit neben ihm gestanden und überlegt hätte, wo ich am schnellsten ein Pfefferminzbonbon zur Verbesserung seines Atems auftreiben könnte.

Eine Stunde später waren wir an dem Ort, den wir ausgesucht hatten. Da wir improvisieren mussten, hatten wir uns für die erste Stelle an der Uferstraße entschieden, die uns einsam genug vorkam. Wir blieben im Auto sitzen, genehmigten uns ein paar Biere, die wir von Tommys angeblich letztem Geld besorgt hatten, und genossen die Aussicht.

»Ungefähr fünfundvierzig Minuten«, schätzte Tommy, nachdem er auf die Uhr gesehen hatte. Auf unserer Jungfernfahrt vorher hatten wir die Zeit genommen.

Drei Biere später tauchte sie auf, die »Natchez«, mit unseren zwei Millionen an Bord. Ihr Schiffshorn konnten wir hören, noch bevor sie die Flussbiegung passierte. Ich fragte mich, wie die Leute hier nachts schlafen konnten, wenn sie um Mitternacht vorbeikam. Das musste schon für reichlich Verstörung sorgen. Ich stellte mir vor, wie irgend so eine arme Sau gerade dabei ist, mit einer Braut, die er aufgerissen, ausgeführt und schließlich abgeschleppt hat, in die Gänge zu kommen, und just als er seinen alten Freudenspender versenken will, kommt die »Natchez« und trötet dermaßen was weg, dass es sich anhört, als fahre sie bei ihnen durchs Schlafzimmer. Da springt die Braut doch gleich von der Bettkante. Das kann eine frisch erblühte Beziehung nachhaltig zurückwerfen. Ganz zu schweigen davon, wie schnell so ein durchdringendes Geräusch dein Rohr in ein Weichteil verwandeln kann.

Bei der Vorstellung musste ich kichern. Tommy starrte mich an, als ob ich sie nicht mehr alle hätte, und schüttelte den Kopf.

»Packen wir's an«, sagte er. Da war ich ganz bei ihm. Wir kletterten aus dem Wagen. Ich schnappte mir die Flagge, die ich in einem Laden bei der Jax-Brauerei gekauft hatte, und wir arbeiteten uns bis ans Flussufer vor, wo ich Old Glory entrollte. Ich fühlte mich so patriotisch wie niemals zuvor in meinem Leben, ein Kloß stieg mir in den Hals und das Wasser in die Augen. Es fiel kein Wort, aber ich bemerkte, dass Tommy genauso gerührt war wie ich. Und vielleicht auch ein bisschen nervös. Es war ein großartiger Plan, aber das war der vorherige ebenfalls gewesen, und aus dem war auch nichts geworden. Es würde noch einiges auf uns zukommen, da war ich mir sicher.

Als die »Natchez« sich in unser Blickfeld schob, rissen wir die Flagge so hoch, wie es ging, damit Deneuvés Leute sie sehen konnten. Zuerst passierte gar nichts. Wir konnten jetzt die Menschen ausmachen, die auf den verschiedenen Decks herumliefen und die Sehenswürdigkeiten der Stadt anglotzten, die abgestorbenen Bäume, die Bierdosen, die Ölpfützen, all die wundervollen Attraktionen, die die Touristen so in Verzückung bringen. Plötzlich tat sich etwas am Heck des Schiffs, ein großer Platscher im Wasser, und dann wussten wir es: Kanariengelb leuchtete das Boot auf, das wir gekauft hatten. Die Sache lief, jetzt aber wirklich.

»Jawoll«, schrie Tommy, »wir haben's geschafft! Wir sind reich!«

Es gab nur einen Haken: Das Boot war nicht so einfach zu steuern, wie der Junge im Laden behauptet hatte. Überhaupt nicht, es bewegte sich immer genau in die entgegengesetzte Richtung, weg von dort, wo ich es hinhaben wollte, ließ sich mitnichten steuern wie ein Buick mit Servolenkung. Wenn ich nach links drehte, fuhr es nach rechts. Bevor ich herauskriegen konnte, wie sich das dämliche Ding manövrieren ließ, steuerte es schon wieder direkt auf die »Natchez« zu. Bei uns setzte Panik ein. Tommy begann zu schreien, als ob jemand ihm in die Weichteile getreten hätte, und ich drehte mich mit der gottverdammten Fernbedienungskiste wild im Kreis, um sie außerhalb von Tommys Reichweite zu halten, der sich in den Kopf gesetzt hatte, er könne es besser, und versuchte, mir das Ding aus der Hand zu reißen. Es war wie bei der Synchrongymnastik im Epileptikerheim. Das Boot, das wir beide nicht aus den Augen verlieren wollten, fuhr immer weiter auf die »Natchez« zu. Ganz egal, wohin ich es auch lenkte, es ignorierte beharrlich meine elektronischen Befehle.

Und dann war es verschwunden.

Ganz und gar verschwunden.

ES IST ERST VORBEI, WENN ES VORBEI IST ... UND MANCHMAL NOCH NICHT EINMAL DANN

»O Mann, du Vollidiot!«, schrie Tommy. Er hatte sich damit Zeit gelassen, hatte einen Moment der Stille abgewartet, nachdem wir gestorben waren. Zumindest ich war gestorben, und Tommy wahrscheinlich auch. Ich konnte noch nicht mal etwas entgegnen. Er hatte recht, ich war ein Vollidiot. Ich hätte das mit dem Boot vorher ausprobieren sollen. Ich kam mir vor wie damals bei den Playoffs in Double-A, als ich zur falschen Base geworfen und sich daraus der spielentscheidende Run entwickelt hatte.

»Es wird keine Minute dauern«, fuhr er fort, »dann ist der ganze Mississippi voller 20-Dollar-Scheine, und die Leute werden von dem Pott aus ins Wasser springen. Und wir stehen da und haben noch nicht mal genug

Kohle fürs Taxi zurück ins Quarter. Ich bin so gut wie leer«, sagte er und meinte damit seinen Tank. »Den Sprit wollte ich eigentlich von meinem Anteil bezahlen. Ich frage mich, wie weit wir zu Fuß kommen, bevor uns Deneuvés Schläger in die Finger kriegen.«

Diese Frage versuchte ich von meinen aktiven Hirnzellen möglichst fernzuhalten.

Während Tommy am Flussufer geistiges Harakiri beging, was ich schon hinter mir hatte, fummelte ich immer noch unbewusst an der Fernbedienung herum und verfolgte mit tränennassen Augen die »Natchez« auf ihrer großen Fahrt. Gut zwanzig Meter war sie den Fluss weiter hinuntergefahren, als ich auf der uns abgewandten Seite etwas Gelbes aufblitzen sah. Meine Stimme überschlug sich.

»Es ist noch alles da, Tommy!«, brüllte ich. »Da drüben!«

Tatsächlich. Das Schiff musste unser Boot überfahren haben. Es war auf direktem Weg nach Algiers. Ich begann erneut hektisch am Knopf der Fernbedienung herumzufuhrwerken. Es tat sich immer noch nichts. Ein fürchterlicher Gedanke ließ meine Hochstimmung wie eine Seifenblase zerplatzen: Was, wenn sich unser Boot nicht mehr in Reichweite der Funkfernbedienung befand?

Gerade als sich dieser Verdacht bei mir zur Gewissheit verdichtet hatte, begann sich der gelbe Klecks zu drehen, schwankte wie ein Alki am frühen Morgen. Und auch ich torkelte mit der Fernbedienung hin und her. Aber dann hatte ich es raus, und schon kam dieses wundervolle Ding heim zu Papa, steuerte direkt auf uns zu, wurde mit jedem Zentimeter größer und schöner. Jetzt gab es keinen Zweifel mehr: Ich hatte das Boot unter Kontrolle, und es war auf dem Weg zu uns.

Der Rest war ein Klacks. Als Tommy sich endlich mit seinem Geschreie und Gejohle beruhigt hatte und meine Ohren aufgehört hatten zu klingeln, rannten wir runter zum Ufer und schnappten uns das Boot. Das Paket befand sich darauf, wasserdicht verpackt und gut befestigt, wie wir es verlangt hatten. Sah groß genug aus, um das Lösegeld für sechs Entführungen abzugeben, ein Riesenbündel. Wahrscheinlich der Grund, weshalb es von dem Raddampfer nicht versenkt wurde, dachte ich mir. Unser Boot lag damit so tief im Wasser, dass es nur nach unten gedrückt wurde, als die »Natchez« es rammte, und unbeschädigt auf der anderen Seite wieder auftauchte.

Ich riss das Paket an einer Ecke auf. Sie hatten uns nicht reingelegt: alles voller Scheine, Zwanziger, Fünfziger und Hunderter.

Wir hatten es geschafft.

Aus den Augenwinkeln beobachtete ich Tommy, ob er auch so ein Rohr bekam wie ich. Dem Anschein nach schon – er hatte diesen entrückten Gesichtsausdruck, wie ihn die Männer bekommen, wenn die Braut anfängt, die Hüllen fallen zu lassen und ihre Möpse freizulegen.

»Lass uns von hier abhauen«, rief er, »und zwar schnell.« Wir ließen das Boot liegen, griffen uns nur das Paket und schafften es auf den Rücksitz.

Als Erstes mussten wir ein Münztelefon finden, damit wir unseren Teil der Abmachung einhalten konnten. Und zweitens mussten wir zusehen, dass wir diese Ecke des Planeten schleunigst hinter uns ließen.

»Wir haben keine Pässe«, erwähnte Tommy beiläufig, als wir die River Road entlangfuhren. Ich hoffte inständig, dass wir noch eine Tankstelle finden würden, bevor uns der Sprit ausging. Das Paket sah verdammt viel zu schwer aus, um es in dieser Hitze mit sich herumzuschleppen. Ganz abgesehen davon, dass wir damit sehr auffallen würden.

Dass wir keine Pässe besaßen, war ein Detail, das auch ich übersehen hatte.

»Dann gehen wir zuerst mal dahin, wo wir keine brauchen«, schlug ich vor. Mann! Geld machte einen wirklich klüger. Die Ideen strömten mir nur so aus dem Hirn, kamen mir zu den Ohren raus.

»Mit derartig viel Zaster, wie wir ihn haben, können wir uns Pässe kaufen. Wir hauen einfach ab nach Mexiko. Wir haben ein paar Tage, bis uns Deneuvés Bluthunde aufspüren können, und bis dahin sind wir Geschichte, irgendwohin verschwunden, wo man uns nicht mal auf der Landkarte findet. Mexiko. Das ist unser Land. Für Geld kann man dort alles kaufen. Und, bei Gott, wir haben Geld! Ich hab Baseball dort gespielt, Tommy. Du wirst die Señoritas lieben.« In meinem Kopf schwirrten auf einmal lauter Ideen herum, eine besser als die andere. Wenn man Geld hat, scheint das den IQ um 100 Punkte anzuheben.

Beim ersten Mini-Markt auf dem Weg hielt Tommy an.

»Hier ist die Telefonnummer«, sagte er und reichte mir einen Papierfetzen. »Ich bleibe so lange hier und pass auf die Kohle auf.«

»Hast du einen Quarter? Mir scheint das Kleingeld ausgegangen zu sein.« Wir mussten beide lachen.

»Sicher«, antwortete Tommy, »mach den hier einfach klein.« Er zerrte einen Zwanziger aus dem Bündel auf dem Rücksitz. »Lass dir 'ne Quittung geben, Pete«, witzelte er, als ich ausstieg, »die können wir fürs Finanzamt brauchen. Wenn wir nichts zum Absetzen haben, frisst uns die Steuer die Haare vom Kopf.« Wir kamen aus dem Lachen gar nicht mehr raus. So langsam begann ich Tommy sogar zu mögen. Geld verändert komplett deinen Blickwinkel auf alle Dinge im Leben, selbst auf solche Schmutzfinken wie Tommy.

Ich schwebte fast in den 7-Eleven, ließ mir das Geld wechseln und flirtetet dabei mit dem Mädel hinter dem Tresen. Ich zwinkerte ihr zu. Sie zwinkerte nicht zurück. Hier müssen 'ne Menge Millionäre ein und aus gehen, dachte ich. Wenn die wüsste ... Ich ging nach hinten durch zum Telefon. Auf der Gegenseite wurde beim ersten Klingeln abgehoben: Der alte Deneuvé selbst war am Apparat. Er wirkte irgendwie hibbelig, als ob er sich auf den Nägeln gekaut hätte, an der einen Hand, die er noch hatte.

»Wo ist sie?« Er hielt sich nicht lange mit Vorgeplänkel auf.

Ich sagte es ihm. Er hatte uns ja auch nicht reingelegt.

»Ist 'ne Frau dort, die hat keine Ahnung von alldem, das ist die Freundin von meinem Partner. Ihr ganz eigenes Talent zur Haushaltsführung wird Ihnen sicherlich auffallen, und sollten Sie ein Gespräch mit ihr beginnen, wird sie Ihnen in kürzester Zeit extrem auf die Nerven gehen. Sie werden nicht übel Lust bekommen, ihr wehzutun, aber das ist sie nicht wert. Selbst wenn Sie sie umlegen, kratzt das Tommy überhaupt nicht. Ich möchte nur, dass Sie das wissen. Klar ist sie eine Dreckschlampe, aber sie hat mit der Sache nichts zu tun, und sie hat auch keine Ahnung. Bevor wir's vergessen, Mister Deneuvé,

Ihre Hand liegt in der Gefriertruhe draußen in der Garage. Mein Partner lässt ausrichten, dass Sie sich ruhig bei den Kalbskoteletts bedienen dürfen, unter denen die Hand liegt. Er denkt, dass er nicht mehr dazu kommen wird, sie zu essen, und wenn Sie sie nicht nehmen, werden sie womöglich schlecht.«

Am anderen Ende der Leitung war nur sein schwerer Atem zu hören. Ich ging davon aus, dass er mir immer noch zuhörte.

»Ich hoffe, Sie nehmen uns das nicht krumm, Sir«, fügte ich hinzu. »Es wird Sie sicherlich erfreuen zu hören, dass sich Ihre Hand in einem Tip-Top-Zustand befindet. Es sollte nicht schwer sein, sie wieder anzunähen. Sie werden sehen, wenn die Fäden erst gezogen sind, verbessern Sie vielleicht noch Ihr Handicap um zehn Schläge. Falls die Hand beim Abschlag nicht wegfliegt.« Letztere Bemerkung konnte ich mir nicht verkneifen. Geld macht dich anscheinend nicht nur klüger, sondern auch geistreicher.

»Wenn wir ein bisschen mehr Zeit hätten, würden wir ihr noch eine schöne französische Maniküre angedeihen lassen, bevor wir die Hand zurückschicken, aber ich schätze mal, das wird zu knapp. Ich denke, Sie verstehen das. Einen schönen Tag noch, Sir«, sagte ich zu ihm, als ich mein Kichern runtergeschluckt hatte, aber da war die Leitung auch schon tot. Wahrscheinlich hatte er es eilig gehabt. Heutzutage, in unserer schnelllebigen Zeit, hetzen die Leute nur noch von einem Ort zum anderen. Wenn ich das meinem alten Partner Tommy erzählen würde, der könnte wenigstens drüber lachen.

Ich legte den Hörer auf. Tommy konnte ich durch das Fenster sehen. Ich reckte meine Hand hoch und formte mit Zeigefinger und Daumen ein o. Tommy winkte.

Und dann fuhr er los. Mit zwei Millionen in 20-, 50-, und 100-Dollar-Scheinen.

Abzüglich des Zwanzigers, den ich hatte.

Von dem der Quarter für das Telefongespräch abging.

Und all das Vertrauen, dass ich zu Tommy entwickelt hatte.

Ich hatte ein Sparkonto. An das ich aber nicht herankam, weil die Bank geschlossen hatte.

Ich rannte durch die Tür, aber es war zu spät. Ich konnte noch hören, wie er die Gänge hochjagte und Vollgas gab. Schätze, er hatte doch nicht so wenig Benzin im Tank, wie er behauptet hatte.

Ich war erledigt.

Ich war nicht annähernd mehr so clever wie noch vor ein paar Minuten als Millionär.

Nicht mal ansatzweise.

Ohne Geld war ich ein stinknormaler Schwachkopf.

Meinen Traum konnte ich vergessen. Keine Kette von Po-Boy-Restaurants. Nicht mal ein Limonadenstand. Keine Chance bei Cat. Keine Geburtstage mehr.

Bei dem Glück, das mir vergönnt war, wäre ich der Typ gewesen, der sein gesamtes Vermögen in eine Fabrik für Portemonnaies steckt, kurz bevor die Weltwirtschaftskrise einsetzt …

HÄTTE ICH DOCH BLOSS GELERNT, DEN LANGSAMEN CURVEBALL ZU WERFEN

Das war's gewesen. Es war nicht nur absolut der letzte, endgültige, Amen, scheiß Tropfen, der das Fass zum Überlaufen brachte, es war der dicke, fette Schlusspunkt für den ganzen Deal. Ich tat das Einzige, was mir noch übrig blieb: Ich setzte mich draußen auf den Randstein vor dem 7-Eleven und heulte. Dicke Krokodilstränen, so groß wie Wachteleier. Über mich hätte man einen Countrysong schreiben können. Noch irgendwas mit einem Pickup Truck dazugedichtet, dann würden wir von einem Platinalbum reden, von Welttourneen und sechs Bräuten auf einmal im Motelzimmer.

Hier saß ich nun im Staub an der Straße, ein Mitbeteiligter am raffiniertesten Entführungscoup in der Geschichte des professionellen Kidnappings, mit 19 Dollar und 75 Cents in meinen Levi's und einem Bankkonto, das für mich eigentlich wertlos war. Ich musste *jetzt* aus der Stadt abhauen, nicht erst am Montag, wenn die Banken wieder öffneten. Und dann fiel mir noch etwas ein. Ich stöhnte laut: Am Montag waren die Banken immer noch geschlossen, es war Columbus Day. Ich hatte mich von einem zweitklassigen Abzocker reinlegen lassen, nun war ich am Ende, ein leichtes Ziel für Sam Capelli oder Deneuvés Jungs, je nachdem wer mich zuerst fand. So schwer war das nicht. Wir waren ja kaum drei Kilometer weit gekommen, seit wir die Beute eingesackt hatten, und Deneuvés Exekutivkräfte würden schon jetzt jeden Quadratzentimeter nach uns absuchen.

Dabei wusste ich selbst noch nicht mal genau, wo ich mich befand, außer dass es nicht weit genug weg war von Deneuvés Spürhunden. Ich war irgendwo an der River Road sitzen gelassen worden, an der Strecke, die nach Destin, Florida, führte. Wo auch immer ich jetzt war, mit der Straßenbahn würde ich hier nicht wegkommen. Abgesehen davon, dass ich nicht wusste, wo ich hinsollte. Ich zermarterte mir das Hirn nach einem Ausweg aus der Klemme, in der ich steckte, aber mir fiel nichts Brauchbares ein. Ich war der größte Truthahn auf der Farm am Tag vor Thanksgiving. Ich konnte schon die Preiselbeeren riechen.

Was ich benötigte, war ein Fluchtplan, der sich mit 19 Dollar und 75 Cent umsetzen ließ, aber im Moment tummelten sich nicht gerade viele Ideen unter meiner Schädeldecke. Cats Gesicht blitzte kurz in meinen grauen Zellen auf, aber die Idee verwarf ich umgehend wieder. Die Chancen standen ausgezeichnet, dass Deneuvé mittlerweile herausgefunden hatte, wer ich war, und falls nicht, war es nur eine Frage der Zeit, erst recht, wenn sie Wanda, Tommys Alte, in die Mangel nahmen und sie ihnen erzählte, mit wem er so rumhing. Wahrscheinlich hatte sie großen Spaß daran, mich zu verraten. Dann würde eins zum anderen führen, früher oder später würde Sam the Bam auch noch mit einsteigen in die Menschenjagd, und dann würden sie das mit Cat rausfinden. Deshalb kam es nicht infrage, Cat anzurufen. Ganz abgesehen davon, dass sie mir unmissverständlich mitgeteilt hatte, dass unsere gemeinsame Zukunft der Vergangenheit angehörte.

Ich erhob mich. Ich hatte zwar keinen Schimmer, was ich als Nächstes tun sollte, aber ich wusste, dass ich hier nicht sitzen bleiben durfte. Und dann fuhr ein Auto vor. Na ja, kein Auto, eher eine Luxus-Limousine, und leck mich, der Wagen kam mir irgendwie bekannt vor, was ja eigentlich gar nicht sein konnte, da solche Limousinen nur äußerst selten meinen Weg kreuzten. Die Pfeifen, mit denen ich rumhänge, greifen in der Regel nur auf diese Art von Transportmittel zurück, wenn sie eines finden, bei dem noch der Schlüssel steckt. Und dann fiel es mir ein: Der Wagen sah aus wie der, mit dem der silberhaarige Freier Cat, Jackie und mich hatte abholen lassen, für den Job mit der Peitsche und den Stilettos. Wie hatte der noch mal geheißen? Ach ja, Robert.

Robert.

Irgendwas ging mir dazu im Kopf rum, irgendwas Wichtiges, irgendwas, was ich nicht hätte vergessen dürfen.

Ein Job, das war's. Robert hatte mir einen Job angeboten. Er hatte irgendwas von Texas erzählt. Texas! Ein riesiger Bundesstaat, einer, in dem sich ein Typ auf der Flucht locker unsichtbar machen kann. Ich war gerettet. Und tatsächlich war es Roberts Wagen, jetzt erkannte ich ihn wieder. Ich ging rüber und klopfte an das Beifahrerfenster.

Keine Reaktion.

Ich klopfte erneut an das Fenster, diesmal etwas fester, und versuchte, die Tür zu öffnen – verriegelt.

Ich klopfte noch einmal. Die Tür flog auf, so heftig, dass sie mich beinahe von den Füßen geholt hätte.

Es war nicht Robert.

Es war eine alte Frau mit weißem Haar, die ihre Brille an einer Kette um den Hals trug. Sie begann, mich anzuplärren, dass ich mich gefälligst von ihrem Wagen verpissen solle.

Ich traute meinen Ohren nicht. Sie sah aus wie Tante

Bea aus der Fernsehserie »Mayberry R.F.D.«

»Hau ab von meinem Wagen, du Penner! Ich ruf die Polizei! Perry, ruf die Polizei!«

Ich wich zurück.

»Lady, es tut mir sehr leid. Ich hab gedacht, Sie wären jemand anders. Ich wollte Sie nicht belästigen.«

Sie stieg wieder ein. Dafür kam vorne so ein kleiner Typ raus.

»Kumpel, sieh zu, dass du Land gewinnst«, sagte er und warf sich in Karatepositur.

Ich machte mich auf den Weg.

****

Wenigstens hatte ich jetzt einen halbgaren Plan. Fünf Minuten zuvor hatte alles noch völlig hoffnungslos ausgesehen. Ich musste nur zum Fairmont Hotel kommen, Robert dort finden und den Job annehmen, den er mir versprochen hatte. Und dann würde ich meinen Arsch hier wegschaffen, rüber nach Texas.

Auf der River Road sah ich ein Taxi kommen, unterwegs Richtung Innenstadt. Ich rannte mitten auf die Straße und winkte es zu mir. Ich sagte dem Fahrer, wo ich hinwollte und dass ich nur fünf Dollar hatte, ob er mich dafür ins Stadtzentrum bringen könnte, und er meinte, klar, sonst hätte ich sowieso 'ne Leerfahrt zurück gehabt. Wir lassen einfach das Taxameter aus und melden die Fuhre nicht der Zentrale, und schon ging's los. Niemals den vollen Fahrpreis bezahlen, wenn es nicht nötig ist, das war mein Motto, und außerdem musste ich so viel wie möglich von den 19 Ocken und ein paar Zerquetschten übrig behalten, damit ich mir einen Drink oder zwei an der Bar des Fairmont leisten konnte, falls Robert nicht gleich da war und ich auf ihn warten musste.

Auf der Canal Street stieg ich vor dem Fairmont aus dem Taxi, spazierte hinein und steuerte direkt die Hauptbar an, wo Robert seiner Auskunft nach fast täglich anzutreffen war. Da saßen vielleicht drei oder vier Millionäre rum, die sich an ein paar Hochprozentigen festhielten, damit der Motor nicht ins Stottern kam, aber das war's dann auch schon.

Kein Robert weit und breit.

Ich hatte genau noch vierzehn Dollar in meinen Jeans, weil ich schwach geworden war und dem Taxifahrer die Münzen als Trinkgeld überreicht hatte. Man hätte meinen sollen, dass er sich gefreut hätte, aber von ihm war nur ein beleidigtes Schnauben zu vernehmen, bevor er ohne ein einziges Wort des Dankes Gummi gab.

So wie der Schuppen aussah, würde ich mit meinen vierzehn Steinen nicht weit kommen. Einmal das falsche Getränk bestellt, schon konnte ich mich von meinen Ersparnissen verabschieden.

»Schreiben Sie's an«, sagte ich, als ich mich auf dem Barhocker niederließ, »ich nehme immer Jack und Wasser. Ich warte auf 'nen Typ namens Robert, der immer hier abhängt. So einer mit silbernen Haaren, hat 'nen Chauffeur, der Alonzo heißt? Bekannt?«

Der Barkeeper nickte und sagte, er würde jeden Tag vorbeischauen, müsste jeden Moment kommen. Anscheinend hatte ich den richtigen Namen fallen lassen, denn er fragte mich nicht schon vorher nach Geld, wie es die Barkeeper in den Läden taten, die ich ansonsten frequentierte, und das, obwohl ich nicht gerade passend angezogen war, denn die Aktivitäten der jüngsten Vergangenheit hatten deutliche Spuren auf meiner Kleidung hinterlassen.

Ich saß beim dritten Drink, doch Robert war immer noch nicht aufgetaucht. Eine gute Stunde war ich schon hier, und so langsam wurde das Ganze etwas zähflüssig. Der Bartender ließ sich mehr und mehr Zeit, mein Glas nachzufüllen, und ich spürte, dass er mit Zweifeln kämpfte, ob er von einem, der angezogen war wie ich und keine Designer-Jeans trug wie die restliche Klientel, jemals Geld sehen würde. Aber er hatte zu viel Klasse, um das auszusprechen, gegenwärtig jedenfalls noch nicht, und er schenkte mir noch einen ein.

Dass das ein erstklassiger Laden und er ein Spitzen-Barkeeper war, merkte ich daran, dass er mich fragte, ob ich das alte Eis im Glas behalten oder neues wollte. Natürlich sagte ich ihm, er solle das alte im Glas lassen und nur etwas nachfüllen. Die meisten Leute, die heutzutage an der Bar stehen und Drinks ausschenken, haben doch keine Ahnung mehr. Die denken, sie tun dir einen Gefallen, wenn sie dein Eis ausschütten und dir neues einfüllen. Wahrscheinlich sind das keine Trinker, sie wissen es überhaupt nicht zu schätzen, wenn das Eis erst mal schön eingelegt war und Geschmack aufgesaugt hat.

Mittlerweile waren anderthalb Stunden vergangen, und die verstohlenen Blicke, die ich von ihm kassierte, häuften sich. Ich wusste nicht, wie lange ich mich noch an meinem Getränk festhalten konnte, das schon fast völlig die Farbe verloren hatte und eher wie 7-Up aussah. Also rief ich ihn zu mir, zog meinen Zehner raus und fragte, ob er mir für Zigaretten wechseln könne. Ich dachte mir, wenn er sieht, dass ich Geld habe, wird er sich beruhigen und denken, dass ich auch noch mehr davon habe. Dass dem nicht so war, erzählte ich ihm natürlich nicht, denn ich hatte den Verdacht, dass ich ihm bereits jetzt mehr schuldete, als ich gegenwärtig bei mir trug.

»Wie sieht's denn mit Wechselgeld aus, Partner?«, fragte ich. »Für den Zigarettenautomat. Wo ist der denn überhaupt? In der Eingangshalle?«

Er nahm mir den Zehner ab und sagte, er würde mir selbstverständlich die Zigaretten bringen, was für eine Marke es denn sein solle. Nach ein paar Minuten tauchte er mit einem Päckchen Camel und dem Restgeld wieder auf. Ich war mir sicher, dass ihm da ein kleiner Fehler in der Buchhaltung unterlaufen sein musste, denn ich bekam nur einen Fünfer und zwei Quarters zurück. Ich hatte zwar mitbekommen, dass ständig von Steuererhöhungen die Rede war, aber das war schon ein bisschen happig, selbst in Anbetracht der Tatsache, dass es genug Politiker gab, die ihre Schäfchen ins Trockene bringen wollten.

»Äh, mein Freund, ich wollte eigentlich nur ein Päckchen«, sagte ich zu ihm, als ich den Fünfer genommen und gesehen hatte, dass sich keine weiteren Scheine darunter verbargen. »Wie viel kosten Zigaretten denn überhaupt heutzutage? Ich war wohl länger nicht mehr in der Stadt. Hat die Opposition die Wahl gewonnen?«

Ich fiel fast vom Hocker, als er mir den Preis nannte. Mit dem Rückgeld hatte alles seine Richtigkeit. Da ging mir auf, dass man keine Drogen verkaufen sollte, wenn man richtig Geld machen will, sondern Zigaretten. Und genauso dämmerte mir, dass es nicht ganz einfach werden würde, hier rauszukommen, falls Robert nicht auftauchte. Wenn schon die Kippen hier so viel kosteten, wie sollte ich dann meine Zeche zahlen, die mittlerweile wohl im dreistelligen Bereich lag?

Mir begann die Soße zu laufen. Ich bestellte einen weiteren Drink, aber der Reaktion meines freundlichen Barkeepers war zu entnehmen, dass ich erst mal ein paar Kröten auf den Tisch legen und meine Rechnung begleichen solle, bevor ich noch einen bekam. Noch dazu merkte ich, dass ich mir gerade jetzt, wo ich meinen Verstand am meisten brauchte, einen ordentlichen Schwips eingefangen hatte. Offenbar war das eine ganz andere Sorte Jack Daniels als die, die ich mir sonst einverleibte. Das Etikett hatte eine andere Farbe, und ich war ziemlich voll, man konnte es nicht anders sagen. Gerade als ich mit dem Gedanken spielte, mal die Toilette aufzusuchen und mich von dort aus zu verdrücken, kam Seine Hoheit herein. Ich schickte ein schnelles Dankgebet zum Himmel, denn mein knochiger Arsch war gerettet.

Hoffte ich zumindest. Wenn er mir doch keinen Job anbot und nicht für meine Drinks aufkam, war ich geliefert, denn wenn ich die Kohle nicht hinblätterte, dann würde mir wieder der Knast blühen, und dort würde Sam mich schnell finden.

Robert entschied sich für einen Tisch in der Nähe des Eingangs, an dem er allein saß. Sein silberner Haarschopf war mir gleich aufgefallen, als er die Eingangshalle betrat. In der Hoffnung, dass meine Glückssträhne noch weiter anhalten würde, hatte ich mich gleich auf den Weg zu ihm gemacht. Ich betete zu jedem, der es hören wollte, dass Robert sich an mich erinnerte und das mit dem Jobangebot auch ernst gemeint war.

»Pete«, rief er, als ich mich näherte, noch bevor ich Gelegenheit hatte, selbst den Mund aufzumachen. Er stand auf und gab mir die Hand, als ob er seinen Rechtsanwalt getroffen hätte. »Sie sind es doch, Pete, oder? Das ist ja ein Ding. Wie geht es Ihnen? Setzen Sie sich doch bitte zu mir.«

»Das Leben meint es gut mit mir«, antwortete ich. »Ich befinde mich auf dem Höhepunkt meines Schaffens, die Saints haben einen Spieler an der Angel, der sich zu einem brauchbaren Wasserträger entwickeln könnte, und ist das nicht ein ganz außergewöhnlich herrlicher Tag? Wenn wir doch nur öfter mal 37 Grad hätten.«

Wir unterhielten uns eine ganze Weile so weiter, plauderten wie alte Bekannte. Fünf Minuten ging das bestimmt, und ich immer am Überlegen, wie ich das Thema Job in die Unterhaltung einflechten könnte.

Nachdem er mir einen Platz angeboten hatte, bestellte er einen Jack mit Wasser für mich. Der Barkeeper strahlte über beide Backen und fragte, ob ich meine Rechnung nun begleichen wolle. Bevor ich mir eine Ausrede einfallen lassen konnte, warum ich das gerade nicht tun wollte, meldete sich Robert und sagte, er solle es auf seine Rechnung setzen, wir wären schließlich alte Freunde, und es wäre ihm ein Bedürfnis. Mir ging vor lauter Freude und Erleichterung fast einer ab, und ich schickte ein stilles Dankgebet an den Mann da oben, dafür, dass er sich so gut um mich kümmerte.

Du kannst nicht einfach so ohne Weiteres nach einem Job fragen, nicht bei einem Typen wie diesem, dachte ich mir. Du musst aus einer Position der Stärke kommen, wenn du es mit starken Persönlichkeiten zu tun hast, das war meine Philosophie. Wenn sie bemerken, dass du darauf angewiesen bist und etwas von ihnen willst, dann halten sie dich für schwach, und dann können sie dich nicht mehr brauchen. Ich wollte mir nicht meine einzige Chance verderben, lebend aus New Orleans rauszukommen.

Es klappte hervorragend. »Wo ist eigentlich der gute alte Alonzo?«, fragte ich, »der weicht Ihnen doch sonst auch nicht von der Seite. Macht wohl gerade Pause?« Ich versuchte nüchtern zu wirken, was mir auch ganz gut gelang, die Worte kamen einigermaßen sauber heraus, obwohl ich wirklich ein Schläfchen nötig hatte und mein Magen sich benahm, als seien wir auf der Titanic bei schwerem Seegang.

»Ach ja, Alonzo«, sagte er und bekam dabei so einen verträumten Ausdruck in seinem Filmstargesicht.

»Alonzo ist von uns gegangen«, erklärte er mit dieser ernsten Herman-Munster-Stimme. »Der Arme ist an einer Garnele erstickt. Keiner war da, um ihm in dieser Notlage beizustehen. Ich mache mir Vorwürfe. Denn ich war es, der ihn darauf hinwies, dass Garnelen ein vortreffliches Nachtmahl abgeben. Hätte er doch bloß nicht die Jumbos bestellt. Wenn er mich gefragt hätte, dann hätte ich ihm die mittlere Größe empfohlen. Sie sind wohlschmeckender. Und kleiner. Daran wäre er wahrscheinlich nicht erstickt.«

Das war natürlich eine traurige Nachricht. Und *klar* war ich aufgewühlt von diesem Schicksalsschlag, den ich so schnell nicht verkraften würde, aber das ist nun wirklich mein Glückstag, schoss es mir durch den Kopf, als ich die Gelegenheit, die sich mir bot, erkannte und sie beim Schopf packte.

»Nun, Sir, könnte es unter Umständen sein, dass Sie

auf der Suche nach einem neuen Fahrer sind? Ich könnte den Gedanken nicht ertragen, dass Sie auf diesen gefährlichen Straßen allein unterwegs sind. Da sind etliche Betrunkene zugange, das reinste Gesindel bevölkert heutzutage die Highways. Ich habe zwar noch einige ausstehende Termine, aber das wäre nichts, was sich nicht verschieben ließe, und falls sich noch niemand beworben hat, dürfte ich da meinen Hut in den Ring werfen? Viele Personen haben sich schon positiv über meine Fähigkeiten am Lenkrad geäußert, und ein ums andere Mal haben meine Freunde vor anderen gar damit geprahlt. Ich arbeite hart und bleibe dabei so hartnäckig bei der Sache wie ein Floh an einem Hundehintern. Mit Vergnügen würde ich Ihnen eine Testfahrt gewähren, um Ihnen meinen geschmeidigen Fahrstil und mein Verständnis der hohen Kunst der motorisierten Fortbewegung zu demonstrieren. Schlussendlich sind die Termine, die ich erwähnt habe, gar nicht so dringend. Im Moment hätte ich Zeit und muss niemanden davon in Kenntnis setzen, dass ich am Wochenende nicht zur Verfügung stehe. Ich könnte den Dienst sofort antreten.«

Das war das längste Vorstellungsgespräch, das ich je geführt hatte, sogar noch länger als damals, als ich mich nach meiner Vertragsauflösung als Vorarbeiter bei einer Waschanlage beworben hatte, weil ich nichts anderes hatte, aber ich stand schließlich extrem unter Druck, jetzt, wo Deneuvés Jungs garantiert unterwegs waren und die Gegend nach Tommy und mir durchkämmten. Ich war mir sicher, dass sie mittlerweile herausgekriegt hatten, wer ich war, und falls nicht, würde es nicht mehr lange dauern. Bis dahin wollte ich schon in einer anderen Zeitzone sein. Für den Fall, dass ich Robert dazu bringen konnte, mich einzustellen, hatte ich schon halbwegs einen Plan. Wenn er mich schon nicht bei einem dieser Jobs in Texas, von denen er gesprochen hatte, einsetzen konnte, dann gäbe es zumindest noch die ganzen Wertsachen und wahrscheinlich auch Geld, das er zu Hause aufbewahrte, bei dem ich mich bedienen könnte. Und vielleicht könnte ich dabei gleich auch noch seinen Wagen mitnehmen, um ein bisschen Abstand zu diesem Kaff zu bekommen.

»Lassen Sie uns zuerst einmal etwas essen, ich muss darüber nachdenken, Pete. Ich bin mir nicht sicher, ob das der richtige Job für Sie ist. Womöglich kämen Ihre Talente in einer untergeordneten Position, wie es die eines Chauffeurs nun mal weitgehend ist, nicht angemessen zum Tragen.«

Normalerweise bin ich so hungrig wie das dreizehnte Ferkel an einer Sau mit zwölf Zitzen, aber dieses Mal bekam ich die Köstlichkeiten kaum runter, die Robert für uns bestellte. Die brachten uns das Essen direkt dort in der Bar. Das zeigte, was für ein hohes Tier Robert war. Sie versuchten nicht mal, uns zu überreden, im Restaurantbereich Platz zu nehmen, sondern brachten uns die Teller an unseren Platz, Steak für mich, irgendein französisches Dingsbums für ihn, und die ganze Zeit tue ich so, als ob ich nichts weniger nötig hätte als seinen Job. Dabei lief mir während des ganzen schönen Smalltalks über Börse, Aktien und lauter Zeug, von dem ich keine Ahnung hatte, wie verrückt die Soße, weil ich mich fragte, welche Möglichkeiten mir noch blieben, sollte Robert mir die Job-Karotte vor der Nase wegziehen. So wie er sich äußerte, bekam ich das Gefühl, er hielt den Job für unter meiner Würde, und ich versuchte ihm diesen Quatsch auszureden, ohne dass er bemerkte, wie scharf ich darauf war. Dann war es Zeit für das Dessert, das ich dankend ablehnte, denn ganz egal, wie sie ausfallen sollte, ich konnte es kaum noch aushalten, bis er seine Entscheidung verkündete.

Und er biss an. Meine Glückssträhne war anscheinend noch nicht gerissen. Es stellte sich heraus, dass mein Timing nicht besser hätte sein können, Alonzo hatte gerade gestern erst den Löffel abgegeben, und alle Bewerber, die die Agentur Robert bis jetzt geschickt hatte, passten ihm nicht, wollten an ihrem Geburtstag oder an Muttertag frei haben oder sonstige Nebenleistungen. Außerdem, sagte er, würde ihm meine Art gefallen. So hat er es gesagt: »Ich mag Ihre Art, Pete.« Also bekam ich meine »Probefahrt« – auf der Stelle.

Er mag meine Art, dachte ich, klar, aber vielleicht könnte es auch damit zu tun haben, wie großartig wir uns alle zusammen in jener Nacht amüsiert haben, als ich seine Mutter als Nutte der Kompanie bezeichnete und wir noch ganz andere spaßige Sachen gemacht haben. Aber das war mir egal, hier öffnete sich ein Hintertürchen, durch das ich abhauen konnte, und selbst wenn er gewollt hätte, dass ich ihn heiratete – ich hätte auf der Stelle eingewilligt. Ich wusste, dass da noch was nachkommen würde, vielleicht sogar noch in dieser Nacht, aber mein Motto war: eins nach dem anderen, erst recht, wenn es eng wird.

»Dann mal los«, sagte er, »Sie fahren mich irgendwo hin, und dann werden wir ja sehen, wie Sie mit dem Lenkrad umgehen können.« Wir gingen raus zu seinem Wagen, der illegal in einer Ladezone vor dem Hotel geparkt war, aber einen Strafzettel hatte er nicht an seiner Scheibe. Er schob dem Fahrer der Agentur, der dort auf ihn wartete, einen Hunderter zu und sagte ihm, er wäre entlassen. Der Typ wollte sich erst beschweren, aber dann überlegte er sich das noch mal und stapfte davon. Der Cop, der gegen den Wagen lehnte, musste vergessen haben, einen Strafzettel zu schreiben. Ich war mir ziemlich sicher, dass er sich später darüber ärgern würde. Er lächelte und winkte, als ich ausparkte und dabei auf die Hupe drückte.

Das war vielleicht ein Gerät! Die Kraft des Motors konnte man förmlich spüren, und das Armaturenbrett sah aus wie ein Flugzeugcockpit. Bei der Hälfte der Schalter konnte ich mir nicht zusammenreimen, wofür sie gut waren, wahrscheinlich für den automatischen Toaster oder den Kondomautomat oder andere elektronische Wunderdinge. Mit einem Schlag war ich nüchtern, in dem Raumschiff gab es einfach zu viel zu beachten, und ich bin auch lediglich über eine rote Ampel gefahren, was Robert aber wohl nicht bemerkte. Diese Dinger sind wirklich exzellent schallgedämmt, dachte ich. Gott sei Dank, denn ansonsten wäre ihm schon das ein oder andere hupende Auto oder Reifenquietschen aufgefallen.

Ich machte es mir hinter dem Lenkrad bequem, erledigte die Chauffeuraufgaben, fuhr ihn überall hin, wo er hinwollte: Biegen Sie hier ab, hier rechts, dort in westlicher Richtung und so weiter. Ich ließ ihn den großen Zampano spielen, den Beherrscher der Welt, und schneller, als du den BH einer dürren Tussi aufkriegst, waren wir auf dem Land. Nicht in irgendwelchen Käffern, sondern so richtig draußen, wo die Reichen ihre Landsitze haben, mit weiß angemalten Zäunen, die kilometerweit in alle Richtungen verlaufen, Pferde, Vollblüter, Rennpferde allerorten. Mir kam es sogar vor, als ob ich ein paar der Klepper wiedererkannt hätte, die mich in Jefferson Downs und den Fair Grounds um meine Kohle gebracht hatten. Bretterbuden waren hier nicht zu sehen, keine aufgebockten Rostlauben vor den Häusern, keine Kühlschränke, die rumlagen. Wir befanden uns also nicht in einer der Gegenden, die ich üblicherweise zu frequentieren pflegte. Nachdem er gut eine Stunde rumkutschiert worden war und sich dabei seinen Mantovani, den er so mochte, anhörte, sagte er, ich solle in diese Straße dort einbiegen, was ich natürlich tat. Die ganze Zeit laberte er davon, was es für ein großartiges Wochenende werden würde, wenn er erst mal das »Geschäftliche« erledigt habe. Damals habe ich ihm nicht so genau zugehört, was er über das »Geschäft« erzählte, das sollte mir später noch leidtun. Es stellte sich raus, dass unser Ziel nicht seine Villa in der Stadt war, sondern ein Grundstück, das ihm und seinem Bruder gehörte, ganz weit draußen im Barfußteil unseres Staats, wobei er ununterbrochen rumdozierte, wie schön es sei, mal aus dem Hamsterrad raus und hier draußen in »Gottes freier Natur« zu sein.

Da fiel mir mal wieder auf, dass die ganzen reichen Arschlöcher doch alle gleich waren, heulten immer rum, wie hart das Leben sei, obwohl sie nur von Langweilern wie ihresgleichen umgeben waren. Wenn er mal sehen wollte, wo es richtig stressig zuging, müsste er mal bei den Typen rumhängen, mit denen ich normalerweise zu tun hatte. Hamsterrad? Ja, nur dass es voller Ratten ist. Von wegen hart, wenn der sich einen Nagel abbricht, muss er zur Therapie!

Was das für ein unbeschreibliches Anwesen sein musste, das wir ansteuerten, merkte man schon an der Zufahrt, die so breit war wie ein zweispuriger Highway. Da standen Pferde, die ich garantiert aus Jefferson kannte, wenn nicht gar von der Siegerehrung, und komische Kühe, wie ich sie noch nie gesehen hatte, und die Zufahrt zog sich derart in die Länge, dass du 'nen halben Tank verfahren hattest, bevor das Haupthaus überhaupt nur in Sichtweite kam.

Da gab es ein paar kleinere Landhäuser auf dem Weg, die er aber nur als »Dienstbotenquartiere« titulierte. Bevor ich diese Information erhielt, hatte ich beim ersten dieser Gebäude angehalten, woraufhin er laut losjohlte und sagte, ich würde doch wohl nicht wirklich glauben, dass er hier wohnte, oder? Woher zum Teufel sollte ich das denn wissen? Für mich kam es dem Ort ziemlich nahe, an dem ich mich zur Ruhe setzen wollte, wenn ich meine Million hatte, aber vielleicht waren meine Ansprüche auch nicht hoch genug. Anschließend habe ich nicht mehr gebremst, wenn wir an einem dieser Sklavenquartiere vorbeigefahren sind. Die Straße schlängelte sich um eine Biegung, und als wir sie umrundet hatten, fiel mein Blick auf das Anwesen, in dem sie den Film »Vom Winde verweht« gedreht haben mussten. Nur dass es im Film wesentlich kleiner rüberkam als im wirklichen Leben. Zu so einem Haus kommt man nicht, ohne ein oder zwei Gesetze zu brechen.

Seinen Nachnamen kannte ich immer noch nicht, und um ihn jetzt noch danach zu fragen, quatschten wir einfach schon viel zu lange miteinander. Es war aber auch gar nicht nötig, denn auf den zwanzig Hektar vor dem Haus gab es ein riesiges Namensschild, aufgemacht wie eine verschnörkelte Schriftrolle aus einem Film: Cecil B. DeMille. Als ich den Namen sah, latschte ich vor Schreck dermaßen auf die Bremse, dass Robert beinahe durch die Trennscheibe zu mir nach vorne gerutscht wäre. Mit einem Schlag war ich stocknüchtern.

»Tut mir leid, Sir«, konnte ich noch geistesgegenwärtig abbügeln; meine Reaktionsschnelligkeit als alter Shortstop rettete mir den Arsch, »Da war ein Opossum. Es ist mir zuwider, einen dieser possierlichen Nager zu überfahren, das bringt Unglück.« Ich warf noch einmal einen Blick auf das Schild, aber die Aufschrift hatte sich nicht geändert.

»Landsitz Deneuvé« stand da, und darunter in kleineren Buchstaben: »Gebrüder Deneuvé, Eigentümer«.

Die Sonne schien, der Himmel war wolkenlos, aber für mich fühlte es sich an, als würde ein großer Regen kommen.

Oder vielleicht eher noch ein Hurricane.

Hurricane Deneuvé.

Ich hatte Magenschmerzen.

SO BLÖD KANN MAN DOCH GAR NICHT SEIN

»Sie heißen Deneuvé«, sagte ich, schon immer groß darin, das Offensichtliche in Worte zu fassen. Mein Magen verdaute sich bereits selbst.

»Aber ja, das ist mein Name. Ich dachte, Sie wüssten das. Obwohl, könnte sein, dass wir vielleicht noch nie darüber gesprochen haben. Sie haben mich mit Miss Cat und Jackie besucht, und wir haben uns alle im Handumdrehen so fantastisch verstanden, dass die formelle Vorstellung wohl etwas zu kurz kam. Cat hat nie erwähnt, wer ich bin? Das tut mir leid, Pete. Sehr erfreut, Ihre Bekanntschaft zu machen – jetzt auch offiziell.«

Er lachte und streckte mir seine Pfote durch die Trennscheibe entgegen.

»Ich heiße Robert. Ich nehme an, Sie haben von unserer Familie gehört. Die Deneuvés haben anscheinend einen besonderen Ruf.« Er seufzte, war wohl eine ziemliche Belastung, König zu sein. »Mein Bruder ist eigentlich der berühmtere von uns. Ich persönlich stehe nicht so gern im Rampenlicht. Das hat auch seine Nachteile.«

Ja stimmt, du musst immer die besten Plätze in den Restaurants nehmen, andauernd kommen Leute angerannt und wollen dir die Stiefel lecken, solche Unannehmlichkeiten halt. Das Leben der Reichen muss eine einzige, nicht enden wollende Serie fürchterlicher Härten sein. Wir armen Schlucker können uns nicht annähernd vorstellen, was die Reichen tagein, tagaus durchmachen müssen.

Er ist der Bruder von Deneuvé, er ist der Bruder von Deneuvé, zischte es in Lichtgeschwindigkeit durch meine Hirnwindungen, aber dann dämmerte mir, dass er von der besonderen Beziehung zwischen seinem Bruder und mir nichts wusste. Das war die erste Ladung, die mir der Vogel des Glücks heute auf den Kopf geschissen hatte, die nicht furchtbar stank.

Irgendwie schaffte ich es, den Wagen ohne Unfallschaden und weitere Zwischenfälle vor dem Haus zu parken. Nachdem ich den Zündschlüssel gedreht hatte, wusste ich nicht, ob er von mir erwartete, dass ich heraussprang und ihm aus dem Wagen half. Er wollte wohl noch etwas sitzen bleiben und labern.

»Pete, ich möchte Ihnen gern die Stellung als mein Chauffeur anbieten, wenn Sie interessiert sind. Ich bilde mir ein, dass ich Menschen relativ schnell einschätzen kann, und ich denke, dass Sie sich gut in unsere kleine Familie einfügen werden. Der Lohn beträgt sechshundert die Woche plus Kost und Logis. Solange Sie bei mir angestellt sind, werden Sie hier im Haus wohnen. Mein Chauffeur muss sich immer in meiner Nähe befinden, denn ich weiß nie, wann ich ihn mal brauche, da meine Arbeitszeiten oft etwas ungewöhnlich sind. Sie werden auf jeden Fall mehr als nur ein Chauffeur für mich sein, das kann ich Ihnen schon mal versprechen. Und es gibt da noch ein paar weitere Annehmlichkeiten, die Ihnen gefallen werden, wenn Sie verstehen, was ich meine.«

Er lachte über seine eigene Bemerkung. Mir lief es eiskalt den Rücken runter, und mein Magen drehte sich um.

»Wenn Sie sagen, dass Sie den Job haben wollen, kümmern wir uns erst mal darum, dass Sie hier für das Wochenende unterkommen, und am Montagmorgen wird Ihnen meine Sekretärin die Papiere zukommen lassen, die Sie ausfüllen müssen, damit alles offiziell ist. Von meiner Seite aus dürfen Sie sich aber schon als eingestellt betrachten. Natürlich nur, wenn Ihnen die Position behagt.« Er lächelte.

Was sollte ich sagen? Nein danke, Massa, schmeißen Sie meinen weißen Arsch wieder auf den Anhänger und schaffen Sie mich zurück nach New Orleans, damit man mich umlegt? Oder: Sparen Sie sich den Sprit, Ihr Bruder wird sicherlich erfreut sein, wenn er mich gleich hier auf dem familieneigenen Landgut erschießen kann?

»Wow, danke, Mister Deneuvé«, sagte ich stattdessen,

kluger Junge, der ich bin, »das weiß ich wirklich zu schätzen.«

»Gut«, sagte er und ließ seine perfekten Reichenzähne aufblitzen. »Und noch was: Sagen Sie Robert zu mir, wenn wir unter uns sind, ansonsten heißt es Mister Deneuvé. Verstanden?«

Klar, Robert. Und wenn du rausfindest, dass dein Bruder und ich uns schon ein Weilchen kennen, weiß ich auch, dass du aufgrund der innigen Freundschaft, die sich gerade zwischen uns entwickelt, ein gutes Wort für mich einlegen wirst.

»Und dann ist da noch eine Kleinigkeit, die ich fast vergessen hätte, Pete.«

Gemessen daran, dass es zwischen uns eigentlich ungezwungen und kameradschaftlich zugehen sollte, gab es aber eine Menge Vorschriften im Clubhaus dieses Mannes.

»Ich bin sicher, dass ich es eigentlich nicht extra erwähnen muss, aber Sie werden verstehen, dass meine kleinen sexuellen Kavaliersdelikte unter uns bleiben müssen. Das versteht sich von selbst.«

Er hatte es nicht als Frage formuliert. Der gute alte Robert war da auch nicht anders als wir restlichen Schmutzfinken. Er wollte nicht, dass jemand erfährt, was er unter der Bettdecke für schräge Dinge anstellte. Wenn das rauskäme, würde er sich ganz schön was anhören müssen von den Spielern im Racquetball-Club mit den über die Schultern geknoteten Pullovern.

»Auf keinen Fall, Mister Deneuvé, kein Wort. Ich bin jemand, der den Schnabel halten kann.«

Daraufhin schaltete er sein Strahlelächeln wieder an.

»Danke, Pete. Dann gehen wir am besten mal rein.

Die Entriegelung für das Kofferraumschloss befindet sich im Handschuhfach. Ich habe nur ein Gepäckstück dabei. Wenn Sie das holen könnten? Ich zeige Ihnen, wo Sie es hinbringen sollen.«

Ich sprang also aus dem Auto, öffnete Seiner Hoheit die Tür, holte seinen Kram und folgte ihm in den Deneuvé-Schuppen. Als wir das Gebäude betraten, ging mir schon außerordentlich die Düse. Eine schöne Mausefalle für den alten Pete. Wir schritten durch Türen, die anscheinend für Drei-Meter-Riesen gemacht waren, kamen in einem Raum, den ich für eine Turnhalle hielt, die er aber als Foyer bezeichnete. Ich folgte ihm auf dem Fuß, immer diese winzige Tasche in der Hand, bei der er sich gewiss keinen abgebrochen hätte, wenn er sie selbst getragen hätte. Das hätten auch vier große Ameisen geschafft. Wir gingen also weiter durch die Haupthalle, während er mir den Zeitplan für das Wochenende erläuterte. Die Halle war so groß, dass ich zuerst damit rechnete, dass ein Flugzeug darin landen könnte, aber dann fiel mir ein, dass ja ein Dach drüber war.

»Wir haben ein anstrengendes Wochenende vor uns, Pete. Es gab etwas Ärger. Meinem Bruder Charles, den Sie später noch kennenlernen werden, ist ein Malheur zugestoßen. Jetzt, wo Sie für mich arbeiten, kann ich Ihnen eigentlich auch die ganze Wahrheit sagen. Ich weiß ja, dass ich auf Ihre Diskretion vertrauen kann.«

Die Geschichte kam mir irgendwie bekannt vor. Diskretion? Nicht mal einem taubstummen Zwerg würde ich etwas über Deneuvés »Malheur« verraten. Diskretion?

»Mein Bruder Charles wurde entführt.«

»Nein!« Mit meiner Schauspielleistung hätte ich am

Broadway abgeräumt. Ich stellte sogar eigens das Gepäck ab und riss die Augen so weit auf, wie das Loch in meinem Kopf sein würde, wenn sie herausfanden, welche Rolle ich bei der Schmierenkomödie gespielt hatte.

»Doch, es stimmt. Wenn man wohlhabend und berühmt ist, wie es bei uns der Fall ist, findet man sich leicht im Visier einiger skrupelloser Individuen wieder. Und das war hier der Fall.«

Ich hab mich schon immer gefragt, wie das bei den Reichen so ist. So ging das also. Du wachst eines Tages auf und »findest«, dass du gestopft bist. Geld und Probleme, darauf läuft es doch immer hinaus. Als ich mich von den schockierenden Neuigkeiten erholt hatte, stapften wir weiter den Prachtkorridor entlang; er laberte, und ich arbeitete an meinem Oscar. Überall Zimmer, es müssen gut hundert gewesen sein. Ich wartete nur darauf, dass irgendwo ein Poster hing, auf dem stand, wann das Rollerderby beginnen würde. Der Schuppen war *unglaublich* groß!

Und dann bog Robert ab, beinahe hätte ich sein Handzeichen übersehen. Wäre ich nicht an ihm drangeblieben, hätte ich ihn verloren. Mittlerweile waren wir gut drei Kilometer gelaufen, ohne dass mir auch nur eine weitere Seele begegnet wäre. Es sei jetzt nicht mehr weit bis zu seinem Zimmer, sagte er. Gut so, hätte es noch länger gedauert, wäre ich mit dem Vorschlag gekommen, uns ein Taxi zu rufen. Golfwagen wären auch nicht unpraktisch in dem Haus, um von Zimmer zu Zimmer zu gelangen.

Er ließ mich seine Winztasche auspacken, und ich half ihm, alles zu verstauen. Danach wollte er mir mein Quartier zeigen. Ich würde also leider nicht hier bei ihm pennen, stellte ich fest. Aber dann fiel mir wieder diese spaßige Nacht ein, die wir vor gut einer Woche miteinander verbracht hatten, und da war ich gar nicht so unglücklich darüber, dass ich vielleicht noch fünfzehn oder zwanzig Kilometer weiter laufen musste. Aber Mann, meine Füße brachten mich um. Ich hatte immer gedacht, ein Chauffeur würde in erster Linie fahren.

Ich räumte Socken und andere Artefakte nach seiner Anweisung ein. Nichts davon sah so aus, als käme es von dort, wo ich einkaufte, oder als wäre es einmal im Schlussverkauf angeboten worden. Er erzählte mir von sich und seinem Bruder, dass sie dieses enorme Konglomerat von Unternehmen besaßen und leiteten und dass einige von ihnen von humorlosen und kleingeistigen Erbsenzählern unter Umständen als etwas abseits der Legalität angesehen werden könnten. Er ließ durchblicken, dass ein aufgeweckter Junge wie ich es weit bringen könnte, wenn er sich nicht in die Hose machte und Augen und Ohren offenhielt, ich also nicht auf Ewigkeiten Chauffeur bleiben müsste, sondern in die Riege der Anzugträger aufsteigen könnte, wenn ich mich als so clever erwies, wie ich ihm vorkam.

Mir wurde ganz warm ums Herz, und ich war gerade dabei, ihm die ganze Mitarbeitermotivations-Leier abzunehmen, als er wieder anfing, über seinen Bruder zu sprechen, und das holte mich abrupt aus meinem Wolkenkuckucksheim zurück.

Er sagte, dass diese fürchterlichen Entführer seinem Bruder die Hand abgehackt hätten, worauf ich ein »O nein!« von mir gab, das ich mit ein paar kleinen Luftschnappern krönte. Die Hand sei gegen Lösegeld einbehalten worden, erzählte er weiter. Sein Bruder habe sich aber an die Anweisungen gehalten und den geforderten Betrag überbringen lassen, und die Hand sei nun wieder in seinem Besitz, und, wenn er sich nicht täusche, werde sie in Kürze wieder angebracht. Der Arzt würde schon bereitstehen mit dem nötigem Instrumentarium und erfahrenen Krankenpflegerinnen und nur noch auf die Anlieferung der betroffenen Hand warten. Aus dieser Äußerung schloss ich, dass jemand Wanda einen Besuch abgestattet haben musste und nun mit der Pranke auf dem Weg zur Ranch war.

Und nicht nur das, auch sein armer Bruder befinde sich just im Moment im Familienhelikopter im Anflug auf das Gelände.

Diese letzte Nachricht brachte mein Blut gehörig in Wallung. Junge, Junge, ich konnte es kaum abwarten, den alten Deneuvé wiederzusehen und ein bisschen über die alten Zeiten zu plaudern. Mal sehen, ob er mich erkannte. Wir würden uns prächtig amüsieren, die alten Kriegsgeschichten herauskramen, den Tequila abkippen und in Zitronen beißen. Ich sah mich schon mal nach einem geeigneten Fluchtweg um, sollte sich die Notwendigkeit dazu ergeben, aber ich wusste nicht mehr, wo ich mich befand, noch nicht mal, wo Norden war.

Und dann kam Robert mit der besten Neuigkeit von allen rüber.

»Wir stecken ein wenig in der Bredouille. Diese Kidnapper haben uns nicht nur lächerlich gemacht, sie haben auch noch zwei Millionen Dollar, die uns gehören. Das lässt uns schlecht aussehen. Natürlich werden wir das Geld zurückbekommen. Die Jungs haben bereits einen der Entführer gestellt. Sie bringen ihn im Hubschrauber mit Charles hierher.«

Es gibt im Leben so einige Stellenangebote, auf die man sich nicht allzu überstürzt einlassen sollte, und auf diesen Chauffeurposten traf das exakt zu.

»Sie haben einen von denen erwischt?« Ich hoffte, Robert bemerkte nicht, wie sich meine Stimme überschlug. Jetzt wäre ein guter Zeitpunkt, ihm zu erklären, dass mein Führerschein abgelaufen war und dass ich wahrscheinlich sowieso die Prüfung zur Personenbeförderung nicht schaffen würde, so wie mich meine Hämorrhoiden quälten. Ob mich jemand vielleicht noch zurück in die Stadt mitnehmen könnte, dann würden wir als Freunde auseinandergehen. Hat halt einfach nicht geklappt mit uns.

»Ja. Tommy LeClerc. Was für eine Ironie des Schicksals.«

Er schüttelte den Kopf und schaute sorgenvoll. Ich hatte es nicht kapiert, aber ich fragte auch nicht nach, worin die Ironie bestand. Halt bloß die Klappe, sagte ich mir, und stell keine verdächtigen Fragen.

»Bis jetzt hat er uns noch nichts verraten, aber wenn es jemanden gibt, der ihm diese Informationen entlocken kann, dann ist es Bruno.«

Vor meinen Augen erschien ein ziemlich deutliches Bild, wie Bruno wohl aussehen musste.

Robert redete immer noch weiter: »Dieser Tommy hat bislang allen Überzeugungsversuchen widerstanden. Anscheinend ist er klug genug zu wissen, dass er nicht mehr gebraucht wird, wenn wir herausgefunden haben, wer sein Partner ist und wo sich das Geld befindet. Es ist allerdings lediglich eine Frage der Zeit, bis wir erfahren, was wir wissen wollen. Auf jeden Fall wird mich die Angelegenheit dieses Wochenende vollends in Anspruch nehmen. Ich werde Sie wohl nicht brauchen. Entspannen Sie sich einfach und leben Sie sich erst einmal hier ein. Ich werde Ihnen jetzt Ihr Zimmer zeigen.«

Mir war schon ganz schwindlig bei dem Gedanken an die Hochstimmung, die am Wochenende hier ausbrechen würde, wenn die Party in Gang kam. Aber wahrscheinlich war ich nur ein undankbarer Typ, der seine grauen Zellen zermarterte, um einen Weg zu finden, die Gala-Events zu umgehen.

Vielleicht konnte ich mir einen der zehn bis zwanzig Rolls-Royces vor der Tür unter den Nagel reißen und ihn kurzschließen.

Robert war dann fertig damit, die Zehenenden seiner Socken in einer Reihe auszurichten und brachte mich dorthin, wo ich unterkommen sollte, in gut zwei Kilometern Entfernung, in einem völlig anderen Bereich des Schlosses, den er »Westflügel« nannte. Man konnte hier einen Monat lang auf Rollschuhen herumkurven und würde dabei niemandem zweimal begegnen. Es war ein gigantisches Haus, und das brachte mich auf eine Idee.

Deneuvé würde sicherlich in einem Bett liegen, angeschlossen an Schläuche und anderen medizinischen Kram. Es bestand eine realistische Chance, dass ich ihm gar nicht begegnen würde. Vielleicht könnte ich das Wochenende hier durchstehen und mich danach verdrücken. Vielleicht könnte ich mich auch beim Tafelsilber bedienen, um damit meinen Abgang vom amerikanischen Festland zu finanzieren. In meinem Kopf begann sich ein Plan abzuzeichnen.

Das Zimmer, das mir zugeteilt wurde, war natürlich nicht so hochherrschaftlich wie das vom Boss, aber es war auch nicht zu verachten. Es war Alonzos alte Bude.

Da ich keine Toilettenartikel bei mir hatte, meinte Robert, ich solle Alonzos Rasierer nehmen, und er würde später von einem der anderen Diener eine Zahnbürste vorbeibringen lassen. Und natürlich auch eine passende Uniform, Socken, Unterhosen, den ganzen Kram.

Der Boss zeigte mir alles, auch, wie die Fernbedienung des Farbfernsehers funktionierte, und sagte: »Wenn Sie den Signalton hören, dann bedeutet das, dass ich Sie brauche, Pete. Solange Sie das Haus noch nicht besser kennen, kommen Sie dann erst mal ins Foyer. Ich kann mir vorstellen, dass Sie müde sind und etwas Ruhe benötigen. Ich denke nicht, dass ich Sie heute Abend noch einmal brauchen werde, amüsieren Sie sich einfach. Erkunden Sie ruhig die Örtlichkeiten, wenn Sie wollen – solange Sie sich ruhig und unauffällig verhalten, steht Ihnen alles offen.«

Er streckte mir erneut seine Hand entgegen. Muss wohl früher mal Versicherungsvertreter gewesen sein.

In dem Moment hörten wir es beide – das Geräusch der Rotorblätter.

»Das wird Charles sein«, sagte er. »Ich gehe und kümmere mich um ihn. Sagen Sie mal«, die nächsten Worte ließen mir das Blut in den Adern gefrieren, »wie wäre es, wenn Sie mitkommen würden und uns helfen, ihn aus dem Hubschrauber zu hieven. Wir könnten noch etwas Unterstützung gebrauchen.«

Ach du Scheiße. Ich sollte jetzt dort hingehen und den Mann, bei dem ich mitgeholfen hatte, die Hand vom Körper zu trennen, ins Haus tragen? Wenn mir nicht einfällt, wie ich da rauskomme, bin ich ein toter Kidnapper. Nur hatte ich nicht gleich eine brauchbare Idee, sofern man es nicht als brauchbar ansah, kopfüber durch ein Fenster zu springen und wegzurennen – und das tat ich nicht. Ich bin Robert einfach nur mit eingezogenem Schwanz hinterhergetapert wie ein Hund, der weiß, dass er gleich seine Schläge bekommt, weil er auf das Sofa geschissen hat. Mir wird schon was einfallen, mir wird schon was einfallen, mir wird schon was einfallen, hallte es mir im Kopf herum.

Wir kamen nach draußen und bogen um die Ecke, und dann sah ich den Hubschrauber, und meine alte Blutpumpe begann das Plasma noch schneller durch die Adern zu schleusen, als ich sah, wie zwei Schwergewichtsboxer ausstiegen und eine dritte Person hinter sich herschleiften, die sich bei den Ausstiegsmodalitäten nicht besonders kooperativ verhielt. Und dann dachte ich, ich kriege gleich einen Herzkasper, als ich sah, wer der widerspenstige Fluggast war.

Tommy.

Ich war auf jeden Fall ein toter Haufen Ektoplasma.

Tommy sah auch nicht so recht erfreut aus. Er hatte ein paar Beulen an der Birne, die ich selbst aus der Entfernung erkannte, und man hatte ihn mit Handschellen hinter dem Rücken gefesselt.

Warum ich nicht genau in dem Moment abhaute, weiß ich nicht. Mein Hirn war völlig eingefroren, wie hypnotisiert stapfte ich Robert hinterher zum Hubschrauber, meinem sicheren Ende entgegen. Ich hielt mich halb hinter ihm verborgen und zog den Kopf ein, während ich dem Mann im Himmel einige substanzielle Versprechungen machte, etwa dass ich nie im Leben wieder auch nur einen einzigen Gegenstand besitzen wollte, weil alles ihm gehören solle. Außerdem wollte ich nie wieder etwas Illegales oder Unmoralisches tun, Geistlicher werden und so weiter. Von daher stand schon mal fest, dass ich, falls ich hier rauskam, auf alle Ewigkeiten pleite sein und nie mehr das kleinste bisschen Spaß haben würde. Aber das war jetzt alles unwichtig. Wichtiger war es, meinen Arsch zu retten.

Nun, meine Gebete wurden erhört: Wir gingen geradewegs an Tommy und den beiden Typen vorbei, die ihn wegschafften. Tommy schaute nicht einmal kurz auf, hielt den Blick gesenkt, und somit hatte ich verdammt großes Glück, das ist alles, was ich dazu sagen kann.

Aber dann waren wir in dem Vogel drin, und ich sollte die Bahre, auf der Charles Lacy Deneuvé lag, an einer Ecke anfassen, und mir war klar, dass es nicht mehr lange dauern konnte, bis sich im Gespräch herausstellte, dass wir uns von irgendwoher kannten.

Ich war kurz davor, mich nass zu machen – falls es überhaupt eine Stelle gegeben haben sollte, die der Schweiß noch nicht erreicht hatte. Mir blieb nichts anderes übrig, als vorzutreten und die Bahre an einer Ecke zu ergreifen. Ich redete kaum hörbar in Zungen, gab noch mal so richtig Vollgas beim Gebet, die Augen geschlossen, die Hände zitternd, als hätte ich einen epileptischen Anfall. Ich warf einen verstohlenen Blick auf Deneuvé und sah, dass er bewusstlos war. Dennoch wurden mir die Knie weich, ich stand selbst kurz vor der Ohnmacht, so groß war die Erleichterung, aber ich riss mich zusammen, und dann trugen wir ihn ins Haus zu einem großen Bett auf Rädern, das jemand vorbeigebracht hatte.

»Danke, Pete«, sagte Robert. Anscheinend hatte ich jetzt dienstfrei. Ich sah zu, dass ich so schnell wie möglich zu meinen vier Wänden kam, wo ich auf dem Bett zusammenbrechen und versuchen würde, neue Kräfte zu sammeln und etwas gegen den Durchfall zu tun, der mich überkommen hatte. Außerdem musste ein Plan her, wie ich von hier wegkam.

Ich dachte nach, versuchte eine Lösung zu finden. Am wichtigsten war es, so schnell wie möglich von hier abzuhauen. Noch länger in Deneuvés Bude abzuhängen vertrug sich nicht gut mit dem Wunsch, meine Lebensfunktionen durch Weiterleben zu erhalten. Und dann war da noch was anderes.

Tommy.

Tommy war hier, und es war offensichtlich, dass er ihnen noch nicht verraten hatte, wo das Geld war, denn sonst hätten sie ihn schon umgelegt. Und wenn Tommy ihnen noch nichts von dem Geld erzählt hatte, dann bedeutete das, dass ich es immer noch irgendwie in die Finger kriegen könnte, falls es mir gelang, ihn mit mir hier rauszuschaffen.

Mir war allerdings nicht klar, wie ich das allein schaffen sollte. Ich würde dabei Unterstützung benötigen, doch wer könnte mir helfen? Ich zermarterte mir das Hirn, aber mir fiel niemand ein, außer …

Natürlich.

Cat.

Cat würde mir helfen. Solange sie davon ausgehen konnte, dass sie dabei reich würde. Sie brachte die beiden nötigen Eigenschaften dafür mit. Sie hatte Mumm. Und sie war hinterm Geld her.

In meinem Zimmer griff ich zum Telefonhörer. Hoffentlich war das Telefon nicht angezapft. Ich zögerte kurz, dann wählte ich. Erledigt war ich so oder so.

****

Als sie abhob, ließ ich fast den Hörer fallen, so schweißnass waren meine Hände. Ich holte tief Luft.

»Hi, Baby.«

»Pete? Bist du das?«

»Ja. Sag mal, hast du gerade was vor?«

»Was willst du von mir, Pete? Ich hab dir gesagt, dass du mich nicht anrufen sollst.«

»Ich weiß, ich weiß. Hör zu, hättest du Lust, dir einen Haufen Geld zu verdienen? Ich meine, einen *richtigen* Haufen. Hunderttausend Dollar, so was in der Art?«

Stille.

»Cat?«

»Ich höre.«

****

Zehn Minuten nachdem ich aufgelegt hatte, wusste ich immer noch nicht, ob sie auf meinen Vorschlag eingehen würde oder nicht. Meine Hände waren gerade wieder ein bisschen am Trocknen, als das Telefon klingelte. Mein Herz sprang mir fast aus den Rippen, weil ich wusste, das konnte nur einer der Deneuvés sein, um mir mitzuteilen, dass sie Bescheid wüssten. Er bitte höflich darum, dass ich im Zimmer bliebe, damit er das Erschießungskommando vorbeischicken könne.

Es war tatsächlich Deneuvé, aber derjenige ohne Narben am Handgelenk, und er hatte, dachte er zumindest, gute Neuigkeiten für mich. Ich war mir da nicht so sicher, aber das behielt ich für mich.

»Es gibt gute Neuigkeiten für Sie. Ihre Freundin hat gerade angerufen.«

Freundin? Bei mir klingelte nichts.

Das musste ich ihm auch so gesagt haben.

»Ja, Cat.«

Herr im Himmel. Ich wollte etwas antworten, aber er fiel mir ins Wort, bevor etwas Dummes aus meinem Mund entweichen konnte.

»Ich habe sie fürs Wochenende hierher eingeladen. Es war sogar ihr Vorschlag, als sie hörte, dass Sie auch hier sind und für mich arbeiten. Ich werde ihr einen Wagen schicken, für sie und Jackie. Das wird wie in den alten Zeiten, nicht wahr? Ich habe ihnen gesagt, dass sie neben Ihnen übernachten können. Es gibt noch ein Zimmer neben Ihrem, das sie haben können. Wenn Cat natürlich lieber bei Ihnen unter die Decke schlüpft, geht das auch in Ordnung, oder? Wäre ja gar nicht so schlecht, was? Machen Sie sich keine Gedanken wegen mir, das mit Cat ist für mich nur eine Geschäftsbeziehung. Sie ist eine wunderbare Frau, aber das wissen Sie ja auch selbst. Sie sind ein Glückspilz, Pete. Na, ist das nicht eine nette Überraschung? Hätte ja gar nicht besser kommen können, oder? Ich hoffe sehr, dass Sie sich uns im Laufe des Abends noch anschließen. Wir werden eine Menge Spaß haben, so wie schon einmal. Ist das nicht aufregend?«

Er legte auf.

Eine nette Überraschung? Das Leben am Abgrund machte mich fertig. Ich hatte keine Ahnung, ob Cat auf meinen Vorschlag eingehen würde, oder ob sie sich nur das Vergnügen nicht entgehen lassen wollte, zu sehen, wie ich ausgeweidet und gevierteilt wurde. Warum brachte sie Jackie mit, wenn sie mich nicht verraten wollte und Jackie nicht Teil des Festprogramms war, das sie sich für Robert ausgedacht hatte? Noch so eine Überraschung von dem Kaliber, dann können sie mich zum dreifachen Bypass in den OP schieben. Diese neuen Entwicklungen zermürbten mich und ließen mich vorzeitig altern. Ich hatte schon Angst, in den Spiegel zu schauen und zu entdecken, dass meine Haare grau geworden waren. In meinem nächsten Leben würde ich mir einen Beruf aussuchen, der nicht so kompliziert und stressig ist, vielleicht Astronaut, Stierkämpfer oder Testspringer für Fallschirme.

Cat.

Ich brauchte was für meinen Magen. Der brannte wie Feuer.

Würde sie sich zu den Christen oder zu den Löwen gesellen?

CAT

Je länger ich darüber nachdachte, desto mehr war ich davon überzeugt, dass Cat mich verpfeifen würde. Man darf niemals einer Frau vertrauen, spukte es mir im Kopf herum, das war schließlich eine weit verbreitete Binsenweisheit an den Theken der Welt.

Ich steckte richtig in der Klemme. Und zu allem Unglück kam auch noch Pech hinzu. Nicht mal die Krebssuppe konnte ich genießen, die mir so ein kleines Flittchen im Hausmädchenkostüm vorbeibrachte. Sie tat so, als wäre sie gar nicht abgeneigt, dass ich mich ihr ein wenig widmete, aber das hätte auch nur mit einer Enttäuschung geendet, denn stressbedingt wäre mein Freudenspender gar nicht in der Lage gewesen, sich in seiner vollen Größe zu präsentieren.

Nachdem eine gute Stunde ins Land gegangen und ich wenigstens halbwegs wieder so weit war, mich zu entspannen, hämmerte es an der Tür, bam, bam, bam!

Ich schreckte hoch und haute mir den Kopf an der Zimmerdecke gut zehn Meter über mir an. Na ja, ganz bin ich nicht an die Decke gestoßen, aber fast.

Cat und Jackie.

»Wir sind im Zimmer nebenan«, quiekten sie und stellten dort ihre Koffer ab, die wahrscheinlich bis zum Rand gefüllt waren mit Folterwerkzeugen, für den Fall, dass Robert nicht die passende Rute in seinem Peitschenschrank hatte. Cat kam kurz darauf zu mir rüber und schloss die Tür hinter sich. Sie musste Jackie gesagt haben, dass sie sich unter vier Augen mit mir unterhalten wolle. Diese neue Entwicklung begeisterte mich ohne Ende, und das konnte man mir wohl auch ansehen. Ich dachte mir, selbst wenn sie sich dafür entschieden hat, mein Angebot anzunehmen, werden wir trotzdem wieder den High-Heel-Walzer mit Robert zusammen tanzen. Ich saß jedenfalls schon auf glühenden Kohlen und konnte es nicht abwarten, bis die Party in Gang kam. Mit Cat hatte es mich ganz schön erwischt, das wurde mir wieder bewusst, als ich sie sah. So freundlich sie auch ein paar Sekunden vorher zu mir gewesen sein mag, vielleicht hat sie das nur für Jackie vorgespielt, und nun würde sie mich wissen lassen, dass wir beide auf gegnerischen Seiten standen. Sie wollte nur nicht, dass Jackie mitbekam, dass sie mich verraten würde, wobei ich nicht wusste, wie sie das geheimhalten wollte.

»Das gibt's doch gar nicht«, sagte Cat und ließ sich auf mein Bett fallen.

»Ja, ich bin auch völlig baff«, stimmte ich ihr zu. »Wer hätte gedacht, dass wir uns so schnell wieder begegnen, und dann auch noch unter diesen Umständen? Da merkt man mal wieder, wie klein die Welt ist. Und was passiert jetzt? Willst du auf meinem Grab tanzen?«

»Halt die Klappe, Pete. Musst du eigentlich immer so ein Klugscheißer sein? Du kriegst es immer wieder hin, das Richtige zur falschen Zeit zu sagen. Entweder sagst du das Richtige zur falschen Zeit, das Falsche zur richtigen Zeit, oder du kriegst das Maul nicht auf, wenn du eigentlich das sagen solltest, was eine Frau gerne hören würde. Da hast du schon eine ganz besondere Begabung dazu, oder?«

Sie hatte recht. Es *war* eine Begabung. Keine *nützliche* Begabung, aber immerhin. Ach was, eigentlich war es auch keine Begabung, sondern eher eine Last. Eine Last, die ich schon mein ganzes Leben mit mir herumschleppte. Mir fiel etwas ein, das Dusty mir mal gesagt hatte. Dusty war mein letzter Trainer beim Baseball. *Es liegt an deiner Einstellung, Pete*, hatte er gesagt, als er mir die Papiere gab. *Du hast alles Talent der Welt, mein Sohn, aber deine Einstellung ist für'n Arsch. Du lässt dir von niemandem was sagen, ohne dass du gleich zum Gegenangriff übergehst und dumme Sprüche reißt. Ich kann mit jemandem wie dir nicht arbeiten. Niemand kann das. Deswegen stellen wir dich frei. Und auch wegen der Wetten.*

Es war brutal, wie mir auf einmal diese ganzen Gedanken durch den Kopf rauschten und wie mir Dinge einfielen, an die ich jahrelang nicht gedacht hatte. Als ob ich das, was Dusty mir gesagt hatte, nun zum ersten Mal hören würde. Ich konnte ihn direkt vor mir sehen, wie er oben am Rand des Dugout stand und ich auf ihn zukam, nachdem ich sechs Runs vergeigt hatte. Er fragte mich, was los sei, und ich antwortete: *Nichts, Cap. Ich habe nur meine Tage.* Die ganze Zeit hatte ich meine Unfähigkeit, den langsamen Curveball zu werfen, als Ursache für das Scheitern meiner Baseball-Karriere angesehen. Aber plötzlich wurde mir klar, dass ich überhaupt nur wegen meines langsamen Curveballs beim professionellen Baseball gelandet war. In den Ligen der High Schools und der American Legion sah man fast nichts anderes. Wenn der Pitcher keinen Fastball warf, dann war es ein Curveball. Das war niemals mein Problem gewesen. Den langsamen Curveball konnte ich werfen wie kein Zweiter. Ich hatte nur einen Vorwand gesucht, deshalb hatte ich mir das alles eingeredet, hab es als Rechtfertigung benutzt, weil ich doch in Wirklichkeit die ganze Zeit vor Angst die Hosen voll hatte beim Baseball. Und je höher die Liga, desto angespannter wurde ich. Und was habe ich gemacht, wenn ich so angespannt war? Statt mir Hilfe zu suchen oder wenigstens mit jemandem darüber zu sprechen, habe ich das Maul aufgerissen und dumme Sprüche geklopft. Das war meine Art, mit Druck umzugehen. Ich hab mich zurückgezogen und meine Witze gemacht. Das war mein Stil, und, so viel stand jetzt fest, mein Stil war scheiße. Er hat mich meine Baseball-Karriere gekostet und wahrscheinlich auch die Frau, mit der ich hätte glücklich werden können. Ich hatte Angst, das wurde mir plötzlich bewusst. Ich hatte Angst vor ihr. Angst vor einer Beziehung mit ihr und deren Folgen. Glück? Hatte ich Angst davor, glücklich zu sein? Ich wusste nicht mehr, was ich denken sollte.

»Ich hab's irgendwie verkackt, oder? Das mit uns beiden, meine ich. Wendest du dich deshalb jetzt gegen mich?«

Sie sah mich an und schwieg.

»Weißt du, was dein Problem ist, Pete? Dein Problem ist, dass du keine Nähe zulässt. Wenn du merkst, dass dir jemand zu nahe kommt, dann machst du dich aus dem Staub. Ich weiß nicht, ob es damit zu tun hat, dass dir mal jemand wehgetan hat, oder dass du Angst davor hast, dass das passieren könnte. Vielleicht stellst du dir das alles auch viel schmerzhafter vor, als es ist, wenn jemand dir nahekommt und dich dann sitzen lässt oder dir den Laufpass gibt. Ich weiß nicht, was mit dir los ist, aber irgendwas stimmt nicht mit dir. Irgendwas verhindert, dass du richtig und *vernünftig* reagierst, wenn es angebracht ist. Weißt du, so gesehen erinnerst du mich an eine Hure. Wenn wir mit einem Freier zusammen sind, dann ziehen wir uns in uns zurück, behalten unsere wahren Gefühle für uns. Aber ich glaube, du machst das bei *jedem* so. Sind denn alle Menschen Huren für dich? Ich weiß, dass ich für dich eine bin, aber so einfach ist es auch wieder nicht. Ich war nie mit dir zusammen. Mit *dir*. Du bist hier die Hure, nicht ich.«

Sie weinte, nicht zuletzt vor Wut.

»Und ja, du hast es wirklich verkackt, Großer.« Sie warf sich auf dem Bett herum wie auf einem Trampolin, schniefte, wischte sich die Augen mit dem Handrücken ab, stütze sich auf die Ellbogen und sah mich von unten herauf an. Ihr Gesichtsausdruck hatte sich komplett verändert.

»Aber das bereitet mir keine schlaflosen Nächte, du Arschloch. Das mit uns wäre wahrscheinlich sowieso nie was geworden. Du hast einfach nicht genug auf der Naht für mich. Ich suche mir jemanden mit Geld, ich habe die Schnauze voll von abgebrannten Typen. Aber natürlich könnte sich daran auch wieder was ändern, nicht wahr?« Sie zeigte mir ein kurzes kokettes Lächeln.

Meine Unfähigkeit, das Richtige zur rechten Zeit zu

sagen, sorgte diesmal dafür, dass ich den Mund ganz hielt, und so ließ ich einmal mehr eine goldene Gelegenheit verstreichen, bei der ich, hätte ich auch nur eine halbe Hirnzelle im Kopf gehabt, die Wogen ein wenig hätte glätten und mit etwas Süßholzgeraspel verlorenen Boden gutmachen können. Stattdessen ließ ich den Grounder direkt zwischen meinen Beinen zum Error durch. Wenn mir das in einem Spiel passiert wäre, hätte ich es auf die Sonne geschoben, die mich kurzzeitig geblendet habe. Selbst wenn ich Einsichten über mich gewonnen hatte, sie nutzten mir nichts. Ungefähr so, wie wenn einer mit einem Dachschaden weiß, dass er einen Dachschaden hat. Dann hat er immer noch einen Dachschaden, er ist nur etwas klüger als die anderen mit Dachschaden. In Filmen und Büchern, wenn der Spinner merkt, dass er ein Spinner ist, dann ist das schon seine Heilung, dann kann er aus der Klapsmühle raus und heim zu seinem Frauchen und den Kindern ziehen, wo er glücklich bis an sein Lebensende den Nachbarn Versicherungen verkauft.

So ist das aber nur in Büchern. Nicht im echten Leben, so wie wir es kennen auf dem dritten Planeten von der Sonne aus gesehen. Nein, mein Herr! Zu wissen, dass du ein Versager bist, schützt dich nicht davor, ein Versager zu sein. Es macht dich lediglich zum Versager mit einem Erkenntnisgewinn, den die anderen Versager nicht haben. Und das war ich wohl auch: ein Versager mit einer Extraportion an nutzlosem Wissen über sich selbst.

Cat machte nicht den Eindruck, als führte sie ähnliche innerliche Zwiegespräche über ihren Gefühlshaushalt.

»Eigentlich sollte ich dich noch ein bisschen länger zappeln lassen«, sagte sie.

Ach ja? War die Zeit zwischen unserem letzten Telefongespräch und jetzt nicht lange genug gewesen?

Sie hörte auf zu lächeln und wurde ernst.

»Okay, Spaß beiseite. Sagen wir mal, ich würde bei dir einsteigen und dir bei deinem kleinen Coup helfen. Was meinst du würde für mich dabei rausspringen?«

»Hundert... – *zweihunderttausend.* Steuerfrei.«

»Ich sollte dich verpetzen. Und wenn du mir keinen besseren Deal anbietest, dann tu ich das auch, das schwöre ich dir.«

»Die Hälfte.« Scheiß auf das Gefeilsche.

»Abgemacht.« Sie streckte mir die Hand entgegen. »Ich sag dir mal, was ich weiß. Und du sagst mir, ob es stimmt.«

Sie fuhr fort: »Sie haben Tommy. Irgendwo hier. Wenn wir ihn nicht hier rausschaffen, möchte ich nicht in seiner Haut stecken, wenn sie ihn in die Mangel nehmen. Sie haben ihn in eines der kleinen Häuser an der Zufahrt gesteckt. Und ich wette, sie haben ihn an den Daumen aufgehängt.«

Ich war so aufgeregt, ich hätte glatt ein Gewölle herauswürgen können. Als sie das mit den Daumen erzählte, ballte ich die Fäuste schützend um die meinen.

»Woher weißt du das alles, Cat?«

»James hat's mir erzählt.«

»James?«

»Ja, ist'n alter Bekannter von mir. Ich erklär's dir mal bei Gelegenheit. James ist Deneuvés Chauffeur, der Fahrer von Charles. Ist das nicht traurig mit Alonzo? Wer wohl als Nächster dran ist? Man sagt, dass der Tod immer dreifach zuschlägt. James hat Jackie und mir alles erzählt.«

»Alles?«

»Glaub schon. Über die Entführung, die Hand, das alles. Er hat uns erzählt, was sie mit den Entführern anstellen werden. Das ist doch eine Ironie des Schicksals, das mit Tommy.«

»Was für 'ne Ironie? Robert hat auch schon so was über Tommy gesagt. Was meinst du denn damit? Was läuft hier überhaupt?«

»Tommy war derjenige, der mich mit Robert bekannt gemacht hat. Er war früher mal so was wie mein Zuhälter.«

»Robert?«

»Nein, Tommy, du Schwachkopf. Er hat so 'ne Telefonvermittlung betrieben, die reichen Typen Frauen besorgt hat. Er hat mich zu Robert geschickt.«

Na sauber! Das war ja wohl das Allerletzte, aber ich hatte keine Zeit, mich darüber aufzuregen. Wir mussten über das Geschäft reden, das lag auf der Hand.

»Na ja, jedenfalls hast du das, was passiert ist, im Großen und Ganzen richtig mitgekriegt.«

Und dann spulte ich meine Verkaufsmasche ab.

»Stell dir doch mal vor, irgendwo liegen noch zwei Millionen Dollar herum, und nur Tommy weiß, wo.«

»Gut, aber wie kommen wir dran?«

»Ungefähr so: Wie wär's, wenn du und ich Tommy befreien, uns von ihm zum Geld bringen lassen, und dann teilen wir beide es unter uns auf. Fifty-fifty. Denk mal nach, eine Million für jeden. Da kann man 'ne Menge Koks von kaufen. Da kann man von *allem* 'ne Menge kaufen.«

Sie hörte zu und dachte nach. Ich konnte sehen, wie der Hamster das Rad in Schwung versetzte.

»Cat, wenn du mich verpfeifst, lande ich auf dem Friedhof.«

Sie machte große Augen.

»Pete, das ist mir ’ne Nummer zu groß. Ich bin nur eine einfache Hure. Du hast überhaupt keine Ahnung, was hier abgeht. Ich mag dich, Pete, aber ich mag auch Blaukrabben, und für die würde ich nicht sterben wollen. Nein, tut mir leid. Wahrscheinlich werden sie es aus Tommy rausgeprügelt haben, dass du beteiligt warst und wo das Geld ist, bevor wir an ihn rankommen können. Und dann ist auch mein Leben nichts mehr wert. Es gibt Dinge hier, von denen du nichts weißt. Sie werden denken, dass ich auch irgendwie mit euch unter einer Decke stecke, gerade weil du mal bei mir gewohnt hast. Wenn ich ihnen nicht sofort alles erzähle, machen die Alligatorenfutter aus mir. Die werden auf mir rumtrampeln, aber nicht mit High Heels. Sorry Pete, ich muss jetzt gehen. Ich werde sie bitten, dich nicht zu töten, vielleicht schlagen sie dich nur richtig zusammen. Wie wäre das? Mehr kann ich nicht für dich tun. Tut mir leid, Süßer.« Sie fing wieder zu weinen an.

Als sie aufstehen wollte, drückte ich sie wieder auf das Bett runter. Ihre Augen waren so groß wie zwei Vollmonde. Sie hatte Angst, ich hatte Angst. Alle Kinder Gottes hatten Angst.

»Ich werde dir nicht wehtun, Cat. Wahrscheinlich nicht. Es gibt einen Ausweg. Denk doch mal nach: Irgendwo liegen noch zwei Millionen Dollar rum, und nur Tommy weiß, wo.«

»Was für einen Ausweg, Einstein?«

****

Ich legte ihr die großartige Idee dar, die mir als halbgarer Einfall gekommen war, bevor ich sie anrief, und die ich dann weiter ausgearbeitet hatte.

»Das könnte klappen, es könnte wirklich klappen.« Sie atmete schwer, immer noch angsterfüllt, aber ich merkte, dass sie so langsam begann, meine Sicht der Dinge zu teilen. Sie hatte angebissen, ich hatte sie schon halbwegs ins Boot geholt. Vielleicht hatte man doch noch nicht die Erde auf meinen Sarg geschüttet, obwohl das Loch schon ausgehoben war und der Priester daneben wartete.

»Wir müssten aber bis danach warten.«

Der Fisch hing an der Angel und war im Boot.

»Wonach?«

»Bis nach der Party mit Robert. Du weißt schon, du und ich und Jackie. Dann ist es so spät, dass alle anderen im Bett sind.«

Niemals. Ich war nur Zentimeter von einem Nervenzusammenbruch entfernt, mit allem drum und dran und nachfolgender Elektroschocktherapie, sollte ich ihn überhaupt überstehen. Noch eine Stepptanzeinlage mit Robert dem Perversen würde mich bei meiner gegenwärtigen Verfassung den Verstand kosten, da war ich mir sicher.

»Geht nicht, Cat. Wir müssen es jetzt angehen, solange wir das Überraschungsmoment auf unserer Seite haben. Ich sag dir was: Wir warten, bis es dunkel ist. Das dauert nicht mehr lange. Du suchst James, flirtest ein bisschen mit ihm und findest raus, in welchem Haus sie Tommy gefangen halten. Ich werde mir ein paar Drähte und Klemmen suchen, damit ich einen Wagen kurzschließen kann.«

Sie sah zu mir hoch, und ich merkte, dass sie etwas einwenden wollte, aber sie tat es nicht, zuckte einfach nur mit den Schultern und sagte, okay, dann machen wir es halt so.

Sie hatte sich so leicht überzeugen lassen, dass ich ihr das erst nicht abnahm. Sie ging ein höllisches Risiko ein, wo sie eigentlich doch nichts weiter tun musste, als mich zu verpfeifen, und dann wäre sie alle Sorgen los. Vielleicht hätte sie sogar noch eine Belohnung von Deneuvé einstreichen können. Am Geld allein kann es nicht liegen, dachte ich und schöpfte wieder etwas Hoffnung. Vielleicht gab es doch noch eine gemeinsame Zukunft für uns. Vielleicht hielt sie mich aber auch nur bei Laune, damit ich sie gehen ließ und sie direkt zu einem der Deneuvés rennen konnte.

Ich ließ sie das Zimmer verlassen. Ich hatte keine andere Wahl, als ihr zu vertrauen. Ohne ihre Unterstützung würde ich nie hier rauskommen. Wenn ich mich in ihr getäuscht haben sollte, würden sie mich zu Hackfleisch verarbeiten. Ich hatte mein Leben aus der Hand gegeben und Cats Gefühlsregungen anvertraut. Aber ich wusste nicht, welche Regung bei ihr die Oberhand behielt, Liebe oder Geldgier.

Ich hoffte, dass es Geldgier war – denn die war berechenbar.

Gott sei Dank gab es noch die alten Werte.

TOMMY UND ICH NEHMEN UNSERE PARTNERSCHAFT WIEDER AUF

Cat ließ mich nicht hängen. Ganz im Gegenteil: Innerhalb einer Stunde hatte sie nicht nur ausspioniert, in welchem Haus Tommy gefangen gehalten wurde, sie hatte sogar noch ein paar andere nützliche Dinge herausgefunden. Zum Beispiel, dass die Autoschlüssel für sämtliche Fahrzeuge auf dem Anwesen säuberlich etikettiert an einem großen Brett in der Hauptküche hingen. Cat hatte mir sogar auf einem Plan eingezeichnet, wie ich dorthin und zu anderen wichtigen Orten im Haus gelangen konnte. Es gab da schon ein paar interessante Sehenswürdigkeiten, die ich mir gern einmal angeschaut hätte, wenn mehr Zeit gewesen wäre.

Eine davon wurde »Filmzimmer« genannt, aber Cat sagte, es wären eher andere Filme als »Schneewittchen und die sieben Zwerge«, die dort gezeigt würden. Ich habe das nur für dich eingezeichnet, damit du nicht dort hingehst, hatte sie gesagt; da sitzt immer jemand drin und schaut sich irgendwelche Streifen an. Anscheinend war sie nicht zum ersten Mal hier, so gut wie sie die Aufteilung der Gebäude kannte. Mir gefiel der Gedanke nicht, aber ich konnte mir nicht erklären, warum mich so eine Kleinigkeit auf einmal dermaßen aufregte. Bis mir die Erleuchtung kam: Scheiße, so muss sich wohl Eifersucht anfühlen. Es war ein Gefühl, das ich vorher überhaupt nicht kannte, und so richtig scharf war ich nicht drauf. Jetzt erst verstand ich, worum es bei Country-Musik ging.

Aber es ging noch weiter. Sie hatte James getroffen und ihm versprochen, dass sie ihm die Eier schaukeln würde, worauf er gleich alles über Tommy ausgepackt hatte. Den Teil mit dem Versprechen versuchte ich so schnell wie möglich zu verdrängen, aber gut für den Blutdruck war dieses Eifersuchtszeug nicht.

Tommy hatte sich James' Schilderungen zufolge wohl ziemlich gut gehalten, obwohl sie ihn derbe vermöbelt hatten. Die Fachkräfte der Deneuvés waren nicht allzu glücklich mit dem Verlauf der Verhandlungen, denn mein Kumpel Robert war ausgerastet und hatte ihnen ordentlich Dampf gemacht, gar in Aussicht gestellt, das Weihnachtsgeld einzubehalten, wenn sie nicht bald ihrem Gefangenen ein paar Antworten entlockten. Die Festivitäten der nächsten Tage versprachen nichts Gutes für Tommys Gesundheit und Wohlbefinden. Aber er war nicht eingeknickt, und das überraschte mich. Die kleine Natter erwies sich als widerstandsfähiger, als ich es ihr zugetraut hätte.

Kurz bevor sie Tommy ins Land der Träume schickten, hatten sie ihm drastisch ausgemalt, was ihn am nächsten Tag erwarten würde. Anscheinend war der, den sie Bruno nannten, auf die clevere Idee gekommen, man solle Tommy einen Finger nach dem anderen abschneiden, so lange, bis er redete. Und dann hatten sie Tommy mit dieser Aussicht allein gelassen. Sie hatten Nummern gezogen und unter sich Wetten abgeschlossen, nach wie vielen Fingern er anfangen würde zu singen. Cat erzählte, dass James sauer war, weil er die Zehn gezogen hatte und wusste, dass er damit wohl nicht in die Geldränge kam, außer derjenige vor ihm war so übermotiviert, dass er aus Versehen gleich vier oder fünf Finger weghackte. Der Typ mit der Eins saß wahrscheinlich schon längst in einer Kneipe und versoff seinen Gewinn.

Am Abend hätten sich alle verdrückt, sagte Cat, die meisten seien in die Stadt gefahren, um einen draufzumachen, und der Rest hätte ein Pokerspiel mit hohen Einsätzen am Laufen. Vielleicht würde einer von denen später noch vorbeikommen und mich einladen, hatte Cat gesagt, weil sie gehört hatten, dass ein Neuer im Laden war.

Robert hatte Cat von einem seiner Sklaven eine Nachricht überbringen lassen, in der stand, dass er sie und mich und Jackie um zehn Uhr in einem Raum erwartete, den Cat den »Laufstall« nannte. Ich hatte schon ein relativ klares Bild vor Augen, wie es da aussehen würde: alles voller lustigem Spielzeug aus Jeffrey Dahmers Arsenal, Ketten, Peitschen, Nasenhaarrasierer.

Ich sah auf die Uhr. Es war bereits zehn vor neun. Robert rieb sich wahrscheinlich schon den Rücken mit Salz ein und bereitete sich auf den kommenden großen Höhepunkt vor.

»Wir müssen es jetzt machen«, erklärte ich Cat, »wir haben nur noch eine Stunde, bis er durchklingelt und wir bei seiner Lattenparade strammstehen müssen.«

»Pete, wäre es denn nicht besser, wenn wir abwarten würden, bis wir das mit Robert hinter uns haben?«

»Nein«, sagte ich. Warum fing sie schon wieder an mit dem Quatsch? Ich versuchte es so zu erklären, dass auch sie es verstand.

»Das wäre genau der falsche Zeitpunkt. Meine Sterne stehen nicht im Einklang mit Jupiter, der Mond nähert sich Arbitux 12, und mein Karma hat Mundgeruch. Außerdem gibt es noch einen anderen Grund, warum wir es jetzt angehen müssen, einen weitaus triftigeren.«

»Und der wäre?«

»Weil ich es so *will*. Nein ... Cat, ich *muss* es jetzt tun. Ich ertrage es nicht, dir bei einer weiteren Stepptanzeinlage auf Roberts Schokoladenseite zusehen zu müssen. Es ist sogar so, dass mir schon ganz komisch wird, wenn ich nur daran denke, dass du *irgendwas* mit einem anderen Mann anstellen könntest. Hör zu, Cat, ich weiß, dass ich nie das Richtige im rechten Moment sage, und das ist wahrscheinlich auch schon wieder das Falsche und der falsche Zeitpunkt, aber ich ertrage den Gedanken nicht, dass ein anderer Mann dich anfassen könnte. Da drehe ich durch. Ich weiß, dass das mit uns nichts werden wird, das hast du deutlich gemacht, aber wenn du das Geld willst, dann lass uns jetzt gehen, weil ich nicht weiß, was ich tun werde, wenn ich dich nackt mit einem anderen Mann sehe, selbst wenn ihr gar keinen richtigen Sex habt. Ein gelungener Abend sieht für mich einfach anders aus, und so wie ich mich kenne, werde ich dann etwas Dummes anstellen.«

Sie kam zu mir und legte die Arme um mich. »Pete, eben hast du genau das Richtige gesagt. Und was für ein Wunder: genau zur richtigen Zeit. Das war wahrscheinlich das erste Mal in deinem Leben.«

Als ich sie küsste, begann sich alles schneller zu drehen, als ob mein Leben den nächsthöheren Gang eingelegt hätte. Ich wusste genau: Von nun an hatte ich mich ergeben; vor mir lag das süße Leben, in dem ich nichts mehr zu sagen haben würde.

»Und ab geht's«, sagte ich. Ich wollte mir den Anschein geben, als hätte ich alles unter Kontrolle, aber wir wussten beide, dass dem nicht so war. Die Kontrolle hatte ich jetzt für immer aus der Hand gegeben. »Dann lass uns mal 'nen Gang zulegen.«

Ich hatte bereits die Dienstuniform an, die sie mir aufs Zimmer geschickt hatten, ich würde weniger auffallen, weil ich wie ein normaler Angestellter der Deneuvés aussah. Wir verließen meine Bude und trennten uns vor der Tür, damit wir keinen Verdacht erregten, falls uns jemand sah. Ich suchte mir auf dem Plan den Weg zur Küche. Hoffentlich war Cat beim Einzeichnen sorgfältiger vorgegangen als bei der Auswahl ihrer Klientel. Sie hatte sich direkt zum Parkplatz aufgemacht.

Die Küche fand ich ohne Probleme, das einzig Nervige daran war, dass ich dazu schon wieder einen Tagesmarsch hinlegen musste. Ich hätte meine Feldflasche mitnehmen sollen. Ich konnte hören, wie meine Fußzehen durch die Löcher, die ich in meine Schuhsohlen gelaufen hatte, auf den Boden tappten. Es war genau, wie Cat es angekündigt hatte: In der Küche hing ein großes Brett mit ungefähr zwanzig Schlüsseln dran. Ich schnappte mir den Schlüsselbund, der zu dem Wagen gehörte, mit dem wir gekommen waren, und war schon halb aus der Tür, als mir eine brillante Eingebung kam. Ich ging wieder zurück und vertauschte bei sämtlichen Schlüsselbünden am Brett die Anhänger. Das würde Deneuvés Leute ordentlich Zeit kosten, wenn sie die Verfolgung aufnehmen wollten.

Diese ganze Abhau-Nummer war bisher ein Kinderspiel. Mir war noch nicht eine einzige Person begegnet. Vielleicht war der nukleare Notstand ausgerufen worden, und alle waren im Gemeinschaftsraum, um noch ein letztes Mal einen wegzustecken. Ich hatte noch nie ein so großes Gebäude so menschenleer gesehen, das gab's nicht mal im Museum, wenn die Schulkinder frei hatten. Vielleicht waren sie alle auf der Pferderennbahn, die sich im Keller befinden musste, und warteten auf das Hauptrennen. Es war gespenstisch – als ob alle Welt gestorben wäre und Cat und ich die einzigen Überlebenden. Dann fiel mir ein, dass die meisten von der Crew in die Stadt gefahren waren.

Ich muss vor mich hin geträumt haben und irgendwo falsch abgebogen sein, denn der Gebäudeflügel, durch den ich gerade wanderte, entsprach so gar nicht dem, was auf dem Plan eingezeichnet war. Ich ging an einem Zimmer vorbei, das hell erleuchtet war wie ein Hurenhaus, wenn die Flotte im Hafen angelegt hat, und noch bevor ich meinen Verstand einschalten konnte, hatte ich auch schon den Kopf zur Tür reingesteckt, um zu sehen, was es da Besonderes gab. Eigentlich nichts. Da saß nur ein älterer Typ aufrecht im Bett, aß Cracker und schaute sich Vanna White im Fernsehen an. Irgendwie sah er seltsam aus, überall Schläuche und Leitungen und komische Geräte, sein rechter Arm komplett bandagiert. Und da erst überkam mich die furchtbare Gewissheit. Es war Deneuvé.

Bei vollem Bewusstsein.

Hellwach.

Und er sah mir direkt in die Augen.

Für den Bruchteil einer Sekunde lächelte er, dann machte sich ein fragender Gesichtsausdruck auf seiner Visage breit und er brüllte los: »Du!«

Schneller als ein Schaf nach der Schur raste ich quer durch das Zimmer und schnappte mir eine Handvoll der Leitungen, an denen er hing.

»Wenn Sie noch einmal schreien, dann zieh ich die raus«, sagte ich.

Er zeigte mir sein boshaftes Grinsen und hob mit seiner unverletzten Hand einen Apparat hoch, der aussah wie eine TV-Fernbedienung, aber wahrscheinlich eine ganz andere Aufgabe hatte.

»Ach ja?«, entgegnete er, »weißt du, was ich dir vorschlagen würde, toter Mann? Wenn du jemandem Angst machen willst, dann gibt es Wirkungsvolleres als ihm damit zu drohen, sein Blutdruckmessgerät rauszuziehen.« Er drückte einen Knopf an der Fernbedienung. Am Fernseher tat sich gar nichts, aber dafür brach ein Krach los, der es mit dem Vorspiel zum Feuerwerk am 4. Juli aufnehmen konnte. Überall Piepsen, Pfeifen, Brummen und alle möglichen anderen Alarmsignale. Höllisch laut. Es konnte nicht länger als zehn Sekunden dauern, bis irgendein muskelbepackter Schrank auftauchte.

»O Scheiße«, entfuhr es mir, »war das jetzt wirklich nötig?«

Er grinste wie ein Honigkuchenpferd: »Ich denke, es wird nicht die Hand sein, die wir dir amputieren werden, du Klugscheißer. Ich glaube, wir hacken dir was anderes ab. Ich hoffe, dass Sex in deinem Leben keine größere Rolle spielt.«

»O Scheiße«, kam es zum zweiten Mal von mir. Ich trat vor und verpasste ihm einen Schwinger. Er kippte nach hinten um wie ein Penner nach einem dreitägigen Fuselbesäufnis.

Dann sah ich zu, dass ich Land gewann. Höchste Zeit, mal in die Gänge zu kommen.

Das Glück war mit mir. Ich rannte in die richtige Richtung. Nach ungefähr einem Kilometer hatte ich das Foyer erreicht und war immer noch niemandem begegnet. Ich riss die Tür auf, endlich frische Luft. Draußen stand Cat auf dem Vorplatz.

Sie unterhielt sich mit einem Sumo-Ringer. Beide beobachteten sie das Haus und lauschten den Alarmsirenen.

Nichts zu machen. In wenigen Sekunden würde hier die Hölle losbrechen, und weder Cat noch ich würden jemals wieder Gelegenheit bekommen, unsere Geburtstagskerzen auszublasen. Ich musste mir was einfallen lassen, und zwar zack zack. Wir hatten bestenfalls ein paar Minuten, bevor auf dem Rasen vorm Haus eine Party steigen würde, bei der ich nicht anwesend sein wollte. Ich holte tief Luft und marschierte sicheren Schrittes auf die beiden zu, als ob ich der neue Vorarbeiter wäre oder so was.

»Ich bin Pete«, sagte ich und schaute King Kong tief in die Augen. »Mr. Deneuvé lässt ausrichten, dass James umgehend zu ihm kommen soll. Er hat gesagt, wenn James nicht in sechs Sekunden bei ihm ist, hat er verschissen. Vielleicht kannst du diesen Typen für mich finden, ich bin neu hier und weiß gar nicht, wer das ist. Ich will ja nicht, dass er Schwierigkeiten bekommt.«

Der Kleiderschrank sagte kein Wort, aber er wurde so weiß wie meine Unterwäsche an einem Montag und sprintete zum Haus. So wie die Erde dabei bebte, hätte man denken können, wir wären in Kalifornien.

Cat verdrehte die Augen. Ich ergriff ihre Hand, wir beide rannten zum Wagen. Wir sprangen rein, und ich startete den Motor.

»Wer war das?«, fragte ich beim Wenden.

»James«, antwortete sie. »Du hättest dir keine Sorgen machen müssen, ich hätte mich um ihn gekümmert.«

»Ich musste mir aber Sorgen machen«, sagte ich, während wir die Einfahrt entlang zur Zubringerstraße rasten, über die ich vorher zum Haus gekommen war. »Deneuvé hat mich gesehen. Da ist die Kacke am Dampfen. Und wir stecken ganz tief drin.«

Sie zog ein Gesicht, wie ich es mir gut beim nächsten Hinrichtungskandidaten in Angola vorstellen konnte.

»Welches Haus?«, fragte ich, als ich mit gut hundert Sachen über einen Weg donnerte, den man sonst im zweiten Gang befährt.

»Es ist das letzte auf dem Weg nach draußen. Ich zeig's dir. Herrgott, Pete, gib Gas! Vergiss Tommy, bring uns einfach hier raus!«

»Und wo sollen wir hin? Hast du genug Kohle für einen Erste-Klasse-Flug nach Rio? Ich hab tausend auf der Bank, das ist alles, und da komme ich nicht vor Dienstag dran. Außerdem haben wir ein bisschen Zeit, ich hab die Schlüssel vertauscht. Wird 'ne Weile dauern, bis sie die wieder sortiert haben.«

Sie stöhnte. Es klang fast genauso, wie sie sich anhörte, wenn wir Sex hatten. Sie würde sich schon wieder einkriegen. Es war ja nicht so, dass sie groß die Wahl hatte.

Es waren gut eineinhalb Kilometer bis zu dem Haus. Es wäre nur ein Typ dort, der Tommy bewachte, sagte sie, als sie merkte, dass ich mich von meinem Plan nicht abbringen ließ.

Wahrscheinlich dachten sie, Tommy wäre eh nicht in der Verfassung, um abzuhauen, deshalb hatten sie nur einen Typen abgestellt. Wir hielten vor dem Haus und stiegen aus.

Kaum zwei oder drei Stunden, nachdem ich angefangen hatte zu klopfen, ging die Tür endlich auf, und noch so ein Godzilla streckte seine hässliche Fresse raus: »Was'n los? Was willst du? Ich hab gepennt!«

Mit der Höflichkeit ist es heutzutage wirklich nicht

mehr weit her, dachte ich, aber das behielt ich für mich. Ich wollte ja nicht, dass er seine gute Laune verliert und sauer wird. Wo trieb Deneuvé eigentlich solche Gorillas auf? Wenn ich nur den Anabolika-Verkauf für die Angestellten hier übernehmen könnte, wäre ich ein gemachter Mann. Die New Orleans Saints sollten mal einen Scout vorbeischicken.

»Ich bin Pete«, stellte ich mich vor, »Mister Deneuvés neuer Chauffeur. Und Bodyguard.« Das rutschte mir so raus, ohne dass ich darüber nachgedacht hatte, dass ich schon rein äußerlich nicht den Berufsanforderungen entsprach. Ich nahm eine Karatestellung ein und lächelte den Hirni an, damit er merkte, dass ich nur deswegen kein Muskelberg war, weil ich die fernöstlichen Kampfkünste bevorzugte.

»Sie wollen den Typ drüben im Haus haben, und zwar so schnell wie möglich. Ich soll ihn hinbringen. Bringst du ihn mir raus?«

»Scheiße, Mann. Aus dem Kerl kann man echt nichts mehr rausprügeln. Wenn du dem noch einmal was auf die Birne gibst, musst du ihn wahrscheinlich im Sarg raustragen. Kommt rein, ich hole ihn.« Der Killer-Gorilla war zwar nicht sehr erfreut darüber, aufgeweckt worden zu sein, aber er hielt sich an meine Anweisungen, fragte nicht einmal, warum Cat bei mir war. Und das war auch gut so, denn ich glaube kaum, dass einem von uns dafür eine gute Erklärung eingefallen wäre.

Fortuna, die sich schon mehrmals verabschiedet hatte, war wieder zurückgekehrt an meine Seite. Der Schrank zog Tommy wie einen verschnürten Kartoffelsack hinter sich her. Er war völlig weggetreten. Ich hatte befürchtet, dass er bei meinem Anblick einen seiner Anfälle von geistiger Umnachtung bekäme und irgendwas sagte, woraus zu schließen war, dass wir uns kannten, aber die Sorge war unbegründet. Wir saßen schon wieder im Auto und wollten gerade abfahren, als das Telefon im Haus klingelte. Ich wusste schon vorher, worum es da ging.

»Geh ruhig dran«, sagte ich zu Erbsenhirn, »wird wahrscheinlich von drüben sein. Vielleicht brauchen sie noch was oder wollen, dass wir seine Zahnbürste mitbringen. Ich warte, bis du mit ihnen gesprochen hast, nur für den Fall ...«

Sicher doch.

Als Goofy im Haus verschwunden war, gaben wir Gummi. Bis zum Haupttor kamen wir ohne Probleme, aber dann tauchte ein Scheinwerferpaar im Rückspiegel auf. Vielleicht hatte ich ein oder zwei Schlüsselringe übersehen, vielleicht konnten sie auch ziemlich gut Autos kurzschließen. Ich latschte auf die Bremse, sprang raus und trat die Bremslichter kaputt. Dann sprang ich wieder ins Auto, schaltete die vorderen Scheinwerfer aus, schoss Vollgas durchs Tor und bog links ab. Ich muss etwa zwei Kilometer weit mit Tempo 170, 180 durch die pechschwarze Dunkelheit gerast sein, was bei Cat nicht gerade große Begeisterung hervorrief. Zumindest schloss ich das daraus, dass sie sich die Lunge aus dem Leib schrie, ich solle anhalten, und mir üble Schimpfworte an den Kopf warf.

»Da ist die Tür«, schlug ich ihr vor, als ich mit meiner Geduld am Ende war. Es ist schon schwer genug, ohne Sichtkontakt seinen Weg zu finden, wenn dir niemand wie ein angestochenes Ferkel ins rechte Ohr keift und dir damit den letzten Rest an Konzentration raubt. »Wenn du aussteigen willst, der Griff geht nach links auf, ist'n bisschen kompliziert.« Das brachte sie auch nicht zum Verstummen, aber kurz darauf schaltete ich die Scheinwerfer wieder an, weil wir einen Hirsch, der mitten auf der Straße stand, nur um Zentimeter verfehlt hatten, was mir eine gewisse Feuchtigkeit im Unterleibsbereich bescherte. Als das Licht wieder an war, legte ich noch mal ein Schippe drauf. Wir fuhren so schnell, dass ich jeden Moment damit rechnete, der Tower würde uns die Starterlaubnis erteilen.

Ich hoffte darauf, dass uns Deneuvés Leute nur mit einem einzigen Wagen verfolgten und falsch abgebogen waren, denn hinter uns war nichts mehr zu sehen, höchstens vielleicht ein Hirsch, der bis zum Hals in seiner eigenen Scheiße stand und sich nach der alten Zeit zurücksehnte, als ein Hirsch vor nichts anderem Angst haben musste als vor Berglöwen oder Daniel Boone.

Wir waren etwa fünfundzwanzig oder dreißig Kilometer gefahren, immer tiefer ins Cajun Country hinein, als ich eine verlassene Hütte am Ende eines Wegs entdeckte, in den ich einbog. Wir mussten Tommy wach kriegen und herausfinden, wo das Geld war, und zwar schnell. Die Zeit, die uns blieb war kurz. Kürzer als der Pimmel meiner Großmutter, und die hatte schon den kürzesten in der ganzen Familie.

Ich zerrte Tommy aus dem Wagen, legte ihn ins Gras und begann ihn zu bearbeiten, damit er aufwachte. Ich musste ihm ein paar ordentliche Backpfeifen verpassen, bevor er sich regte. Wie überrascht er doch war, als er sah, wen er vor sich hatte!

»Pete.« Mehr fiel ihm nicht ein.

»Ja, Überraschung! Wie ist's dir denn ergangen, du

Scheißhausfresse? In letzter Zeit mal wieder einem Partner ausgebüxt?«

Er bekam wieder diesen zutiefst gekränkten Ausdruck in der Visage.

»O Pete, ich bin so froh, dich zu sehen. Das war doch nur ein kleiner Streich, den ich dir gespielt habe. Du wusstest doch genau, dass ich später zurückkommen und dich holen würde, wenn ich aus dem Lachen wieder rausgekommen wäre, oder? Das Problem war, dass mich Deneuvés Leute vorher gekascht haben. So eine Scheiße, oder?«

»Anscheinend bist du zwei oder drei Tage nicht mehr aus dem Lachen rausgekommen, wenn es das war, worauf du gewartet hast, Tommy. Das war wirklich ein klasse Streich, altes Haus. Und jetzt habe ich einen für dich. Der wird dir gefallen, ich wette, du wirst mindestens ’nen ganzen Monat nicht mehr aufhören können zu lachen.«

Ich verpasste ihm einen trockenen Fausthieb auf den Mund, damit er merkte, wie lustig dieser Witz werden würde. Cat richtete ihn wieder auf, weil er ausgerutscht und nach hinten umgekippt war. Ich klatschte ihm noch eine, für den Fall, dass er nicht verstanden hatte, worum es ging. Und weil es sich gut anfühlte. Er fiel wieder um, musste wohl im nassen Gras ausgeglitten sein. Dieses Mal ließ ich ihn liegen und kniete mich neben ihn, damit er mich hören konnte. Um uns herum dröhnte der Sumpf: Grillen, Alligatoren, große Vögel aus prähistorischen Zeiten, alle möglichen Viecher machten Lärm. Ganz geheuer war mir das nicht, ich wollte hier bestimmt auch nicht länger bleiben als Tommy.

»Aber es gibt auch gute Nachrichten, Tommy. So wie

ich es sehe, sparen wir eine halbe Million – die halbe Million, die Sam von uns haben will. Ich glaube, das Geld schulden wir den Deneuvés. Ich hab ein bisschen nachgedacht. Es würde mich nicht sehr überraschen, wenn der Gangster, für den Sam arbeitet, niemand anders ist als unser Mister Deneuvé. Anders kann ich mir das alles gar nicht erklären. Diese Schulden können wir also streichen.«

Dann kam ich zu den schlechten Nachrichten – für Tommy.

»Wo ist das Geld, Tommy?«

»Pete, alles kein Problem. Ich bring dich direkt dort hin. Wir sind immer noch Partner, nicht wahr? Fifty-fifty. Ach, ich sag dir was: Du bekommst 60 Prozent, ich nehm 40, wegen dem ganzen Ärger, den du durchmachen musstest. Ist doch fair, oder?« Cat muss er da zum ersten Mal bemerkt haben.

»Was macht die denn hier?«

Ich ignorierte seine Frage. Hier war ich derjenige, der sagte, wo's langging.

»Du hast verdammt recht, du wirst uns zum Geld bringen. Und weißt du auch warum? So dämlich, wie du bist, denkst du nämlich, dass noch eine Chance besteht, etwas davon abzubekommen, denn du hältst mich für zu weich. Das muss aber nicht unbedingt stimmen. Ich werde zwar nicht versuchen, dich reinzulegen, weil ich nämlich mehr Ehre im Leib habe als du, aber trotzdem hast du keine andere Wahl, als mir zu erzählen, wo das Geld ist. Weißt du auch, warum?«

Er schwieg, aber ich wusste, dass er es nicht abwarten konnte zu erfahren, was ich im Sinn hatte.

»Die Sache läuft folgendermaßen, Tommy: Wir alle

fahren zusammen das Geld holen. Vielleicht gebe ich dir was ab, vielleicht auch nicht. Da bin ich immer noch am Überlegen. Du könntest natürlich auch für dich behalten, wo das Geld ist. Schön und gut. Dann werde ich eben Deneuvé wissen lassen, wo er dich findet. Wir lassen dich einfach hier liegen, bis er sich etwas Zeit in seinem vollgepackten Terminkalender freischaufeln und dich abholen kann. Falls du dann überhaupt noch lebst. Da gibt's ne Menge Viecher hier im Sumpf. Hörst du sie? Und Hunger haben sie auch alle: Hört sich an, als hätten sie das Frühstückssonderangebot im Atchafalaya Buffet verpasst. Ich weiß, dass du ein gerissener, findiger Indianer bist, der den Umgang mit blutdürstigen Alligatoren, Pumas und so weiter gewohnt ist, aber irgendwie bist du auch nicht ganz im Vollbesitz deiner Kräfte. Schließlich bist du gefesselt, und noch dazu angezählt, weil du hast verlautbaren lassen, dass du nicht an Manitu glaubst. Deswegen brauchst du aus dieser Richtung auch keine Hilfe zu erwarten. Außerdem hast du Blut an deinen Klamotten, und ich könnte mir vorstellen, dass dessen Geruch einem Alligator sofort das Wasser im Maul zusammenlaufen lässt. Und da ist noch was, worüber du mal nachdenken solltest: Wenn Deneuvé dich wieder unter die Fittiche kriegt, geht es an deine zehn kleinen Fingerchen, einen nach dem anderen, bis deine Hände aussehen wie Fanghandschuhe. Du erinnerst dich doch noch an Bruno? Ich habe gehört, sein Hobby ist Fingersammeln. Die werden das schon aus dir rauskriegen, wo du das Geld versteckt hast. Wir beide wissen das. Und wenn das erst mal passiert ist, dann bist du das, was wir gemeinhin Geschichte nennen, Baby.

Ich für meinen Teil würde dich unter Umständen an

der Beute beteiligen. Falls nicht, wäre der schlimmste Fall, dass ich dich laufen lasse, und dann hast du immerhin noch etwas Zeit abzuhauen, bevor Deneuvé dich wieder in die Finger kriegt.«

Ich schwieg kurz und ließ es sacken.

»Also, Tommy?« Ich stand auf, Cat tat es mir gleich. Tommy lag da und sah so elend aus wie eine Maus im Zoogeschäft kurz vor der Übersiedlung ins Schlangenterrarium.

Hinter uns im Sumpf brüllte ein Alligatorenbulle. Weit entfernt konnte er nicht sein.

»Wie hast du dich entschieden?«

****

Er hatte es an der River Road am Deich vergraben, in der Nähe der großen Getreidesilos. Zum Glück fanden wir eine Schaufel im Kofferraum der Limousine. Ich fragte mich zwar, wozu jemand wie Deneuvé eine Schaufel im Auto haben musste, aber dann fiel mir wieder ein, in welcher Branche die Familie ihr Geld verdiente, und mir lief es kalt den Rücken runter. Das Geld hatten wir schnell ausgebuddelt.

Es war immer noch alles da, das Bündel sah noch genauso aus wie beim letzten Mal. Cat hatte fast einen Orgasmus, sie wollte es aufreißen und mit Scheinen um sich werfen, aber das konnte ich ihr gerade noch ausreden.

»Dreh jetzt bloß nicht durch«, warnte ich sie. »Wir haben noch eine Menge zu erledigen und wenig Zeit. Und die Karre ist, glaube ich, auch langsam zu heiß.« Bei den guten Verbindungen der Deneuvés zur Stadtverwaltung suchten die Cops wahrscheinlich schon nach uns. Von ihrer eigenen lustigen Bande gar nicht zu reden.

»Wir werden diese Zuhälterkutsche gegen etwas weniger Auffälliges eintauschen, vielleicht verschafft uns das noch etwas Zeit.«

In Kenner wusste ich jemanden, der nebenberuflich mit mittel- bis glühend heißen Fahrzeugen handelte, und den suchten wir auf. Er wedelte vor Freude mit dem Schwanz wie ein Welpe zur Fütterungszeit, als ich ihm vorschlug den Wagen gegen einen drei Viertel verrosteten Plymouth Valiant einzutauschen, an dessen Sitzen schon die Ratten genagt hatten. Der Typ wäre nicht so freundlich und entgegenkommend gewesen, wenn er gewusst hätte, wer der rechtmäßige Besitzer des Wagens war, aber diese Information behielt ich für mich. Die Reifen des Valiant sahen noch anständig aus, der Motor wäre nicht original, hatte der Typ gesagt, sondern ein Prachtmaschinchen, das er selbst eingebaut habe. Der würde abgehen wie ein trampender Friseur, den man an einem Hillbilly-Truck-Stop rausgelassen hatte, und was das Wichtigste war: Das Nummernschild, das er ihm angeschraubt habe, sei noch ’ne ganze Weile brauchbar. Es sei erst vorgestern vom Pinto einer netten alten Dame geklaut worden, die ihren Wagen nur zweimal in der Woche bewegte: mittwochs zum Bingo und freitags zum Treffen der Anonymen Alkoholiker. Mir lag es auf der Zunge zu fragen, ob es sich um meine alte Vermieterin handelte, aber wir waren in Eile. Deshalb brachten wir den Handel über die Bühne und machten uns auf den Weg. Der Typ hatte kein Wort darüber verloren, dass wir einen gefesselten Mann auf der Rückbank liegen hatten, er half uns sogar, ihn in den neuen Wagen zu überführen – ein echter Profi.

Ich hatte da eine Idee.

»Komm mal her«, sagte ich zu Cat, und sie rutschte rüber zu mir. Tommy lag gut verschnürt auf der Rückbank. Cat kam aus dem Grinsen nicht mehr raus, als ich ihr ins Ohr flüsterte, was ich mir ausgedacht hatte. Klar, sagte sie, sie wäre dabei.

****

Zehn Minuten später bogen wir auf die Zubringerstraße zum Flughafen ab und kamen dabei an einer Werbetafel für das New Orleans Jazz Fest vorbei.

»Oooh«, seufzte Cat, »ich *liebe* das Jazz Fest.«

»Sorry Baby«, sagte ich, »vielleicht nächstes Jahr. Dieses Jahr müssen wir woanders hin.«

Ich suchte nach den Langzeitparkplätzen, es dauerte nicht lang, bis ich die Ausschilderung mit den Hinweispfeilen fand. Als wir einbogen, fiel mir drüben bei den Kurzzeitparkbuchten etwas auf.

Ein weißer Cadillac. Voll mit Deneuvés Jungs.

»Kopf runter«, schrie ich Cat zu. Erst als sie sah, was ich gesehen hatte, tat sie, wie ihr geheißen. »O Gott! Das sind Bruno und die anderen.«

Tommy musste etwas mitbekommen haben, denn ich hörte, wie er sich von der Rückbank aus bemerkbar machen wollte. Mit dem Knebel im Mund kam aber nicht viel mehr raus als »Aaaarrchh.«

Wir fuhren jetzt auf der Parallelstraße neben dem Caddy, nur in die andere Richtung. Ich hatte keine Wahl, ich musste an ihnen vorbei. Zwischen uns lagen nur eine Fahrspur und der Zaun. Wir hatten Glück, sie sahen uns nicht.

»Du kannst jetzt wieder hochkommen, Cat«, sagte ich ihr. »Wie gut, dass ich mich von der Limousine getrennt habe.«

Ich steuerte eine Parkbucht an und stellte den Motor ab.

»Behalt sie in Auge«, sagte ich zu Cat. Der Caddy fuhr jede Reihe im Kurzzeitparkbereich ab, wahrscheinlich suchten sie nach der Limo.

»Was zur Hölle sollen wir jetzt tun?«, fragte Cat. »Wie haben die rausgekriegt, dass wir hier sind?«

»Haben sie gar nicht«, antwortete ich. »Es lag einfach auf der Hand, denke ich. Sie wissen, dass wir so schnell wie möglich die Stadt verlassen müssen. Logischerweise suchen sie deshalb hier zuerst nach uns.«

»Dann frage ich halt noch mal: Was zur Hölle sollen wir jetzt tun?«

Ich drehte mich zu Tommy um, seine Augen waren furchtgeweitet. Dann beugte ich mich rüber zu Cat und flüsterte ihr ins Ohr: »Wir machen's so, wie wir es besprochen haben. Du flitzt drüben rein und holst es ab. Geh jetzt, Bruno ist ganz am anderen Ende. Aber halt bloß die Augen nach ihm offen, wenn du wieder rauskommst.«

Sie grinste breit. Was für eine Frau. Sie hatte Eier so groß wie Kokosnüsse.

»Du bist von Grund auf böse, Pete«, sagte sie, »und das liebe ich an dir! Bin gleich wieder da.«

Sie sprang aus dem Wagen, blickte sich um, wo der Cadillac gerade war – ein ganzes Stück entfernt im anderen Parkbereich –, winkte mir zu und rannte in die Schalterhalle.

Ich machte mich an die Arbeit.

Das Auto neben uns war genau richtig, ein zehn Jahre alter Ford Kombi. Ich probierte alle Türen aus, es war jedoch alles verriegelt. Kein Problem. Ich ging zurück zum Valiant und holte mir das Reifenmontiereisen aus dem Kofferraum. Damit schlug ich eines der hinteren Fenster an dem Ford ein und öffnete den Wagen.

Ich ging wieder zu unserem Wagen, machte die hintere Tür auf, fasste Tommy an den Knöcheln und zerrte ihn über den Sitz. Dann sah ich mich ein letztes Mal um, sah, dass der Caddy immer noch weit entfernt auf dem anderen Parkplatz unterwegs war, und schnappte mir Tommy, warf ihn mir über die Schulter, trug ihn zum Kombi und lud ihn auf der Rückbank ab.

»Du steigst um, Partner«, erklärte ich ihm.

****

Zehn Minuten später kam Cat schnellen Schrittes zurück aus dem Terminal. Der Caddy war in ihrer Abwesenheit einmal bei uns vorbeigefahren und suchte nun wieder am anderen Ende des Parkplatzes. Ich saß auf dem Rücksitz des Kombis neben Tommy und rauchte eine Selbstgedrehte, als sie zum Auto kam.

»Sie sind dort drüben«, sagte ich und nickte mit dem Kopf in die Richtung. »Aber sie werden umgehend hier wieder auftauchen.«

»Umgehend?«

Ich lachte: »Umgehend bedeutet ...«

»Ich weiß, was es bedeutet«, antwortete sie, »ich hab dich nur noch nie so reden gehört.«

»Da gibt es einiges, was du nicht über mich weißt. Was hast du uns mitgebracht?«

Sie grinste und zog einen Umschlag aus ihrer Hosentasche, den sie mir gab. Ich öffnete ihn und nahm das Ticket heraus, um mir das Flugziel anzuschauen.

»Perfekt«, sagte ich. Ich wandte mich wieder Tommy zu und stopfte ihm das Flugticket in die Brusttasche seines Hemds. Er riss die Augen noch weiter auf und begann Geräusche von sich zu geben, die durch den Knebel gedämpft wurden.

»Ja, genau«, sagte ich, »hör zu, Partner.«

Ich griff in meine Hosentasche und holte das Taschenmesser heraus, das ich immer bei mir trug. Ich klappte es auf und legte es Tommy zu Füßen.

»Ich sag dir jetzt, wie's läuft, Tommy. Du hast ein Hinflugticket nach Skagway, Alaska, in deiner Tasche. Der Flieger geht in ...«, ich schaute auf meine Uhr, »26 Minuten.«

Ich sah zu Cat hoch, die uns beobachtete: »Hast du ein bisschen Geld, einen Zwanziger vielleicht?«

Sie zog eine Handvoll Scheine aus der Tasche und gab mir einen. Ich nahm ihn und stopfte ihn in Tommys Brusttasche zu dem Flugticket.

»Hier, bitte. Ich möchte ja nicht, dass du mit leeren Händen dort ankommst.«

Ich schloss die Tür und streckte meinen Kopf durch das eingeschlagene Fenster, damit er mich sehen und verstehen konnte. »Du hast ungefähr noch 25 Minuten, Tommy. Ich schätze, bis du an das Messer kommst und dich damit losgeschnitten hast, sind zehn Minuten rum. Dann bleiben dir noch 15 Minuten, um deinen Flieger zu erwischen. Aber du musst aufpassen, dass du nicht den bösen Buben in die Arme läufst.«

Ich richtete mich auf und nickte Cat zu. Tommy schien

den Wunsch zu haben, mir etwas mitzuteilen. aber mehr als »Möfff! Skeggelenng! Ramppf!« habe ich nicht verstanden.

»Ich weiß genau, wie es dir geht, altes Haus«, sagte ich. »Ungefähr so wie mir beim 7-Eleven vor gar nicht so langer Zeit.«

Cat ging zurück zum Valiant und stieg auf der Beifahrerseite ein. Ich hatte meine Tür schon geöffnet, aber ich konnte es mir nicht verkneifen, Tommy noch eine mitzugeben. Ich ging wieder zum Kombi und steckte den Kopf durchs Fenster. Mit puterrotem Kopf und verzerrtem Gesicht krümmte er sich, um an das Messer zu kommen.

»Hey!«, rief ich. Er sah zu mir auf, sein Blick flehte mich an. »Alaska müsste dir eigentlich gefallen, Tommy. Wenn mich mein Gedächtnis nicht trügt, dann müsste jetzt der Beginn der Wintersonnwende sein. Endlich hast du dann mal die Gelegenheit, die Überlebenstricks, die dir von deinen edlen Vorfahren überliefert wurden, anzubringen. Ich kann mir vorstellen, dass du jetzt ein ganz schön vorfreudiger Indianer bist.«

Ich stieg in den Valiant ein, parkte rückwärts aus, blieb dann aber noch kurz stehen, obwohl ich den Vorwärtsgang schon eingelegt hatte. Ich beugte mich rüber zu Cat: »Baby, der Scheiß ist noch viel geiler als ein No-Hitter beim Baseball.«

Sie küsste mich auf die Wange. Ich trat aufs Gaspedal, und wir schossen an dem Cadillac vorbei, den ich hatte kommen sehen. Macht doch nichts, wenn sie uns sehen, dachte ich, die sind ja auf der anderen Seite des Zauns.

Wir hätten uns ducken sollen.

Sie hatten uns gesehen.

Vielleicht war es ein Fehler, dass ich sie nicht besser im Auge behalten hatte. Cat schien nicht übermäßig besorgt. Als sie sah, was bei ihnen im Wagen für eine Hektik ausbrach, die verzerrten Gesichter, wie wild gefuchtelt und in unsere Richtung gezeigt wurde, präsentierte sie ihnen den Stinkefinger und schmiss sich weg, als ob sie gerade einen ganzen Kanister Lachgas verschluckt hätte. Mir war nicht nach Lachen zumute. Ich sah, wie Bruno nach dem Autotelefon griff – und dann kam es noch schlimmer ...

Er durchbrach mit dem Caddy einfach den Zaun!

WIR NEHMEN EIN BAD IN DER MÄCHTIGEN ÖLPFÜTZE

Der Valiant-Motor dröhnte, nahe an der Belastungsgrenze. Ich versuchte, mich so gut wie möglich auf die Straße zu konzentrieren, aber mein Blick wanderte immer wieder zum Rückspiegel, wo ich sah, dass Bruno und seine Kumpanen nicht nur den Zaun durchbrochen hatten, als sei er aus Knete, sondern auch noch eine Barriere umgewalzt hatten. All das schien sie nicht wirklich aufzuhalten.

Ich bemerkte, dass ich schon die ganze Zeit auf das Lenkrad klopfte und dabei »Scheiße, Scheiße!« murmelte, immer wieder. Vom Flughafengelände schoss ich raus auf den Airline Highway, gerade so noch auf zwei Rädern. Cat musste sich an der Armlehne festhalten. Der Wagen fing sich wieder, schleuderte, ich trat das Gaspedal erneut durch. Die Vorderfront bäumte sich auf wie ein Wildpferd und warf sich auf die Straße, zurück blieb nur verbrannter Gummi.

»Leck mich«, entfuhr es mir voller Bewunderung.

Cat versuchte, sich ein Lächeln abzuringen, aber es gelang ihr nicht.

Wir ließen Bruno weit hinter uns im Staub zurück.

»Und das soll ein Valiant sein?«, fragte Cat.

»Na ja, nicht ganz. Er hat den V8 von ’nem Interceptor unter der Haube. Die werden heute gar nicht mehr gebaut.«

Ich begann meinen Gasfuß etwas zu entspannen. Beim Blick in den Spiegel traute ich meinen Augen nicht.

Da kam der Caddy, und er machte Meter um Meter gut.

»Ach du Scheiße«, stöhnte ich. Cat drehte sich um und sah den Caddy.

»Ich wollte doch einfach nur ein paar Schulden bezahlen, vielleicht ’nen Billardsalon –«, fing ich an.

»Hör auf zu jammern und gib Gas!«, schrie Cat. »Als Nächstes wirst du mir noch erzählen, dass du die Liebe an den falschen Orten gesucht hast.« Selbst angesichts unserer Situation musste ich lachen: »Ja, das auch. Bis jetzt ...«

Wir rasten auf eine Kreuzung mit roter Ampel zu.

»Halt dich fest«, sagte ich.

»Du willst doch nicht ...«

»Doch, will ich. Hast du eine bessere Idee?«

In der Sekunde, als wir die Kreuzung erreichten, erkannte ich eine Lücke zwischen zwei Lkw, die unsere Straße querten. Ich riss das Lenkrad scharf nach links. Wir kamen durch, aber frag nicht, wie. Nun waren wir auf der falschen Fahrspur, hatten aber das Glück, dass uns keine Autos entgegenkamen. Ich latschte wieder aufs Gas. Wir flogen den Airline Highway entlang, alle zwei oder drei Sekunden, so kam es mir vor, musste ich einem Wagen ausweichen.

Aber der Caddy war immer noch an uns dran. Zwar etwas weiter hinter uns, aber wir hatten ihn nicht abschütteln können. Ich zog rüber auf die entgegengesetzte Fahrspur.

Ein Schulbus schoss geradewegs auf uns zu. Das würde eng werden. Ich musste erst noch an drei Autos vorbei. In letzter Sekunde konnte ich mich an dem dritten Auto vorbeischieben und noch verhindern, dass ich in die Zeitung kam, weil ich zwei Dutzend Schulkinder auf dem Gewissen hatte.

Ich dachte, wir hätten den Caddy abgehängt, aber ... Scheiße, nein, ... da tauchte er wieder im Rückspiegel auf. Doch jetzt war er rechts von uns und fuhr durch die Pampa. Diese Ficker meinten es ernst! Cat behielt sie im Auge.

»Ich glaube, jetzt kriegen wir noch mehr Ärger«, verkündete sie.

»Wieso?«

»Sie sind am Telefonieren.«

»Was, meinst du, sie rufen die Bullen an, um einen Raser zu melden?«

»Wohl kaum.«

Bei der nächsten Seitenstraße bog ich rechts ab, ich bekam mit ausbrechendem Heck gerade so noch die Kurve. Die River Road und der Mississippi-Deich tauchten zweihundert Meter vor uns auf. Eine Schotterpiste führte zum Deich und darüber hinweg, wenn man nicht auf die River Road wechselte. Hinter uns sah ich, wie der Caddy ebenfalls abbog. Sie waren verdammt nah an uns dran!

»Kannst du schwimmen?«, fragte ich Cat.

»Du willst nicht ...«, sie beendete den Satz nicht, senkte nur ihren Kopf, starrte auf ihren Schoß und nickte.

Vor der Abzweigung ging ich nicht vom Gas, sondern trat das Pedal bis auf das Bodenblech durch.

Mit Vollgas ging es quer über die River Road, dann verschwamm alles um mich herum.

Ich schloss die Augen, Cat wahrscheinlich auch.

Ich spürte, dass wir Schotter unter uns hatten, und dann, dass die Räder wieder griffen. Ich öffnete die Augen, sah, dass der Wagen zur Seite wegdriftete, aber langsamer machte uns das nicht. Gerade als wir den Kamm des Deichs erreicht hatten kam der Valiant wieder in die Spur, und dann war es wie ein Remake des Endes von *Thelma & Louise.*

Wir hoben ab.

Cat schrie.

Ich auch. Sogar noch lauter.

****

Wir trieben auf dem Fluss!

Leck mich am Arsch, das war wirklich keine gewöhnliche Familienkarre. Aus dem Heckfenster beobachtete ich, wie der Caddy auf dem Deich zum Stehen kam und alle ausstiegen. Ich sah, dass Bruno gegen einen Vorderreifen trat. Wahrscheinlich hatte er einen Platten. Dann zogen sie ihre Knarren und begannen, auf uns zu schießen.

Zum Glück trieb uns die kräftige Strömung zügig raus Richtung Golf und außer Schussweite. Wir umrundeten eine baumbewachsene Landzunge. Das Letzte, was ich sah, war Bruno, der am Autotelefon hing und mit den Armen in der Luft herumfuchtelte.

Deneuvés Jungs entkommen, tastete ich erst mal meinen ganzen Körper ab. Schien alles heil geblieben zu sein.

»Bist du okay?«

»Glaub schon«, meinte Cat. »Oder der Teufel sieht aus wie ein Typ namens Pete, und ich bin tot. Wäre auch möglich.«

Sie reckte den Hals und sah sich um.

»Wir schwimmen«, stellte sie fest.

Wir wurden Richtung Ufer getrieben, das gut 20 Meter entfernt lag. Mittlerweile mussten wir gut einen halben Kilometer zwischen uns und Bruno gebracht haben.

»Aber nicht mehr lange«, antwortete ich. Tatsächlich war schon Wasser eingedrungen und stand uns bis zu den Knöcheln. War halt doch kein Schwimmwagen. »Wir müssen raus.«

»Ich kann nicht schwimmen«, sagte Cat.

»Musst du auch nicht. Hier ist es nicht tief.«

Es stellte sich raus, dass ich mich getäuscht hatte, aber das war nicht so schlimm. Wir schoben das abgedichtete Geldbündel ins Wasser, hielten uns daran fest und strampelten Richtung Ufer. Wir erreichten das Ufer, stiegen aus dem Wasser und zogen das Bündel hinter uns her. Alles tropfte.

Wir setzten uns nebeneinander. Klatschnass, wie wir waren, und mit dem Berg von Zaster vor uns starrten wir hinaus auf die mächtige Ölpfütze Mississippi.

»Du hast es echt drauf, einem Mädel zu zeigen, wie man sich amüsiert«, sagte Cat. Sie sagte es mit steinerner

Miene, keine Ahnung, ob sie Witze machte oder nicht.

»Ich weiß«, entgegnete ich aufmunternd. »Mir geht der Scheiß auch langsam auf die Nerven. Meinst du, wir sollten vielleicht Deneuvé anrufen und ihm anbieten, das Geld zurückzugeben? Vielleicht müssen wir ihn noch nicht mal anrufen. Ich denke mal, in spätestens 20 Minuten haben die einen Wagen geschickt, und dann werden sie die Verfolgung wieder aufnehmen. Die werden ganz schön gucken, wenn sie sehen, wie nah wir ihnen sind!«

»Und er wird uns dann einfach gehen lassen, oder was?« Sie schüttelte den Kopf, als könne sie gar nicht glauben, was für ein Schwachmat ich war. »Dieser Bastard Charles kriegt keinen Penny. Das schuldet er alles mir!«

»Was? Was schuldet er dir? Ich dachte, Robert wäre dein Freier?«

Sie griff nach meinem Arm und drückte zu. Fest. Mit ihren langen Fingernägeln.

»Au!«, schrie ich auf. »Warum hast du das jetzt gemacht?«

Der Blick, den sie mir zuwarf, war alles andere als liebevoll.

»Charles Lacy Deneuvé ist der Mann, der mich von meiner Mutter gekauft hat«, flüsterte sie mit kaum hörbarer Stimme.

»Was? Du meinst ...«

Und dann liefen ihr die Tränen über beide Wangen.

»Du hast mich schon verstanden.«

Ich wusste nicht, was ich sagen sollte. Ich zog sie an mich.

Erst sträubte sie sich, aber dann gab sie nach, legte die Arme um mich und weinte richtig los. Ich tätschelte ihr den Kopf, als sei sie ein Kätzchen, das Aua hatte, weil es vom Garagendach gefallen war. Ich wusste nicht, was ich sonst tun oder sagen sollte.

Schließlich sagte ich: »O Baby.« Damit war mein Wortschatz an tröstenden und verständnisvollen Worten aber auch schon erschöpft.

Aber es muss geholfen haben. Sie drückte sich von mir weg und wischte sich die Augen mit dem Ärmel trocken.

»Komm bloß nicht auf die Idee, dass du Mitleid mit mir haben müsstest«, sagte sie.

»Weißt du was? Ich habe kein Mitleid mit dir. Ich habe Mitleid mit ihm. Weil er alles hatte und es nicht zu schätzen wusste.«

Das kam schon besser an.

»Du bist ja süß«, meinte sie und lehnte sich wieder an mich.

»Und du bist wunderschön, weißt du. Auch innerlich«, beeilte ich mich hinzufügen. Ich schwieg kurz. »Wenn ich das nur damals schon gewusst hätte.«

»Was?«, wollte sie wissen.

»Als wir seine Hand abgetrennt haben«, erklärte ich. »Wenn ich das damals gewusst hätte, dann hätte ich mit dem Chloroform gespart. Und ich ... ich hätte mir auch ein anderes Körperteil ausgesucht.«

»Halt den Mund«, meinte Cat, die Augen groß und leuchtend, »küss mich einfach.«

Mitten in unserem Lippenspiel fiel mir etwas ein. »Du meinst, die ganze Zeit, als du mit Charles zusammen warst, hast du Robert nie gesehen?«

»Kein einziges Mal«, antwortete sie. »Ich war in einem anderen Haus untergebracht, einem in der Stadt, das

Charles gehört. Ich glaube, er wollte nicht, dass sein Bruder mitbekommt, was für ein Perverser er ist. Ich hatte nur mit James zu tun, und noch ein paar anderen von den Männern.«

Mir fiel noch etwas ein: »Dann ... musst du dir doch irgendwie zusammengereimt haben, was los ist, als du James gesehen hast. Du musst gewusst haben, dass sie Brüder sind, bevor du zu ihrem Landsitz kamst.«

Sie sah mich an. Ihren Blick konnte ich nicht deuten.

»Klar.«

»Aber mir hast du nichts davon erzählt. Du hast so getan, als ob du trotzdem die Sache mit Robert noch durchziehen wolltest. Du weißt schon, die –«

»Die Orgie mit Jackie, dir, ihm und mir? Schätze, ich wollte dich nur ein bisschen aufziehen. Als ich wusste, dass Robert Charles' Bruder ist ...«

Sie ließ sich rücklings ins Gras sinken, ich legte mich auf dem Bauch neben sie.

»Und es gab noch einen Grund, warum ich es nicht durchgezogen hätte.«

»Und der wäre?«

Sie bekam einen entrückten Blick.

»Weil«, sagte sie, »ich verliebt war, du Dummkopf.«

Klar.

Wir küssten uns.

Lange und innig.

WAS FÜR EIN SPASS BEIM JAZZ FEST

Es war an der Zeit, die Hufe zu schwingen. Ich hatte zwar keinen Schimmer, wo wir zu Fuß hinsollten. Aber dass wir abhauen mussten, bevor Bruno und seine Jungs auftauchten, wussten wir beide.

Wir hatten Glück.

Das dritte Auto, das an uns vorbeifuhr, als wir auf unserem Geldbündel saßen und die Daumen ausstreckten, ein psychedelisch aufgemotzter Van wie aus den sechziger Jahren, hielt mit quietschenden Bremsen an, dann wurde der Rückwärtsgang eingelegt. Im Wagen saßen langhaarige Freaks, die einem anderen Zeitalter entsprungen waren. Sie sahen alle aus wie um die fünfzig, trugen aber immer noch den Look der Sixties. Eine Stimme, die ich als diejenige von Pete Seeger identifizierte, sang »Little Boxes«.

Eine Frau mit langen *grauen* Haaren lehnte sich aus dem Beifahrerfenster.

»Wir fahren zum Jazz Fest«, sagte sie.

Cat kletterte in den Wagen: Ich drückte ihr das Bündel in die Hand und folgte ihr.

Mindestens vier Leute setzten sich nach hinten um, damit wir Platz hatten. Marihuanaschwaden schlugen uns entgegen. Gerade als ich die Tür schließen wollte, erblickte ich eine Limousine, die an uns vorbeifuhr, unterwegs zu der Stelle, wo wir vom Deich gesprungen waren. Die Fensterscheiben waren getönt, aber ich wusste auch so, wer drin saß.

Cat bemerkte den Wagen zur gleichen Zeit. Beide beobachteten wir, wie er vorüberfuhr – und dann leuchteten die Bremslichter auf.

Scheiße.

Mir konnte es nicht schnell genug gehen, von dort wegzukommen. Die Limousine hielt kurz an, dann wurde der Motor wieder gestartet, und der Wagen wendete auf dem Highway. Der Fahrer muss dabei wohl etwas zu stark aufs Gaspedal gelatscht sein, denn auf dem Schotteruntergrund brach das Heck aus, und der Wagen schlitterte in den Straßengraben. Sah aus, als ob er im Schlamm feststeckte. Es dauerte nicht lang, bis wir außer Sichtweite waren.

Ich hatte die Schnauze voll vom Leben am Abgrund, und Cat ging es bestimmt nicht anders.

Das war vielleicht ein Van. Der Schaltknauf fiel mir sofort ins Auge, ein schwarzer Eightball.

»*Twilight Zone*, stimmt's?«, fragte ich in die Runde. »Dreht ihr gerade eine neue Folge?«

Cat warf mir einen strengen Blick zu und stieß mir ihren Ellbogen in die Rippen. Einer der Mitfahrer, ein langhaariger Zwerg, kicherte.

»Nee, Mann«, antwortete er, »wir sind The Drifters. Aber nicht die schwarzen.«

Außer Cat und mir lachten sich alle darüber kaputt.

»Wir haben einen Auftritt beim Fest«, erklärte er. »Stehst du auf Odetta?«

Die Frau auf dem Beifahrersitz sagte: »Er sieht mir eher nach Peter, Paul und Mary aus. Aber *sie* ...«, sie sah Cat an, »sie sieht aus, als ob sie auf Odetta steht.«

»Ich weiß schon, wer Odetta ist, gute Frau«, sagte ich, vielleicht etwas zu gereizt.

Auf den hinteren Plätzen zündete jemand einen riesigen Joint an und reichte ihn dann herum. Wenigstens waren sie gastfreundlich. Und es war hervorragendes Gras.

Ein paar Minuten später kamen wir auf dem Festivalgelände an. Überall hingen riesige Banner, die verkündeten, dass man sich auf dem Jazz Fest befand, vielleicht für den Fall, dass sich jemand hierher verfahren hatte und nicht wusste, wo er war. Sah aus, als ob sich hier sechs Millionen Zuschauer tummelten.

Wir kletterten aus dem Van. Ich schnappte mir das Geldbündel. Mir war eine Idee gekommen.

Ich sprach den Fahrer an: »Ich möchte euren Van kaufen.«

Die Frau, die vorne neben ihm gesessen hatte, antwortete: »Der ist nicht zu verkaufen.«

»Nicht mal für ...« Ich griff in das Bündel, zog ein paar Scheine raus und begann zu zählen, »50.000?«

Die Frau schluckte hörbar.

Ein paar Minuten später hatten die Hippies all ihre Habseligkeiten ausgeräumt und auf einen Haufen gelegt. Sie ließen einen aus ihrer Band zurück, der auf die Sachen aufpasste, während der Rest sich aufmachte, das Festivalbüro zu suchen und herauszufinden, auf welcher Bühne sie auftreten sollten.

Ich nahm die Schlüssel, die mir die Frau überreichte, an mich und steckte sie in meine Tasche. »Peace«, verabschiedete ich mich, sie zeigte mir das Victory-Zeichen und lief den anderen hinterher. Ich nahm das Bündel an mich und steuerte den Eingangsbereich an.

»Warum verduften wir nicht einfach?«, fragte Cat, die sich mir angeschlossen hatte.

»Machen wir ja. Ich will nur vorher noch was besorgen.«

Hier waren mehr Leute unterwegs, als ich vorher je an einem Ort gesehen hatte, Tausende, Abertausende, endlose Scharen. Überall standen riesige Zelte, in jedem spielte eine andere Band. An Essens- und Getränkeständen konnte man alles Mögliche bekommen, vom Alligator-Sandwich bis zum Daiquiri.

Wir marschierten zügig, ich wollte nicht allzu viel Zeit hier verbringen. Nach einer Weile fand ich, wonach ich gesucht hatte an einem der größeren Souvenirstände. Ich ließ die Kisten mit Nippes und Krimskrams unbeachtet und ging direkt zu einem Stapel mit Stofftragetaschen, wo ich mir die beiden größten aussuchte und sie dann bezahlte.

»Komm mit«, sagte ich zu Cat.

In das erste freie Scheißhäuschen schob ich Cat mit rein – was uns den ein oder anderen schrägen Blick von Besuchern einbrachte –, und drinnen begann ich, Geldscheine aus dem Bündel zu ziehen und in die eine Tragetasche zu stecken. Cat kapierte gleich, worum es ging, und tat es mir mit der zweiten Tasche nach. In weniger als zwei Minuten hatten wir alles umgepackt.

Als wir zusammen aus der Kabine kamen, ernteten wir erneut komische Blicke, diesmal von ganz anderen Leuten. Und dann sah ich etwas. Mein ganzes Leben lief wie ein Film vor meinen Augen ab.

»O Gott!«

»Was?« Cat folgte meiner Blickrichtung.

Dort drüben standen Robert und einer seiner Männer: Kim, der Fleischberg.

Ich nahm Cat bei der Hand, und wir entfernten uns schnell.

»Lass dir nichts anmerken. Ich glaube nicht, dass er uns gesehen hat. Die müssen in dem Wagen gewesen sein, der uns vorhin überholt hat.«

»Falsch«, sagte Cat, »sie haben uns gesehen.«

Und da rannten sie auch schon los.

Wir taten das Gleiche.

Wir rannten hinter ein Zelt und zwängten uns durch die Festivalbesucher.

»Weißt du, wann ich mich in dich verliebt habe?«, fragte ich sie keuchend, während ich Leute über den Haufen rannte.

»Ganz schön unpassender Zeitpunkt, dieses Thema anzusprechen«, meinte Cat. Sie war genauso außer Atem wie ich.

»Vielleicht ist das die letzte Gelegenheit, wo ich es dir sagen kann. Hier.« Hinein in ein Bierzelt. Wir rempelten Leute an, ernteten dafür böse Blicke und ein paar Verwünschungen. Am anderen Ende des Zelts rannten wir raus und kamen wieder an die Sonne. Hinter uns sah ich, wie Robert und Kim gerade erst das Zelt betraten. Wir rannten außen um das Zelt herum und ab durch die Menge. Ich redete weiter.

»Es war, als du Jackie dein Geld zugesteckt hast. Da hab ich gemerkt, dass du nicht so ein abgebrühtes Flittchen bist. In meinem ganzen Leben habe ich niemanden kennengelernt, der so etwas tun würde.«

Cat sah zu mir herüber. Obwohl wir so tief in der Bredouille steckten, konnte sie sich ein Lächeln nicht verkneifen. »Ich wünschte, ich wäre jetzt bei Jackie daheim und wir würden Piña Colada trinken und uns *Zeit der Sehnsucht* ansehen.«

Ich blieb kurz stehen, weil mich Seitenstechen plagte. Auch ich fing an zu kichern.

»Der Gefahr ins Angesicht gelacht, was? Du bist schon ein seltsamer Typ, Pete.«

Ich sah mich um, entdeckte Robert und Kim in etwa hundert Metern Entfernung. Sie hatten uns im Blick. Ich zog Cat in das nächstliegende Zelt.

Dieses Zelt war voller Souvenirstände, wo sich jede Menge Plunder stapelte. Die meisten Verkäufer hinter den Tischen waren Schwarze, die Kunden Weiße.

Auf halben Weg durch das Zelt entdeckten wir, dass wir ein Problem hatten: Es gab keinen Hinterausgang.

Wir waren am Arsch.

Ich konnte Kims Kopf erkennen, der draußen die Menschenmenge überragte – vielleicht noch zwanzig Meter entfernt.

Ich rannte zurück und griff mir Cat: »Das war's. Ich muss dir was sagen.«

Während ich redete, behielt ich den Eingang im Blick. Robert und Kim tauchten auf und bahnten sich ihren Weg ins Zelt. Sie kniffen die Augen zusammen, weil sie sich nach der strahlenden Sonne draußen erst einmal an das Dunkel gewöhnen mussten.

»Ich liebe dich, Cat«

Sie verdrehte die Augen. *Sie verdrehte die Augen!*

»Klasse Timing, Pete. Und jetzt?«

»Warten wir auf Schwarzenegger«, sagte ich, »der kommt immer, wenn's brenzlig wird.«

Und dann fing sie tatsächlich wieder zu lachen an. Was für eine Frau! Das Problem war nur, dass sie sich nicht mehr einkriegte. Es war der reinste hysterische Lachanfall.

Und der machte es Robert und Kim leicht, uns zu entdecken. Ich sah, dass Robert uns ausgemacht hatte, worauf sich langsam ein fieses Grinsen über sein Gesicht legte. Er zog seine Pistole. Kims Grinsen glich dem seines Bosses, auch er zog seine Knarre. Gemessenen Schrittes kamen sie auf uns zu, überzeugt davon, dass sie ihre Beute in die Falle getrieben hatten.

Den Festivalbesuchern um uns herum schien aufgefallen zu sein, dass hier etwas im Gange war. Eine Frau schrie auf, nichts ging mehr. Die Leute drängten zum Ausgang, manche rannten.

Hilflos wichen wir weiter zurück. Ich ließ meine Tragetasche fallen und hob beide Fäuste. »Ich kümmere mich drum, Baby«, sagte ich aus dem Mundwinkel zu Cat. »Wenn ich Robert umgehauen habe, nehme ich mir den anderen Typen vor. Und genau dann rennst du los.«

Zugegeben, es war nicht gerade ein ausgereifter Plan, aber ich hatte auch nicht viel Zeit zum Nachdenken gehabt.

Cat seufzte hörbar: »O Pete, du siehst zu viele Filme.«

Höhnisch grinsend kamen die beiden Männer immer näher.

Cat ergriff das Wort: »Ich muss dir auch was sagen.«

»Was?«

»Ich liebe dich auch. Wir sehen uns an der Himmelspforte, Süßer.«

»Ich glaube, mich zieht es in die andere Richtung«, erwiderte ich.

Robert und Kim waren jetzt noch knapp fünf Meter weg und hatten ihre Pistolen auf uns gerichtet. Im Kopf stellte ich mir nur noch die eine bescheuerte Frage: Wann wird die fette Lady denn nun anfangen zu singen?

Und dann tat sie es.

Zumindest dachte ich das wirklich einen kurzen Moment lang.

Direkt hinter uns ertönte eine tiefe Stimme.

»Hey! Sie sind doch die Lady mit dem Tourette, oder nicht? Ich bin's, Henry. Sie erinnern sich doch?«

Ich war wie vom Schlag getroffen, Cat wahrscheinlich auch. Wir beide drehten uns um, ganz langsam. Da stand ein strahlend lächelnder Schwarzer hinter einem Tisch, der vollgeladen war mit Voodoo-Utensilien. Es war der Mann, der Cat vor dem Claude's sein Bier gereicht hatte.

»O mein Gott!«, kreischte Cat.

»Was gibt's denn hier für'n Problem?«, fragte Henry. Weitere der Brüder kamen hinter ihren Verkaufstischen hervor und gruppierten sich um Henry. Messer und Pistolen kamen in ihren schwarzen Händen zum Vorschein.

Henry sprach Robert an, der sich vom Zelteingang näherte: »Hey, Mann, belästigen Sie etwa diese hübsche Lady?« Henry lächelte, als er das sagte, aber es war kein freundliches Lächeln. Er sah Cat an: »Sieht so aus, als bräuchten Sie Hilfe, Schätzchen.«

Mir kam es eher so vor, als ob Cat Riechsalz bräuchte. Sie war kurz davor, aus den Latschen zu kippen. Mir hätte Riechsalz auch nicht geschadet. Beide wichen wir einen Schritt zurück, und dann noch einen.

»Henry«, sagte Cat, »wir stecken etwas in der Klemme. Meinen Sie, Sie könnten uns helfen?«

Der Schwarze lachte. Zumindest in meinen Ohren klang sein Lachen warm und beruhigend, und ich schätze, Cat dürfte meine Meinung geteilt haben. Die anderen Schwarzen formierten sich hinter uns. Mindestens ein Dutzend Pistolen waren auf Robert und Kim gerichtet.

»Hm, weiß nicht, sieht mir eher aus wie 'ne Angelegenheit, die nur Weißbrote was angeht. Was springt denn für uns dabei raus?«

Cat griff in ihre Tragetasche und zog ein Bündel Hundert-Dollar-Scheine heraus. Sie zögerte kurz, dann nahm sie ein weiteres Bündel. Sie schnappte sich meinen Arm und zog mich hinter den Tisch, an dem Henry stand.

»Das springt für euch dabei raus«, erklärte sie und überreichte ihm die beiden Bündel. »Und das auch noch«, fügte sie hinzu, stellte sich auf Zehenspitzen und drückte ihm einen Kuss auf die Wange.

Robert trat einen Schritt vor: »Hey, ihr Arschlöcher, macht euch aus dem Weg. Oder seid ihr scharf drauf zu sterben?«

Das Lächeln, das sich daraufhin auf Henrys Gesicht zeigte, konnte man nur als spitzbübisch beschreiben.

»Sie haben ein loses Mundwerk, Herr Großkotz. Und besonders gut zählen können Sie auch nicht. Auf Ihrer Seite seh ich nur zwei Leute.« Er wendete sich an Cat: »Geh nur weiter, Süße. Wir haben hier alles unter Kontrolle.«

Roberts Gesicht verzerrte sich zur Fratze: »Hey Nigger! Du machst eine Riesendummheit.«

Gleich würde es interessant werden.

Henrys Lächeln verschwand. Das Zelt hatte sich mittlerweile fast komplett geleert. Nur ein Dutzend Schwarze, Cat und ich sowie Robert und Kim waren noch übrig.

Auf eine Handbewegung von Henry hin ging einer der Brüder zum Eingang und schloss die Zeltklappe.

Henry schob den Tisch vor sich zur Seite. »Wissen Sie, was ein Trottel ist?« Die Frage hatte er an Robert gerichtet.

»Ja«, entgegnete der. »So einer wie du.«

Vier von Henrys Freunden lösten sich aus der Gruppe hinter ihm und näherten sich den beiden Weißen. Alle vier hatten ihre Pistolen auf Robert und Kim gerichtet, ihre Absichten waren unverkennbar.

Weder Robert noch Kim sagte etwas. Klaglos gaben sie ihre Waffen ab. Die schwarzen Typen schienen ihren Spaß daran zu haben – und ich erst recht.

»Da habe ich eine andere Definition«, verkündete Henry. »Ein Trottel ist ein Weißbrot, der einen Nigger Nigger nennt.«

Robert hatte schon Mumm. Nicht viel Verstand, aber jede Menge Mumm. »Du bist hier der Trottel«, sagte er.

»Und«, fragte Henry, »weißt du auch, was ein toter Trottel ist?« Er drehte sich zu den anderen Brüdern um, von denen die meisten grinsten. Dann wendete er sich wieder an Robert: »Ein toter Trottel ist ein Weißbrot, der einen Nigger Nigger nennt ...« Er wartete kurz. » ... im Beisein eines anderen Niggers.«

»Fick dich!«, kam Roberts Antwort.

Henry sah ihn an, als könne er gar nicht glauben, mit was für einem Riesentrottel er es zu tun hatte, und sagte: »Und ein Weißbrot, das einen Nigger Nigger nennt im Beisein von so vielen anderen Niggern ... weißt du, was das für einer ist?« Weder Robert noch Kim antworteten.

»'n Angeschissener«, erklärte Henry.

Das ganze Zelt bog sich vor Lachen – von zwei der Anwesenden abgesehen.

Henry wendete sich an uns: »Ihr beide macht euch am besten jetzt mal auf den Weg. Wir haben hier noch eine Angelegenheit mit zwei toten Trotteln zu regeln.«

Cat holte zwei weitere Geldbündel aus der Tasche und legte sie auf den Voodoo-Tisch. »Kümmern Sie sich um Ihre Freunde, Henry.«

Ich hob die Zeltwand an, damit Cat darunter durchschlüpfen konnte. Bevor ich ihr folgte, nahm auch ich zwei Bündel aus meiner Tragetasche und warf sie Henry zu. »Kümmern Sie sich *gut* um Ihre Freunde.« Und bevor ich mich unter der Zeltbahn durchquetschte, hatte ich noch eine Frage an ihn: »Sie heißen nicht zufällig Arnold?«

Während wir noch vor dem Zelt standen und unsere fünf Sinne zusammensuchten, damit uns wieder einfiel, wo der Van stand, hörten wir Henry sagen: »Ich möchte nicht ungerecht sein, Jungs. Von euch zwei Blindgängern hat doch nicht etwa einer Tourette, oder?«

VOM REGEN IN ... DEN KUHFLADEN

Wir machten uns aus dem Staub.

In weniger als zehn Minuten schafften wir es zurück zum Van, eine ordentliche Leistung, wenn man bedenkt, dass wir uns durch Millionen Menschen drängeln mussten. Wir stiegen in den Van, stellten unsere Taschen auf den Boden. Ich startete den Motor.

Eine Stimme regte sich hinter mir.

Charles Deneuvé.

»Sieh an.«

Cat und ich zuckten zusammen, als hätte man uns einen Stromstoß verpasst.

Deneuvé und James. Ganz hinten im Auto. James hatte eine riesige Kanone in der Hand, und sie war auf uns gerichtet. Deneuvé trug eine große weiße Bandage. Offensichtlich hatte er sich so weit erholt, dass er das Bett verlassen konnte.

****

Wir waren irgendwo am Arsch der Welt. Ich folgte den Instruktionen, die Deneuvé mir gab. In meinem Schädel kämpften zwei Gedanken um die Vorherrschaft. Der erste: Warum ich? Warum scheißt der liebe Gott immer mir auf den Kopf? Der zweite: Was kann ich mir jetzt noch für einen Plan einfallen lassen? Der erste Gedanke behielt meistens die Oberhand.

Wir waren gut eine halbe Stunde gefahren und an eine Feldwegabzweigung im Nirgendwo gekommen, da sagte Charles: »Dort links abbiegen.« Sah aus, als ob es dort zu einem Sumpfgebiet ging. Ich tat, wie mir befohlen. Im Rückspiegel konnte ich sehen, wie Charles Cat angaffte.

»Kenne ich dich nicht irgendwoher?«, wollte er schließlich wissen.

»Sicher«, erwiderte Cat. »Denk mal ein bisschen zurück, Arschloch.«

In seinem Gesicht meinte ich zu erkennen, wie ihm ein Licht aufging.

»Du bist ...«

»Ja, bin ich«, bestätigte Cat. »Und von wem lässt du es dir jetzt besorgen, du Perverser?«

Während sie ihre gemeinsame Vergangenheit diskutierten, begann sich in meinem Kopf so etwas wie ein halbwegs brauchbarer Plan zu entwickeln. Meine Hand lag auf dem Schaltknauf, der Eightball-Billardkugel. Ich hoffte, dass keiner der beiden hinten bemerkte, wie ich sie langsam, Umdrehung für Umdrehung, losschraubte.

»Sie sind ein ekelhafter Widerling, Deneuvé«, sagte ich. Ich drehte mich um und sah ihn an: »Wo ist eigentlich Ihre Pfote? Ich hab mich an meinen Teil der Abmachung gehalten. Wieso ist sie dann nicht wieder angenäht, Arschloch?«

Er murmelte etwas, das ich nicht verstand.

»Was?«

»Gefrierbrand«, sagte er.

»Was?«

James antwortete für ihn: »Die Hand war unbrauchbar. War Gefrierbrand dran. Der Doc hat gesagt, da könne man nichts mehr machen.«

Wir konnten uns nicht mehr halten: Cat und ich mussten so heftig lachen, dass ich beinahe den Wagen in den Graben gefahren hätte. Ich sah nichts mehr, weil mir die Tränen in den Augen standen, und bei Cat hatte ich Angst, dass sie ersticken würde, so laut musste sie lachen. Sie röchelte bereits.

»O Pete«, keuchte sie zwischen den Lachanfällen, »weißt du denn nicht, dass man so etwas luftdicht verpacken muss, wenn man es einfriert?«

»Amüsiert euch nur weiter«, bemerkte Deneuvé. »Gleich wird euch das Lachen vergehen. Halt hier an.« Er deutete auf eine Stelle, wo der Weg etwas breiter wurde.

»Und jetzt raus!«, befahl er.

Ich holte tief Luft und schraubte die Billardkugel mit der letzten Umdrehung ab. Ich hatte sie in der Hand. Endlich waren meine großen Pranken mal zu etwas nutze. Keinem unserer beiden Entführer war etwas aufgefallen.

»Hab ich dir eigentlich schon erzählt, was mein Spitzname für dich war, Charles?«, provozierte ihn Cat. »Hamsterpimmel, der Nasenficker.«

»Da lang!« Mehr sagte Deneuvé nicht. Er nickte in Richtung Sumpf. Dort verlief ein schmaler Wildpfad, den wir entlanglaufen sollten, wenn ich ihn richtig verstanden hatte.

Cat und ich liefen los. Deneuvé und James folgten uns mit etwas Abstand, James hielt die Pistole auf uns gerichtet. Wahrscheinlich dachten sie, wir würden sowieso nicht abhauen. Wo sollten wir auch hin?

Wir liefen weiter, bis wir eine Anhöhe vor uns sahen. Die beiden Männer waren vielleicht fünf Meter hinter uns.

»Auf den Hügel und dann da stehen bleiben«, befiel Deneuvé. »Nicht umdrehen.«

Sah so aus, als hätte er die richtige Stelle gefunden, um uns umzulegen.

Ich rollte die Billardkugel in meiner Hand, wie ich es immer getan habe, als ich noch auf der Werferplatte stand. Cat flüsterte ich zu: »Weißt du eigentlich, dass ich mal Pitcher bei den Giants war, Baby?«

Sie sah aus, als kämpfte sie mit den Tränen, aber vor Deneuvé würde sie sich diese Schwäche nicht erlauben. »Ja, wirklich interessant«, sagte sie, »und irgendwann möchte ich die ganzen spannenden alten Geschichten auch mal hören. Aber im Moment–«

Ich unterbrach sie: »Du hörst mir besser jetzt mal zu. Ich hatte einen klasse Pick-off drauf. Weißt du was ein Pick-off ist?«

Sie sah mich an, als ob ich nicht mehr alle Latten am Zaun hätte.

»Nein. Aber ich weiß, was tot ist, Baby. Und das werden wir gleich sein.«

»Vielleicht. Vielleicht aber auch nicht. Ich möchte, dass du etwas für mich tust.«

Hinter uns plärrte Deneuvé: »Was habt ihr denn da rumzupalavern?«

»Was?«, wollte Cat wissen.

»Ich möchte, dass du sie ablenkst. Das kannst du doch richtig gut.«

Sie schaute mich fragend an, nickte aber. Einverstanden.

»Wann?«

»Am besten jetzt.«

Sie zögerte kurz, dann sprang sie hoch und schrie so laut sie konnte: »Hamsterpimmel!«

Was danach passierte, lief für mich wie in Zeitlupe ab. James riss am Schlitten seiner Waffe, um eine Patrone in den Lauf zu bringen und setzte zum Schuss an. Während ich zur gleichen Zeit herumwirbelte und den Eightball warf. Ich traf ihn mitten in die Eier. Er klappte zusammen, die Pistole knallte, und der Schuss traf Charles in den Fuß.

»Bäm, du Penner!«, schrie ich triumphierend und griff an. James erreichte ich, bevor er die Pistole wieder heben konnte. Ich trat sie ihm aus der Hand.

Auf Cat konnte ich zählen. Sie war nicht wie diese Weiber in den Actionfilmen, die in der Gegend rumstehen, während ihr Held die Bösen verprügelt. Oder von ihnen verprügelt wird. Sie hatte sich fast so schnell in Bewegung gesetzt wie ich. Sie rannte zu James, schnappte sich die Pistole und hielt Deneuvé und ihn damit in Schach. Die beiden lagen stöhnend auf dem Boden und rieben sich die verletzten Körperteile.

Ganz langsam richtete Cat die Pistole auf Charles' Unterleib.

»Weißt du eigentlich, wie oft ich das schon tun wollte, Charles?«

»Tu es!«, sagte ich.

»Dazu hast du nicht die Eier«, raunte Charles. Diese

Deneuvé-Brüder waren vielleicht nicht die schlausten Typen auf der Welt, aber niemand konnte behaupten, dass sie keinen Mumm hatten.

Cat zielte konzentriert. Deneuvé merkte man an, wie sehr er sich Mühe gab, die harte Fassade aufrechtzuerhalten, aber schließlich legte er doch die intakte Hand schützend über seine Nüsse.

Sie hob die Pistole und reckte sie zum Himmel. »Echt nicht. Sieh dir den doch mal an. Was für ein Hosenscheißer.« Deneuvé entspannte sich zusehends, verzog spöttisch die Lippen.

»Hast du immer noch deine Barbies, meine Kleine?«

Ich kam noch nicht mal zum Blinzeln, so schnell hatte sie die Pistole auf seinen Unterleib gerichtet, riss sie dann aber hoch und drückte ab. Sie traf ihn genau zwischen die Augen. Anschließend drehte sie sich zur Seite und schoss James in den Fuß. Er schrie auf.

Und Cut! Das Ding ist im Kasten.

Deneuvés Augen waren weit aufgerissen, sein Blick leer, der Mund formte ein kreisrundes O.

Cat blies den Rauch aus dem Pistolenlauf wie ein Westernheld und sagte zu mir: »Wenn ich das nicht getan hätte, hätte ich mich im Spiegel nicht mehr anschauen können.«

Sie machte kehrt und lief den Wildpfad zurück zum Van. Ich beugte mich runter zu James: »An deiner Stelle würde ich zusehen, dass ich so schnell wie möglich zur Straße zurückkomme. Hab gehört, hier gibt es jede Menge Schlangen.«

»Du bist tot«, sagte er. »Ihr hättet mich auch umbringen sollen.«

Ein Alligatorenbulle meldete sich brüllend, vielleicht

hundert Meter weg. Hörte sich an, als sei er der Zwillingsbruder von dem, den wir bei Tommy gehört hatten.

»Und auch Alligatoren. Ich würde hier nicht bleiben, wenn ich du wäre.« Und dann trat ich ihm kräftig auf den angeschossenen Fuß. Dass er laut aufschrie, gefiel mir dabei besonders gut.

»Das war nur eine kleine Motivationshilfe, du Dreckschwein. Und um den Fuß kümmerst du dich besser auch gleich, er könnte sich entzünden.«

****

Wir waren schon Stunden unterwegs, mittlerweile hatten wir die Staatsgrenze von Oklahoma hinter uns gebracht. Als mich Cat fragte, wo wir hinfuhren, antwortete ich nur: »Nach Westen.« Ich hatte noch eine Überraschung für sie auf Lager.

Das Steuer hatte sie übernommen.

Ich betrachtete sie von der Seite, mit einem Grinsen, wie es breiter gar nicht mehr ging. Sie sah mich an, neigte neugierig den Kopf.

»Die Pistolenbraut mit dem Herzen aus–«, fing ich an.

»Was war das, Meister?«, fragte sie, ohne mein Lächeln zu erwidern.

»Du, du hast ein Herz aus Gold.«

»Wie kommst du denn darauf?«

»Weil du James nicht erschossen hast.«

»Ich hatte keine Patronen mehr«, antwortete sie so schnell, als hätte sie nur darauf gewartet, dass ich etwas sage.

»Na gut. Was sollte das eigentlich vorhin mit den Barbies?«

»Ich hab dir doch erzählt, dass er mir Barbiepuppen gekauft hat. Aber das hat er nicht gemeint.«

»Nicht?«

»Er meinte, dass er sie mir, als er mich rausgeschmissen hat, alle abgenommen hat. Ich durfte keine einzige Puppe behalten. Ich nehme an, er hat sie dem nächsten Mädchen gegeben, das er sich gekauft hat. Deshalb hab ich ihn erschossen.«

»Hä? Kapier ich nicht.«

»Jemand musste den Barbie-Teufelskreis durchbrechen.« Sie sah starr geradeaus auf die Straße. »Das sind edle Puppen. Die gehören nicht in die Hände von Abschaum wie ihm.«

****

Vier Stunden später hatten wir uns irgendwo mitten in Oklahoma ein Motelzimmer genommen. Ich saß auf dem Bett und hatte mein Hemd ausgezogen, auf dem Boden und auf dem Bett lagen überall Scheine herum. Sah aus, als wäre ein grüner Schneesturm durchgezogen. Ich betrachtete Cat, wie sie sich in BH und Höschen die Zähne im Badezimmer putzte.

Sie hörte kurz auf zu putzen und fragte: »Glaubst du, Henry hat Robert umgelegt?«

Ich dachte darüber nach. »Ich weiß nicht. Vielleicht. Eins weiß ich aber: In der Reinigung werden sie seine Hosen nicht angenommen haben.«

Sie kicherte. »Und? Wie geht's jetzt weiter?«

Ich erhob mich und ließ meine Hosen fallen, sodass ich nur noch in meinen Feingerippten dastand.

»Lost Wages«, verkündete ich.

LOST WAGES, NEVADA

Cat kam mir aus dem Bad entgegen, die Zahnbürste noch im Mund. »Vegas?»Das ist ja sehr intelligent. Geht's noch? Dort werden sie doch zuerst nach uns suchen!«

Ich kletterte ins Bett, zog mir die Decke bis zum Kinn, griff mir eine Handvoll Geld und ließ es auf mein Gesicht rieseln, bis es von Scheinen bedeckt war.

»Und jetzt noch mal 'ne Eilmeldung an deine Adresse, Sweetie: Solange Robert noch lebt, gibt es auf der ganzen Welt keinen Ort, an dem wir uns vor ihm verstecken können. Dazu sind seine Beziehungen zu gut. Das gilt auch für James. Nicht zu vergessen Sam the Bam. Wenn uns die Cajun-Mafia nicht findet, dann die Italiener.«

Cat spülte ihre Zahnbürste aus, gurgelte, spuckte aus, kam aus dem Badezimmer und wischte sich den Mund mit einem Handtuch ab. Sie setzte sich auf die Bettkante.

»Dann bist du also lebensmüde, kann es das sein?«, fragte sie.

Ich setzte mich auf, die Scheine fielen mir vom Gesicht. Ich lächelte: »Mit zwei Millionen und der schärfsten Braut der Welt in meinem Bett? Lebensmüde? Wohl kaum. Mitnichten. Ich habe einen Plan. Und Vegas ist der ideale Ort.«

Ihrem verwunderten Gesichtsausdruck konnte ich entnehmen, dass Cat nicht kapierte, was ich ihr sagen wollte. »Aber ist es denn nicht so, dass du so einige Probleme mit der Spielsucht hast? Ist Vegas wirklich der richtige Ort für dich?«

»Cat, ich schwöre bei Gott, Vegas ist der sicherste Ort für mich. Ich lass die Finger von der dämlichen Zockerei. Da kannst du drauf wetten.«

EPILOG

Sechs Monate ist es her, dass wir nach Vegas gekommen sind und den ganzen Kram in New Orleans hinter uns gelassen haben. Wenn Sie mir bis hierher treu gefolgt sind, können Sie sich wahrscheinlich zusammenreimen, was passiert ist, seit wir angekommen sind.

Cat fühlt sich in Las Vegas wohl wie ein Fisch im Wasser, aber das war mir schon vorher klar.

Cat wollte ihrer Großmutter incognito etwas Geld zukommen lassen, über einen Anwalt, der ein Auge zudrücken konnte. Ich hielt das für eine schöne Idee. Also taten wir es. Hunderttausend Dollar. Außerdem schickte Cat dem Anwalt hunderttausend, die er ihrer Mutter geben sollte, die sie damals an Deneuvé verkauft hatte. Es gab nur eine Einschränkung: Sie sollte das Geld nur erhalten, wenn sie ein Jahr lang die Finger vom Heroin ließ. Wenn sie es nicht schaffte, ginge die Kohle ebenfalls an die Großmutter. Ich hätte der Hexe keinen einzigen roten Heller geschickt, aber Cat war da anders, sie hatte Mitgefühl und konnte vergeben, und das war ein weiterer Grund, warum ich sie liebte.

Und sie hat mich schließlich damit angesteckt, dass sie ihr Geld für wohltätige Zwecke verschenkte, also machte ich ein paar Anrufe, hauptsächlich nach Skagway, um herauszufinden, was die abgeranzteste Bar in dem Kaff war. Man sagte mir, es sei ein Laden namens »Gus's«, also rief ich dort an. Eine Frau mit heiserer Stimme nahm ab, ich sagte ihr, ich wolle mit Gus sprechen, worauf sie antwortete, dass ich das bereits täte.

»Gibt es einen Typen namens Tommy, der immer bei euch vorbeikommt?«

Es stellte sich heraus, dass dem so war. Ich ließ mir die Adresse der Bar von ihr geben und kündigte an, dass ich ihr ein Päckchen schicken würde, ob sie es ihm wohl geben könne. Klar, sagte sie, vielleicht wäre ja etwas drin, was er verkaufen könne, um damit seinen Deckel zu bezahlen. Ich fragte, wie hoch der Deckel sei, sie sagte es mir, und ich versprach mich darum zu kümmern und noch einen Umschlag mit dem Betrag zum Päckchen dazuzulegen. Ich erzählte Cat, was ich vorhatte.

»Das finde ich klasse von dir«, sagte sie. »Wenn Tommy nicht gewesen wäre, dann wären wir nie an das Geld gekommen, wahrscheinlich hätten wir uns noch nicht mal kennengelernt, außer vielleicht auf einer professionellen Ebene. Irgendwie haben wir ihm trotzdem eine Menge zu verdanken, obwohl er so eine Ratte ist.«

Also habe ich Tommy ein Päckchen geschickt mit hunderttausend Dollar drin, aber ohne Absenderadresse. Das machte mich zwar ein bisschen nervös, weil ich wusste, wie es bei der Post zuging, aber ich wollte ihm auch keinen Hinweis darauf liefern, wo wir lebten. Ich habe sogar einem Lkw-Fahrer einen Hunderter gegeben, damit er es erst am Ende seiner Tour aufgibt, und das war in Chicago. Sollte sich Tommy also entschließen, nach uns zu suchen, dann wird er erst mal in die Röhre gucken. Gus habe ich eine Postanweisung in Höhe von Tommys Schulden in einem separaten Umschlag geschickt.

****

Gut eine Woche nachdem ich Tommy das Päckchen geschickt hatte, rief ich Gus an und fragte, ob es angekommen sei.

»Ja, ist es«, bestätigte sie, und den Umschlag hätte sie ebenfalls erhalten und bedanke sich dafür. »Es gab da allerdings ein Problem mit dem Päckchen.«

Es war nämlich so, dass Tommy ein Päckchen ohne Absender nicht öffnen wollte. Er muss wohl immer wieder was von »Briefbombe« und von »einem Typen namens Sam« gebrabbelt haben, erzählte Gus. Ich wusste schon vorher, worauf das hinauslaufen würde, und ich behielt recht.

Sie sagte, er sei beinahe verrückt geworden. Hätte in der Ecke gesessen, einen Wild Turkey nach dem anderen abgekippt und das Päckchen angestarrt. Schließlich habe er es an sich genommen und sei damit nach draußen gegangen.

»Und dann?«, fragte ich.

»Na ja«, erzählte Gus weiter, »etwa zehn Minuten später tut es einen Riesenschlag, eine Explosion. Wir sind alle rausgerannt, und da saß dann Tommy hinterm Haus auf seinem Arsch, und grünes Konfetti regnete auf ihn herab.«

Richtig viel konnte sie nicht von Tommy erfahren – vorwiegend durch Zeichensprache, denn sein Gehör schien etwas gelitten zu haben –, nur dass er davon überzeugt gewesen sei, es habe sich um eine Bombe gehandelt, also habe er sich bei einem Laden für Bergarbeiterbedarf um die Ecke eine Stange Dynamit besorgt und sie gesprengt.

Als sie mir das erzählte, wusste ich nicht mehr, ob ich mir vor Lachen in die Hosen machen sollte ... oder mir einfach nur so in die Hosen machen sollte. Ich konnte mich nicht mehr beherrschen. Als ich meinen Lachanfall soweit wieder unter Kontrolle hatte, erkundigte ich mich, was danach passiert sei.

»Na ja, jetzt sitzt er immer hinten an einem der Tische mit einer Rolle Klebeband und einem Korb voller grünem Konfetti und versucht, alles wieder zusammenzukleben. Hat einen Haufen grüner Geldscheinfetzen vor sich ausgebreitet wie das größte Puzzle, das die Welt je gesehen hat.«

»Und, klappt's?«

»Da bin ich mir nicht so sicher«, antwortete sie, »er flucht ununterbrochen, und wenn ich mir die Scheine so ansehe, die er zusammengeklebt hat, glaube ich eher, dass er damit bei der Bank nicht weit kommen wird. Und er wird sich beeilen müssen, glaube ich.«

»Warum das?«

»Weil es bei uns per Gesetz verboten ist, Dynamit innerhalb der Stadtgrenzen einzusetzen, ganz besonders wenn man keinen Schein dafür hat. Ich nehme an, dass sich der Sheriff bald mit ihm unterhalten wird.«

Kurz bevor sie auflegte, fügte sie noch hinzu: »Außerdem häuft er schon wieder Schulden an. Ich nehme nicht an, dass Sie mir noch mal einen Umschlag schicken wollen?«

Als ich ihr meine Antwort mitteilte, seufzte sie: »Vielleicht bekommt er im Gefängnis Gelegenheit, sich seinem Problem zu stellen.« Dann verabschiedeten wir uns voneinander und legten auf.

Ich erzählte Cat, was passiert war, und als wir beide uns wieder eingekriegt hatten, musste ich ihr versprechen, dass ich ihm nicht noch ein weiteres Päckchen schicken würde.

»Beim ersten Mal hast du genau das Richtige getan, Pete«, sagte sie. »Damit kann ich leben. Tust du's aber noch mal, schneid ich dir die Eier ab!«

Ich hab's trotzdem gemacht, nur hab ich ihr nichts davon erzählt. Und es war auch nur die Hälfte von dem drin, was ich ihm beim ersten Mal geschickt hatte.

Ich kann nicht anders. Ich habe ein zu großes Herz.

****

Keine Gaunereien mehr.

Keine ernsthafte Abzocke mehr.

Außer natürlich, es würde sich etwas anbieten, das völlig narrensicher ist. Das müsste ich mir dann zumindest mal anschauen. Schließlich habe ich mich ja nur zur Ruhe gesetzt, tot bin ich noch nicht, ha ha.

NACHTRAG ZUM NACHWORT

Blackjack war eh noch nie so richtig mein Spiel.

Ich stehe eher auf Euchre, das stammt noch aus meiner Baseballzeit.

Und ich bescheiße dabei.

Ist doch klar, man muss bescheißen bei Euchre, wenn man gewinnen will.

Und ich habe gemerkt, dass ich gerne gewinne.

So wie bei der Sache mit Cat.

Das war für mich, als ob ich das letzte und entscheidende Spiel der World Series mit einem Grand Slam Walk-off Homerun beendet hätte.

Da kannst du dir mal ein Beispiel dran nehmen, Barry Bonds!

WIDMUNG/DANKSAGUNG

Denen gewidmet, die mir in meinem Leben die liebsten sind: Mary, Britney, Sienna and Mike. Für immer und ewig.

Für den einzigen Lektor und Verleger, der mich jemals gestalkt hat. Danke, Eric Campbell.

Ein großes Hallo an die Adresse des US-Cover-Designers, JT Lindroos, der einen erstaunlichen Job gemacht hat.

Und wie immer: für meine Leser und Leserinnen. Ohne Leute, die deine Bücher lesen, gleicht das Schreiben dem Sex mit dir selbst. Das Feedback, das du für das Geleistete bekommst, ist letztlich mit einem Makel behaftet.

Schlussendlich für meinen besten Freund, Tom Rough, weil er ganz einfach derjenige ist, dem ich am liebsten bei der Lektüre dieses Buches zusehen würde. Sein Sinn für Humor ist unübertroffen in diesem Universum. Wenn er lacht, weiß ich, dass es komisch ist.

Du hast jetzt den Druck, Tom

Zum Übersetzer:

Stefan Rohmig, geboren 1965, hat zahlreiche Romane, Musikerbiografien und alles Mögliche dazwischen aus dem Englischen übersetzt und lektoriert. Dass er sich in dieser Sprache zu Hause fühlt, hat er – wie fast alles andere auch – dem Rock'n'Roll zu verdanken. Stefan Rohmig ist Frankfurter und trinkt häufig Apfelwein.

Zum Lektorat:

Peter Hammans, geboren 1954, Studium der Anglistik/Amerikanistik, Politikwissenschaft und Pädagogik, Promotion in Politischer Theorie und Ideengeschichte, arbeitete 35 Jahre als Lektor in unterschiedlichen Publikumsverlagen mit einem Schwerpunkt auf Spannungsliteratur und betreute dort u.a. zahlreiche Bestsellerautoren aus GB und den USA wie etwa Michael Connelly, John Katzenbach, Val McDermid und Joyce Carol Oates. Seit 2020 selbstständiger Lektor und Übersetzer.

Pulp 40

Les Edgerton
DER VERGEWALTIGER

ISBN 9783927734722,
€ 12,80, 157 S.,
Deutsche Erstausgabe
lieferbar

Wegen Vergewaltigung und Mord an einer jungen Frau aus seinem Heimatdorf sitzt Truman Ferris Pinter im Todestrakt eines Gefängnisses und wartet darauf, gehängt zu werden. Die Vergewaltigung gesteht er, nicht aber den Mord. Pinter schwört, das Opfer sei später am Ufer eines Flusses ausgeglitten und dann ertrunken. In den wenigen Stunden, die ihm noch bleiben, doziert der intellektuelle Misanthrop geistreich über sein Leben und die Tat und stellt provozierende Thesen auf.
US-Noir-Autor Les Edgerton führt uns auf irreführenden Schleichwegen in das Bewusstsein seines Protagonisten wie einst Camus oder Nabokov und lässt uns unbemerkt Teil seines düsteren literarischen Experimentes werden.

Ein Kriminalroman ist Les Edgertons „Der Vergewaltiger" nur am Rande. Es passiert ein Verbrechen, sicher, der Täter wird gefasst und verurteilt. Was dann jedoch folgt, ist die große Suada einer jener unheimlichen genialischen Figuren der Literatur, die sich aus dem Basislager einer nihilistischen Ethik und Kosmologie hinaufschwingen bis zum Gipfel der radikalen Verachtung.

-Günter Grosser, Berliner Zeitung

Pulp 45

Les Edgerton
PRIMAT DES ÜBERLEBENS

ISBN 9783927734937,
€ 16,00, 341 S.,
Deutsche Erstausgabe
lieferbar

Jake Bishop ist voll resozialisiert und träumt gemeinsam mit seiner Frau Paris den amerikanischen Traum, der sich als eigener Friseursalon materialisieren soll. Doch seine kriminelle Vergangenheit holt Bishop ein, und zwar in Gestalt seines ehemaligen Zellenkumpels Walker, der ihm im Knast das Leben rettete und nun, frisch entlassen, im Gegenzug etwas Starthilfe einfordert. Sich des über seinem Kopfe schwebenden Damoklesschwertes bewusst – einer bei der nächsten Verurteilung anstehenden lebenslangen Haftstrafe –, lehnt Jake entschlossen ab. Doch man hat Jakes Schwachstelle längst ausgemacht und zwingt ihn, den Einbruch bei einem lokalen Juwelier durchzuziehen …
Ein rabenschwarzer Noir des US-Autors Les Edgerton, der zeigt, wie schnell Stigmatisierung und gesellschaftliche Unfreiheit in ein Pandämonium menschlicher Abgründe führen können.

Die Geschichte bleibt von Anfang bis Ende knallhart und kompromisslos. Sie macht einem bewusst, dass heute bei Noir-Romanen zwar nicht gerade Happyend serviert wird – dann wäre es ja kein Noir mehr –, dass aber die Geschichten allzu oft mit einem kleinen Lichtblick oder Hoffnungsschimmer endet. Das gibt es bei Edgerton nicht. Gnadenlos treibt Edgerton seinen Protagonisten durch die Hölle – auch die in seinem Kopf. Da bleibt auch ganz zum Schluss keine Hoffnung. Das ist Noir pur. Purer geht es kaum. -Hanspeter Eggenberger